ullstein

Das Buch

Durch eine Intrige seines Bruders ist der Wikingerfürst Halvdan in Gefangenschaft geraten und auf dem Sklavenmarkt in der Normandie gelandet. Reina, trotz ihrer Jugend schon Äbtissin eines Klosters, erwirbt den kräftigen Wikinger für den Bau einer neuen Klosterkirche. Doch Halvdan weigert sich, Sklavenarbeit zu verrichten, und wird sogar gewalttätig, so dass er im Kloster in Ketten gelegt werden muss. Reina findet als Einzige Zugang zu dem stolzen Mann, der sich zudem als sehr klug erweist. Sie bringt ihm die fränkische Sprache bei und ist fest entschlossen, ihn zum Christentum zu bekehren, worüber Halvdan zunächst nur lachen kann. Doch er ist fasziniert von Reinas Hartnäckigkeit, ebenso von ihrer Schönheit, und hilft ihr schließlich aus freien Stücken beim Bau der Kirche. Es dauert nicht lange, da spürt Reina, dass der starke Wikinger in ihr Gefühle weckt, die sich mit ihrem Keuschheitsgelübde nicht vereinbaren lassen. Wie lange wird sie widerstehen können?

Die Autorin

Hilke Sellnick hat unter verschiedenen Pseudonymen bereits mehrere Bücher veröffentlicht. Zurzeit arbeitet sie als Drehbuchautorin fürs Fernsehen und schreibt an ihrem nächsten Roman. Geboren in Hannover, lebt sie heute mit ihrer Familie in Idstein im Taunus.

Von Hilke Sellnick ist in unserem Hause bereits erschienen:
Die Sklavin des Wikingers

Hilke Sellnick

Die Nonne und der Wikinger

Roman

Ullstein

Besuchen Sie uns im Internet:
www.ullstein-taschenbuch.de

FSC
Mix
Produktgruppe aus vorbildlich bewirtschafteten Wäldern und anderen kontrollierten Herkünften
www.fsc.org Zert.-Nr. GFA-COC-001278
© 1996 Forest Stewardship Council

Dieses Taschenbuch wurde auf FSC-zertifiziertem Papier gedruckt.
FSC (Forest Stewardship Council) ist eine nichtstaatliche, gemeinnützige Organisation, die sich für eine ökologische und sozialverantwortliche Nutzung der Wälder unserer Erde einsetzt.

Originalausgabe im Ullstein Taschenbuch
1. Auflage April 2009
2. Auflage 2010

Umschlaggestaltung: HildenDesign, München
Titelabbildung: © PINO DAENI ART INC. via Agentur Schlück
Satz: Pinkuin Satz und Datentechnik, Berlin
Gesetzt aus der Bembo
Papier: Holmen Book Cream von Holmen Paper Central Europe, Hamburg GmbH
Druck und Bindearbeiten: CPI – Ebner & Spiegel, Ulm
Printed in Germany
ISBN 978-3-548-28015-8

Reina klammerte sich mit beiden Händen an den Sattel ihres Pferdes und blickte mit leuchtenden Augen auf das bunte Gewimmel. Himmel – dieser Markt zu Füßen der bischöflichen Kirche war der reinste Hexenkessel und ganz gewiss nicht der rechte Ort für eine Klosterfrau. Männer, Weiber und Kinder drängten sich um die Stände, Leibeigene in kurzen, zerrissenen Kitteln feilschten um Hühner und Schweine, Herren in teuren Tuchmänteln besahen kostbare Hermelinkragen, heißblütige Langobarden brüllten ihre Angebote in die Menge, schlitzäugige Waräger priesen ihre Rauchwaren. Zwischen den Ständen sprangen buntgekleidete Gaukler umher und trieben grobe Scherze mit Händlern und Käufern, und unter einer Buche standen drei junge Männer und grölten Lieder, die von den Umstehenden mit Feixen und Lachsalven bedacht wurden.

»Ich habe dich gewarnt, meine Liebe«, hörte sie die Stimme ihres Schwagers Robert, der dicht neben ihr ritt. »Aber du wolltest mich ja unbedingt hierher begleiten.«

»Und ich bin sehr froh darüber«, gab sie zurück und hob das Kinn, um ihre Verwirrung zu verbergen. »Ich will für alle Belange meines Klosters selbst sorgen – das habe ich mir vorgenommen.«

Sie reckte sich im Sattel, strich den Nonnenschleier zurück und konnte sich kaum sattsehen. Welche Vielfalt kostbarer Güter hier auf Tischen und Tüchern ausgebreitet war! Dunkler Zobel und rötlicher Fuchspelz aus dem Osten lagen neben dicken gelben Wachskugeln und schimmernden Seidenstoffen, Düfte von süßem Honig und gebratenem Fleisch mischten sich mit den feinen Aromen der Gewürze aus dem Orient, glänzend polierte Schwerter und Dolche blinkten im Sonnenlicht. Die junge Nonne wusste kaum, wohin sie zuerst schauen sollte, und sie spürte, wie ihr schwindlig wurde. Das also war das Leben, das aufregende, wilde, sündige Leben der weltlichen Menschen, von dem sie bisher nur gehört, das sie aber in der Abgeschiedenheit ihres Klosters niemals zu sehen bekommen hatte. Es war angsteinflößend, zugleich aber auch wundervoll.

Dicht neben ihr züngelte eine helle Flamme auf, so dass ihr Pferd einen angstvollen Satz machte und sie fast aus dem Sattel gestürzt wäre. Doch schon im nächsten Augenblick fasste eine kräftige, schwarzbehaarte Hand die Zügel ihres Pferdes und bändigte das Tier.

»Das ist ein Feuerspucker aus dem Land der Sarazenen«, hörte sie die belustigte Stimme ihres Schwagers. »Sollen wir zu den fremden Gauklern hinüberreiten, damit du ihre Künste bewundern kannst?«

Reina hätte dies um ihr Leben gern getan, doch sie nahm sich zusammen, denn es schickte sich nicht für eine Klosterfrau, Freude an solch zweifelhaften Späßen zu haben.

»Dazu haben wir keine Zeit«, erwiderte sie und rückte ihren Schleier wieder zurecht. »Lass uns zügig unsere Einkäufe erledigen.«

Graf Robert schmunzelte, denn er hatte die Begeisterung in ihren Augen sehr wohl bemerkt. Es gefiel ihm, dass seine junge Schwägerin Freude an dieser prallen Weltlichkeit hatte, die so manche Klosterfrau in Angst und Schrecken versetzt hätte. Nein, eine prüde, weltfeindliche Büßerin war Reina keineswegs. Es wäre auch schade gewesen, denn sie war schön. Viel zu schön für eine Nonne.

Er behielt die Zügel ihres Pferdes vorsichtshalber in der Hand und wies seine Knechte an, die Bauern und herumwimmelnden Kinder aus dem Weg zu treiben, damit sie ohne Belästigung zwischen den Ständen umherreiten konnten. Einen vorwitzigen Bettler, der sich der Nonne näherte und ihr seinen knochigen Arm entgegenstreckte, beförderte der Graf höchstpersönlich mit einem kräftigen Fußtritt in einen Stapel Trockenfisch. Hämisches Gelächter, Wehklagen und zorniges Schelten des Händlers waren die Folgen, die Robert jedoch wenig kümmerten. Die Späße des »Schwarzen Grafen« waren auf dem Markt von Rouen bereits bekannt, und jeder, ob Händler oder Käufer, hätte sich wohl gehütet, den Unwillen des hohen Herrn zu erregen.

»Warum tust du das?«, fragte Reina unwillig. »Ich hätte ihm einige Deniers gegeben.«

»Eben darum«, gab er grinsend zurück. »Wenn du jeden Bettler hier auf dem Markt mit einem Almosen beschenken willst, so wird für unseren Handel kein einziger Denier mehr übrig bleiben.«

Das leuchtete der jungen Nonne zwar ein, dennoch gefiel es ihr wenig. Eigentlich bedeutete das ja, dass sie ihren Einkauf auf Kosten der Armen tun würde – dabei hatte sie doch nur im Sinn, ihr Werk zum Ruhme

Gottes und der heiligen Kirche zu befördern. Unsicher betrachtete sie die Menge der Krüppel und Bettler, die neben dem Eingang der Kirche kauerten, und sie stellte fest, dass es nicht immer leicht war, draußen in der Welt den rechten Weg zu finden.

Robert hatte den beklommenen Ausdruck auf Reinas Gesicht wahrgenommen und war bemüht, sie abzulenken. Er hielt die Pferde vor dem Stand eines jüdischen Stoffhändlers an und gab ihm einen Wink. Der alte Mann eilte mit einem Stapel bunter, glänzender Seidenstoffe herbei, die er dem Grafen zum Prüfen der Qualität emporhielt.

»Was hältst du davon?«, meinte Robert und beobachtete gespannt den Gesichtsausdruck seiner jungen Schwägerin. Zu seiner Enttäuschung blickte Reina recht gleichgültig auf die verführerisch schöne Ware.

»Wenn du Gisela davon etwas mitbringen möchtest …«, sagte sie und zuckte die Schultern.

»Genau das habe ich vor, meine Liebe. Fühle doch einmal, welcher dieser Stoffe deiner Schwester am besten gefallen würde.«

Sie tat ihm den Gefallen und ließ die Finger über einige der Stoffe gleiten, die der alte Mann zu ihr hinaufhielt. Sie spürte eine seltsame, sehr angenehme Zartheit und Kühle, ein kleines Prickeln auf der Haut wie bei einem leichten Windhauch oder der kitzelnden Berührung einer weichen Feder. Für einen Augenblick beneidete sie ihre arme Schwester, die sich in solch duftige Gewänder hüllen durfte.

»Nun?«, fragte Robert, der sie nicht aus den Augen gelassen hatte. Und Reina hatte auch im Kloster nicht gelernt, ihre Gefühle zu verbergen. Deutlich hatte er ihr ansehen können, was sie bei der Berührung der Seide empfand. Es war Sinnlichkeit gewesen, da war er sich fast sicher.

»Nimm von der blauen Seide, diese Farbe liebt Gisela ganz besonders«, gab Reina zurück und setzte sich wieder im Sattel zurecht. »Und dann sollten wir zu den Sklavenhändlern hinüberreiten, bevor es Mittag wird.«

Sie ließ sich nicht von ihrem eigentlichen Vorhaben ablenken – das gefiel ihm. Er hatte während der vergangenen Monate die Erfahrung gemacht, dass Reina trotz ihres jugendlichen Liebreizes außerordentlich zielstrebig und hartnäckig war. Das widerspenstige kleine Mädchen, das er damals ins Kloster geschickt hatte, weil sie ihm lästig war, steckte noch tief in ihr drin.

Er erwarb zwei Ballen Tuche, ließ sie auf den Lastpferden verstauen und lenkte die Pferde dann durch das lärmende Markttreiben hinunter zum Fluss, wo die Sklaven feilgeboten wurden. Der Erzbischof hatte in seinen Predigten den Handel mit Sklaven zwar oft genug angeprangert – da die Waräger und Sarazenen ihm jedoch einen kräftigen Marktzoll zahlten, war der Sklavenhandel in Rouen weder eingeschränkt noch gar verboten worden. Nur allzu dicht beim Bischofssitz und der Kirche durfte er nicht stattfinden, weshalb man sich mit der menschlichen Ware in die Flussaue begeben hatte.

Trotz aller Entschlossenheit spürte Reina banges Herzklopfen, als sie sich dem Handelsplatz näherten, der von einem festen Gatter umgeben war. Man hatte die Sklaven, die zum Verkauf standen, auf hölzernen Podesten ausgestellt, damit die Käufer sie von allen Seiten betrachten konnten. Bewaffnete Knechte standen neben den Podesten, lange Lederpeitschen in den Händen, deren Schnüre in einem Knoten oder einem kleinen, eisernen Haken endeten. Sie hatten nicht nur die Aufgabe, die Sklaven zu bewachen, sondern sie sorgten auch dafür, dass diese sich den Kunden in gehöriger Weise zeigten und ihre Vorzüge darboten.

Reina war den Anblick von leibeigenen Bauern gewohnt, auch hatte sie gesehen, wie ihr Vater ungehorsame Knechte mit eigener Hand züchtigte – dennoch war dieses Zurschaustellen und der Handel mit Menschen ihr fremd, und sie empfand einen tiefen Abscheu dagegen. Robert hatte ihr Pferd wohlweislich auf jene Seite des Marktes geführt, wo man die männlichen Sklaven, die für schwere Arbeiten gebraucht wurden, feilbot, doch ihren scharfen Augen war nicht verborgen geblieben, dass drüben, zum Fluss hin, eine Reihe junger Frauen ausgestellt war, die von kauf- und schaulustigen Männern mit begierigen Blicken taxiert wurden. Schwarzhaarige, zierliche Sarazeninnen waren darunter, blonde Frauen aus Sachsen sowie Muselmaninnen mit breiten Gesichtern und schräg stehenden Augen aus dem Land der Waräger. Auch sehr junge Knaben standen dort zum Verkauf, und obgleich Reina im Kloster erzogen worden war, so wusste sie doch recht gut, wozu manche Männer sich ihrer bedienten.

Robert sah die Röte, die ihre Wangen überzogen hatte, und er beeilte sich, den geplanten Kauf so rasch wie möglich über die Bühne zu bringen. Für den Bau der Klosterkirche fehlte es an Knechten, vor allem solchen, die schwere und schwerste Arbeiten bewältigen konnten. Deshalb hatte man sich entschlossen, einige Sklaven für das Kloster zu erwerben, die später sesshaft und zu Leibeigenen werden konnten.

»Es wird besser sein, wenn du die Auswahl mir überlässt«, meinte Robert beiläufig und hielt die Pferde vor einem breiten Podest an, auf dem Männer unterschiedlichen Alters hockten und darauf warteten, dass man um sie feilschte.

Reina war sich ihrer eigenen Unerfahrenheit bewusst, dennoch fühlte sie sich als Äbtissin für diesen Kauf mitverantwortlich und musterte daher die Männer mit kritischem Blick, um zumindest ihre Meinung beisteuern zu können. Zwei Sarazenen saßen mit gekreuzten Beinen auf dem Brettergestell, das dunkle Haar kurzgeschoren, ein gleichmütiges Lächeln auf den Lippen, als ginge sie das ganze Geschehen nichts an. Neben ihnen hockten drei kräftige junge Männer in kurzen braunen Kitteln, die wohl aus dem Süden des Frankenreiches stammten – vermutlich von Wikingern erbeutete und in die Sklaverei verkaufte Christen. Ein grausames Los, das sie diesen Männern erleichtern konnte, indem sie sie bei sich aufnahm und ihnen später ein Stück Land gab. Schon wollte Reina sich für diese drei entscheiden, da fiel ihr Blick auf einen weiteren Sklaven, der ein wenig abseits von den anderen saß, als wolle er nichts mit ihnen zu tun haben.

Der Mann hatte helles, kurzgeschnittenes Haar, das in der Sonne leuchtete. Als Einziger der Sklaven war er mit einer Kette am Fuß gefesselt, die an einem dicken, in den Boden getriebenen Pflock befestigt war. Das war ungewöhnlich – fürchtete man, er würde davonlaufen? Noch ungewöhnlicher waren die Muskelpakete, die sich über seinen breiten Oberkörper zogen und von dem halbzerfetzten Kittel nur unzureichend bedeckt wurden. Reina hatte noch nie zuvor einen Menschen von solcher Körperkraft gesehen, und sie spürte, dass sie bei seinem

Anblick ein leises Zittern befiel. Sie konnte das Gesicht des blonden Mannes nicht erkennen, denn er saß mit vorgebeugtem Oberkörper und geneigtem Kopf da, den Blick zu Boden gerichtet.

»Ich denke, die drei Franken würden uns gut passen«, sagte Robert. »Sie sind kräftig und werden sich später als Leibeigene gut einfügen.«

»Und was ist mit diesem da?«, fragte Reina, ohne die Augen von dem blonden Riesen wenden zu können. »Er hat Kraft für drei, denke ich.«

Robert lächelte. Sie war wie alle Frauen, seine schöne Schwägerin. Starke Muskeln und blondes Haar verfehlten selten ihre Wirkung.

»Mit diesem da wirst du dir nur Ärger einhandeln, Reina«, gab er in väterlich belehrendem Ton zurück. »Der Kerl ist bockig, sonst wäre er nicht angebunden.«

In diesem Augenblick hob der Mann den Kopf und sah zu der Frau im schwarzen Ordensgewand hinüber, die ihn vom Rücken ihres Pferdes herab so neugierig musterte. Seine hellen blauen Augen begegneten den ihren mit durchdringender Kühle, und Reina hatte alle Mühe, diesem Blick standzuhalten. Was für Augen dieser Kerl hatte! Das kalte Meer des Nordens schien darin zu liegen, eisblau und von fremder, unergründlicher Tiefe. Nimm dich in Acht, sagte dieser Blick, denn ich bin kein Spielzeug für Frauenhände.

Sie spürte wieder dieses seltsame Zittern, zugleich aber überkam sie ein unerklärliches Mitgefühl. Dieser Mann hatte nichts von einem Sklaven an sich, viel eher erschien er ihr wie ein besiegter Kämpfer, ein gestürzter Riese. Die Geschichte von Goliath kam ihr in den Sinn. Simson, in Ketten gelegt.

»Du hast sicher recht«, sagte sie scheinbar gleichmütig zu Robert. »Dennoch finde ich, dass wir nachdenken sollten. Immerhin erwerben wir mit ihm die Kraft von drei Männern, müssen aber nur einen füttern.«

Robert wusste nicht, ob er lachen oder sich ärgern sollte. Sie wollte mit ihm handeln, und wie er sie kannte, würde sie hartnäckig sein. Was zum Teufel trieb sie nur dazu, sich auf diesen Kerl zu versteifen?

»Was haben wir von einem Sklaven, der vermutlich kein Wort fränkisch versteht?«

Sie ließ sich nicht so rasch entmutigen.

»Er braucht nicht viel zu verstehen, um Steine zurechtzuhämmern.«

Ärgerlich schlug er mit der flachen Hand auf den Sattel seines Pferdes, so dass das Tier einen kleinen Satz machte und er es erst wieder beruhigen musste. Da war sie wieder, diese kleine, sture Person, die ihn damals bis aufs Blut gereizt hatte. Er hätte sie seinerzeit gern geprügelt, wenn ihre Schwester Gisela sich nicht vor sie gestellt hätte, um sie zu schützen.

»Willst du, dass ein Heide dein Kloster baut?«, knurrte er. »Was soll der Unsinn, Reina? Ich werde diesen Sklaven ganz bestimmt nicht kaufen.«

Sie sah den dunklen Keil zwischen seinen Augen und seinen harten Mund – aber dennoch gab sie nicht auf. Sie wusste selbst nicht genau, was sie dazu trieb, aber sie spürte, dass sie nicht anders konnte. Sie wollte diesen unbekannten großen Mann mit dem kühlen, abweisenden Blick unbedingt aus seiner kläglichen Lage befreien.

»Wer mein Kloster erbaut, das wird Gott der Herr selbst entscheiden«, sagte sie ruhig, als habe sie Roberts zornige Aufwallung nicht bemerkt. »Lass uns in eine Herberge einkehren und ein Mittagsmahl einnehmen. Ist der Sklave noch auf dem Markt, wenn wir zurückkehren, dann werden wir ihn kaufen. Ist er aber bereits verkauft, so erwerben wir fränkische Sklaven. Was hältst du von diesem Vorschlag?«

Robert hielt gar nichts davon. Auf der anderen Seite würde er während des Mittagsmahls Gelegenheit haben, auf sie einzuwirken. Das war auf jeden Fall besser, als einfach über ihren Kopf hinweg zu entscheiden. So etwas konnte man mit der sanften Gisela, seiner Frau, tun. Nicht aber mit ihrer kleinen Schwester. Wobei er sich längst hatte eingestehen müssen, dass ein Weib, das sich allzu leicht fügte, auf Dauer langweilig war. Ein wenig Widerstand konnte auch anregend sein.

»Also gut«, lenkte er ein. »Lass uns reiten.«

Der Sklave hatte ihr Gespräch aufmerksam verfolgt, und obgleich Reina sich nicht sicher war, ob er ihre Worte verstehen konnte, so spürte sie doch den Blick seiner blauen Augen auf ihrem Rücken, während sie langsam davonritten.

Die Herberge, die der Graf auswählte, befand sich unweit des bischöflichen Hauses und war – wie alle anderen Gebäude außer der Kirche – aus Holz und Lehm errichtet. Die meisten Gäste hatten sich vor der Herberge im Gras oder auf hölzernen Bänken niedergelassen, man packte mitgebrachte Lebensmittel aus und sprach dem Wein oder dem Bier zu. Robert führte seine Begleiterin in den Innenraum, der wegen des Feuers und der dampfenden Kessel stickig und heiß war – dafür gab es jedoch einige lange Tische und Bänke, an denen gegessen und getrunken wurde. Der Wirt, ein feister Mann mit rot verschwitztem Gesicht, eilte dienstbeflissen herbei, um dem »Schwarzen Grafen« und seiner Begleiterin einen guten Platz am Kopfende eines der Tische zuzuweisen und gleichzeitig die übrigen, weniger hochgestellten Gäste am anderen Ende des Tisches zusammenzuschieben. Robert orderte Wein und sah belustigt zu, wie Reina ihr Getränk mit einer großen Menge Wasser vermischte. Schade – er hätte sie gern ein wenig betrunken gemacht, dann wäre sie möglicherweise auch leichter von ihrem lächerlichen Vorhaben abzubringen.

Kurz darauf löffelten sie eine Mahlzeit aus Bohnen, Speck und gekochtem Fleisch, die auf einem großen Brotfladen serviert wurde. Reina machte sich hungrig darüber her, aß Bohnen und dicke Brotbrocken, die mit dem Fleischsaft getränkt waren – das Fleisch selbst ließ sie unberührt.

Robert stocherte nur widerwillig in seiner Portion herum – er bevorzugte gebratenes Wild und auserlesene, fein gewürzte Speisen, die Küche einer Herberge konnte ihn nur wenig befriedigen. Dafür beobachtete er Reina umso schärfer und goss ihr heimlich Wein nach. Wie unbefangen sie sich dem Genuss dieser Mahlzeit hingab. Hin und wieder hob sie den Kopf und blinzelte durch den Rauch zu dem Wirt und seinen Mägden hinüber, sah aufmerksam zu, wie sie schwitzend in den Töpfen rührten, Weinfässer anzapften und die frischen Brote herbeischleppten. Alles, was sie sah, schien ihr großes Vergnügen zu bereiten. Er konnte sich entsinnen, dass sie als Kind überall in der Burg herumgestromert war, ein schmales, wuseliges kleines Mädchen mit einem Wust dunkler Locken, die sich immer wieder aus dem langen Zopf herausstahlen. Es war ohne Zweifel ein Fehler gewesen, sie ins Kloster zu stecken.

»Wir werden noch Gewürze und Kerzen einkaufen«, sagte sie, als sie die letzten Brotkrümel vertilgt hatte. »Gisela hat mich darum gebeten.«

Er nickte. Sie hing wie eine Klette an ihrer älteren Schwester, auch die Zeit im Kloster hatte daran nichts geändert. Eine Tatsache, mit der er sich abfinden musste.

»Hör zu, Reina«, sagte er leise. »Ich habe kein gutes Gefühl dabei, diesen Sklaven zu kaufen. Er ist ein Wikinger, das sieht man auf den ersten Blick.«

Sie trank einen Schluck Wein und beobachtete entzückt zwei schwarz-weiße Kätzchen, die in einer Ecke des Gastraumes herumtollten.

»Mag sein«, meinte sie gleichgültig. »Aber diese Zeiten sind doch vorüber.«

Er schüttelte den Kopf über ihre Naivität und verfluchte die Nonnen von St. Emilien, die scheinbar der Meinung gewesen waren, je weniger man über die Schrecken dieser Welt wusste, desto besser für eine Klosterfrau.

»Es ist gerade neun Jahre her, dass Rouen von den Wikingern verwüstet und niedergebrannt wurde«, meinte er und nahm einen tiefen Zug aus seinem Becher. »Die Kerle sind immer noch in der Gegend – südlich von Rouen auf einer Halbinsel haben sie ein Winterlager eingerichtet.«

Das hatte sie nicht gewusst, und sie schien für einen Moment nachdenklich, dann beugte sie sich mit einem leisen Aufschrei zur Seite, denn eines der Kätzchen hatte sich in ihrem Gewand verfangen.

»Nun«, meinte sie lächelnd. »In diesem Fall ist es doch gerade besonders klug, einen Wikinger zum Sklaven zu haben, nicht wahr? Vielleicht kann er uns Ratschläge geben, wie man seinen Landsleuten beikommen kann.«

Er sah sie verblüfft an – diese junge Frau schien tatsächlich nicht von dieser Welt zu sein. Einen Moment lang war er versucht, ihr die Gräuel zu schildern, die die Nordmänner in fränkischen Klöstern angerichtet hatten, doch er beherrschte sich. Der Wein hatte ihre Wangen gerötet und ihren Augen einen samtigen Glanz verliehen. Wie voll und frisch ihre Lippen waren. Wenn sie lächelte, zeigten sich zwei bezaubernde Grübchen in ihren Wangen. Sie war sieben Jahre jünger als ihre Schwester, und trotz des dunklen Nonnengewandes und des Schleiers schien sie vor Jugend und Lebendigkeit zu sprühen.

»Das glaube ich kaum«, meinte er düster. »Höchstens, dass man ihn als Geisel benutzen könnte. Pass auf: Ich gebe dir einen Monat. Wenn der Kerl nicht arbeitet und nur Probleme macht, wird er wieder verkauft. Einverstanden?«

Sie lächelte erleichtert, und er begriff, dass sie die ganze Zeit über keineswegs so ruhig und sicher gewesen war, wie er angenommen hatte. Fast bereute er jetzt, so rasch nachgegeben zu haben – aber gesagt war gesagt.

»Falls er überhaupt noch zu haben ist«, fügte er hoffnungsvoll hinzu, leerte seinen Becher und warf dem Wirt ein paar Silbermünzen zu, die dieser mit tiefer Verbeugung in Empfang nahm.

Reina verging fast vor Unruhe, während sie sich zum Aufbruch aus der Herberge rüsteten. Himmel – warum benötigten die Knechte so lang, um herbeizukommen?

Wieso hatte man die Pferde abgesattelt und brauchte jetzt eine Ewigkeit, um sie wieder für ihre Reiter bereit zu machen? Und noch dazu hatte Robert wieder einmal die Zügel ihres Pferdes genommen und zwang sie, in unendlich langsamem Schritttempo durch die Reihen der Stände zu schleichen. Gewürze wurden begutachtet, probiert und umständlich verhandelt, sie musste ihren Rat dazu geben und über die zu kaufenden Mengen entscheiden. Kerzen wurden ausgewählt, etliche für die Burg, andere für das Kloster. Sie musste die Preise aushandeln und feilschte um jeden Denier, denn sie sah darauf, dass die Mittel ihres Klosters nicht verschwendet wurden.

Während die Knechte die Waren gemächlich und umständlich auf die Packpferde luden, wäre sie am liebsten schon losgeritten. Immer wieder sah sie zum Flussufer hinunter, musterte die von dort zurückkehrenden Käufer mit besorgtem Blick – erleichtert, den Sklaven nicht bei ihnen zu entdecken. Am meisten störte sie das beständige Grinsen im Gesicht ihres Schwagers, der nur allzu gut wusste, dass sie vor Ungeduld brannte und sich nach Kräften bemühte, alle möglichen Vorwände zu finden, um schneller voranzukommen.

Als man die Pferde endlich zum Sklavenmarkt hinüberlenkte, klopfte ihr vor Aufregung das Herz bis zum Hals. Wenn der Mann nicht mehr dort sein sollte, dann war es Gottes Wille, denn sie hatte Ihm die Entscheidung überlassen. Dem Willen Gottes hatte sie sich trotz aller Enttäuschung zu fügen.

Der Sklave saß noch an derselben Stelle wie zuvor, er war jetzt der Einzige auf dem Podest, alle anderen waren bereits verkauft. Der Blick seiner hellen Augen hatte sich gewandelt, die Kühle war daraus gewichen, er sah Reina aufmerksam und voller Neugier an, und einen Moment lang war sie versucht zu glauben, er habe auf sie gewartet.

Man wurde sich bald über den Preis einig und sogar Reina begriff, dass der Händler froh war, die Ware losgeschlagen zu haben. Der Sklave stamme aus dem Norden und sei ein ausgezeichneter Arbeiter, behauptete der Händler kühn. Der Herr Graf könne auf dem ganzen Markt keinen besseren finden. Sein Name sei Halvdan.

Die Kette wurde gelöst, und der Mann richtete sich langsam aus der sitzenden Position auf. Ohne Hast dehnte und streckte er sich, rieb sich den Fußknöchel, den das Eisen wundgescheuert hatte, und stieg von dem hölzernen Podest. Er war so groß, dass Roberts Knechte gegen ihn wie halbwüchsige Knaben wirkten, und es schien ihn zu erheitern, dass die Männer vor ihm zurückwichen.

Robert befahl schlechtgelaunt, dass er während des Heimwegs vor den Pferden herlaufen sollte, die Packtiere hätten schon genug zu tragen.

* * *

Wie ein dichter, gleißender Schleier fiel die Nachmittagssonne in die Lichtung. Hohe gelbe Königskerzen erhoben sich aus dem Gras, gelbe Ringelblumen und weißer Schierling leuchteten. Im grauen Fels, der schrundig wie ein urtümliches Ungeheuer in die Lichtung ragte, blitzten winzige Quarzkristalle wie kleine Feuerfünkchen.

Gisela, die durch das grünliche Dämmerlicht des Waldes hierhergeritten war, musste die Augen zusammenkneifen, um die Gestalt der Frau auf der hellen Lichtung ausmachen zu können. Roxana saß unbeweglich am Fuße des Felsens. Die Augen der Hexe waren halb von den dünnen Lidern bedeckt und schimmerten grau wie das Gestein hinter ihr.

»Du willst in die Grotte?«, fragte sie die Gräfin und verzog die Lippen zu einem höhnischen Grinsen. »Haben die Gebete deines Priesters nicht geholfen?«

Gisela spürte die Verzweiflung wieder in sich aufsteigen. Ihre Not war so groß geworden, dass sie alles getan hätte, um Hilfe zu finden. Die alten Götter der Vorzeit gehörten der Hölle an, und doch wusste jeder, dass sie ihre Macht nicht ganz verloren hatten.

»Kein Gebet und kein Bittgang«, sagte sie leise mit geneigtem Kopf. »Ich habe im Kloster Saint Vandrille vor der Heiligen Jungfrau gekniet und den Eremiten auf dem Felsen Clochemare um Hilfe angefleht. Doch ich habe immer noch kein Kind empfangen.«

Roxana machte ihr schweigend ein Zeichen, vom Pferd zu steigen und sich zu ihr zu setzen, und Gisela gehorchte. Während sie vor der Hexe im Gras kauerte, spürte sie, wie die tiefe Kluft zwischen der hochgeborenen Gräfin und der Geächteten dahinschmolz. Hier, unter der gleißenden Lichtkuppel und flirrenden Sonnenglut zu Füßen des vorzeitlichen Felsbrockens, herrschten die alten Götter, und Roxana, die sie mit steinernem Blick ansah, war ihre Priesterin.

»Wie lange nicht?«

»Seit der zweiten Tochter, die wieder tot zur Welt kam. Das war vor drei Jahren.«

»Besucht dein Mann dich?«

Giselas Lippen zitterten, als sie antwortete: »Im letzten Jahr kam er nur selten.«

Die Hexe musterte sie mit Blicken, die mühelos durch ihre Kleider zu dringen schienen.

»Hat er eine andere Frau?«

Gisela zuckte zusammen, obgleich sie die Frage erwartet hatte. Sie hatte sie sich selbst häufig gestellt, doch immer wieder verworfen, weil sie ihre angstvollen Ahnungen nicht wahrhaben wollte.

»Er geht zu den Mägden«, wich sie aus.

Roxanas Züge blieben unbeweglich.

»Der Zauber der Grotte lässt sich nicht erzwingen«, sagte sie, ohne den Blick von der Gräfin zu wenden. »Den Starken bringt er Segen, den Schwachen bösen Fluch. Bist du wirklich entschlossen, dich dieser Prüfung zu stellen?«

Gisela lächelte, sie glaubte verstanden zu haben.

»Ich will alle Schmerzen gern aushalten – wenn ich nur ein gesundes Kind auf die Welt bringe. Einen Sohn.«

Roxana lachte kurz auf, es klang wie das Krächzen eines Vogels.

»Folge mir.«

Die Hexe erhob sich, raffte den zerschlissenen Mantel um den Körper und schlug einen schmalen Pfad ein, der sich durch das zerklüftete graue Gestein aufwärtswand. Giselas Herz hämmerte nicht nur wegen des steilen Aufstiegs, sondern auch weil sie wusste, wohin dieser Weg führte. Schweißbedeckt erreichte sie die Kuppe des Felsens und spürte erleichtert den Wind, der ihr feuchtes Gesicht kühlte und ihr durchs Haar fuhr, dann glitt ihr

Blick hinab zu dem blaugrün schimmernden Teich. Dort unten war die Grotte.

Der Abstieg dauerte nur kurze Zeit, ihre erhitzten Körper tauchten in den kühlenden Waldschatten ein und das Rieseln des Wassers wurde zu lautem Rauschen. Unablässig flossen Rinnsale aus dem Fels in den kreisrunden Quelltopf und verbargen die Grotte mit einem glitzernden Vorhang aus Wasserfäden.

Gisela erschauerte, als sie den felsigen Grund um den Quellteich betrat. Braune, bizarre Steinbrocken lagen umher wie gebannte Erdgeister. Hier an diesem Ort hatten die Heiden ihren Göttern Tänze und Opfer gebracht, und die Frauen waren durch das herabtriefende Wasser in die Grotte gegangen, um von der Quellgöttin Fruchtbarkeit zu erlangen.

Roxana zog unter ihrem Mantel einen Beutel aus hellem Ziegenleder hervor, der mit seltsamen Zeichen bestickt war. Langsam löste sie die Schnüre, griff hinein und brachte ein kleines, in Stoff gewickeltes Bündel zum Vorschein.

»Gieße Wein auf das Kraut und lass es eine Nacht lang einziehen. Nimm es wieder heraus und gib den Wein deinem Mann zu trinken – dann wird er zu dir kommen«, sagte sie.

Gisela empfing das Bündel, spürte die knisternden, trockenen Kräuter darin und steckte es mit zitternder Hand in ihren Ärmel. Sie war erleichtert – es war viel einfacher, als sie gedacht hatte. Nur ein Kraut, das sie in Wein auflösen musste.

»Und nun geh in die Grotte«, sagte die Hexe, die sie lauernd unter halbgesenkten Lidern betrachtet hatte.

»Aber … die Kräuter …«

Roxana stieß ein dunkles Lachen aus, das der Fels vielfach zurückwarf.

»Was nutzt der Same, wenn das Feld nicht bereitet ist? Er trinkt die Kräuter umsonst, wenn du nicht auch deinen Teil erfüllst.«

Es half nichts. Sie hatte sich darauf eingelassen und würde den Weg bis zum Ende gehen müssen. Angstvoll sah sie zu dem rauschenden, gleißenden Wasservorhang hinüber, hinter dem die Grotte der Quellgöttin tief ins Gestein führte. Man hatte unheimliche Dinge über diese Höhle erzählt, bocksfüßige Teufel wohnten darin, gehörnte Götter mit großen Mäulern und langen Zungen und bucklige Zwerge, denen schwarzlockiges Fell auf dem Körper wuchs.

»Zieh deine Kleider aus!«, befahl die Hexe. »Du musst nackt in die Grotte gehen, so wie Tausende Frauen es vor dir getan haben.«

Gisela zog die Schuhe aus weichem Leder aus und löste die Spange, die den leichten Tuchmantel zusammenhielt. Umständlich zog sie sich die lange seidene Tunika über den Kopf und ließ sie auf den Felsboden gleiten. Das knielange Hemd hatte sich bereits mit hochgestülpt, und sie streifte es mit einer raschen Bewegung vom Körper.

Die Hexe warf einen kurzen Blick auf den hellen, üppigen Leib der Gräfin und lächelte.

»Du bist schön. Dein Mann ist ein Dummkopf, wenn er zu einer anderen geht.«

»Was muss ich tun?«, fragte Gisela ungeduldig. Sie wollte diese Angelegenheit so rasch wie möglich hinter sich bringen.

»Steck diese Wurzel in den Mund und kaue sie.«

Das schrumplige Ding war nicht größer als ein Kieselstein und schmeckte nach bitterer Süße, als sie es in den Mund schob. Sie spürte einen leichten Schwindel und ihr Herz klopfte rascher.

»Nun steige in den Teich und geh in die Grotte hinein …«

Sie vernahm die Worte der Hexe plötzlich wie aus weiter Ferne, sie schienen sich zu vervielfachen und von dem Felsgestein auf sie zurückzustürzen.

»Ja …«, flüsterte sie und spürte, wie ein seltsamer Sog sie erfasste. Hitze stieg von ihren Füßen bis zu ihren Hüften auf und sammelte sich pochend zwischen den Beinen.

»In der Grotte findest du einen Stein, der schwarz aus der Wand herausragt …«, ertönte Roxanas Stimme mit tausendfachem Echo.

»Ja …«, stammelte Gisela verzückt.

Sie hörte ihre eigene Stimme fremd und wie ein leises Keuchen. Die Hitze wirbelte über ihren Bauch und brachte ihr Herz zum Pochen. Es fühlte sich an wie ein eingesperrtes kleines Tier in ihrer Brust.

»Umfange den Stein mit beiden Armen und küsse ihn …«

Die Worte tosten in ihren Ohren, und sie spürte jetzt, wie das kühle blaue Quellwasser ihre Knie umspülte. Sie war in den Teich gestiegen, ohne sich dessen bewusst zu sein, und die herabperlenden Rinnsale umhüllten sie und schimmerten in allen Regenbogenfarben wie ein Vorhang aus farbigem Edelstein.

Nie hatte sie einen Ort so sehr ersehnt und gefürchtet wie die abgeschiedene, dunkle Felshöhlung, die sich hinter diesem glitzernden Spiel verbarg. Sie spürte, wie das kühle Wasser bereits ihre Schenkel berührte, ihren Schoß kitzelte und die erhitzten Hüften benetzte. Die Wurzel quoll in ihrem Mund auf, und sie schluckte gierig den bittersüßen Saft, der die Hitze und Sehnsucht noch steigerte. Sie streckte die Arme nach dem leuchtenden Farbenspiel aus, wollte es mit den Fingern leicht berühren. Da erfasste sie die Gewalt des herabprasselnden Wassers mit unerwarteter Heftigkeit, riss sie fast zu Boden und schleuderte sie in die Finsternis der Grotte hinein.

Dunkelheit umgab sie und das Rauschen des Wasserfalles hinter ihr, und sie vernahm ihren keuchenden Atem. Sie stand bis zu den Hüften im Wasser und streckte die Arme aus, um den feuchten Fels abzutasten. Zackiges Gestein glitt unter ihren Fingern vorüber, kleine Einschüsse waren zu spüren, sanfte Buckel, dann stieß sie an einen Vorsprung. Hart und wuchtig wölbte sich der glatte Fels ihr entgegen und sie umschlang den Stein mit beiden Armen. Kühl und feucht spürte sie die Oberfläche an ihren Brüsten, sie beugte den Kopf und berührte den Fels mit den Lippen.

Ein vielstimmiges Summen erfüllte ihre Ohren, ein Ton von solcher Süße, wie sie ihn noch nie vernommen hatte. Der Fels erwachte zum Leben, strebte auf sie zu, drängte sich mit Macht an ihren Leib, und sie verspürte eine unbändige, nie erlebte Lust. Sie hörte, wie ihre Schreie sich mit dem tiefen, heiseren Ton des Felsengottes vermischten, und ein endloser, dunkler Schlund zog sie in sich hinein.

Als sie erwachte, lag sie vollkommen angekleidet neben dem Quellteich, dessen Wasser jetzt glasklar war und den grauen, kahlen Felsgrund zeigte. Ihr Pferd wartete an einem engen Steig zwischen Büschen und Gestein.

Roxana war spurlos verschwunden, doch in ihrer Hand hielt die Gräfin das kleine Stoffbündel, das leise knisterte, wenn sie mit den Fingern darauf drückte.

* * *

Wenn Schwester Afranasia doch wenigstens leise singen würde! Aber nein, sie musste die Psalmen zum Morgenlob des Herrn mit ihrem lauten, falschen Gebrumm verderben. Zweimal schon hatte die junge Äbtissin sie mit missbilligenden Blicken bedacht – doch Afranasia brummelte fröhlich weiter, sie merkte nicht einmal, dass sie die richtigen Töne verfehlte.

Reina beendete das Morgenlob mit der Bitte um den Segen des Herrn für diesen Tag und entließ die acht jungen Nonnen, die sich an die ihnen zugewiesenen Aufgaben machten. Bis zur Terz waren zwei Stunden Arbeit angesagt, die in Küche, Vorratskammer oder in dem kleinen, neu angelegten Klostergarten zu erledigen waren. Eilig trippelten die Nonnen aus dem Refektorium, und Reina wusste recht gut, dass sie eifrig zu schwatzen beginnen würden, sobald sich die Pforte hinter ihnen geschlossen hätte.

Sie musste sich allerdings eingestehen, dass auch ihr selbst heute früh die nötige Andacht fehlte – vielleicht lag es daran, dass sie in der Nacht allerlei wirres Zeug geträumt hatte und immer wieder aus dem Schlaf hochgefahren war. Während des Morgenlobs hatte sie, statt ihre Gedanken auf die Güte und Allmacht Gottes zu richten, immer wieder auf die Geräusche gelauscht, die von der Baustelle herüberdrangen – die hellen Hammerschläge auf dem Stein, das Knarren der hölzernen Wagenräder und die Stimmen der Männer, die mit der Zeit immer lauter und ungehaltener geworden waren.

Sie hatte kaum die Altarkerzen ausgeblasen, da klopfte es an der Pforte, und Odemar, der Bauleiter, ein kleinwüchsiger Mensch mit rötlichem Haar und Bart, trat schüchtern ins Refektorium.

»Was gibt's?«, fragte sie ahnungsvoll.

Odemar schien seinen Auftrag nur ungern zu erfüllen und zupfte an seinem staubigen braunen Kittel herum.

»Verzeiht, Herrin«, murmelte er verlegen. »Es ist nur – der Kerl will nicht arbeiten.«

Sie hatte es schon befürchtet. Ärgerlich schob sie den Schleier zurecht, der heute immer wieder verrutschen wollte, und stieg die Altarstufen hinunter.

»Ich komme.«

Der rothaarige Bauleiter senkte den Kopf und beeilte sich, der entschlossen voranschreitenden Äbtissin hinterherzutrotten.

»Wir sollten einige bewaffnete Männer vom Grafen erbitten, Herrin«, meinte er mit bedenklicher Miene. »Mit gutem Zureden ist diesem Starrsinnigen nicht beizukommen, glaubt mir.«

Man hatte um die Fundamente der neuen Kirche einige Bauhütten errichtet, in denen die Knechte wohnten und die Werkzeuge untergestellt wurden. Dort hockte der blonde Sklave am Boden, den Rücken an die Wand der Hütte gelehnt, das rechte Knie hochgezogen und den Arm darauf gestützt. Unter seinem zerrissenen Kittel trug er ein seltsames Kleidungsstück, das einer Bruoche ähnelte, jedoch länger und an den Beinen enger war. Gelassen sah er zu, wie die Knechte sich mit dem harten Gestein abmühten, während er grinsend auf einem Grashalm kaute.

Reina platzte fast vor Ärger. Sie hatte diesen Kerl gekauft, um sein Los zu erleichtern, man hatte ihm ein Dach über dem Kopf, zu essen und sogar einen halben Becher Wein gegeben. Und was war der Dank? Er hockte faul auf dem Boden herum und überließ die Arbeit den anderen. Dabei hätte er bei seiner Körperkraft längst jenen dicken Granitbrocken gespalten, mit dem die übrigen Knechte schon seit dem frühen Morgen kämpften.

Zwei der jungen Knechte ließen ihre Arbeit im Stich, als sie die junge Herrin herbeilaufen sahen, und eilten ihr entgegen.

»Geht nicht zu dicht an diesen Teufel heran, Herrin«, warnte sie einer der beiden. »Er ist gefährlich.«

»Macht euch nicht lächerlich, ihr Hasenfüße«, fuhr sie die jungen Burschen an. »Er ist ein Sklave und hat zu gehorchen.«

»Er ist ein Heide«, murmelte der junge Knecht leise. »Er hat keinen Respekt vor der heiligen Kirche und vielleicht auch nicht vor Eurem Nonnengewand.«

»Nun aber Schluss!«, schalt sie, schob die beiden zur Seite und ging geradewegs auf den Sklaven zu.

Er blieb in der gleichen Haltung sitzen und wartete, bis sie dicht vor ihm stand. Die Knechte, die herbeigekommen waren, um ihrer Herrin notfalls gegen diesen Goliath beizustehen, stellten fest, dass der Sklave immerhin aufgehört hatte zu grinsen und die Äbtissin mit ernstem, aufmerksamem Blick empfing.

»Halvdan«, sagte sie und bemühte sich, einen entschlossenen, zornigen Befehlston anzunehmen. »So heißt du doch, oder?«

Er lächelte – es war nicht zu glauben. Er spuckte den Grashalm zur Seite und streckte lässig das angewinkelte Bein aus. Scheinbar gefiel es ihm, sich so vor der Herrin im Gras zu lümmeln.

»Halvdan«, wiederholte er mit tiefer, kräftiger Stimme, die geeignet war, das Brausen der Wellen und des Sturmes zu übertönen. Dabei wies er mit dem Finger auf seine breite Brust. Halvdan, das war sein Name.

Die Knechte zuckten die Schultern und sahen hilflos drein.

»Er versteht unsere Sprache nicht«, erklärte Odemar. »Was man ihm auch sagt – es kümmert ihn nicht.«

Reina war der Meinung, dass dieser Zustand leicht geändert werden konnte. Er würde schon Fränkisch lernen, wenn er nur einsähe, dass es notwendig war. Dumm schien er nicht zu sein, nur bildete er sich aus irgendeinem Grund ein, nicht arbeiten zu müssen. Sie presste die Lippen zusammen, schluckte ihren Ärger hinunter und beschloss, es mit Geduld und Freundlichkeit zu versuchen.

»Habt ihr ihm zu essen gegeben?«

Die Knechte grinsten. Der große Kerl hatte drei Schalen mit Gerstengrütze verspeist, dazu einiges von dem Fisch, den man gestern gefangen hatte, und ein ganzes rundes Brot. Der Hunger konnte ihn jedenfalls nicht quälen.

Immer noch blickte der Sklave lächelnd auf die junge Äbtissin, fast schien es, als sei er neugierig, was sie als Nächstes tun würde. Seine Augen hatten jenes leuchtende Blau, das ein Gewässer annimmt, das von der Sonne beschienen wird.

Reina hütete sich, diesen Blick zu erwidern, denn sie ahnte, dass er sie aus der Fassung bringen würde. Hier, inmitten ihrer Knechte, musste sie energisch und sicher auftreten. Schließlich war sie als Äbtissin trotz ihrer Jugend eine Respektsperson.

»Steh auf«, befahl sie und begleitete die Aufforderung mit einer deutlichen Handbewegung. »Komm mit!«

Zur Überraschung aller Umstehenden erhob sich der Sklave langsam, rückte seinen ledernen Kittel zurecht und klopfte Staub und Grashalme von der eng anliegenden Bruoche. Man trat einige Schritte zurück, denn die breiten Muskelpartien seiner Schultern und Arme, die bei jeder Bewegung anschwollen, stimmten auch den stärksten Franken bedenklich. Auch war zu erkennen, dass seine Beine ähnlich kraftvoll ausgestattet waren – welcher Teufel hatte den Grafen nur geritten, solch einen Sklaven für das Kloster zu kaufen?

Er folgte der jungen Äbtissin brav wie ein Lamm, doch sein federnder Gang ließ eher an ein Raubtier denken, das auf dem Sprung war. Reina blieb bei einem der dicken Granitbrocken stehen, die zur Spaltung vorbereitet wurden.

»Sieh hin!«, befahl sie dem Sklaven und wies mit dem Finger auf die beiden Löcher, die die Knechte während der vergangenen Stunden mit großer Mühe in den Stein hineingetrieben hatten. Es waren immer zwei Männer dazu nötig, einer trieb den Meißel mit kräftigen Hammerschlägen in den Granit, während der andere den Meißel nach jedem Schlag ein wenig drehte. Hatte man eine Reihe Löcher nebeneinander in den Stein geschlagen, so wurden dicke Eisenkeile in die Vertiefungen getrieben, bis der Stein auseinanderbarst.

»Das ist deine Arbeit«, erklärte sie. »Es wird dir sicher nicht schwerfallen. Nimm den Meißel.«

Sie griff eines der Werkzeuge, das überraschend schwer aufzuheben war, und reichte es ihm. Dabei stellte sie fest, dass sie zu ihm aufsehen musste, denn er war um fast zwei Köpfe größer als sie.

Langsam streckte er den Arm aus und nahm den stählernen Meißel aus ihrer Hand, wog ihn wie ein leichtes Stöckchen und sah sie fragend an. Hatte er wirklich nichts begriffen, oder trieb er nur sein Spiel mit ihr? Unter seinen hellen Augen hatten sich winzige Fältchen gebildet. Lachte er sie aus?

»Da steckst du den Meißel hinein«, erklärte sie und wies auf eines der beiden Löcher im Steinbrocken. »Und hier ist der Hammer.«

Sie wies vorsichtshalber nur mit der Hand auf das schwere Werkzeug, denn sie war sich nicht sicher, ob sie es würde aufheben können. Halvdan, der Sklave, beugte sich über den Granit, besah sich aufmerksam die beiden Löcher, fuhr mit dem Finger hinein, um ihre Tiefe zu messen, und richtete sich dann wieder auf. Er zog die blonden Augenbrauen hoch, schob den Mund vor und nickte fachmännisch. Ja, sie hatten zwei schöne, wenn auch nicht sehr tiefe Löchlein in den Stein gehauen.

Reina spürte, wie die Wut in ihr hochstieg. Dieser unverschämte Kerl wagte es, sich über sie lustig zu machen. Deutlich erkannte sie jetzt die Lachfältchen unter seinen Augen, er trieb sein Spiel mit ihr und stellte sich dumm, um sie vor ihren Knechten lächerlich zu machen.

»Arbeiten sollst du!«, fuhr sie ihn an. »Stell dich nicht

so blöd, du verstehst mich sehr gut. Glaubst du, ich füttere dich durch, wenn du hier faul herumsitzt und Grashalme kaust?«

Seine Züge zeigten breite Heiterkeit. Es war keine Häme darin, keine Bosheit – es schien ihn nur köstlich zu amüsieren, wie die kleine, schwarzgekleidete Frau ihn beschimpfte und sogar mit dem bloßen Fuß auf den Boden stampfte. Sie hatte hübsche, zierliche Füße, diese Fränkin, die Körper und Haar vor ihm verhüllte.

Reina war jetzt so außer sich, dass sie ihm fast an die Gurgel gefahren wäre. Er lachte sie tatsächlich aus, dieser dreckige Heidensohn. Was für eine bodenlose Frechheit! Allein dafür hätte sie ihn auspeitschen lassen müssen.

»Wenn du glaubst, dass du den Idioten spielen kannst, um nicht arbeiten zu müssen, dann täuschst du dich!«, fauchte sie. »Von heute ab bekommst du keinen Krümel mehr zu essen, Sklave. Und auch nichts zu trinken. Wir werden ja sehen, ob du arbeiten wirst oder nicht!«

Er war überrascht, denn er hatte nicht gewusst, wie zornig sie werden konnte. Wie eine kleine Furie tobte sie, blitzte ihn böse aus dunklen Augen an, und obgleich er die Worte nicht verstand, begriff er sehr wohl, dass sie ihm drohte.

Er warf den Meißel ins Gras und verschränkte die Arme vor der Brust.

»Halvdan … Sklave … nein!«, sagte er, mühsam nach fränkischen Worten suchend. »Halvdan … König.«

Die Wirkung seiner Worte war völlig anders, als er erwartet hatte. Die Knechte blickten sich mit offenen Mündern an und begannen zu grinsen. Einer tippte sich mit dem Zeigefinger an die Stirn.

»Ein König«, feixte er. »Der will ein König sein! Der hat ja Stroh im Kopf.«

Gelächter machte sich breit. Der Kerl war ein Spinner. Wahrscheinlich war er tatsächlich zu blöde, um zu begreifen, was er arbeiten sollte.

»Ein König!«, foppte ihn einer der jungen Knechte. »Wo ist denn dein Königreich? Wohl draußen auf dem Meer, wie?«

Reina stand fassungslos da, unsicher, ob sie weiter schimpfen oder besser lachen sollte. Als sie die Verblüffung und den Ärger auf Halvdans Zügen entdeckte, entschied sie sich dafür, ihn auszulachen.

»Hast du vielleicht auch eine Königin, mein großer König?«, witzelte sie und machte eine kleine höhnische Verbeugung vor ihm. »Sitzt sie auf einem Thron aus Eis da oben im Land der Nordmänner?« Dann stimmte sie mitleidlos in das Gelächter ihrer Knechte ein.

Im nächsten Augenblick spürte sie seine harten Hände, die sich um ihre Taille schlossen, und sie schrie laut auf vor Entsetzen, als ihre Füße den Halt verloren. Der Sklave hatte sie blitzschnell hochgehoben und mit leichtem Schwung auf einen der kleineren Granitbrocken gestellt.

Zitternd vor Schrecken stand sie dort und starrte entgeistert in sein zorniges Gesicht. Ihr Herz vollführte einen solchen Wirbel, dass ihr schwindelig zu werden drohte. Dann vernahm sie plötzlich laute Rufe, das Getrappel herannahender Pferdehufe, und im nächsten Augenblick hatte eine Gruppe Krieger sie umringt.

»Packt ihn!«, brüllte Graf Robert. »Legt ihn an die Kette.«

Ein wildes Getümmel entstand, als die Krieger sich

auf den Sklaven warfen, der sich entschlossen gegen die bewaffneten Männer wehrte. Reina sah, wie er seine Angreifer immer wieder mit kräftigen Armen zurückwarf und sich der Übermacht schließlich doch ergeben musste. Als er zu Boden gerissen wurde und die Peitsche herniedersauste, wandte sie sich entsetzt ab.

»Du hast noch viel zu lernen, meine Liebe«, sagte Graf Robert und reichte ihr die Hand, um ihr von dem Stein herunterzuhelfen. Aus seinen Augen sprach der Triumph, und sie hasste ihn dafür.

* * *

»Leiser?«

Schwester Afranasias Augen waren groß und erstaunt auf die Äbtissin gerichtet. Reina spürte ihr schlechtes Gewissen – sie hatte keinen Grund, ihren Ärger an dieser sanften, wenn auch in ihrer Einfalt anstrengenden Nonne auszulassen.

»Jede von uns dient dem Herrn mit den Gaben, die Er uns verliehen hat«, sagte sie bemüht freundlich. »Der Garten, den du mit Schwester Benedicta angelegt hast, ist wunderschön, und wir alle freuen uns an den vielen Kräutern und Blüten.«

Afranasias Gesicht hellte sich auf – der Garten war ihr ganzer Stolz.

»Er wird im kommenden Jahr noch viel reicher blühen, ehrwürdige Mutter. Ich habe verschiedene Pflanzen gesetzt, die erst anwachsen müssen. Das Johanniskraut und die Mariendistel sind …«

»Sehr schön«, unterbrach Reina sie ungeduldig. »Was

ich dir jedoch sagen will, ist Folgendes: Ich wünsche, dass du deine Stimme bei unseren Gesängen zurücknimmst.«

»Ja, ehrwürdige Mutter«, sagte Afranasia gehorsam. »Verzeiht mir – ich liebe unsere Gesänge so –, es geht einfach mit mir durch.«

Reina unterdrückte einen Seufzer. Afranasias naiver Begeisterung war einfach nicht beizukommen. Wahrscheinlich würde sie weiter brummeln zum Lobe des Herrn.

Sie machte ihr ein Zeichen, dass sie gehen dürfe. Afranasia verbeugte sich und verließ eilig trippelnd das Refektorium, um ihren Garten zu gießen.

Bis zur Abendandacht dauerte es noch einige Zeit, und Reina beschloss, hinüber zur Baustelle zu gehen, um zu sehen, wie weit die Arbeit inzwischen fortgeschritten war. Sie spürte, dass dieser Entschluss ihr Herzklopfen bereitete, und sie schalt sich innerlich eine Närrin. Er hatte sie ausgelacht und vor ihren Knechten bloßgestellt, dieser unverschämte Kerl. Es geschah ihm nur recht, dass er den ganzen Tag über an einen Baum angebunden in der heißen Sonne hatte hocken müssen, ohne Nahrung und ohne einen Tropfen Wasser. Roberts Warnung hatte sich leider als richtig erwiesen – dieser Sklave, den sie unbedingt hatte kaufen wollen, war bockbeinig und machte eine Menge Ärger. Dennoch hatte sie Roberts Vorschlag, den Sklaven gleich auf dem nächsten Markt wieder loszuschlagen, mit Empörung zurückgewiesen. Nein – so rasch gab sie sich nicht geschlagen. Sie würde diesen widerspenstigen Gesellen schon so weit bringen, dass er tat, was sie ihm befahl.

Mit Schaudern spürte sie immer noch den Griff seiner kräftigen Hände um ihre Taille. Nie hatte bisher ein Mann gewagt, sie an dieser Stelle zu berühren – und dieser Kerl war nichts als ein Sklave. Sie schüttelte die peinliche Erinnerung ab, kniff die Lippen zusammen und ballte die Fäuste. Noch einmal würde sie sich nicht von ihm beleidigen und demütigen lassen. Von nun an würde sie hart und mitleidslos sein.

Als Reina aus der Tür trat, sah sie eine Reiterin, die auf das Kloster zuhielt. Die Abendsonne ließ das helle, wehende Gewand ihrer Schwester fast rosig erscheinen. Diese winkte ihr schon aus der Entfernung zu und ließ ihren Schimmel ein Stück galoppieren.

»Gisela! Ich hatte dich schon vermisst«, rief Reina und eilte herbei, um die Stute am Zaum zu halten, während eine der Nonnen herbeilief, um Gisela zum Absteigen einen Schemel zurechtzustellen.

»Robert hat solche schrecklichen Dinge berichtet, dass ich mir Sorgen um dich gemacht habe«, sagte Gisela und nahm Reina in die Arme. »Was hast du da nur wieder angestellt, du Dickschädel?«

Reina stellte fest, dass Gisela ungewöhnlich heiter und redselig war, und sie freute sich darüber. Gar zu oft gab ihre Schwester sich ihrem Kummer hin, saß stundenlang bei ihr im Refektorium und klagte darüber, dass ihre Schönheit dahinschwinde und ihr Mann sie nicht mehr begehre. Dass sie zwei tote Mädchen zur Welt gebracht habe und Gott ihr kein lebendiges Kind und schon gar keinen Sohn schenken wolle.

»Meine Güte, Gisela«, meinte Reina lächelnd. »Du musst nicht alles glauben, was Robert dir erzählt.«

»Das tue ich auch nicht«, gab Gisela keck zurück.

»Dennoch muss dieser Sklave ein ganz schrecklicher Bursche sein.«

»Überhaupt nicht«, log Reina und betrachtete das rosige, aufgeregte Gesicht ihrer Schwester. »Ich wollte sowieso gerade hinüber zur Baustelle – komm mit mir, dann zeige ich dir dieses Ungeheuer. Du wirst sehen – es ist völlig zahm.«

Gisela lachte ein helles, kindliches Lachen, das Reina schon lange Zeit nicht mehr von ihrer Schwester gehört hatte. Genaugenommen seit ihrer beider Kindheit nicht mehr.

»Du bist heute so glücklich gestimmt«, sagte sie und nahm die Schwester bei der Hand, während sie über den gepflasterten Klosterhof gingen. »Hat das einen besonderen Grund?«

Gisela wurde wieder ernst und seufzte. Doch es schien Reina eher ein wohliger Seufzer zu sein – wie der Nachhall eines schönen, beseligenden Erlebnisses.

»Muss so etwas immer einen Grund haben?«, meinte Gisela achselzuckend. »Ich bin einfach gutgelaunt, weil diese Tage so warm und fruchtbar sind, und der Himmel ist so wolkenlos klar.«

Reina schmunzelte und verbot sich weitere Fragen. Konnte es gar sein, dass Gisela wieder ein Kind unter dem Herzen trug? Ach, wie sehr würde sie der Schwester wünschen, dass sie endlich Mutter wurde.

»Da drüben hockt er«, sagte sie und wies mit dem Arm zu den Steinblöcken hinüber, die neben den Fundamenten aufgehäuft lagen.

Sie mussten die Augen zusammenkneifen, denn die Abendsonne schien ihnen geradewegs ins Gesicht. Man hatte dem Sklaven die Hände auf dem Rücken zusammengebunden, und von seinem rechten Fuß führte eine eiserne Kette zu einem abgestorbenen Baum, um den das Ende geschlungen war. Es musste quälend sein, den ganzen Tag so in der brennenden Sonne zu sitzen. Als sie näher herangingen, erkannte Reina zu ihrem Schrecken, dass Kittel und Bruoche des Sklaven in Fetzen hingen, er musste sich wie ein Berserker gegen die Übermacht der Krieger gewehrt haben. Streifen von eingetrocknetem Blut zogen sich über seine Schultern und über die Brust.

»Gütiger Herrgott«, entfuhr es Gisela. »Was für ein Mann!«

»Wie meinst du?«

Reina war bei dem begeisterten Ausruf ihrer Schwester zusammengefahren.

»Ich meine …«, stammelte Gisela, der diese Entgleisung bereits peinlich war. »Ich meine, er ist schon ein sehr ungewöhnlicher Sklave. Wie groß er ist und was er für breite Muskeln an den Schultern hat. Und dieses helle Haar – er sieht fast aus wie der heilige Michael, der den Drachen getötet hat.«

Reina fühlte sich peinlich daran erinnert, dass sie noch gestern beim Anblick dieses Sklaven ähnliche Gedanken gehabt hatte. Inzwischen hatte sie jedoch leider erkennen müssen, wie dumm und blauäugig sie gewesen war. Er war nichts als ein bockiger, halsstarriger Kerl, der sie vor ihren Knechten auf schandbare Weise bloßgestellt und ausgelacht hatte.

»Ein Heiliger ist dieser Heide ganz sicher nicht«, meinte sie mürrisch. »Er ist eher ein wenig verrückt. Heut früh hat er behauptet, ein König zu sein.«

»Ein König?«

»Nun – er kennt die fränkische Sprache nicht. Er wollte wahrscheinlich etwas anderes sagen«, bemerkte Reina leichthin. »Auf jeden Fall war es sehr komisch.«

»Wie ein Sklave schaut er nicht aus«, meinte Gisela, die den Sklaven noch immer eingehend musterte. »Vielleicht ist er tatsächlich ein besiegter König, den man in die Sklaverei verkauft hat. Solche Dinge kommen vor …«

»Jetzt hör endlich auf damit«, rief Reina ärgerlich und legte den Arm um die Schwester. »Lass uns hineingehen, ich habe Wein aus Aquitanien – er wird dir guttun.«

Doch Gisela lehnte ab. Sie wolle sofort zurück zur Burg reiten, denn sie habe noch Vorbereitungen zu treffen.

»Du willst nicht zur Abendandacht bleiben?«, fragte Reina enttäuscht, während sie zum Klosterhof zurückgingen.

»Heute nicht, Reina. Bete für mich – versprich es mir!«

Gisela setzte schon den Fuß auf den hölzernen Schemel, um auf den Rücken ihrer Stute zu steigen, und Reina musste das Tier beruhigen, denn es spürte die Aufregung seiner Reiterin.

»Ich schließe dich immer in meine Gebete ein, Gisela«, meinte Reina besorgt, während Gisela sich im Sattel zurechtsetzte.

»Heute zur Nacht musst du für mich beten«, flüsterte die Schwester ihr vom Pferd herab zu. »Flehe den Segen des Herrn auf mich herab.«

Reina versprach es, denn das Gesicht ihrer Schwester glühte vor Hitze. Sie trieb die Stute an und wollte davonsprengen, hielt dann jedoch inne und wandte sich noch einmal um.

»Nimm dich in Acht vor diesem Mann dort, Reina«, sagte sie leise zu ihrer Schwester. »Er ist … gefährlich. Auf eine Art, die du nicht kennst und die du niemals kennenlernen solltest.«

Reina sah ihr verblüfft nach, während sie davonritt. Sie fühlte sich verletzt, denn sie spürte deutlich, dass ihre Schwester Geheimnisse vor ihr hatte. Was mochte in dieser Nacht so Aufregendes und Wichtiges bevorstehen, dass sie für ihre Gisela beten sollte? War sie am Ende doch nicht schwanger?

* * *

Während der Abendandacht war die junge Äbtissin zerstreut, und sie musste sich sehr zusammennehmen, keinen Fehler zu machen. Sie segnete die Schwestern zur Nacht, und die Nonnen begannen, ihre Schlafstätten herzurichten. Das Refektorium diente momentan noch gleichzeitig als Dormitorium, denn auch das Nonnenhaus musste noch ausgebaut und erweitert werden.

Reina begab sich in die kleine Seitenkammer, in der sie – abgesondert von den übrigen Frauen – ihr Nachtlager hatte. Sie hätte müde sein müssen, doch sie fühlte sich hellwach und aufgewühlt. Durch das kleine, vergitterte Fenster hoch oben in der Mauer schien ein runder, glänzender Mond auf ihr Lager und störte sie zusätzlich beim Einschlafen. Ärgerlich schob sie ihren Strohsack zur Tür hinüber, doch nun traf der bleiche Mondschein dicht neben ihr auf den Boden und zeichnete geheimnisvolle Muster auf die Dielenbretter. Sie setzte sich auf, zog die Knie an den Körper und stützte die Arme darauf.

Er ist gefährlich – auf eine Art, die du nicht kennst und niemals kennenlernen solltest. Was für ein Unsinn, dachte sie und ärgerte sich über ihre ältere Schwester, die sie immer noch wie ein Kind behandelte und über gewisse Dinge nur in dunklen Andeutungen redete. Er sitzt dort unten, gefesselt und geprügelt, und ist überhaupt nicht gefährlich. Sie dachte daran, dass er sie an diesem Morgen hätte töten können, wenn er es nur gewollt hätte. Er hatte es nicht getan und sie stattdessen wie ein kleines, lästiges Mädchen auf einen Stein gehoben. Aber hätte er vielleicht noch anderes mit ihr getan, wenn Robert mit seinen Kriegern nicht in diesem Moment angekommen wäre?

Sie stellte sich das Gesicht des Sklaven vor, seine hellen blauen Augen, die kräftige, ein wenig stumpfe Nase, die weißen Zähne, die er beim Lachen sehen ließ. Sein Lachen hatte sie verletzt, doch wenn sie recht überlegte, so war es nicht boshaft gewesen. Es war laut und dröhnend und schien tief aus seiner Brust zu kommen. Fast hatte es gutmütig geklungen.

Der heilige Michael, der Drachentöter! Was für eine Idee! Sie lächelte vor sich hin und ihre Gedanken verwirrten sich. Der Tag war heiß gewesen, er musste schrecklich durstig sein. Sein Körper war voller blutiger Striemen, die niemand versorgte …

Schließlich war er doch ihr Besitz, ihr Sklave, für den sie verantwortlich war.

Die Nonnen im Refektorium schnarchten leise vor sich hin – nur wenige Stunden trennten sie noch von dem Frühgebet, das noch vor Tagesanbruch abgehalten wurde. Reina schlich leise zwischen den Schlafenden hindurch, machte sich in einer Kammer zu schaffen und ging dann hinaus auf den Klosterhof. Der Mond beschien den kleinen Ziehbrunnen und ließ das Wasser tief unten aufleuchten, als sie leise den Eimer hineintauchte. Ihr Atem ging rasch und hastig. Mondschatten erschreckten sie auf ihrem Weg, ein dunkler Vogel flatterte von dem Kirchenbau auf und glitt hinüber zum Wald, und dicht vor ihrem Fuß huschte eine Maus über den Weg und verschwand unter einem Stein.

Das Mondlicht war so hell, dass sie den Sklaven deutlich erkennen konnte. Er war an den Baum herangerutscht, um den Rücken daran zu lehnen, seine Augen waren geschlossen. Dennoch hatte sie das Gefühl, dass er sie bemerkt hatte, und sie näherte sich ihm zögernd und mit großer Vorsicht.

»Halvdan?«

Sie war einige Schritte entfernt stehen geblieben und hatte seinen Namen nur geflüstert. Doch er öffnete die Augen ein wenig und blinzelte sie an. Seine Züge blieben unbeweglich, so dass sie nicht erraten konnte, ob er überrascht war oder sie vielleicht sogar schon eine Weile beobachtet hatte.

Sie hatte eine kleine, hölzerne Schale mitgebracht, die sie jetzt in den Eimer tauchte und mit Wasser füllte. Langsam ging sie auf ihn zu, blieb dicht neben ihm stehen und beugte sich hinab, um ihm die Schale an den Mund zu halten. Er trank das Wasser in durstigen Zügen bis zum letzten Tropfen und lehnte den Kopf dann zurück, um sie anzusehen. Seine Augen glänzten im Mondlicht ungeheuer hell, und sie spürte, dass sie zitterte.

»Hast du noch mehr Durst?«

»Durst …«, wiederholte er flüsternd.

Sie tauchte die Schale zum zweiten Mal in den Eimer

und kniete sich neben ihn, um sie ihm an den Mund zu halten. Er trank, und sie sah, wie ein glitzernder Tropfen durch seinen Bart rann und auf seine Brust fiel. Plötzlich fühlte sie die Wärme, die von seinem Körper ausging, und ein seltsamer Sog erfasste sie, sich an ihn zu schmiegen und diese wulstigen Muskeln an seinen Schultern mit ihren Händen zu berühren. Sie erschrak vor sich selbst und stellte die geleerte Schale neben ihn ins Gras.

»Ich habe das nicht gewollt«, sagte sie, unsicher, ob er sie verstehen würde. »Du bist selbst schuld daran.«

Er sah ihr aufmerksam ins Gesicht und schien sie zumindest teilweise verstanden zu haben, denn er runzelte unzufrieden die Stirn. Neugierig sah er zu, wie sie eine kleine hölzerne Dose aus dem Ärmel zog und den Deckel öffnete.

»Ich werde deine Wunden mit dieser Salbe einschmieren«, erklärte sie und hielt ihm die Dose vor die Nase. Er schnupperte kurz daran und nickte. Er kannte diese Kräuter. Vielleicht kurierte man in seiner Heimat die Wunden mit ähnlichen Mitteln.

»Halt still!«

Sie nahm sich zuerst seinen Rücken vor, strich vorsichtig über die kräftig gewölbten Muskeln und spürte dabei erschauernd, wie glatt und fest seine Haut war und welch seltsames Prickeln sie erfasste, wenn ihre Finger darüberfuhren. Er saß ruhig, ohne sich zu bewegen und ohne einen Laut von sich zu geben, obgleich das Einreiben sicher schmerzhaft war. Sie bemühte sich mit aller Kraft, daran zu denken, dass sie seine Wunden versorgte, wie es von alters her die Aufgabe der Benediktinerinnen gewesen war. Es war ihre heilige Pflicht als Klosterfrau und ein Dienst an einem Geschöpf des Herrn. Sie schob ihn sacht ein wenig zurück, um die Striemen einzuschmieren, die sich über seine Brust zogen. Ihre Hände wurden fahrig, denn sie wusste, dass er sie dabei ansah, und sie wagte nicht, den Blick zu heben. Wieder spürte sie die machtvolle Anziehung dieses großen Männerkörpers, und sie bemühte sich, ihm zu widerstehen. Sie heilte einen Verwundeten, nichts weiter.

Sie wollte die Dose schon wieder schließen, da entdeckte sie an seinem rechten Knie einen breiten Riss und sie rutschte hinüber, um auch diese Wunde noch mit Salbe zu bedecken. Wenn schon, dann wollte sie ihre Sache gründlich machen.

Doch kaum hatte sie den Finger in die Dose getaucht, da spürte sie plötzlich, wie ein fester Griff ihr Fußgelenk umschloss, und sie erstarrte.

Er hatte es – wie und wann auch immer – geschafft, seine Armfesseln loszuwerden. Mit eisenharter Hand hielt er ihren Knöchel und zog sie langsam zu sich heran. Das Gewand rutschte dabei hoch, ihre bloße Wade wurde sichtbar, dann ihr Knie. Sie versuchte sich zu wehren, zappelte, krallte die Hände in den Grasboden, um sich zu halten, doch gegen seinen kräftigen Arm hatte sie keine Chance.

»Ich schreie, wenn du mich nicht loslässt«, keuchte sie verzweifelt. »Hör auf damit! Ich will dir helfen – ist das der Dank?«

»Still!«, sagte er leise. »Nicht Angst.«

Das Grinsen auf seinem Gesicht war nicht bedrohlich, sondern eher spitzbübisch. Mit wild hämmerndem Herzen spürte Reina, wie seine Finger über ihren nackten Fuß strichen, jede einzelne ihrer Zehen berührten und dann über den Rist langsam aufwärts bis zu ihrem Knie glitten. Seine Hand lag einen Augenblick warm auf ihrer Kniescheibe, dann blickte er in ihr blasses, angstverzerrtes Gesicht.

»Nicht Angst …«, wiederholte er leise mit seiner tiefen Stimme.

So plötzlich, wie er sie erfasst hatte, gab er sie wieder frei. In wilder Panik raffte sie sich auf, griff geistesgegenwärtig die Dose, die neben ihr im Gras lag, und hastete davon.

Erst als sie mit fliegendem Puls und keuchendem Atem vor dem Nonnenhaus stand, fiel ihr ein, dass sie Eimer und Schale vergessen hatte. Doch nichts in der Welt hätte sie dazu bewegen können, jetzt noch einmal den Weg zurückzulaufen.

* * *

Behutsam goss Gisela den Sud in eine Kanne, über deren breite Öffnung sie ein Tuch gelegt hatte. Ein seltsam berauschender Duft stieg auf, der ihren Herzschlag beschleunigte und erregende Bilder vor ihren Augen erstehen ließ. Sie hatte alle Mägde aus dem Zimmer gewiesen, dennoch sah sie sich erschrocken um, als sie eine Bewegung neben der Fensteröffnung wahrnahm. Es war ein leichter Wind, der den gestickten Wandbehang flattern ließ, so als habe ein großer Vogel seine Schwingen entfaltet.

Sie musste sich zwingen, die Handgriffe ruhig zu vollführen, um nichts von dem kostbaren Getränk zu verschütten. Sie hatte nur eine kleine Menge Wein mit den Kräutern der Hexe gewürzt, die Wirkung sollte stark und nachhaltig sein. Vorsichtig umfasste sie das Tuch, in dem die Kräuter zurückgeblieben waren, und presste es aus, so dass der Wein in die Kanne lief, und wickelte den Stoff dann zu einem kleinen Bündel zusammen, das sie in einer der schweren, hölzernen Truhen verbarg. Morgen würde sie es in die Erde eingraben, so dass niemand es finden konnte.

Sie nahm zwei bläuliche Glasbecher aus einer Wandnische und stellte sie auf den Tisch, den sie zuvor mit einem bunten Seidentuch bedeckt hatte. Die schräg einfallenden Strahlen der untergehenden Sonne fanden den Weg durch die enge Fensteröffnung und ließen die Gefäße aufblitzen. Gisela erschrak, als sie meinte, das Zeichen eines Kreuzes in dem gleißenden Licht zu erkennen. War das ein Zeichen für nahendes Unglück? Wollte der Himmel ihr Strafe androhen, weil sie Hilfe bei einer heidnischen Hexe gesucht hatte?

Wirf die Kanne samt Inhalt ins Feuer, sagte ihr eine innere Stimme. Was ist, wenn die Kräuter ein Gift enthalten, das Robert einen qualvollen Tod bereitet? Kann es nicht sein, dass die Hexe sich an uns rächen will, weil die Priester zornig gegen sie reden und sie verfolgen lassen?

Sie starrte auf die Gläser, doch das Zeichen wollte nicht mehr auftauchen. Die Sonne war gesunken; sie lag nun als rote Scheibe auf der dunklen Silhouette des Waldes und hatte den Himmel in Flammen gesetzt.

Langsam trat Gisela an den Tisch, fasste die Kanne und goss etwas von dem Sud in eines der Gläser. Wenn es tatsächlich ein Gift war, dann sollte es nicht Robert sein, der daran starb. Sie hatte diesen Trank gebraut, sie würde ihn auch kosten und die Folgen tragen.

Als sie das Glas an die Lippen hob, stieg ihr wieder, stärker noch als zuvor, der seltsam erregende Duft in die Nase, betäubend und verlockend zugleich. Der Wein schmeckte süßlich, obgleich sie keinen Honig zugefügt hatte, und rann warm durch ihre Kehle. Sie hustete, hätte sich fast verschluckt und stellte das Glas rasch wieder auf den Tisch zurück. Einen Augenblick lang stand sie ruhig da und spürte nichts als eine angenehme Wärme, die durch ihren Körper rieselte. Dann erfasste sie ein Schwindel; sie taumelte durch den Raum, stieß einen Schemel um und stützte sich dann mit beiden Armen gegen die Wand, um nicht den Halt zu verlieren.

Wenn dies der Tod war, der jetzt in ihrem Körper brannte, dann war das Sterben etwas unglaublich Süßes und Schönes. Ihr Atem flog, ihr Blut strömte wie flüssige Glut durch die Adern und sammelte sich zu einem köstlichen Wirbel zwischen ihren Beinen, der sie fast besinnungslos werden ließ vor Sehnsucht. Es war die eine Empfindung, die sie bisher nur aus seltenen Träumen kannte und die sie schamhaft vor aller Welt verschwieg. Sie spürte, wie ihre Brüste sich aufrichteten, wie die Spitzen so hart wurden, dass sie gegen den Stoff des Kleides stießen, und sie grub die Zähne in die Unterlippe, damit ihr kein Laut entschlüpfte. Ja, es war das gleiche Empfinden, das sie bei der Berührung mit dem dunklen Stein tief in der Grotte gehabt hatte. Es war Lust, tiefe, heftigste Lust bei der Begegnung mit einem Mann.

Sie war mit knapp fünfzehn Jahren verheiratet worden und hatte zwei Geburten gehabt – niemals jedoch hatte sie in den Armen ihres Mannes Genuss empfunden. Der Beischlaf war ihre Pflicht als Ehefrau, der Beweis dafür, dass ihr Mann sie liebte und achtete, und sie hatte ihn zu erdulden, denn sie wollte ihm Kinder gebären.

Es ist heidnisch, dachte sie und grub eine Hand zwischen ihre Schenkel, um den Aufruhr dort zu besänftigen. »Ein tückischer Heidenzauber. Niemals darf eine christliche Ehefrau so etwas empfinden. Heilige Lukrezia – beschütze mich vor der Sünde.«

Es nutzte wenig – im Gegenteil, durch die Berührung mit ihrer Hand wurde die Erregung ihrer Sinne immer noch stärker. Schon spürte sie, wie ein wohliges Zucken durch ihren Schoß zog – da hörte sie im Treppengang plötzlich einen spitzen Schrei.

Sie schrak zusammen. Es war eine Frau, die geschrien hatte, und der Laut war unvermittelt abgebrochen, so als habe sich eine Hand über ihren Mund gelegt.

Gisela kannte solche Geräusche nur allzu gut. Lange genug hatten sie ihr Kummer bereitet, sie hatte hilflos zuhören müssen, wie Robert den Mägden nachstellte, sie hatte nutzlose Tränen vergossen und nächtelang in Verzweiflung durchwacht. Jetzt würde alles anders werden. Sie spürte, wie ihr Denken sich klärte und der Körper wieder zur Ruhe kam. Die Entscheidung war nahe.

Sie stieß sich von der Wand ab, richtete den feinen Schleier und glättete ihr Kleid. Dann schritt sie zur Tür und riss sie auf.

»Mein Gemahl?«

Robert stand gebückt auf einem Treppenabsatz, und in der Dämmerung konnte sie den dunklen Umriss zweier Körper wahrnehmen. Er hatte eine der Mägde von hinten umfasst, war wohl schon dabei, ihr das Kleid hochzuschieben, aber jetzt hielt er inne und richtete sich auf. Die Magd entschlüpfte seinem Griff und rettete sich die Treppe hinauf in den oberen Raum des Wohnturms, wo die Wächter ihren Dienst versahen.

»Gisela? Ich dachte, du schläfst schon …«, sagte er mürrisch, während er mit einer Hand unter der knielangen Tunika seine Bruoche richtete.

»Es ist noch früh«, gab sie mit sanfter Stimme zurück. »Ich habe uns einen Abendtrunk gerichtet.«

Etwas an ihrer Haltung und Stimme erschien ihm anders als sonst, auch hatten sie die Gewohnheit, am Abend gemeinsam beim Wein zu sitzen, schon seit vielen Jahren nicht mehr gepflegt.

»Ich habe keinen Durst«, knurrte er.

»Mir zuliebe«, sagte sie lächelnd. »Es wäre schade um den Trunk, er ist vortrefflich gewürzt.«

In der Tat wehte ein seltsamer Duft aus dem Wohnraum in den Treppenaufgang herüber, ein Geruch, der ihn schnuppern ließ und seinen Pulsschlag erhöhte.

»Nur einen Becher«, gab er nach. »Ich muss gleich noch einmal die Runde machen. Der neu gekaufte Hengst hat einen der Stallknechte getreten, und ich will nachsehen, ob man das Tier fest genug angebunden hat.«

»Ist der Knecht schlimm verletzt? Soll ich mich um ihn kümmern?«, fragte sie erschrocken.

Er trat auf sie zu und atmete den süßen Duft tief ein. Tatsächlich schien sie verändert. Ihre Wangen glühten und aus ihren Augen sprach ein unbekanntes Feuer. Fast glich sie ihrer Schwester.

»Mach dir keine Mühe, es geht ihm gut«, murmelte er. »Was ist mit deinem Haar passiert?«

Sie legte lachend den Kopf zurück und schüttelte das

lange, blonde Haar, das sie unter dem Schleier offen trug. Er konnte sich nicht beherrschen und griff hinein, so wie er es früher immer getan hatte, wühlte in den hellen Flechten, wickelte sie um seine Hand, bis er ihren Nacken noch weiter nach hinten biegen konnte. Ihre sonst schmal zusammengepressten Lippen waren heute voll und wölbten sich ihm entgegen.

Er widerstand der Versuchung, sie zu küssen, denn er wollte es nicht zu weit treiben. Immer noch steckte der Ärger in ihm – er war so nahe am Ziel gewesen, hatte schon die prallen Schenkel der Magd gespürt und seine Männlichkeit war so erregt gewesen, dass es gar nicht einfach gewesen war, sie wieder unter der Bruoche zu verstauen.

»Was für ein Gewürz ist das?«, meinte er schnuppernd und ließ ihr Haar los. »Wo hast du es her? Ich habe noch nie zuvor so etwas gerochen.«

Lächelnd sah sie, wie seine Nüstern sich weiteten, und sie wusste genau, was in ihm vorging.

»Ein Händler auf dem Markt in Rouen hat es mir verkauft«, log sie und goss ihm ein. »Es ist ein fremdes Gewürz aus dem Land der Sarazenen, das man aus Blüten und der Rinde eines Baumes gewinnt.«

Seine Augenbrauen zuckten, als er den Becher an die Lippen führte, dann, während er den ersten Schluck trank, spürte sie seinen durchdringenden Blick, und sie erschauerte vor Sehnsucht nach ihm.

Wie schön er ist, dachte sie zärtlich. Wie glücklich bin ich, die Ehefrau dieses Mannes zu sein. Seine dunklen Brauen, die helle Stirn und sein sinnlich geschwungener Mund …

Ihr Körper zwang sie, sich noch anderes auszumalen, das sie sonst nie zu denken wagte. Seine kräftigen, nackten Arme und die dunkel behaarte Brust, die nach Schweiß und Männlichkeit roch. Seine schmalen, muskulösen Lenden und das harte Glied, das er meist so rasch und ungestüm in sie hineinstieß, dass sie vor Schmerz aufschrie. Jetzt begehrte sie diese Stöße mit heftiger Wollust.

»Was für ein Trunk«, stöhnte er und wischte sich mit dem Handrücken über die feuchten Lippen. »Ich glaube gar, du willst mich besoffen machen, Frau.«

»Das würde mir schwerfallen«, erwiderte sie lachend und nippte an ihrem Glas. »Du bist ein standhafter Trinker, Robert.«

Ein wollüstiger Zug erschien auf seinem Gesicht, er fuhr mit der Hand über den Tisch und fasste ihr Kleid vor der Brust.

»Du bist schön heute«, lallte er und zerrte so fest, dass der Stoff am Halsausschnitt einriss. »Komm her zu mir!«

»Du wirst das Kleid zerreißen«, wehrte sie sich.

»Was schert mich das verdammte Kleid! Her zu mir, oder ich reiße es dir vom Leibe!«

Er war rot vor Begierde und schien nicht mehr zu wissen, was er tat. Der Stoff gab nach, und bald hing ihr Gewand in Fetzen. Gisela versuchte, wenigstens ihr Hemd zu retten, doch auch das weiße Leinen zerriss unter seinen wütenden Händen. Keuchend drang er auf sie ein, riss an ihrem Haar, vergrub das Gesicht zwischen ihren bloßen Brüsten und schob sein steifes Glied zwischen ihre Beine.

»Auf das Lager mit dir! Mach schon! Oder willst du, dass ich dich im Stehen nehme wie eine Hure?«

Er stieß sie hinter die Vorhänge, die das eheliche Lager vor neugierigen Blicken abschirmten, fiel über sie her, wühlte mit den Händen in ihrem weichen Körper und suchte den Weg zwischen ihre Schenkel …

Gisela gab sich wohlig dem Rausch hin, spürte, wie ihr das Blut in den Ohren toste, und hob ihren Schoß begierig, um ihn endlich zu spüren. Erst nach einer kleinen Weile begann sie, auf sein Murmeln zu achten.

»Mein starrsinniges, wildes Nönnchen … Mir gehörst du jetzt, fromme Verführerin …«

Eisige Kälte durchfuhr mit einem Schlag ihren Körper.

»Herunter mit dem Nonnenschleier, du Süße. Reina … Reina …«

Sie hörte sich schreien, stieß mit den Knien, krallte die Nägel in seine Wangen, wand sich unter ihm hervor und stürzte ans andere Ende des Raumes.

»Raus mit dir! Du Satan! Du Geist der Hölle! Wage es nicht, mich je wieder anzufassen! Weg mit dir!«

Diese kreischende, sich überschlagende Stimme schien nicht ihr zu gehören. Sie warf mit allem, was ihre Hände zu fassen bekamen. Klirrend zersprangen die Gläser, die bronzene Kanne traf den Verblüfften an der Schulter, Stühle folgten, Tücher, hölzerne Kästchen, Öllampen aus Metall, ein Schürhaken für den Ofen …

Robert hatte sich schwankend inmitten der Wurfgeschosse erhoben, sein Gesicht war dunkelrot, die Augen schienen hervorzuquellen. Er machte zuerst Miene, sich auf sie zu stürzen, dann jedoch hielt er inne und wandte sich zur Tür.

Als er draußen war, sank sie wie betäubt in sich zusammen. Unten im Treppenaufgang war der Schrei einer Magd zu hören – Gisela vernahm ihn wie aus weiter Ferne.

Er liebte ihre Schwester Reina! Ein schlimmeres Unglück hätte kaum geschehen können.

* * *

Er war fort! Der Platz neben dem Baum, wo er noch am Abend gesessen hatte, war leer. Reina starrte durch eine der Fensteröffnungen des Refektoriums auf die Stelle, wo sein Körper das Gras niedergedrückt hatte. Lange konnte es nicht her sein, dass der Sklave geflohen war, die Halme lagen immer noch am Boden.

Hinter ihr kamen die acht Nonnen ins Refektorium, noch ein wenig schlaftrunken, denn es war kurz nach Sonnenaufgang. Im Winter würden sie Laudes und Prim bei Kerzenlicht in eisiger Kälte singen müssen. Dann würde man die Rundbogenfenster mit Brettern und Tüchern verschließen, zum Schutz vor Schnee und Sturm.

Reina grüßte ihre jungen Mitschwestern mit einem freundlichen Kopfnicken und schritt langsam an der Fensterfront des Refektoriums entlang, scheinbar um nachzuprüfen, ob der Bauleiter Odemar und die Knechte bereits an der Arbeit waren. In Wahrheit suchte sie mit den Augen die Baustelle, die umliegenden Wiesen und den Waldrand ab, um eine Spur des geflohenen Sklaven zu entdecken. Die drei Pferde auf der Weide waren noch da – war er zu Fuß geflüchtet? Wollte er sich im Schutz der Wälder bis an die Seine durchschlagen, um dann per Schiff zurück in seine Heimat zu reisen?

Sie hörte, wie Schwester Benedicta den Feuerstahl schlug, um zuerst die Öllampe und danach die Kerzen auf dem Altar zu entzünden. Gleich würde sie die Morgenandacht leiten müssen und ihre Gedanken irrten immer noch umher wie ein Schwarm aufgescheuchter Stare.

Vor allem war sie zornig auf sich selbst. Warum war sie gestern Abend davongelaufen, um sich in ihrer Zelle zu verstecken? Stattdessen hätte sie den Bauleiter und die Knechte in den Hütten wecken müssen, damit man den Sklaven wieder festband. Ärgerlich schlug sie mit der Faust auf den Fenstersims. Wie dumm sie gewesen war! Sie hatte seine Wunden behandelt, sich von ihm demütigen lassen und ihm dann auch noch die Flucht ermöglicht. Nun würde Robert ihr natürlich vorhalten können, dass er recht behalten hatte, und ihr Schwager würde sich weiterhin in die inneren Angelegenheiten des Klosters einmischen. Es ärgerte sie maßlos, denn sie setzte ihren Ehrgeiz darein, selbst über Wohl und Wehe ihrer kleinen Klostergemeinschaft zu bestimmen.

Auf der anderen Seite war es vielleicht gut, dass der Sklave fort war. Auch wenn sie es vor sich selbst nicht gern zugab: Er war ihr unheimlich gewesen.

»Wir sind bereit, Mutter Äbtissin …«

Sie wandte sich um, überflog ihre Schar mit kurzem Blick und begann mit dem Vortragen der Psalmen. Sie hatte sich eine eigene Litanei erdacht, bei der sie die Texte teils sprach, teils aber auch sang. Ihre Stimme war kräftig und schön, sie hatte große Freude daran, die heiligen Worte der Bibel durch ihre selbst erdachten Melodien zum Klingen zu bringen, und die Frauen fielen an bestimmten, von der Äbtissin festgesetzten Stellen, in ihren Gesang ein. Keine der Nonnen verstand Latein, doch Reina, die Lesen und Schreiben gelernt hatte und auch die lateinische Sprache ein wenig beherrschte, hatte ihnen erklärt, wovon ihre Gesänge erzählten. Sie sangen von Gott dem Herrn, der Himmel und Erde erschaffen hatte, von seinem Sohn Jesus Christus, der einem jeden von ihnen den Weg zum Paradies bereitet hatte, und von der Jungfrau Maria, die sich all ihrer Sorgen und Nöte annahm. Die Nonnen waren glücklich über diese Erklärungen, und sie sangen die Texte mit Inbrunst so laut sie konnten.

Nach einiger Zeit schien es Reina, als mischten sich schräge Klänge in den schönen Gesang. Auch die Nonnen wurden unruhig, sie rutschten auf ihren Plätzen hin und her und warfen neugierige Blicke aus den Fenstern. Helle, metallische Schläge klangen zu ihnen herauf, das war zwar nicht ungewöhnlich, doch diese Schläge waren rascher und fester als alle, die man bisher vernommen hatte.

Wer hämmerte da mit solcher Kraft auf den Steinen herum? Keiner der Knechte war in der Lage, den Hammer so gewaltig und schnell zu führen. Reina wäre am liebsten zum Fenster gelaufen, um hinauszusehen – doch sie bewahrte eisern die nötige Haltung und brachte auch ihre Nonnen durch zornige Blicke wieder zur Ruhe. Während sie die Litanei zu Ende sang, grübelte sie darüber nach, ob Schwager Robert am Ende bereits früh am Morgen mit seinen Männern zum Kloster geritten war, um den rebellischen Sklaven mit sich zu nehmen und dafür andere Arbeiter hergebracht hatte. Aber Robert war kein Mensch, der gern früh am Morgen unterwegs war – es sei denn, er ritt zur Jagd.

Kaum hatte sie den letzten Ton gesungen und die Andacht mit einigen kurzen Segensworten beendet, da stürzten die Frauen schon zu den Fenstern. Unten im Hof standen Odemar und die Knechte. Sie starrten zur Baustelle hinüber und flüsterten miteinander. Ihre Gesichter zeigten ungläubige Angst.

Auf der Baustelle stand der Wikinger, schwang munter den Hammer und trieb das Eisen in den Granit, dass die Funken stoben. Drei große Steinbrocken waren bereits auseinandergeborsten, der vierte würde unter den raschen, harten Schlägen nicht lange mehr widerstehen.

Reina starrte verblüfft auf das Schauspiel, und ihre Augen saugten sich geradezu an dem Körper des Mannes fest, der außer der kurzen, zerfetzten Bruoche völlig nackt war. Kräftige Muskelstränge spielten auf seinen Armen und Schultern, und wenn er sich mit einem Fuß gegen den Stein stemmte, schwollen die Oberschenkel an, und Reina musste unwillkürlich an die Geschichte von Simson denken. Kein Franke kam diesem Sklaven an Größe und Stärke gleich, er war in der Lage, einen Granitbrocken allein mit der Kraft seiner Füße voranzuschieben, und die Wunden, die noch immer deutlich auf Brust und Rücken zu sehen waren, schienen ihn bei seiner Arbeit nicht im mindesten zu stören.

Sie wurde sich plötzlich bewusst, dass ein solcher Anblick für eine Klosterfrau nicht statthaft war, und sie wandte sich rasch vom Fenster ab. Schließlich war sie für ihre Nonnen verantwortlich.

»Was gibt's da hinauszustarren?«, schalt sie. »Geht an eure Arbeit. Und vergesst dabei nicht das Gebot der Schweigsamkeit!«

Ganz sicher war dieses Gebot für die Nonnen am schwersten zu befolgen, denn Reina hörte sie bereits auf der Treppe aufgeregt miteinander flüstern.

»Schön wie ein Gott!«

»Bist du verrückt? Eher wie Satan, der uns verlocken will.«

»Wie seine helle Haut in der Morgensonne glänzt!«

»Er ist ja auch fast nackt!«

»Psst – Schwester Afranasia. Wenn die Äbtissin dich hört …«

»Aber es ist die Wahrheit …«

Als Reina auf der Treppe erschien, verstummten sie rasch, zogen die Köpfe ein und eilten davon. Unten im Hof standen die Knechte um den Bauleiter herum, unsicher, ob man sich auf die Baustelle wagen sollte. Noch gestern Abend war der Kerl fest angebunden gewesen. Welchen Zauber hatte er wohl benutzt, um sich seiner Stricke zu entledigen?

»Einfältige Kerle«, schimpfte Reina. »Er wird die Stricke an der scharfen Kante eines Steines durchgeschabt haben. Geht und schaut nach.«

Tatsächlich brachte einer der Knechte gleich darauf die zerscheuerten Stricke und einen Bruchstein, der auf einer Seite gesplittert war. Der Sklave musste ihn mit dem linken Bein zu sich herangezogen und anschließend mit Geschicklichkeit und viel Geduld die Stricke an den Händen durchgeschabt haben. Dumm war er nicht, der Bursche.

Aber weshalb er jetzt wie ein Wilder arbeitete – das vermochte niemand zu erklären.

Egal, dachte Reina. Die Hauptsache ist doch, dass er willig ist und seine Aufgabe erfüllt. Ihre Stimmung hob sich. Jetzt würde Schwager Robert nicht über sie triumphieren können – der Sklave war fleißig und arbeitete tatsächlich für drei.

Es versprach, ein heißer Sommertag zu werden, und Reina blickte immer wieder mit leichter Besorgnis zur Baustelle hinüber, wo der Sklave unermüdlich den Meißel in das harte Gestein schlug. Sie hatte die Nonnen angewiesen, ihm eine Sonderration Gerstenbrei mit Erbsen und frischem Brot zu bringen, auch wurde er mit reichlich frischem Wasser, das mit ein wenig Essig gemischt war, versorgt. Doch die wenigen Bäume boten kaum Schutz gegen die glühende Sonne, und er schien nichts von Pausen und vom Ausruhen zu halten. Gerade überlegte sie, dass sie gleich nach der Mittagsandacht zur Baustelle hinübergehen würde, um nach seinen Wunden zu sehen – da hörte man Pferdehufe auf dem harten Boden des ausgetrockneten Weges. Reina beschattete die Augen mit der Hand und erkannte zu ihrer Freude ihre Schwester Gisela, die von zwei Reitern begleitet auf das Kloster zuhielt.

Staubwolken stiegen von dem trockenen Boden auf und hüllten die Beine der Pferde ein, so dass man aus der Entfernung meinen konnte, Reiter und Tiere schwebten über dem Boden dahin. Giselas heller Schleier bauschte sich im Wind.

»Immer kommst du, wenn die Andacht gerade beendet ist!«, rief Reina ihr mit leichtem Vorwurf entgegen. »Ich glaube fast, du magst unsere Gesänge nicht leiden.«

Gisela wartete, bis ihre Begleiter von den Pferden gestiegen waren, um ihr aus dem Sattel zu helfen.

»Lass uns hineingehen«, bat sie, ohne auf Reinas Vorhaltung einzugehen. »Es ist schrecklich heiß heute und der Staub bringt mich fast um.«

Reina stellte fest, dass ihre Schwester heute sehr ernst war, die glückliche Stimmung, die sie bei ihrem letzten

Besuch gezeigt hatte, schien verflogen. Mitleid erfasste sie – wie schwer war es doch, den Aufgaben einer Ehefrau gerecht zu werden. Ganz sicher hatte Gisela gehofft, ein Kind zu tragen, und war nun enttäuscht worden.

»Komm«, meinte sie sanft und nahm Giselas Arm. »Im Refektorium ist es wunderbar kühl, da kannst du dich erholen.«

Sie schickte eine ihrer Nonnen aus, um Brot, in Honig eingelegte Früchte und frisches Brunnenwasser zu bringen, und stieg mit Gisela die Treppen hinauf. Ihre Schwester atmete keuchend, einmal blieb sie sogar stehen, um nach Luft zu ringen, und Reina wurde langsam ernsthaft besorgt.

»Du bist doch nicht etwa krank, Gisela?«

»Ich muss mit dir sprechen, Reina.«

Sie ließen sich auf zwei Schemeln in der Nähe einer der gewölbten Fensteröffnungen nieder, und Reina sah schweigend zu, wie ihre Schwester gierig das kühle Brunnenwasser trank. Die Ärmste musste ja wirklich halb verdurstet sein.

»Wie geht es Robert?«, erkundigte sie sich dann höflich.

Giselas Züge waren plötzlich hart, sie presste die Lippen zusammen und ihr Gesicht verlor allen Liebreiz.

»Er hat lange geschlafen an diesem Morgen. Ich habe ihn noch nicht gesehen.«

Reina fragte nicht weiter. Doch es war offensichtlich, dass Robert die Nacht nicht auf dem ehelichen Lager verbracht hatte. Obwohl sie im Kloster erzogen worden war, wusste Reina doch, dass solches vonnöten war, wenn ein Ehepaar ein Kind haben wollte. In Gedanken gab sie Robert an Giselas Unglück die Schuld – ihre

Schwester Gisela war der sanfteste Mensch auf Erden. Eigentlich konnte Robert froh und glücklich sein, eine solche Frau zu haben.

»Ich habe eine schlimme Sünde begangen, Reina«, sagte Gisela unvermittelt in ihre Gedanken hinein.

»Du?«

»Ich habe bei Roxana Hilfe gesucht, um ein Kind zu empfangen.«

Reina starrte sie mit aufgerissenen Augen an. O Gott – war es möglich? Roxana war eine heidnische Teufelin, vor der alle Priester und Bischöfe immer wieder warnten, denn sie wollte die unsterbliche Seele der Menschen der Hölle zuführen. Immer wieder hörte man von Frauen aus den Dörfern, die zu ihr gingen, um in der heidnischen Grotte die falschen Götter anzubeten. Einige der Frauen waren sogar exkommuniziert worden. Und nun gestand ihr die eigene Schwester …

»Das kann nicht sein, Gisela …«, flüsterte sie entsetzt.

Gisela senkte den Blick nicht, sondern sah ihrer Schwester offen ins Gesicht. Sie hatte lange Stunden über das Geschehen nachgedacht. Roxana hatte ihre Worte anders gemeint, als sie, Gisela, sie damals verstanden hatte. Die Grotte brachte Segen oder Fluch. Fluch brachte sie derjenigen, die schwach war, und Gisela hatte die ganze Nacht darüber gebrütet, ob sie nun schwach oder stark gewesen war, als sie sich ihrem Mann verweigerte. Jetzt wusste sie, dass sie beides war. Segen würde ihr in diesem Leben nicht mehr zuteil werden – doch sie würde stark genug sein, um den Fluch abzuwehren.

»Ich habe es getan, weil es kein anderes Mittel mehr gab, die Liebe meines Mannes zurückzugewinnen«, sagte sie langsam und eindringlich, denn Reina war vor Entsetzen noch wie gelähmt und schien kaum fähig, ihre Worte zu begreifen.

»Wie konntest du nur …«

»Höre mich an!«

Reina hatte Mühe, ihre Aufregung zu beherrschen. Am liebsten hätte sie die Schwester bei den Schultern genommen und geschüttelt. Doch Gisela hatte heute einen ungewohnt energischen Ton, so dass Reina überrascht schwieg.

»Gott hat mir eine Strafe für meine Sünde geschickt – ich werde niemals wieder ein Kind auf die Welt bringen. Niemals wieder werde ich die Pflichten erfüllen können, die die Ehe von mir fordert. Mein Schicksal ist damit entschieden – ich habe keine Hoffnung mehr. Aber du, Reina, du sollst von all diesem Unglück verschont bleiben.«

»Du musst diese schwere Sünde beichten, Gisela«, sagte Reina unglücklich. »Nur wenn Gott dir verziehen hat, wirst du wieder Glück und Zufriedenheit in deiner Ehe finden …«

»Dazu ist es zu spät«, gab Gisela düster zurück.

Sie hatte nicht die Absicht, ihrer Schwester die Wahrheit zu sagen, denn das hätte sie nur unnötig verwirrt. Aber sie würde alles daransetzen, um Reina vor Unheil zu bewahren.

»Du bist jung, Reina«, sagte sie und fasste Reinas Hand. »Du hast das bessere Los gewählt – eines Tages wirst du eine bedeutende Äbtissin sein. Aber das wird sich nur erfüllen, wenn du in das Kloster St. Emilien zurückkehrst, wo du auch erzogen wurdest. Hier ist kein Ort für dich.«

Reina runzelte verständnislos die Stirn. Was redete Gisela heute nur für ein Zeug? Sie war hier mit großem Ehrgeiz dabei, ihre kleine Klostergemeinschaft zu mehren, die Kirche zu erbauen, Dörfer und Gemeinden dazuzugewinnen und vielleicht sogar eines Tages eine bedeutende Reliquie zu erwerben, so dass Büßer und Wallfahrer an diesen Ort strömen würden.

»Schwöre mir, dass du von hier fortgehen wirst!«, drängte Gisela. »Wenn du es nicht tust, werden schlimme Dinge geschehen, glaub mir.«

Reina betrachtete prüfend das erhitzte Gesicht ihrer Schwester. Schweiß stand auf Giselas Stirn und perlte in kleinen Tröpfchen die Schläfen hinab. Ihre Augen waren gerötet und voller Angst auf Reina gerichtet. War Gisela heute einfach zu lange in der Sonne gewesen? Oder hatte sie ein Fieber? Das würde vielleicht den Unsinn erklären, den sie redete.

Ja, dachte Reina. Sie ist krank, und die ganze schreckliche Geschichte mit Roxana und der Grotte war nichts als ein böser Fiebertraum. Sie fasste die Hand ihrer Schwester und stellte fest, dass deren Finger eiskalt waren.

»Du musst dich hinlegen, Gisela. Schwester Benedicta wird dir etwas gegen das Fieber geben. Mach dir keine Sorgen – alles wird wieder gut. Du hast nur geträumt …«

Doch Gisela erhob sich abrupt und stieß ihre Hand von sich. Ihre Stimme klang auf einmal schrill.

»Ich habe weder ein Fieber noch habe ich geträumt, Reina. Ich weiß, was ich sage. Folge meinem Rat, oder du wirst es schwer bereuen!«

Jetzt wurde Reina langsam ungehalten. Schließlich war sie kein kleines Mädchen mehr, sondern die Äbtissin dieses Klosters, und sie hatte nicht vor, sich in dieser Weise von ihrer Schwester herumkommandieren zu lassen.

»Ich denke nicht daran!«, gab sie zurück und blitzte Gisela angriffslustig an. »Hier ist mein Ort, und dieses Kloster ist meine Aufgabe. Ich werde nicht von hier weichen.«

Gisela verließ sie ohne Abschied, und Reina tat das Herz weh, als sie den Reitern nachblickte, die sich rasch entfernten. Noch eine ganze Weile sah sie Giselas hellen Schleier, der hinter ihr herflatterte, dann vermischten sich die Silhouetten von Reitern und Pferden mit den aufgewirbelten Staubwolken des Weges.

Ihre arme Schwester musste sehr unglücklich sein.

* * *

Am Nachmittag klopfte Odemar, der Bauleiter, an die Tür des Refektoriums. Reina saß mit der kleinen, rundlichen Schwester Benedicta auf dem Fußboden, um sie herum waren Wollstoffe ausgebreitet, aus denen Mäntel für den Winter zugeschnitten und genäht werden sollten. Reina hatte die Schnittlinien mit weißer Kreide vorgezeichnet und Benedicta führte mit hochrotem Gesicht die Schere durch den Stoff.

»Was gibt's, Odemar?«, fragte Reina etwas ungehalten, denn sie wollte die Arbeit bis zur Vesper beendet haben.

»Verzeiht, Herrin«, sagte Odemar und atmete tief ein und aus, so als müsse er Mut fassen, um sein Anliegen vorzubringen. »Es ist etwas mit dem Sklaven …«

»Mehr zu mir herüber, Benedicta«, kommandierte die Äbtissin. »Siehst du nicht, dass du den weißen Strich verloren hast?«

»Mir verschwimmt alles vor den Augen, Mutter Äbtissin«, jammerte die Nonne und hielt mit Schneiden inne.

»Dann schau einen Moment aus dem Fenster, um deine Augen auszuruhen. Danach wird es besser gehen.«

»Ja, Mutter Äbtissin. Es tut mir leid, dass ich so ungeschickt bin.«

Reina legte die Kreide zur Seite und seufzte. Die Mädchen waren zwar sehr willig, aber Hirn hatte keine einzige von ihnen und geschickt waren sie auch nicht. Es war gut, dass jemand für sie sorgte und sie anleitete.

»Was ist mit dem Sklaven? Arbeitet er etwa nicht mehr?«

Odemars Gesicht und Bart waren grau vor Staub, und als er sich mit den Fingern durchs Haar fuhr, rieselten kleine Steinchen auf die Holzdielen des Refektoriums.

»Er arbeitet, Herrin. Nur zum Essen hat er eine Pause gemacht, und hin und wieder trinkt er etwas Wasser.«

»Dann ist doch alles in Ordnung«, gab Reina ungeduldig zurück und überlegte schon, ob man aus dem übriggebliebenen Stoff vielleicht noch wärmende Beinlinge für kalte Wintertage nähen könnte.

»Leider nicht, Herrin«, fuhr Odemar zögernd fort. »Es ist leider so, dass er niemandem gehorcht. Er tut einfach, was er will.«

Das war allerdings keine gute Nachricht.

»Was tut er denn?«

Odemar zuckte die Schultern.

»Er hat eine Menge Blöcke gespalten und dann begonnen, die Steine zurechtzuschlagen.«

»Aber das ist doch sehr vernünftig, oder?«, meinte Reina mit gerunzelter Stirn.

Odemar kratzte sich im Genick. Er hatte ja gewusst, dass es schwierig sein würde, seiner Herrin die Lage zu erklären.

»Natürlich, Herrin. Es ist nur widersinnig, dass dieser Sklave arbeitet, ohne dass man es ihm befiehlt.«

Reina sah überrascht in sein zerfurchtes Gesicht und fand die Verwirrung darin außerordentlich komisch. Mit Mühe gelang es ihr, ein lautes Auflachen zu unterdrücken.

»Nun ja – das mag daran liegen, dass er kein Fränkisch versteht«, versuchte sie den Bauleiter zu beruhigen.

»Er versteht mehr, als wir glauben«, gab Odemar düster zurück. »Herrin – dieser Kerl ist uns allen unheimlich, und keiner von meinen Knechten hat Lust, sich mit ihm anzulegen.«

»Das ist auch nicht nötig, Odemar. Der Sklave tut doch genau das, was er tun soll. Weshalb beschwerst du dich eigentlich?«

Odemar machte eine hilflose Geste mit den Händen – scheinbar wollte seine Herrin ihn nicht verstehen. Dieser Kerl tat einfach aus eigener Machtvollkommenheit, was notwendig war. So etwas ging nicht an, das war wider alle Ordnung. Wer war denn hier noch Herr und wer Sklave?

»Ich werde mich darum kümmern, dass er unsere Sprache lernt, Odemar«, meinte Reina leichthin. »Dann wird alles leichter werden.«

Odemar senkte gehorsam den Kopf, überzeugt war er

keineswegs. Dieser bockbeinige Wikinger würde ihnen ganz sicher noch eine Menge Kummer bereiten.

Nach der Vesper saßen die Knechte vor den Bauhütten und warteten darauf, dass die Nonnen sie mit Brot, Gerstenbrei und gekochtem Gemüse versorgten. Sie erhielten ebenso einen Krug Wein, den sie mit Wasser vermischten, und als Zugabe eine Schale Nüsse. Die Arbeit war rasch vorangekommen an diesem Tag, doch zeigten die Gesichter darüber weder Zufriedenheit noch Stolz.

»Wo ist der Wikinger?«, wollte die junge Äbtissin wissen, die gemeinsam mit zwei Nonnen die Mahlzeit ausgeteilt hatte.

»Unten am Bachlauf«, sagte Odemar missmutig. »Der Kerl planscht im Wasser herum, als sei er ein Fischlein.«

»Diese Nordmänner sind doch alle mit Flossen zwischen den Zehen geboren«, witzelte einer der Knechte und stopfte sich einen Löffel Brei in den Mund. »Schwimmen im Meer herum wie Walrosse. Und ihre Schiffe gleiten durchs Wasser wie Meeresdrachen.«

»Schweig von den Drachenbooten, Kerl«, fuhr Odemar den Knecht an. »Ist noch nicht lange her, da kamen die verfluchten Heiden in Scharen die Seine herauf. Wer da nicht davongelaufen ist, den haben sie gemeuchelt. Alle Kirchen und Klöster haben sie beraubt, Männer, Frauen und Kinder in die Sklaverei verkauft, und wer nicht Tribut zahlte, dessen Haus wurde ihm über dem Kopf angesteckt.«

Reina machte große Augen. Robert hatte zwar ein paar Andeutungen gemacht, doch mehr hatte sie in ihrer klösterlichen Abgeschiedenheit nicht über diese Gräuel erfahren. Die Äbtissin hatte es wohl nicht für nötig gehalten, die ihr anvertrauten Novizinnen mit solchen Dingen zu ängstigen.

»Nun – falls sie kommen sollten, haben wir wenigstens eine Geisel«, meinte einer der Knechte großspurig, denn der Wein hatte seinen Mut gehoben.

»An so etwas darfst du nicht einmal im Traum denken!«, knurrte Odemar und nahm dem jungen Kerl den Weinkrug fort.

Reina blieb eine Weile unschlüssig stehen, dann wandte sie sich zum Klosterhof, wo zwei Nonnen damit beschäftigt waren, mit einem Eimer Wasser und dem Reiserbesen die neu verlegten Steinplatten zu säubern. Sie setzte sich unter einen Baum und betrachtete nachdenklich den langgezogenen Bau des Nonnenhauses, der bis auf das Strohdach vollkommen aus Stein bestand. Sie war zunächst ungehalten gewesen, als ihr Schwager Robert darauf bestand, das Kloster statt aus Holz aus dem grauen und rötlichen Granit der Gegend zu errichten, denn die Steinbrocken mussten mühsam herbeitransportiert werden und der Bau hatte lange Zeit in Anspruch genommen. Jetzt aber war sie froh darüber. Diese Mauern würden jedem Angriff trotzen, man konnte sich in ihrem Schutz sicher und geborgen fühlen.

Ob die Wikinger tatsächlich so grausam waren? Vermutlich hatte Odemar, dieser Hasenfuß, wieder einmal schrecklich übertrieben. Krieger waren immer grausam – auch Robert war ein Krieger und besaß Schwert, Rüstung und Lanze. Ganz sicher wusste er diese Waffen auch zu benutzen.

Und doch war es seltsam, dass ihr Sklave ausgerechnet ein Wikinger sein musste. Ob er wohl schon als Sklave geboren war, oder ob jemand ihn gefangen und in die

Sklaverei verkauft hatte? Hatte er nicht behauptet, ein König zu sein? Nun – dieses Rätsel würde sich gewiss lösen, wenn er ein wenig Fränkisch gelernt hatte.

Immer noch war nichts von ihm zu sehen. Wollte er gar unten am Bach übernachten? Das gefiel ihr wenig – seinen merkwürdigen Eigensinn würde sie ihm schon noch austreiben. Er hatte, genau wie die anderen Arbeiter, in einer der Bauhütten zu schlafen und Extrarationen würde es ab heute auch nicht mehr geben. Je früher er das begriff, desto besser.

Entschlossen erhob sie sich und ging gemessenen Schrittes den Wiesenpfad zum Bach hinunter. Das Bachbett lag in einer Senke, niedrige Bäume und Gesträuch wuchsen an den steilen Ufern, nur an wenigen Stellen gab es schmale Sandbänke, die den Zugang zum Bachlauf ermöglichten. Formlose, von den Frühlingsfluten ausgewaschene Steinbrocken lagen dort verstreut, die von den Nonnen oft genutzt wurden, um darauf die Wäsche zu klopfen und zu reiben.

Angenehme Kühle umfing Reina, als sie in den Schatten der Bäume trat und das Rauschen des Gewässers hörbar wurde. Schwärme von Mücken tanzten unter den Bäumen, die ekstatisch sirrende Feier ihres kurzen Lebens. Der Tag war ungewöhnlich heiß gewesen und auch jetzt noch lag eine drückende Schwüle über der ausgetrockneten Landschaft. Der Bach führte jetzt nur wenig Wasser, so dass das Geröll an beiden Ufern zutage trat, und nur in der Mitte strömte ein breites Rinnsal eilig über das Gestein.

Reina kniff die Augen zusammen, denn die schrägen Sonnenstrahlen, die durch das Blätterdach fielen, spiegelten sich gleißend im Wasser. Der Wikinger war nicht da – hatte er sich eine andere Stelle gesucht? Warum wurde man aus diesem Kerl niemals klug?

Das munter dahinströmende Wasser lockte. Vorsichtig sah sie sich um – sie war allein. Das lange, schwere Nonnengewand und der Schleier waren eine rechte Plage bei dieser Hitze. Wenigstens die Füße ein wenig kühlen, mit den heißen, staubigen Zehen die kitzelnde Strömung des Bachwassers spüren. Reina konnte nicht widerstehen. Sie stieg über das lockere Geröll, rutschte ein paar Mal aus, denn die Steine waren glatt, dann netzten die ersten kleinen Wellen und Wirbel ihre Füße. Wohlig aufseufzend streckte sie einen Fuß vor, hielt ihn der Strömung entgegen und genoss das kühle Prickeln an ihrer Fußsole. Dann wurde sie mutiger, hob das lange Gewand bis zu den Knien an und stieg tiefer in den Bachlauf hinein. Kalt umschäumten die Wellen ihre Waden, spritzten hinauf bis zu den Knien und netzten sogar ihre Oberschenkel unter dem Kleid. Sie musste lachen und wurde wieder zu dem kleinen Mädchen, das vor Jahren im kurzen Hemd in den Bach gestiegen war und die große Schwester, die sie hatte herausziehen wollen, unbarmherzig nassgespritzt hatte. Sie schwenkte das Kleid, sprang von Stein zu Stein, jauchzte auf, als sie fast den Halt verlor, und rettete sich, indem sie mit einer Hand einen überhängenden Zweig packte.

Vom Ufer her erklang ein lautes, tiefes Lachen aus männlicher Kehle. Reina erschrak so sehr, dass sie das mit einer Hand geraffte Kleid losließ, dann erst drehte sie sich um.

Der Wikinger stand breitbeinig am Ufer, die Arme in die Seiten gestemmt, nur mit der Bruoche bekleidet, die jetzt noch dazu nass war und sich eng an seinen Körper legte. Er lachte so heftig, dass Reina die Muskelbänder an seinem Bauch hüpfen sah.

»Wasser … gut … kalt …«, sagte er und suchte weiter nach passenden Worten, doch es fielen ihm keine ein. Stattdessen wurde ihm klar, wie sehr sein Gelächter sie erschreckt hatte, denn sie stand wie erstarrt mitten im Bach, während die Strömung am Saum ihres langen Gewandes zerrte.

»Nicht … Angst. Halvdan … helfen.«

Bevor sie recht begriff, was er tun wollte, war er in den Bach gestiegen und hatte sie ohne Vorwarnung blitzschnell auf seine Arme genommen.

»Nein! Nicht!«

Er scherte sich wenig um ihre empörten Abwehrversuche, sondern trug die Zappelnde mit raschen, sicheren Sprüngen zum Ufersand. Erschauernd fühlte Reina seine harten Arme unter ihren Kniekehlen und in ihrem Rücken, für einen Moment lag ihr Kopf an seiner bloßen Brust, ihre Wange berührte seine warme Haut und sie spürte seinen Atem.

Er hielt sie noch einen Moment lang fest, als er längst am Ufer stand, nur langsam senkte er den Arm, so dass sie sich wieder auf die eigenen Füße stellen konnte. Wie benommen stand sie vor ihm, rang nach Luft und hatte das beschämende Gefühl, sich schrecklich lächerlich gemacht zu haben.

So rasch wie er gehandelt hatte, so umgehend zahlte sie es ihm heim. Die Ohrfeige traf ihn völlig unvorbereitet, zwar hielt der Bart einiges ab, aber der Schlag saß gut.

»Tu das nie wieder!«, fauchte sie ihn an. »Hast du verstanden? Wage niemals wieder, mich anzufassen!«

Er kniff die Augen böse zusammen und fuhr sich mit der Hand an die Wange. Vermutlich hatte er nicht erwartet, dass eine zierliche Fränkin einen solchen Schlag am Leibe hatte.

»Es wird höchste Zeit, dass du etwas dazulernst!«, fuhr sie zornig fort und schüttelte den klatschnassen Saum ihres Gewandes. »Setz dich dorthin!«

Sie trat vorsichtshalber einige Schritte zurück und wies mit der Hand auf einen der Steinbrocken, die aus dem Sand herausragten. Er runzelte die Stirn, unschlüssig, ob er ihren Willen tun oder sie einfach stehenlassen sollte. Verflucht, dieses Mädchen war schön und ihre anmaßende Art reizte ihn. Aber er hatte auch große Lust, sie übers Knie zu legen.

»Du wirst jetzt unsere Sprache lernen!«

In seinem Kopf formte sich eine Ahnung dessen, was sie vorhatte. Sie wollte ihm Fränkisch beibringen. Er hatte nichts dagegen.

»Lernen!«, sagte er mit energischer Betonung und setzte sich brav auf den Stein.

Unter dem erwartungsvollen Blick seiner kühlen blauen Augen wurde es Reina ein wenig unheimlich. Auch wäre vieles leichter gewesen, wenn er wenigstens einen Kittel angehabt hätte, denn sein mächtiger Körper und das Spiel seiner wulstigen Muskeln verwirrten sie schrecklich. Mehr aber noch die Wölbung, die sich jetzt recht deutlich unter dem nassen Stoff der Bruoche zwischen seinen Schenkeln abzeichnete.

Sie riss sich zusammen und begann mit dem Unterricht.

»Bach«, sagte sie und wies auf das Gewässer.

»Bach«, wiederholte er.

»Baum.«

Auch dies verstand er und sprach es nach. Seine Aussprache war seltsam hart, doch man konnte die Worte verstehen. Fisch, Gras, Stein, Blätter, Halme, Wasser, Sonne, Zweige – sie nahm, was ihr gerade vor Augen kam und er erfasste rasch den Sinn.

»Du – Mann.«

Er nickte. Mann. Dann lächelte er sie an.

»Du – Frau«, behauptete er.

Sein Lächeln hatte etwas, das sie vollkommen durcheinanderbrachte.

»Nein«, sagte sie abwehrend. »Nicht Frau. Nonne.«

»Nonne«, wiederholte er. »Was ist Nonne?«

»Eine Nonne lebt im Kloster und heiratet nicht. Kein Mann – verstehst du? Eine Nonne hat keinen Ehemann.«

Er grinste vergnügt.

»Du kein Mann, der dich besitzt. Gut.«

Sie bekam langsam das Gefühl, dass er doch mehr verstand, als er zugab. Sie ließ ihn alle Worte wiederholen und stellte fest, dass sein Gedächtnis ausgezeichnet war.

Abgesehen von einigen schlechten Angewohnheiten, die sie ihm noch austreiben würde, war der Kerl recht brauchbar.

* * *

Robert war mit dumpfem Schädel erwacht, als die Sonne schon fast im Mittag stand, und er versuchte sich mühsam zu erinnern, was in der Nacht geschehen war. Er musste zu viel gesoffen haben, in seiner Erinnerung schwebte noch ein seltsam süßlicher Duft – gewürzter

Wein. Das reine Teufelszeug, sein Hirn war leer und sein Mund staubtrocken.

Eine junge Magd saß neben dem Lager, die Augen ängstlich auf ihn gerichtet, als erwarte sie, geprügelt zu werden.

»Gib mir Wasser!«, herrschte er sie an.

Er trank durstig in langen Zügen und fühlte sich gleich besser.

»Wo ist die Herrin?«

»Im Garten mit den Mägden, Herr. Wir ernten Erbsen und jungen Kohl … Auch die Selleriestauden sind hoch gewachsen und die Knollen schon dick …«

»Lass mich damit zufrieden!«, knurrte er und die Magd schwieg erschrocken. Sie hatte von der Gräfin den Befehl erhalten, am Lager des Herrn zu wachen, doch sie fürchtete sich schrecklich vor ihm. Er war in der Nacht wie ein wildes Tier über die Frauen hergefallen und hatte dabei immer einen Namen gemurmelt. Doch den zu nennen, hatte die Herrin bei strengster Strafe verboten.

»Bring mir frische Kleider!«

Seine Toga und das Hemd waren in beklagenswertem Zustand, ganz zu schweigen von den fehlenden Beinlingen und der zerfetzten Bruoche. Zu seinem nicht geringen Ärger konnte er sich jedoch an kaum etwas erinnern.

Während er die neuen Kleider anlegte, grübelte er darüber nach, ob man ihm am Ende ein Gift gegeben hatte. Immer noch war sein Kopf leicht umnebelt, sein Herz klopfte unruhig, auch fühlte er sich ein wenig schwindelig.

Wer könnte so etwas getan haben? Einer seiner Gefährten? Etliche von ihnen waren ehrgeizige Kerle, kamen aus Adelsfamilien der Umgebung und wollten hoch hinaus. Es wäre nicht das erste Mal, dass so einer seinen Herrn vergiftete, um später die Witwe und den Grafenthron zu erheiraten.

Er zog den ledernen Gürtel fest und starrte zum Tisch hinüber. Für einen Augenblick tauchte ein versunkenes Bild in seinem Kopf wieder auf: ein buntes, seidenes Tuch, darauf eine schlanke Kanne und zwei Becher aus bläulichem Glas. Er hatte sechs von diesen Bechern einem Händler aus dem Süden abgekauft, der im vergangenen Jahr mit seinen Waren auf die Burg gekommen war. Kein einziger davon stand noch in der Wandnische, wo Gisela die kostbaren Trinkgefäße aufbewahrte.

Gisela! Konnte es sein, dass die sanfte, stille Gisela versucht hatte, ihn zu vergiften?

Gleich darauf verschwand die Erinnerung wieder und er fragte sich, weshalb er wie ein Blödsinniger im Raum stand und auf die leere Wandnische starrte.

Er gab sich einen Ruck und stieg hinunter in den Hof, um dort nach dem Rechten zu sehen. Ein paar junge Burschen hockten müßig herum und spielten mit Würfeln – sie bekamen seine schlechte Laune zu spüren und wurden mit Maulschellen an die Arbeit getrieben. Das Dach in einem der Nebengebäude war undicht, er kümmerte sich selbst um die Instandsetzung, legte mit Hand an und keiner der Knechte konnte es ihm recht machen.

Als er erfuhr, dass seine Frau, ohne ihn davon in Kenntnis zu setzen, zum Kloster geritten war, schäumte er vor Wut. Was hatte sie dort nur ständig zu suchen? Es gefiel ihm wenig, wenn die beiden Schwestern zusammensteckten, er würde Gisela solche Ausflüge in Zukunft verbieten.

Am Abend sahen sie sich nur kurz, denn er zog es vor, das Mahl in Gesellschaft seiner Gefährten einzunehmen. Gisela nahm sein hastig ausgesprochenes Verbot schweigend hin und zog sich sofort in den Wohnturm zurück. Er hatte wenig Lust auf das eheliche Lager und verbrachte die Nacht im Gesindehaus.

Die Mägde, die scheu vor ihm zurückwichen, lockten ihn in dieser Nacht wenig. Dafür waren seine Träume mit süßen Bildern erfüllt, die ihn vor Verlangen zum Stöhnen brachten. Es war schwere Sünde, sich an einer Nonne zu vergehen, das war ihm wohl bewusst und er fürchtete die Strafe, die der Erzbischof von Rouen über ihn verhängen würde, käme die Sache an die Öffentlichkeit.

Auf der anderen Seite würde sie keine Wahl mehr haben, wenn er sie erst entjungfert hatte. Mit ihren ehrgeizigen Plänen, ein bedeutendes Kloster zu schaffen, Reliquien zu erwerben und eine Wallfahrtsstätte zu gründen, wäre es dann endgültig vorbei, wenn ihre Schande im ganzen Land bekannt würde. Reina würde sich ohne Zweifel nach dem ersten Schrecken besinnen, und er würde ihr Schweigen mit Zuwendungen und Dotationen für das Kloster belohnen. Natürlich würde sie sich jede einzelne dieser Gunstbezeugungen »verdienen« müssen. Das Kloster stand auf seinem Grund, er war ihr Herr und er würde dafür sorgen, dass dies so blieb.

Die Vorstellung erregte ihn bis aufs Blut. Welch ein Genuss, diesen jungen, widerstrebenden Leib immer wieder zu erobern. Sie würde sich wehren, die Fäuste gebrauchen, verzweifelt sein ob der schlimmen Sünde, ihn um Schonung anflehen – all dies würde seine Wollust nur steigern. Das war etwas anderes als die demütige Hingabe seiner sanften Gisela, deren üppiger, weißer Körper ihn längst unsäglich langweilte.

Er verbrachte zwei Tage damit, sich einen Plan zurechtzulegen. Er würde sie zu einem Marktbesuch einladen – Wünsche hatte sie ja immer für ihr Kloster, und der Markt in Rouen schien ihr mächtig gefallen zu haben. Er würde ein paar Leute anwerben, die ihnen am Waldrand auflauerten und einen Überfall vortäuschten. Während seine Begleiter sich mit den Burschen herumschlugen, würde er mit Reina im Wald verschwinden. Natürlich um sie vor den Angreifern zu retten. Wenn er sie dann zur Burg zurückführte, würde die Pforte zwischen ihren Beinen geöffnet sein. Doch sie würde auch begriffen haben, dass sie darüber zu schweigen hatte.

Früh am nächsten Morgen ließ er ein Pferd satteln und ritt ohne Begleitung nach Rouen. In der Hafengegend, wo die Händler ihre schweren Kähne anlegten, trieb sich immer allerlei Volk herum. Diebe und Wegelagerer waren darunter, Söhne aus dem niedrigen Adel, die bei der Erbteilung der väterlichen Lande nichts abbekommen hatten und für ein paar Deniers zu allem bereit waren, Unfreie, die ihrem Herrn davongelaufen waren, Bettler, Herumtreiber, Galgenvögel.

Der schwarze Graf hatte ein gutes Auge – er suchte sich einen jungen Kerl aus, der nicht schlecht gekleidet und auch bewaffnet war – ohne Zweifel der Bastard eines Adeligen, der zu Lebzeiten seines Vaters noch bessere Tage gesehen hatte. Man wurde rasch handelseinig. Nicht mehr als zehn Männer, kräftige Burschen, die verstanden, welches ihr Auftrag war. Bettler und Kranke konnte er nicht gebrauchen, auch keine Krüppel.

Der junge Kerl grinste, als Robert ihm die Sache erklärte, scheinbar hatte er den geheimen Sinn der Aktion begriffen. Doch er nahm schweigend die schmale Vorauszahlung, die bei erfülltem Auftrag verdreifacht werden würde.

»Ich sende einen Boten, der dir die genaue Zeit mitteilt!«, raunte der Graf dem Burschen zu und gab dann seinem Pferd die Sporen.

Es war bereits Abend, als vor ihm das steinerne Nonnenhaus inmitten der blühenden Wiesen auftauchte und er spürte, wie eine erregende Spannung ihn erfasste. Die schrägen Sonnenstrahlen ließen das graue Gebäude rötlich erscheinen, hie und da blitzte ein im Granit eingeschlossenes Kristall im Licht auf, so als sprühe der Stein helle Fünkchen. Weithin waren die Gesänge der Vesper zu vernehmen, und er glaubte, Reinas helle, kräftige Stimme herauszuhören. Was für verrückte Ideen dieses Mädchen hatte. Nirgendwo hatte er bisher solch melodische Gesänge gehört, die Mönche in Rouen brummelten zwar hin und wieder einige Psalmen, doch klang dies eher monoton und gelangweilt.

Wie gewohnt stand Odemar mit den Knechten im Hof, um von hier aus andächtig an der Vesperandacht teilzunehmen. Auch dies hatte Reina eingeführt – sie legte Wert darauf, dass auch die Knechte und sogar die adeligen Gäste sich der Klosterordnung fügten. Eigentlich wäre sie eine gute Gräfin geworden – wie schade, dass er damals nicht Gisela ins Kloster gesteckt und Reina geheiratet hatte.

Als er näher herangeritten war, stellte er fest, dass nicht

alle Knechte die Arbeit ruhen ließen. Auf der Baustelle war ein Mann beschäftigt, schwere Granitquader zurechtzuschlagen und zu einer Mauer zusammenzufügen. Graf Robert kniff die Augen zusammen und beschattete sie gegen die Sonne: Es war der Wikinger.

Sie hatte es also geschafft, den Kerl an die Arbeit zu bringen. Es ärgerte ihn, denn er hatte gehofft, diesen unangenehmen Burschen möglichst bald wieder loswerden zu können. Wie er jetzt sehen konnte, hatte sie ihm wohl sogar einen kurzen Kittel nähen lassen und ihn mit Gürtel und Lederschuhen ausgestattet. Was dachte sie sich dabei? Hatte er die Stoffe für das Kloster gekauft, damit sie sie für die Kleidung eines Sklaven verschwendete?

Er ritt in den Hof ein, nickte Odemar kurz zu, der ihn untertänig grüßte, und wartete zu Pferd, bis die Vespergesänge beendet waren und die Nonnen wie ein kleiner Spatzenschwarm zwitschernd die Treppe hinuntergelaufen kamen.

Reina schritt ihm lächelnd entgegen und griff nach dem Zaum seines Pferdes, um es zu halten, während er abstieg.

»Zu spät zur Vesper«, schmollte sie. »Ich fürchte fast, du nimmst es mit den Pflichten eines Christenmenschen nicht so genau.«

»Würde ich dann ein Kloster erbauen lassen?«, gab er schmunzelnd zurück. »Außerdem komme ich aus Rouen, staubbedeckt und müde wie ein armer Reisender.«

Sie hatte einen Augenaufschlag, der verzaubern und Wünsche wecken konnte. Daran konnte nicht einmal dieser lästige Nonnenschleier etwas ändern, der ihr Haar und einen Teil des Gesichts verbarg.

»Dann komm herein und lass dich mit Speis und Trank verwöhnen, müder Reisender.«

Das tat er ausgesprochen gern. Innerhalb kürzester Zeit hatten ihre Nonnen im Refektorium den Tisch für sie beide gedeckt, frischgebackenes Brot, Gemüse und kleine Dinkelküchlein herbeigetragen und auch eine Kanne Wein bereitgestellt. Sie hatte ihre Frauen im Griff, das musste er ihr lassen.

»Wie geht es Gisela?«, fragte Reina besorgt und nippte an ihrem Becher, der nur klares Brunnenwasser enthielt.

Robert berichtete von der Erntearbeit im Garten und fragte dann, was es Neues im Kloster gäbe.

»Nun – der Kirchenbau schreitet mit Riesenschritten voran!«

Auch ihm war aufgefallen, dass die Mauern um ein gutes Stück gewachsen waren. Bald würde man die Rundbögen für die Fenster anlegen können. Fast ein Wunder in dieser kurzen Zeit.

»Es ist der Wikinger, Robert. Er ist nicht nur ein großartiger Arbeiter, er versteht auch ganz genau, was Odemar geplant hat. Er hat ihn heute Nachmittag ausgefragt und sich alles erklären lassen.«

Robert spülte ein Dinkelküchlein mit einem Schluck Wein hinunter und musste dabei mehrfach schlucken.

»Wie – ausgefragt? Er kann doch unsere Sprache gar nicht.«

Reina setzte ein stolzes Lächeln auf und wirkte dabei ein wenig naseweis.

»Ich lehre sie ihn, Robert. Er kann schon eine ganze Menge Wörter und er lernt schnell. Einstweilen reden wir zwar immer noch mehr mit Händen und Füßen, aber wir verstehen einander. Du wirst es nicht glauben, aber die Knechte, die zuerst schreckliche Angst vor ihm hatten, tun inzwischen bereitwillig, was er anordnet. Und auch Odemar …«

»Moment mal«, unterbrach der Schwager ihren begeisterten Redeschwall. »Sagtest du eben, die Knechte tun bereitwillig, was er anordnet?«

»Natürlich«, sagte sie und nickte zur Bestätigung. »Halvdan weiß mindestens so gut wie Odemar, wie man eine Kirche baut.«

Das war ungeheuerlich. Dieser Wikinger schien sich inzwischen zum Bauleiter aufgeschwungen und auch Reina für sich eingenommen zu haben. Eifersucht stieg in Robert hoch. Wenn er seinen Plan erst einmal umgesetzt hatte, würde seine erste Forderung sein, dass dieser Kerl wieder nach Rouen auf den Sklavenmarkt befördert wurde. Besser noch allerdings wäre es, ihn einfach im Schutz der Nacht aus dem Weg zu räumen.

»Und es stört dich gar nicht, dass er die Vesper nicht einhält, sondern einfach weiterarbeitet?«

Reina hob die Schultern und seufzte ein wenig.

»Nun ja – er ist eben leider Gottes ein Heide. Aber wenn er unsere Sprache besser spricht, werde ich ihn bekehren und zum Christen machen. Er ist stark wie Simson und wird dem Kloster und auch der ganzen Christenheit gute Dienste leisten.«

Robert stellte fest, dass ihre Wangen sich rosig gefärbt hatten und ihre Augen glänzten. Dabei trank sie nur Brunnenwasser, während er schon den dritten Becher Wein in sich hineinschüttete.

»Wie ich höre, stehen die Dinge ja zum Besten«,

meinte er scheinbar erfreut. »Ich glaube, es wäre an der Zeit, an die Ausstattung der Kirche zu denken. Kostbare Stoffe für ein Altartuch, Silbergerät für die Heilige Messe, Stickgarn für schöne Wandteppiche ... Die Kirche soll einen würdigen Rahmen abgeben, wenn der Erzbischof von Rouen sie weihen wird.«

Sie war sofort Feuer und Flamme. Natürlich – sie würde sofort mit ihren Frauen an die Arbeit gehen. Ein Altartuch aus weißer Seide mit breiten Borten und schönen Stickereien geschmückt. Abendmahlgeräte aus Silber und vielleicht auch ein Kreuz. Wandleuchter und ein Teppich, der vor dem Altar auf dem Boden ausgebreitet läge ...

»Ich nehme an, dass du die Dinge gern selbst auswählen möchtest, liebe Schwägerin ...«

»Natürlich. Das ist mir sehr wichtig ...«

Er schmunzelte zufrieden. Noch heute Nacht würde er den Boten nach Rouen schicken.

»Lass uns morgen früh zum Markt nach Rouen reiten«, schlug er vor. »Ich hoffe, dass du mir als dem Stifter des Klosters auch ein kleines Mitspracherecht einräumen wirst.«

Sie lachte vergnügt, und er sah ihr an, dass sie am liebsten vor Freude im Raum herumgetanzt wäre. Wie viel Leben doch in ihr steckte. Er würde ohne Zweifel noch viel Spaß mit ihr haben.

»Ich werde Halvdan mitnehmen«, verkündete sie strahlend. »Er ist stark und kann viele Lasten tragen. Auch wird er uns gegen Wegelagerer beschützen.«

»Lass den nur an der Kirche weiterbauen«, wehrte er rasch ab. »Wir werden Knechte und genügend Packpferde bei uns haben. Und falls uns jemand überfallen sollte, dann werde ich es sein, der dich verteidigt, meine kleine Schwägerin.«

Sie schien ein wenig enttäuscht, nickte aber schließlich zum Einverständnis. Sicher, Halvdan war auf der Baustelle am besten aufgehoben.

* * *

Die Arbeit machte ihm Spaß. Nie zuvor hatte Halvdan gesehen, dass man ein Haus aus Stein errichtete, denn die Häuser in seiner Heimat waren alle aus Holz. Ein hölzernes Haus konnte viel schneller gebaut werden, doch es wurde auch rascher schadhaft, ständig musste es repariert werden, und man musste sich mit dem Herdfeuer höllisch vorsehen.

Ein steinernes Haus konnte nicht abbrennen, das leuchtete ihm ein. Außerdem würde es feindlichen Angriffen standhalten – sofern die Türen und Fenster gut verschlossen und verriegelt waren. Es hatte seine Vorteile.

Halvdan hatte sich eine Weile eingeredet, dass es seine Neugier war, die ihn an diesem Ort festhielt. In seiner norwegischen Heimat war viel über die Franken geredet worden. Vor allem jene, die ausgezogen waren, um Beute zu machen, hatten bei ihrer Rückkehr von den unermesslichen Schätzen der Franken erzählt. Sie hatten Münzen, Schmuck und seltsame Geräte aus Silber mitgebracht, auch Waffen und Helme, die sie im Kampf erbeutet hatten. Die Schwerter der Franken waren aus einem Stahl, der hart war und nicht so rasch schartig wurde wie die Waffen der Wikinger. Aber sie hatten auch andere Dinge mitgebracht. Kleine Kästchen, die mit Edelsteinen und Elfenbein geschmückt waren, Gewänder aus bunten Stoffen, die leicht wie die Luft waren, sowie Becher aus durchsichtigem Glas. Er hatte auch dicke Bündel von beschriebenem Pergament gesehen, die in goldgeschmücktes Leder eingebunden waren …

Und sie bauten Häuser aus Stein für ihre Götter. So groß, dass eine ganze Sippe darin hätte wohnen können. Nun, im Winter würde der Gott ganz hübsch darin frieren müssen, Steinhäuser waren kalt.

Die Franken waren nicht leicht zu begreifen und es reizte ihn, mehr über sie zu lernen. Doch das war nicht der Grund dafür, dass er immer noch an diesem Ort verweilte. Er hätte längst fliehen müssen, um seine Rache zu vollenden. Der hinterhältige Betrug, dem er zum Opfer gefallen war, konnte nur mit Blut vergolten werden, und er würde die Achtung all seiner Freunde verlieren, wenn er nicht seine Rache vollzog.

Es war diese Frau, die ihn hielt. Wie ein Blitz hatte es ihn getroffen, als er sie das erste Mal sah. Wie hochmütig sie ihn mit dunklen, seidig bewimperten Augen vom Pferd herab gemustert hatte, als er dort auf dem Sklavenmarkt festgebunden saß, wie eine Ware zum Verkauf geboten. Seitdem hielt ein Zauber ihn gefangen und bannte ihn an diesem Ort fest.

Eine Fränkin! Nie hätte er geglaubt, dass ihm eine solche Frau einmal gefallen könnte. Seit er ein Mann war, hatte er viele Frauen gehabt, meist Sklavinnen, hie und da aber andere, die sich ihm anboten. Er gefiel den Frauen, vor allem aber war er der älteste Sohn und Nachfolger seines Vaters Ragnar. Er hatte sich schließlich für Solveig entschieden, Ereks Tochter. Nicht aus

Liebe, sondern aus Klugheit. Doch es war nicht mehr zu einer Hochzeit gekommen.

Er hatte überlegt, ob diese Fränkin ihn verhext haben könnte. Wie konnte es sein, dass er Tag und Nacht an sie dachte, dass er sogar von ihr träumte? Lag es daran, dass sie sich fast vollkommen vor ihm verhüllte, nicht einmal ihr Haar zeigte, das ohne Zweifel dunkel war wie ihre Augenbrauen? Er hatte ihren Fuß berührt, ihr Knie gefühlt – mehr nicht. Und schon das hatte sie so unglaublich geängstigt, dass sie wie eine Wilde davongelaufen war. Er hatte sie auf seinen Armen aus dem Wasser getragen und gespürt, wie zart und leicht ihr Körper war. Ihr Rücken war schlank und geschmeidig, ihre Schenkel fest, und er hatte sich unzählige Male vorgestellt, wie ihre Brüste beschaffen sein mochten. Vermutlich waren sie wie kleine, runde Äpfelchen, und er spürte eine unbändige Begierde, sie mit seinen Händen zu berühren.

Sie glich kein bisschen jenen blonden, üppigen Frauen, die er bisher gehabt hatte. Sie war hochmütig und zugleich fürsorglich, gebärdete sich herrisch und war doch so leicht zu ängstigen, sie war aufregend schön und doch versteckte sie diese Schönheit vor allen Männern. Ein Rätsel war sie. Ein Geheimnis, das ihn nicht loslassen wollte. Vielleicht eine Hexe.

Ja, sie musste ihn verhext haben. Weshalb sonst ließ er sich gefallen, dass sie ihm Befehle gab? Dass sie jeden Abend wie eine gestrenge Lehrerin vor ihm saß und ihn die fränkischen Worte abfragte, die er gelernt hatte. Verdammt, er lernte diese Sprache allein deshalb, um sie ausfragen zu können.

Was er bisher von ihr begriffen hatte, war lächerlich.

Sie war eine Nonne und würde niemals die Frau eines Mannes werden. Ihr ganzes Leben lang würde sie in diesem steinernen Haus wohnen, ihre Frauen und Knechte befehligen und dem Gott dienen, dessen Haus er, Halvdan, gerade erbaute.

Er hatte überlegt, was er wohl getan hätte, wäre er als Krieger in dieses Land gekommen, um sich hier Beute zu erwerben. Ganz sicher hätte er sie als seine Sklavin mit sich genommen. Doch er war sich nicht ganz sicher, was er dann mit ihr getan hätte. Er hatte eine Scheu davor, ihr Schmerz zuzufügen, er wollte sie nicht mit Gewalt nehmen, sondern ihr Rätsel entschlüsseln und sie endlich für sich gewinnen.

Dies alles würde bald ein Ende nehmen. Er musste seinen Racheschwur erfüllen und sich das Land, das ihm zustand, zurückerobern. Solange dies nicht geschehen war, stand ihm nicht zu, über eine Frau nachzudenken.

Als er an diesem Abend in den großen Raum der Nonnen trat, um von Reina wieder einige Worte Fränkisch zu erlernen, war sein Entschluss gefasst. Morgen, noch vor Tagesanbruch, würde er verschwunden sein. Der Fluss war nicht weit, dort würde er ein Boot finden und zum Meer gelangen. Dieser Abend war sein letztes Zusammentreffen mit der Fränkin, er würde noch einmal ihre Stimme hören, in ihre schönen, dunklen Augen blicken, und er würde stark genug sein, um ihrem Zauber zu widerstehen.

Sie schien sehr glücklich an diesem Abend und begrüßte ihn sogar mit einem Lächeln, was ungewöhnlich war, denn normalerweise bemühte sie sich, streng dreinzuschauen, wenn sie ihn unterrichtete. Ihr Lächeln besaß einen großen Liebreiz, und er spürte, dass es ihn in Bedrängnis brachte.

Er wappnete sich, setzte sich – wie von ihr angeordnet – auf den Boden zu ihren Füßen und wartete. Sie hatte die Gewohnheit angenommen, in ganzen Sätzen zu sprechen und ihm die Worte, die er nicht verstand, zu erklären. Dabei bemühte sie sich regelmäßig, Worte, die er bereits kannte, wieder einzuflechten, um so sein Gedächtnis zu üben. Außerdem stellte sie Fragen, die er beantworten musste.

»Welche Arbeit hast du heute verrichtet?«

Er radebrechte herum, versuchte zu erklären, dass er hölzerne Gerüste gebaut hatte, um Fensterbögen zu setzen, dass eines der Fenster bereits fertig war und man jetzt neue Steine zurechtklopfen müsse, um weiterzuarbeiten. Dass er an diesen Arbeiten von nun an nicht mehr teilnehmen würde, sagte er nicht.

Sie nahm die Gelegenheit wahr, einige neue Worte einzuführen, und er sah schmunzelnd zu, wie sie sich mit Gesten und Mimik bemühte, ihm ihren Sinn deutlich zu machen. Sie konnte sehr lebhaft und witzig sein, diese Frau, die keinem Mann gehören wollte. Während er sie beobachtete, dachte er darüber nach, was sie heute wohl so fröhlich gestimmt haben mochte. Er hatte einen Verdacht. Obwohl es ihm eigentlich gleichgültig sein konnte.

»Der Mann – Robert – dein Bruder?«

Sie schüttelte den Kopf und war über die Frage etwas ungehalten.

»Er ist mein Schwager. Der Mann meiner Schwester Gisela. Und er ist ein Graf. Graf Robert.«

Er verstand. Dieser Mann war ein Jarl, und vermutlich gehörte dieses Land ihm. Also auch das Kloster.

»Dein Vater – auch ein Graf? Wo ist er?«

Reina wunderte sich, wie neugierig ihr Schüler heute war. Eigentlich ging es ihn ja nichts an – aber sie hatte vor, ihn zu bekehren, und daher fand sie es wichtig, sein Vertrauen zu gewinnen.

»Mein Vater ist tot. Schon seit zehn Jahren. Er war ein Graf und wohnte in der Burg, in der jetzt Graf Robert herrscht.«

Sie zeigte ihre zehn Finger und er nickte. Ihr Vater lebte nicht mehr, und dieser Robert hatte ihre Schwester geheiratet und damit Burg und Land erworben. Damit war Graf Robert auch Reinas Herr. Der Gedanke gefiel ihm wenig. Ihr Schwager war vorhin bei ihr gewesen und musste ihr Dinge gesagt haben, die sie glücklich gemacht hatten. Halvdan hasste ihn dafür, dieser Mann war ein Lügner und Schmeichler, und die Blicke, mit denen er Reina betrachtete, verrieten noch Schlimmeres. Wieder spürte er, dass es nicht leicht sein würde, von hier fortzugehen.

»Und du? Wo ist dein Vater?«, fragte sie.

Er sah sie prüfend an. Wollte sie das wirklich wissen, oder stellte sie die Frage nur, damit er neue Worte übte?

»Mein Vater tot. Vor fünf Monden.«

Zu seiner Überraschung zeigte ihr Gesicht jetzt tiefes, ehrliches Mitgefühl.

»Bist du traurig darüber, dass er starb?«

Er verstand nicht alle Worte, aber er begriff den Sinn der Frage.

»Ja«, gab er zu. »Mein Vater Ragnar starker Mann, guter Mann. Ich bin traurig.«

»Das verstehe ich«, sagte sie und nickte.

Ihr Blick war jetzt weich, sie hatte Augen wie dunkler Samt. Halvdan spürte, wie der Zauber ihn wieder packen wollte, und er wehrte sich dagegen.

»Halvdan sein Sohn und ein Graf«, erklärte er mit Stolz.

Wenn er sie schon verließ, sollte sie wissen, dass er kein niedriger Sklave, sondern ein Herrscher war. Sein Rang war keineswegs geringer als der ihre.

»Ein Graf?«, meinte sie spitz, und der weiche Ausdruck schwand aus ihren Zügen. »Zuerst hast du behauptet, ein König zu sein. Jetzt bist du ein Graf. Am Ende wirst du vielleicht einsehen, dass du einfach ein Sklave bist.«

Er runzelte die Stirn, denn ihr Spott tat weh und weckte seinen Zorn. Nun – sie machte ihm den Abschied leicht.

»Aber das ist nicht wichtig, Halvdan«, sagte sie tröstend. »Du wirst ein guter Christenmensch werden, und allein das ist bedeutsam. Denn nur so wirst du nach deinem Tod ins Himmelreich gelangen.«

Das Himmelreich, das sie ihm bereits in den schönsten Farben beschrieben hatte, war ihm herzlich gleichgültig. Was für ein langweiliger Ort. Kein Vergleich zu Wallhall, wo die toten Krieger sich versammelten, um zu kämpfen und zu jagen. Doch er verstand ihre Sprache zu schlecht, um mit ihr zu streiten.

»Morgen«, sagte er. »Halvdan heute müde. Viele Arbeit und heiße Sonne.«

Sie schien ein wenig enttäuscht, nickte aber und ließ ihn gehen.

»Schlaf dich aus, Halvdan. Morgen ist auch noch ein Tag.«

Er erhob sich und schritt aus dem Raum, ohne sich noch einmal umzuwenden.

* * *

»Er wird schon auftauchen. Geht einfach an eure Arbeit!«

Odemar senkte gehorsam den Kopf, doch Reina sah ihm an, dass er bedrückt war. Man hatte beim Aufwachen festgestellt, dass das Lager des Wikingers neben der Bauhütte leer war, und auch zum Frühstück war er nicht erschienen, obgleich er ein stets hungriger Esser war.

Odemar befahl den Knechten, die Mahlzeit zu beenden, und gab seine Befehle. Doch die rechte Überzeugung fehlte ihm dabei – er hatte sich daran gewöhnt, dass der Wikinger die Arbeit leitete. Dieser große Kerl ging stets mit solchem Eifer zu Werk, dass alle mitgerissen wurden, mit wenigen Gesten und Worten konnte er sich verständlich machen und alles, was er anstellte, war klug und durchdacht. Es würde nicht einfach sein, ohne ihn zu arbeiten.

Reina blieb auf dem Klosterhof zurück, sah zum Himmel hinauf, der sich düster bewölkt hatte, und die frohe Stimmung, die sie noch während der Frühandacht beseelt hatte, sank in sich zusammen. Schon wieder eine dieser Eigenmächtigkeiten! Dabei hatte sie gerade während der letzten Tage den Eindruck gewonnen, dass Halvdan sich mit seinen Aufgaben und Pflichten endlich angefreundet hatte. Und jetzt erlaubte sich dieser Kerl, einfach zu verschwinden.

Sie ließ eines der drei Reittiere satteln und schickte

Schwester Benedicta hinauf, um ihren Mantel zu holen, denn es sah nach Regen aus. Ach, sie hatte sich so auf den Marktgang in Rouen gefreut, und jetzt hatte er ihr alles verdorben!

Was war nur in ihn gefahren? Noch gestern Abend hatten sie miteinander geredet, und sie hatte sogar noch lange über das Gespräch nachdenken müssen. Noch nie hatte er etwas über seine Gefühle preisgegeben. Doch gestern hatte er ihr gestanden, traurig über den Tod seines Vaters zu sein, und sie hatte sich ihm plötzlich sehr nahe gefühlt. So nahe, dass sie ein wenig vor sich selbst erschrocken war. Gleich darauf hatte sie sich bemüht, ihm eine spöttische Antwort zu geben. War er vielleicht beleidigt? Wahrscheinlich war es das. Er war ärgerlich und versteckte sich irgendwo am Bach, um sie herauszufordern. Nun – da konnte er lange warten. Sie würde heute nach Rouen reiten, um Waren einzukaufen, und erst am Abend von dort zurückkehren.

Am Horizont tauchten jetzt einige Reiter auf, dunkle Silhouetten inmitten der grünenden Fluren. Staub umwölkte sie und schien sich mit dem schweren, immer dunkler werdenden Himmel zu vereinigen. Robert hatte Gefährten und Knechte aufgeboten, außerdem einige Packpferde, die man mit Lederriemen an die Sättel der Reiter gebunden hatte. Reina schmunzelte zufrieden. Es sah danach aus, als würde Robert einen sehr umfangreichen Einkauf planen, was ihr nur recht sein konnte.

Roberts Augen glänzten, als er sie grüßte. Er hatte den Bart gestutzt und auch das Haupthaar zurückgeschnitten, was ihm recht gut zu Gesicht stand. Insgeheim fand Reina es lustig, dass ihr Schwager sich für den Markt so fein machte – nun, ihre Schwester hatte einmal gesagt, Männer seien eitle Pfauen, und damit hatte sie wohl recht.

Sie hatte Cidre und frisches Brunnenwasser zurechtstellen lassen, auch reichten die Nonnen den Reitern Haferküchlein mit Nüssen als kleine Stärkung. Man nahm den Imbiss zu Pferde ein, denn Robert hatte erklärt, sich nicht lange aufhalten zu wollen. Es gälte, frühzeitig auf dem Markt zu sein, damit niemand ihnen die besten Waren vor der Nase wegschnappte.

Zum Glück schien Robert die Abwesenheit des Wikingers nicht zu bemerken, denn er stellte keine Fragen. Reina war es nur recht so – die Sache war ärgerlich, und sie wollte nicht, dass Robert ihr mit genüsslichem Grinsen erklärte, er habe ja gleich gesagt, dass dieser Kerl nur Schwierigkeiten machen würde.

Stattdessen fragte sie Robert über Gisela aus. War sie gesund? Warum kam sie nicht zu Besuch ins Kloster?

»Ist sie am Ende immer noch ärgerlich auf mich?«, fragte sie Robert mit kummervoller Miene. »Wir hatten einen kleinen Streit, als sie von mir ging.«

Er beruhigte sie. Gisela sei mit dem Einmachen und Trocknen des Gemüses beschäftigt, zudem sei eine Magd erkrankt, die ihre Pflege benötige. Sie lasse Reina herzlich grüßen und bitte sie, auf dem Markt einige hübsche Fibeln und Spangen für sie auszuwählen.

»Frauen haben da den feineren Blick«, scherzte er. »Ich würde einfach die erstbeste Nadel kaufen, ganz gleich, wie sie ausschaut.«

»Es wäre besser, wenn Gisela mit uns ritte«, meinte Reina traurig. »Ich hätte mir sehr gewünscht, die Stoffe für Kirche und Kloster mit ihr gemeinsam auszuwählen.«

»Es tut mir leid«, gab er kühl zurück. »So wirst du nur mit mir vorliebnehmen müssen.«

Sie lachte fröhlich auf und trieb ihr Pferd an. Ein leichter Wind hatte sich erhoben, blies den Reitern entgegen und presste die Gewänder an ihre Körper. Robert lenkte sein Pferd neben Reinas Tier und konnte sich kaum sattsehen an den festen Rundungen ihrer Brüste, die sich unter ihrem Kleid abzeichneten.

Der Regen setzte ein, kaum dass sie das Kloster verlassen hatten, doch niemand dachte an Umkehr. Die Tropfen malten runde, dunkle Flecken auf den ausgetrockneten Boden, die sich rasch miteinander verbanden, bald flossen Rinnsale in den Fahrrinnen des Weges und ein Geruch von nassem Staub dampfte zu den Reitern empor. Reina zog sich den Mantel eng um die Schultern, um ihr Kleid vor Nässe zu schützen, doch sie genoss diesen Ritt durch den Regen und sog die feuchte Luft gierig in ihre Lungen. Wie schön wäre es, das Pferd zum Galopp anzutreiben, gegen Wind und Regen anzureiten und dabei ohne den lästigen Nonnenschleier ihr Haar flattern zu lassen. Aber auch so war es wunderbar, den warmen Regen im Gesicht zu spüren und dabei den köstlichen Duft der aufquellenden Erde einzuatmen.

Robert hingegen fluchte ein ums andere Mal über das gottverdammte Wetter, das ihnen tagelang nichts als glühende Hitze und ausgerechnet heute diesen lästigen Regen beschert hatte. Unbarmherzig trieb er die Pferde an, so dass das schlammige Wasser ihnen bis an die Bäuche hinaufspritzte und Schuhe und Stiefel der Reiter in Mitleidenschaft gezogen wurden.

»Hör auf, so zu fluchen«, tadelte ihn Reina kopfschüttelnd. »Denkst du gar nicht an dein Seelenheil?«

»Ich sorge mich viel eher darum, dass wir nass wie gebadete Ratten in Rouen ankommen werden«, knurrte er.

»Dann sollten wir vielleicht Schutz in einem Gehöft suchen, bis sich der Regen gelegt hat«, schlug sie vor.

Doch er schüttelte den Kopf. Er hatte die Leute, die den Überfall fingieren sollten, an eine Stelle beordert, die auf halbem Weg zwischen dem Kloster und Rouen lag, und er sorgte sich, die Kerle könnten am Ende keine Lust haben, allzu lange im Regen zu stehen, und unverrichteter Dinge wieder davonreiten. Die Sache musste so rasch wie möglich erledigt werden, die Prügelei im nassen Wald würde für seine ahnungslosen Gefährten kein Spaß sein. Er würde Reina auf feuchtem Moos zwischen tropfnassem Farn und klebrigem Vorjahreslaub entjungfern – eine trockene Unterlage wäre ihm allerdings wesentlich lieber gewesen. Am besten würde es sein, ihr Mantel, Kleid und Hemd auszuziehen und die Kleidungsstücke als Unterlage zu benutzen. Außerdem würde sie ihm ganz sicher nicht davonlaufen, wenn sie nackt war.

Trotzdem würden sie beide völlig durchweicht und tropfnass am Abend wieder zurückkehren und möglicherweise würden die Nonnen sich über die Erd- und Moosflecken in Reinas Gewändern ihre Gedanken machen. Nun – sie war nicht dumm und würde ihren Weibern schon die Mäuler stopfen.

Er hatte mit Absicht vermieden, dass sie auf den breiten Fahrweg einbogen, der an mehreren größeren Gehöften vorbei nach Rouen führte. Stattdessen wählte er einen schmalen Viehweg, der sich durch die Wiesen schlängelte und dann dem Waldrand folgte. Hier war es ziemlich unwahrscheinlich, dass sie einem Händler oder Reisenden begegneten.

Umso erstaunter war er, als unweit vor ihnen eine Schar Männer aus dem Wald trat und nach kurzem Zögern direkt auf sie zuhielt. Der verabredete Treffpunkt lag noch weit entfernt – hatten die Kerle etwa beschlossen, die Sache abzukürzen und ihnen entgegenzulaufen?

Doch schon bald begriff er, dass es sich auf keinen Fall um die Erwarteten handeln konnte. Dazu war die Zahl viel zu groß, auch waren die unbekannten Männer von ungewöhnlich hoher und kräftiger Gestalt und – wie er beim Näherkommen erkannte – bestens bewaffnet.

»Gott steh uns bei«, hörte er einen seiner Gefährten flüstern. »Das sind Wikinger.«

Reina spürte, wie ihr Herz vor Schreck aussetzte. Wikinger. Jene erbarmungslosen Nordmänner, die Männer, Frauen und Kinder mordeten.

»Das kann doch nicht sein«, stammelte sie. »Was sollten sie hier zu suchen haben? Sagt man nicht, sie kommen auf Schiffen und suchen die Hafenstädte heim?«

Inzwischen war die Schar näher gekommen und Robert fluchte, als er die hellen Haare und struppigen Bärte der Kerle erkannte. Sie schritten breitbeinig aus, hatten Streitäxte und kurze Schwerter an den Gürteln hängen, und einige trugen runde Helme mit schmalem Nasenschutz auf den Köpfen. In ihrer Mitte stach eine breite, hochgewachsene Gestalt hervor, ein rothaariger Hüne, der als Einziger ein fränkisches Langschwert an der Seite trug.

»Wir haben keine Chance«, murmelte einer von Roberts Gefährten. »Reiten wir davon – sie sind zu Fuß und werden uns nicht einholen können. Schneidet die Packpferde los – sie behindern uns nur!«

Robert sah ein, dass dieser Rat vernünftig war. Er fasste den Zügel von Reinas Pferd, um es zu wenden, doch in diesem Augenblick erklang auf Seiten der Wikinger ein wildes, unheilverkündendes Gebrüll, so dass das erschrockene Tier mit den Vorderhufen emporstieg und Reina von seinem Rücken rutschte.

Sie schrie erschrocken auf, landete unsanft auf dem nassen Boden und war einen kleinen Augenblick lang wie betäubt. Undeutlich sah sie Pferdehufe dicht an sich vorübersausen, Männer brüllten, Pferde wieherten, ein Arm streckte sich nach ihr aus, sie versuchte, ihn zu fassen, doch ihre nasse Hand glitt ab. Dann gelang es ihr, sich auf die Knie zu erheben, sie kroch auf allen vieren durch den Matsch, spürte, wie Schlamm und Nässe durch ihr Kleid drangen, und begriff erst dann, dass sie ohne Pferd den Angreifern hilflos ausgeliefert war.

»Heilige Mutter Gottes – tu ein Wunder und hilf mir«, flehte sie verzweifelt, doch das markerschütternde Geschrei der heranstürmenden Krieger übertönte ihre Stimme. Sie starrte in die wilden, gierigen Gesichter, sah Streitäxte aufblitzen, Männer, die einander beiseitedrängten, um als Erster die Beute zu erwerben, und sie erwartete nichts anderes als das Ende.

Dann geschah das Wunder. Ein Reiter riss sie vom Boden auf, warf ihren Körper bäuchlings über den Rücken seines Pferdes und jagte mit ihr davon, eine Hand fest in den Stoff ihres Kleides gekrallt, um sie vor sich auf dem Pferd zu halten.

Hinter ihnen her brüllte die zornige Meute, eine Streitaxt zischte dicht an ihrem Kopf vorbei, dann spürte sie, wie ihr Bewusstsein schwand und alles sich in Dunkelheit hüllte.

* * *

Sie saß auf dem großen Apfelbaum, der nahe der Burg ihres Vaters am Bach stand. Der Sturm zerrte am Gezweig, riss den Baum hin und her, so dass sie sich an einen breiten Ast klammern musste, um nicht hinabzufallen. Der Baum stöhnte unter den Angriffen des Windes, unreife Äpfelchen prasselten auf die Wiese wie kleine Geschosse, und losgerissene Zweige flogen mit dem Sturm davon. Sie hatte Angst.

Unten auf der Wiese stand Gisela, winzig klein, ihr Haar flatterte wie ein gelblicher Wimpel. Sie hatte das Kleid mit beiden Händen nach vorn gezogen, als wolle sie Äpfel auflesen.

»Spring herab, Reina. Ich fang dich auf.«

Es war viel zu hoch, niemals würde sie heil dort unten ankommen. Der Baum begann zu schwanken, sie hörte ihn ächzen und knarren, seine Äste griffen nach ihr, packten sie an den Schultern, rissen an ihrem Haar, schlangen sich um ihre Taille. Sie wehrte sich, rang nach Luft, doch die Zweige wollten sie nicht freigeben. Sie rankten sich stattdessen immer enger um ihren Leib und wollten sie ersticken.

»Still! Nicht Angst.«

Die Stimme des Baumes war tief und rau, sie drang zwischen dem Sausen und Schwirren der Äste deutlich an ihr Ohr und vibrierte in ihrem Schädel. Der Boden tief unten bewegte sich in rasender Schnelligkeit von ihr fort, die knorrigen Wurzeln des Apfelbaums wurden aus der Erde gezogen und schliffen über die Wiese dahin; der Sturm hob den großen Apfelbaum empor, riss ihn mit sich fort in die eisigen Lüfte, trieb ihn hin und her, so dass er taumelnd herumwirbelte. Ihre Hände glitten ab, sie verlor den Halt und stürzte in rasender Geschwindigkeit tief hinunter.

»Reina! Nicht schlafen, Reina!«

Alles schwankte. Jemand strich über ihre Wangen, ihre Stirn, verweilte einen Moment bei ihren Augenbrauen, fuhr dann sanft durch ihr Haar. Etwas Heißes berührte ihren Mund, umschloss ihn ganz, drängte ihre Lippen auseinander und saugte an ihnen.

»Reina! Komm. Nicht schlafen. Reina …«

Eine feste Ohrfeige traf ihre linke Wange. Sie schrie auf, wollte weitere Schläge abwehren, doch jemand hielt ihre Arme umklammert. Ein nasses, bärtiges Gesicht war über sie gebeugt, helle, blaue Augen, von blonden Wimpern umgeben, sahen sie forschend an. Halvdan grinste zufrieden, als er bemerkte, dass sie zum Leben zurückgekehrt war.

»Gut. Jetzt leicht. Halt dich fest, Reina.«

Sie saß vor ihm auf einem Pferd, er hielt ihren Körper mit der Linken an sich gepresst, während seine Rechte die Zügel hielt. Sie ritten rasch voran, Regen peitschte ihnen entgegen, ihr Kleid und Hemd waren völlig durchnässt und klebten an ihrem Körper.

»Halvdan«, murmelte sie, ohne zu begreifen.

Dann kehrte die Erinnerung mit brutaler Wucht zurück, Entsetzen packte sie, und sie begann zu zappeln, um sich seinem Arm zu entwinden.

»Die Wikinger! Wo ist Robert? Wo sind die anderen?«

»Still!«, befahl er und hielt sie nur umso fester. »Du fällst!«

Doch sie war so in Panik, dass sie wie eine Verzweifelte kämpfte und sogar versuchte, ihm in die Hand zu beißen.

»Nimm deine dreckigen Finger von mir, verdammter Wikinger! Lass mich los! Ich will absteigen! Wo ist Robert?«

Er lockerte tatsächlich seinen harten Griff, doch durch die heftigen Abwehrbewegungen kam sie ins Rutschen und wäre vom Pferd gestürzt, wenn sie sich nicht rasch an ihm festgeklammert hätte.

»Gut«, sagte seine dunkle Stimme dicht an ihrem Ohr. »Festhalten. Ganz fest. Nicht fallen, Reina.«

Sie kam wieder zu sich, setzte sich zurecht, griff in die Mähne des Tieres und war fast froh, dass er sie immer noch mit einem Arm stützte. Was – um Gottes willen – war geschehen? Wieso saß sie mit ihm auf diesem Pferd?

»Wo bist du gewesen? Warum warst du nicht auf der Baustelle? Wie kommst du überhaupt hierher?«

Sie erhielt keine Antwort. Ein entsetzlicher Verdacht stieg in ihr auf.

»Die Wikinger«, stammelte sie. »Das waren deine Freunde.«

»Kein Freund. Feind.«

Das Grauen vor der heranstürmenden Horde erfasste sie aufs Neue, und sie versuchte mühsam, sich zu erinnern. Tat sie ihm Unrecht? Hatte er sie am Ende vor diesen Männern gerettet? Aber wie?

»Woher hast du dieses Pferd?«

»Dein Pferd. Du nicht im Sattel. Ich springe auf …«

Natürlich. Es war ihr Pferd, auf dem sie beide saßen. Warum hatte sie das nicht gleich bemerkt? Sie war noch völlig durcheinander, alles war wie ein böser Traum, den sie gern von sich abgeschüttelt hätte.

»Wo ist Robert? Wohin reiten wir überhaupt? Wo sind die Wikinger? Wieso treiben die sich hier herum? Warum sind sie deine Feinde? Du bist doch auch ein Wikinger …«

Er legte die Hand auf ihren Mund, so dass sie gezwungen war, zu schweigen.

»Viel Fragen«, sagte er. »Nicht jetzt. Sie noch hinter uns.«

Entsetzt versuchte sie, an ihm vorbei nach hinten zu spähen. Sie ritten durch ein lichtes Wäldchen, die Nässe zog die Zweige der Bäume tief herab, niedriges Gesträuch wuchs zu Füßen der Buchen und Eichen, dazu erschwerte der strömende Regen noch zusätzlich die Sicht. Hinter jedem Baum, jedem Busch konnten diese Bestien in Menschengestalt auf sie warten – waren die Kerle nicht auch vorhin aus dem Wald aufgetaucht, als hätten sie sich dort verborgen gehalten, um die kleine Reisegruppe abzupassen?

Gleich darauf beschlich sie wieder Misstrauen. Konnte es nicht auch sein, dass nicht die Wikinger, sondern Robert und seine Gefährten ihnen folgten? War Halvdan schon in der Nacht aus dem Kloster geflohen und hatte diese brutalen Wikingerkrieger herbeigeholt, um gemeinsam mit ihnen Überfälle und Plünderungen zu unternehmen? Aber warum ritten sie dann allein? Wo waren seine Spießgesellen? Hatte Robert mit seinen tapferen Männern die Wikinger schon besiegt? War Halvdan als Einziger entkommen?

Es konnte nur so gewesen sein. Halvdan hatte ihr Pferd gestohlen, um vor Robert zu fliehen, und sie, Reina, hatte er als Geisel mitgenommen. Ihre Phantasie ließ schreckliche Visionen vor ihr erstehen. Ohne Zweifel würde Halvdan drohen, sie zu töten, falls Robert und seine Männer ihn einholten. Und was würde er tun, wenn seine Flucht gelang? Würde er sie dann am Ende nach Haithabu schleppen und als Sklavin ins Land der Sarazenen oder Waräger verkaufen?

Nein, dachte sie. Das ist alles Unsinn. Halvdan, der so bereitwillig ihre Kirche erbaut und an den Abenden gehorsam zu ihren Füßen gesessen hatte, um fränkische Worte zu erlernen – er konnte niemals solch ein hinterhältiger Verräter sein. Und doch erschien er ihr völlig verändert, herrisch umklammerte er sie, verbot ihr zu sprechen und zwang ihr seinen Willen auf. Sie begann, in den nassen Kleidern zu frieren, auch bemerkte sie erst jetzt, dass sie ihren Schleier verloren hatte, so dass ihr Haar vor Wasser triefte und in Strähnen über ihre Schultern hing.

Ein schreckliches Gefühl der Hilflosigkeit überkam sie. Alles, was ihr bisher im Leben Schutz und Geborgenheit gegeben hatte, war weit entfernt: die Burg ihres Vaters, die steinernen Mauern des Klosters, Robert und seine Krieger. Sie war diesem Wikinger ausgeliefert, und sie hatte keine Ahnung, was er mit ihr vorhatte.

Halvdan blickte aufmerksam um sich, überflog Wald und Buschwerk mit prüfenden Blicken und lenkte das Pferd immer wieder in eine andere Richtung. Einmal hielt er das Tier im Schutz der Bäume an, lauschte eine Weile in den rauschenden Regen hinein und wagte erst dann, eine Lichtung zu überqueren. Das regenschwere

Gras bog sich unter den Tritten des Pferdes, und sie hinterließen einen schmalen, dunklen Pfad, der jedoch bald wieder unsichtbar wurde.

Reina saß starr und völlig verkrampft auf dem Pferd, sie wagte kaum zu atmen und glaubte sogar, ihren eigenen lauten Herzschlag zu hören. Nur hin und wieder warf sie einen kurzen Blick in Halvdans Gesicht, doch sie stellte fest, dass er sie kaum mehr beachtete. Alles an ihm war Aufmerksamkeit, der kühle Wille, kein Zeichen zu übersehen, sich in keine Falle locken zu lassen, klüger zu sein als der Feind.

Aber wer war dieser Feind? Wenn sie das doch nur gewusst hätte. Wenn Robert ihnen folgte, dann wäre es klug von ihr gewesen, eine Spur zu legen. Hin und wieder einen der überhängenden Zweige abzubrechen, das kleine silberne Kreuz, das sie um den Hals trug, zu lösen und hinabzuwerfen oder vielleicht einen ihrer Schuhe zu verlieren.

Doch falls es die Wikinger waren, die hinter ihnen herjagten, wären solche Dinge reiner Selbstmord gewesen.

Gegen Mittag hörte es auf zu regnen, die Wolkendecke brach auseinander, unzählige Tröpfchen auf Gräsern und Blättern funkelten im Licht der Sonne. An einem Bachlauf hielt Halvdan das Pferd an, stieg ab und reichte ihr die Hand, um ihr hinunterzuhelfen. Doch sie rutschte von ihrem Sitz, ohne auf seine Geste zu achten.

Gleich darauf musste sie die Zähne zusammenbeißen, um nicht laut zu stöhnen, denn sie spürte erst jetzt die Folgen ihres Sturzes. Die ganze linke Seite tat höllisch weh, das Gehen fiel ihr schwer und die wenigen Schritte zum Bachufer waren schmerzhaft und mühsam. Doch sie war viel zu stolz, um sich auch nur einen einzigen Schmerzenslaut entschlüpfen zu lassen. Stattdessen kniete sie nieder, schöpfte etwas Wasser mit der Hand und trank ein paar Schlucke. Es schmeckte sandig, denn der Bachlauf war vom Regen angeschwollen und das Wasser führte den aufgewühlten Schlamm mit sich.

»Hunger?«, fragte Halvdan gelassen.

Sie wandte sich um und stellte fest, dass er ein Bündel an seinem Gürtel befestigt hatte, das er nun aufknotete. Ein Brot kam zum Vorschein, eindeutig eines der Brote, die im Kloster gebacken wurden, denn sie erkannte das mit dem Finger eingedrückte zweifache Kreuzzeichen auf dem flachen Fladen. Also doch! Er hatte seine Flucht sorgfältig geplant und sogar Lebensmittel aus dem Kloster als Wegzehrung gestohlen. Er war ein gemeiner Verräter – jetzt hatte sie den Beweis dafür.

Ohne auf ihren starren Blick zu achten, brach er das Brot und reichte ihr die Hälfte. Als sie ablehnend den Kopf schüttelte, zuckte er die Schultern und begann zu essen.

Sie sah ihm eine Weile dabei zu und bekämpfte das nagende Hungergefühl in ihrem Magen, denn sie hatte am Morgen nur eine kleine Schale Gerstenbrei zu sich genommen. Aber nicht um alles in der Welt hätte sie diesen Dieb um ein Stück Brot gebeten, das eigentlich ihr, der Herrin des Klosters, gehörte. Stattdessen sammelte sie ihre Gedanken. Es war ganz offensichtlich, dass Halvdan Übles mit ihr vorhatte. Also waren ihre Verfolger keineswegs die Wikinger, sondern es konnte nur Robert sein. Sie musste ihm ein Zeichen hinterlassen, auch wenn die Hoffnung gering war, dass man es finden würde – sie musste alles versuchen, um aus den Händen dieses Wikingers befreit zu werden.

Er hatte seine Brothälfte inzwischen aufgegessen, wischte sich die Krümel aus dem blonden Bart und kniete nun seinerseits nieder, um Wasser aus dem Bachlauf zu schöpfen. Hastig band sie die Kette von ihrem Hals ab und warf sie über ein Gebüsch. Das Geschmeide verfing sich im Gezweig und das blanke Silberkreuz blitzte in der Sonne – gut so!

Gleichmütig richtete sich Halvdan auf, trocknete die Hände an seinem Kittel ab und machte sich daran, den Beutel wieder zu verschnüren und an seinem Gürtel zu befestigen. Dann sah er zu ihr hinüber und lächelte.

»Du schön, Reina. Langes Haar – schön.«

Sie fuhr sich ärgerlich mit der Hand durch das dunkelbraune, lockige Haar, das in der Sonne schon fast getrocknet war, und versuchte es zu glätten. Wie boshaft er war. Genügte es ihm nicht, dass sie nass und schmutzig vor ihm saß, dass sie am ganzen Körper Schmerzen hatte und ihr Magen fürchterlich knurrte? Nein – er musste sich auch noch über sie lustig machen, weil sie ihren Schleier eingebüßt hatte.

»Wohin reiten wir?«, wiederholte sie trotzig ihre Frage von vorhin.

»Dort, wo Sonne untergeht. Dort großer Fluss. Seine.«

Wenigstens schien er beschlossen zu haben, ehrlich zu sein. Er wollte mit ihr zur Seine reiten und dort vermutlich per Schiff weiter nach Norden bis zum Meer gelangen. Nun, sie würde sich alle Mühe geben, seine Pläne zu vereiteln.

Inzwischen hatte er beschlossen, die Rast zu beenden.

Er zog das Pferd herbei und machte eine auffordernde Geste in Reinas Richtung.

»Du jetzt auf Pferd«, sagte er herrisch. »Ich laufe.«

Es war eigentlich ein selbstloses Angebot, doch sie war wenig begeistert davon, sich schon wieder auf den harten Pferderücken setzen zu müssen. Viel lieber wäre sie noch eine Weile hier am Bachufer sitzen geblieben, um sich auszuruhen. Außerdem wusste sie nicht, wie sie ohne Hilfe auf das Pferd steigen sollte; im Kloster benutzte sie dazu einen Schemel, und an anderen Orten war stets ein Knecht zur Stelle gewesen, um ihr zu helfen.

Überhaupt war es sicher nicht schlecht, die Reise ein wenig zu verzögern. Umso mehr Zeit würde Robert haben, sie einzuholen. Gerade wollte sie einwenden, dass sie sehr erschöpft sei und noch ein wenig ausruhen müsse, da merkte sie, wie sich seine Augen verengten. Gleich darauf sprang er dicht an ihr vorbei und griff mit der Hand ins Gebüsch.

»Dein Silber!«, stieß er heiser hervor und hielt ihr das kleine Kreuz unter die Nase. »Warum Zeichen für Feind? Willst du sterben?«

Nie hatte sie ihn so zornig gesehen, eisblau funkelte sein Blick sie an, und sein Mund war wütend verzerrt. Großer Gott – würde er sie jetzt prügeln?

»Wikinger Frau mitnehmen. Schöne Frau ist Beute. Nicht gehorcht – sie stirbt«, herrschte er sie an.

Trotz ihrer Angst wurde auch sie jetzt wütend. Dieser verdammte Heuchler! Tat er nicht selbst gerade das Gleiche?

»Was redest du da?«, schimpfte sie und wich vor ihm zurück. »Es sind doch gar nicht die Wikinger, die uns folgen. Es ist Graf Robert, der dich einfangen und zum

Kloster zurückbringen wird. Denkst du, ich falle auf deine Lügen herein?«

Er stutzte, und sein Zorn legte sich ebenso rasch, wie er ausgebrochen war. Langsam schloss sich seine große Hand um das silberne Kreuzchen, bis es ganz und gar in seiner Faust verschwunden war. Dann öffnete er die Schnüre des Bündels und ließ den Schmuck hineinglei- ten.

»Du bist dumm!«, sagte er voller Verachtung. »Robert reitet davon. Flieht wie Hase. Er nicht kommt.«

»Das ist nicht wahr!«, rief sie verzweifelt. »Und du weißt es ganz genau. Warum sollten die Wikinger dich verfolgen? Du bist doch einer von ihnen.«

Er blickte sie entgeistert an, schien einen Augenblick lang nicht zu begreifen, was sie meinte, dann wurde sei- ne Miene düster und feindselig.

»Wikinger mein Feind. Schlimmer Feind. Knut – mein Bruder.«

Sie verstand nichts. Wenn sein Bruder dabei gewe- sen war – dann waren diese Kerle doch nicht nur seine Freunde, sondern sogar seine Verwandten. Also hatte sie recht gehabt.

Aber sein Mienenspiel zeigte ihr deutlich, dass er die Wahrheit sprach. Eine bittere Wahrheit. Diese Männer waren seine Feinde.

Er wandte sich ohne weitere Erklärungen um, nahm das Pferd am Halfter und führte es dicht neben sie. Sie hatte nicht einmal die Zeit, seine Hilfe abzulehnen, denn er umschloss blitzschnell ihre Taille mit den Händen und hob sie wie ein leichtes Bündel auf den Rücken des Tie- res.

* * *

Er schien nicht müde zu werden. Unentwegt zog er das erschöpfte Pferd hinter sich her, zwang es durch hohes Gestrüpp und zwischen engstehenden Stämmen hindurch, führte es durch reißende Wasserläufe und über bemoosten Fels. Reina stand tausend Ängste aus, wenn er sie mitten im Wald verließ, um den Weg zu erkunden, und sie glaubte, in dem Knacken und Knistern der Äste die Tritte eines Bären oder Luchses zu hören. Nie zuvor war sie so tief in einen Wald eingedrungen, niemand, den sie kannte, tat dies, denn die Franken fürchteten die Wälder. Der Wikinger schien jedoch in dieser Wildnis zu Hause zu sein, er fürchtete weder wilde Tiere noch Dämonen und wusste genau, in welcher Richtung sie reiten mussten, um das Ufer der Seine zu erreichen.

Nur zweimal gestattete er eine kurze Rast, damit das müde Pferd sich ausruhen und etwas grasen konnte, dann zwang er sie weiter mit sich fort und kümmerte sich wenig darum, dass die tiefhängenden Äste der Reiterin ins Gesicht schlugen und ihr Gewand zerrissen.

Erst als die untergehende Sonne ihre Strahlen wie schrägfallende gelbe Schleier durch das dichte Blattwerk sandte, verlangsamte er den Schritt.

»Warte …«, flüsterte er Reina zu und warf den Zügel des Pferdes zu ihr hinauf.

Er umfasste einen Stamm mit beiden Händen und sah prüfend daran empor, dann machte er sich daran, hinaufzuklettern. Reina sah verblüfft zu, wie geschickt er die Knoten und Astgabeln nutzte, um die Füße darauf zu setzen, wie leicht er sich mit den Armen an kräftigen Ästen emporzog. Unglaublich – dieser Waldschrat kletterte wie ein Eichhörnchen immer höher hinauf und war schon nach kurzer Zeit kaum noch zu sehen. Was er wohl dort oben wollte? Die unreifen Eicheln herabschütteln?

Doch sie begriff rasch, dass er einfach nur die Gegend überblicken wollte. Gewandt ließ er sich von seinem hohen Aussichtsplatz wieder herab, sprang auf den Boden und verschwand gleich darauf im dichten Gestrüpp.

Schon wieder! Ängstlich sah Reina sich um, denn der Wind fuhr rauschend durch die Baumkronen und ließ die hohen Stämme leise knarren. Auch ihr Pferd liebte den Wald nicht, es stand da mit erhobenem Kopf und geweiteten Nüstern und schien nun, da es die energische Führung des Wikingers nicht mehr spürte, nicht übel Lust zu haben, sich auf eigene Faust einen Weg aus dem Wald zu suchen. Reina klopfte ihm beruhigend auf den glatten Hals und überlegte einen Augenblick, ob das Pferd möglicherweise ihre Rettung sein könnte. Wie, wenn sie ihm einfach die Zügel ließ? Es würde bald dunkel werden, vielleicht würde Halvdan sie ja nicht mehr finden?

Allerdings konnte es ebenso gut sein, dass das Tier sich verirrte und sie beide im nächtlichen Wald den wilden Tieren anheimfielen. Immerhin schien Halvdan ein erfahrener Waldgänger zu sein und würde sie beschützen.

Das Warten zerrte an ihren Nerven. Langsam, aber stetig zogen sich die Lichtstrahlen zusammen, ließen nur noch hie und da einen bemoosten Stamm oder einen hellgrün belaubten Zweig aufschimmern, bis sie endlich nur noch als schwacher, milchiger Schein in den Baumkronen hingen. Zugleich wuchsen aus allen Richtungen seltsam geformte Schatten wie eine Armee düsterer Geister, die den Wald lautlos eroberten.

Ein Zittern durchlief den Körper der Stute, das Tier wandte den Kopf und Reina sah, wie das Weiße im Auge des Tieres hervorquoll. Dann erblickte auch sie für einen Moment den schmalen, grauen Schatten, der aus dem Gebüsch aufgetaucht war und nun rasch wieder verschwand.

Ein Wolf! Ein eisiger Schreck erfasste sie, so dass sie kaum in der Lage war, das scheuende Pferd zu beruhigen. Ein Wolf kam selten allein, wahrscheinlich war ein ganzes Rudel hinter den Büschen verborgen und wartete nun die Dunkelheit ab, um über sie herzufallen. Was konnte das arme Pferd gegen zehn oder zwölf hungrige Biester mit messerscharfen Zähnen ausrichten? Hatten nicht die Bauern oft genug geklagt, dass diese grauen Räuber in ihre Ställe eingebrochen waren, um Schafe, mitunter sogar Kühe zu reißen? War nicht auch die Rede davon gewesen, dass ein kleiner Bub, der die Schafe hüten sollte, von Wölfen zerrissen am Bach gelegen hatte?

Aus der Verzweiflung stieg die Wut in ihr hoch. Sie würde kämpfen, freiwillig überließ sie weder ihr armes Pferd noch sich selbst diesen gierigen Fressern. Energisch fasste sie einen Ast und mühte sich, ihn abzubrechen, dann riss sie das überflüssige Gezweig von dem Prügel und pfiff damit durch die Luft.

»Seht euch vor!«, rief sie laut. »Hier gibt's ordentlich was auf die Schnauze!«

Ein grauer Schatten stieg im Gezweig dicht vor ihr auf und sie hob schon mutig den Prügel, um zuzuschlagen, da erkannte sie erleichtert, dass es Halvdan war, der endlich zu ihr zurückkehrte.

»Mut!«, sagte er anerkennend, ohne sich eines kleinen

Grinsens erwehren zu können. »Du hast Mut. Mir gefällt Frau, die Mut hat.«

»Da … da sind Wölfe«, stammelte sie und wies mit der Hand auf die Stelle, wo vorhin noch der graue Schatten zu sehen gewesen war.

Halvdan lachte dröhnend auf, griff einen losen Stein und feuerte das Geschoss ins Gebüsch. Ein lautes Knacken war zu hören, offensichtlich hatte der Wurf großen Eindruck auf die Wölfe gemacht, und sie stoben in wilder Flucht davon.

»Wölfe Angst vor Mensch«, sagte er und griff seelenruhig den Zügel des immer noch zitternden Pferdes. »Im Winter, wenn kalt und Wölfe sehr hungrig, dann Gefahr. Nicht jetzt.«

Sie erwiderte nichts, spürte nur, dass sie unendlich froh war, wieder unter seinem Schutz zu stehen, und ließ geschehen, dass er das Pferd hinter sich herzog.

Der Wald versank in tiefer Dämmerung. Das Gewirr der grünen Zweige wurde zu einem grauen Gespinst, schwarze Stämme, knorrig wie uralte Erdgeister, tauchten aus der Düsternis auf, bewegten sich scheinbar auf sie zu, griffen nach ihren Haaren und rissen an ihrem Kleid. Endlich blieb Halvdan stehen und trat neben das Pferd, um ihr beim Absteigen zu helfen. Sie war so erschöpft, dass sie ohne Umschweife in seine Arme rutschte und spürte, wie er sie an seiner breiten Brust auffing und festhielt.

»Haus«, sagte er leise. »Kein Dach, aber Mauer. Schützt vor Tier.«

Er hatte ein verlassenes Gebäude entdeckt und die Ruine vermutlich erst einmal vorsichtig untersucht, bevor er zurückkehrte, um Reina dorthin zu führen. Nur undeutlich erkannte sie jetzt einen breiten Eingang, aus dicken Balken zusammengefügt, dahinter war es dunkel, doch er fasste ihre Hand und zog sie mit sich in die Düsternis hinein. Der Boden war uneben, sie meinte, weiches Gras zu spüren, dann wieder stieß sie an Gesträuch, herumliegende Balken, Steine, einmal knirschten Tonscherben unter ihren Füßen.

»Niemand hier wohnt«, murmelte er mit tiefer Stimme. »Holz vor Tür schieben. Sicher schlafen.«

Es war nicht einfach, das widerspenstige Pferd durch den Eingang zu schieben, das Tier schnaubte und strebte immer wieder nach rückwärts, erst als der Mond aufging und das Innere des verfallenen Gebäudes in ein mildes Licht tauchte, gab das Tier den Widerstand auf.

Auch Reina fühlte sich nun, da sie ihre Umgebung erkennen konnte, sehr viel wohler. Das Haus war stabil aus kräftigen Balken und Hölzern erbaut, es schien jedoch bereits eine ganze Weile verlassen, denn aus dem Lehmboden strebten junge Bäumchen zum Himmel hinauf, und das Stroh, mit dem einst das Dach gedeckt gewesen war, lag als dichter, verrottender Teppich auf dem Boden. Kahl ragten einige schwarze Dachbalken in den Nachthimmel, nur in einer Ecke war noch ein kleiner Rest des Strohdachs erhalten, doch war ihm anzusehen, dass schon der nächste Sturm es vollends abdecken würde.

Wer hatte solch ein großes, stabiles Haus mitten in den Wald gebaut, überlegte Reina verwirrt. Und warum hatten die Bewohner es wohl verlassen?

Halvdan achtete nicht auf sie, er hatte einige der herabgestürzten Dachbalken aufgehoben und verbarrikadierte mit ihnen den Eingang. Reina konnte nicht umhin, seine Kraft und Geschicklichkeit zu bewundern; mit zäher Anstrengung hob er die schweren, langen Hölzer vom Boden auf und setzte sie so geschickt ineinander, dass sie sich gegenseitig stützten. Sie wollte nicht nachstehen, musterte den Boden unter dem Dachrest und hob ein paar Steine auf, die dort im Weg lagen. Dann sammelte sie Scherben und die Reste einer geflochtenen Trennwand auf und warf alles beiseite. Wenn sie doch wenigstens ein Fell oder auch nur ihren Mantel als Unterlage gehabt hätte. Aber wie die Dinge lagen, würde man wohl zwischen allerlei Kräutern und Gräsern auf dem nackten Boden nächtigen müssen.

Er hatte inzwischen die Balken zu seiner Zufriedenheit zurechtgerückt, rüttelte noch einmal daran und nahm dann dem Pferd Sattel und Zaumzeug ab.

»Kein Feuer«, sagte er. »Wikinger sieht Feuer. Riecht Rauch.«

Sie nickte. Sie hätte sowieso nicht gewusst, wie sie die Hölzer ohne Feuerstahl hätte anzünden können. Dann wurde ihr bewusst, dass sie diese Nacht hier in der Wildnis mit ihm gemeinsam verbringen würde, ohne die schützenden Mauern ihrer Zelle, ohne eine Tür zwischen ihnen, die sie hätte verschließen können.

Er schien sich über diese Tatsache wenig Gedanken zu machen, denn er setzte sich ohne Umschweife neben sie auf den Boden und knotete die Schnüre seines Beutels auf. Sie zog sich in eine entfernte Ecke zurück, ließ sich dort im Gras nieder und bemühte sich, in eine andere Richtung zu schauen. Ihr Magen zog sich vor Hunger bereits schmerzhaft zusammen, doch sie hatte sein Angebot vorhin stolz zurückgewiesen und würde auch jetzt auf keinen Fall untertänig um ein Stück Brot bitten. Lieber würde sie vor Hunger umfallen, als sich so vor ihm zu erniedrigen.

Er schien zu erraten, was in ihr vorging, denn er sah ernst zu ihr hinüber, überlegte kurz, dann reichte er ihr die übriggebliebene Brothälfte.

»Dein Teil«, sagte er kurz. »Iss. Sonst schwach vor Hunger.«

Sie zögerte. Das Angebot war verlockend, und sie wollte schon den Arm ausstrecken, dann hielt sie inne.

»Wie viele Brote hast du mitgenommen?«

Er schüttelte den Kopf, scheinbar wollte er die Frage nicht verstehen.

»Was wirst du essen?«, beharrte sie.

»Dein Brot«, sagte er eigensinnig. »Morgen neues Brot. Iss!«

Er wollte ihr tatsächlich das letzte Stück Brot geben und selbst hungern. Es rührte sie – eigentlich konnte er doch kein schlechter Kerl sein. Aber wer wurde schon aus diesen Wikingern schlau? Vielleicht wollte er sie nur füttern, damit sie unterwegs nicht krank wurde und ihm Probleme bereitete.

Langsam streckte sie den Arm vor und nahm die Brothälfte aus seiner Hand. Dann brach sie das Stück in zwei Teile und reichte ihm den größeren zurück.

»Wir essen beide davon«, sagte sie energisch. »Oder ich werfe es fort.«

Er grinste breit und schien einverstanden, denn er stopfte sich gleich darauf den Mund voll. Etwas Regenwasser, das in einem halbzerbrochenen Tontopf geblieben war, krönte die karge Mahlzeit, und Reina lauschte neidisch auf das Mahlen der Pferdezähne, die Gras und Kräuter eifrig abrupften und zerkauten.

»Jetzt schlafen«, erklärte Halvdan. »Morgen, wenn Sonne kommt, wir reiten zum Fluss.«

Sie sah im Mondlicht, wie er sich rücklings auf dem Boden ausstreckte, den Sattel unter den Kopf schob und scheinbar ohne weitere Erklärungen einschlafen wollte. Es passte ihr nicht. So erschöpft sie eben noch gewesen war – jetzt brannte sie vor Unruhe und Neugier. Sie wollte endlich wissen, woran sie war.

»Halvdan?«

Er brummte leise zur Antwort – also schlief er noch nicht.

»Stimmt es wirklich, dass einer dieser Wikinger dein Bruder war?«

Er schwieg. War er doch schon eingeschlafen? Sie ärgerte sich. Hatte er nicht heute früh gesagt, er würde ihre Fragen später beantworten. Jetzt war später.

»Warum hast du dann gesagt, dass die Wikinger deine Feinde seien?«

Er grunzte unmutig und setzte sich auf. Wahrscheinlich war er jetzt wütend, dass sie ihn nicht in Ruhe einschlafen ließ.

»Mein Vater Ragnar – zwei Frau«, setzte er zur Erklärung an.

»Zwei Frauen?«, entfuhr es Reina entsetzt. »Ein Wikinger kann zwei Frauen haben?«

»Still«, knurrte er. »Du hast Frage – ich rede.«

Das sah sie ein, er hätte es allerdings auch etwas freundlicher sagen können.

»Mein Vater hat Frau: Gunthild. Sie einen Sohn: Halvdan.«

Er deutete auf seine Brust, und sie verstand.

»Gunthild ist deine Mutter.«

Er nickte und wiederholte das Wort. Mutter.

Unglaublich. Er hatte sie entführt, einen ganzen Tag lang durch den Wald geschleift, und jetzt hockten sie beide in dieser Ruine, um die inzwischen wohl die Wölfe und Bären schlichen. Aber immer noch bemühte sie sich darum, ihm Fränkisch beizubringen. Sie musste den Verstand verloren haben. Es war vermutlich gar nicht gut, wenn dieser Strolch die fränkische Sprache beherrschte. Wer weiß, was er damit noch anrichtete!

»Meine Mutter Gunthild tot«, fuhr er fort. »Ragnar andere Frau: Estrith. Estrith Mutter von Knut.«

»Also ist Knut dein Halbbruder. Aber warum ist er dein Feind?«

Er schwieg eine Weile, und sie glaubte schon, er habe jetzt beschlossen, nicht mehr zu antworten. Doch dann redete er weiter, langsam und mühsam nach Worten suchend.

»Mein Vater Ragnar tot. Halvdan ist Graf. Aber Knut kein Frieden. Knut will sein Graf.«

»Aber du bist doch der ältere Sohn, oder?«

»Halvdan erster Sohn. Aber Knut kein Frieden. Halvdan geht allein mit Waffen in Wald, will töten Vogel, Tier …«

»Du bist zur Jagd gegangen …«

»Jagd«, wiederholte er. »Knut kommt mit Männern. Viele Männer. Halvdan allein – sie viele. Haben Stricke …«

»Sie haben dich überwältigt und gefangen genommen?«

»Gefangen«, murmelte er. »Gebunden mit Strick. Gefahren über das Meer. In Haithabu Halvdan wird Sklave …«

»Das ist ja unfassbar!«, rief sie entsetzt. »Dein eigener Bruder hat dich überfallen, verschleppt und als Sklave verkauft? Was für ein hinterhältiger, gemeiner Verräter! Ich schwöre dir: Gott der Herr wird ihn für dieses Verbrechen in der finstersten Hölle schmoren lassen.«

»Wikinger nicht wartet auf Gott«, sagte Halvdan und streckte sich wieder am Boden aus. »Wikinger tötet Feind.«

»Aber … aber er ist doch immerhin dein Bruder«, wandte sie unsicher ein. »Vielleicht könntet ihr euch auch miteinander versöhnen. Wenn du ihm vergibst, was er getan hat …«

Sie spürte bald, dass sie ins Leere redete, denn Halvdan bewegte sich nicht mehr, auch hatte er seine Augen geschlossen.

»Tu, was du für richtig hältst«, sagte sie leise. »Aber ich möchte, dass du mich zurück ins Kloster bringst. Ich habe nichts mit deinen Familiengeschichten zu tun, Halvdan.«

»Knut ist dort. Du besser hier.«

»Aber das ist doch Unsinn! Was sollten die Wikinger im Kloster suchen? Es gibt dort nichts zu erbeuten …«

»Still. Jetzt schlafen!«

Nun war an Schlaf erst recht nicht mehr zu denken. War es tatsächlich möglich, dass diese grauenhaften Kerle ihr Kloster verwüsteten? Über ihre Mitschwestern herfielen?

»Herr des Himmels – schütze sie«, flehte sie leise und legte die Hände zum Gebet zusammen. Dann fiel ihr ein, dass sie den ganzen Tag über keine einzige Andacht eingehalten hatte, und der Mut sank ihr.

Am Himmel über ihr funkelten zahllose Sterne, die

wie winzige Lichtlein auf einem schwarzen Meer dahintrieben.

* * *

Reinas Schlaf war unruhig und voller angsterregender Träume. Sie erwachte von dem widerwärtigen Gefühl, dass ein kleines, pelziges Wesen mit harten Füßen über ihre Beine lief, und fuhr erschrocken hoch, um ihr Kleid zu schütteln. Angewidert zog sie den Stoff eng um den Körper, kauerte sich zusammen und schlang die Arme um die angewinkelten Knie. Dann erst kam ihr wieder ins Bewusstsein, wo sie sich befand, und sie begann zu frieren.

Es war noch dunkel, doch der Morgen konnte nicht mehr fern sein. Dicht neben sich hörte sie regelmäßige Atemzüge – Halvdan lag noch in tiefem Schlaf. Die Luft war kühl und feucht, sie roch nach modrigem Stroh, nach Erde und Kräutern, hie und da wehte der Geruch des Pferdes zu ihr herüber. Aber da lag noch etwas anderes in der Luft. Sie schnüffelte und hatte plötzlich das Gefühl, den großen Fluss riechen zu können.

Es war seltsam, doch sie war sich fast sicher. Damals, in St. Emilien, als sie noch ein kleines Mädchen war, hatte sie auch morgens oft wach gelegen und den Geruch des großen Stromes wahrgenommen, der nicht weit vom Kloster entfernt vorüberfloss. Vielleicht hatte sie ja recht und die Seine war ganz in der Nähe. Das würde auch erklären, weshalb hier ein Haus stand. Der Besitzer hatte sicher ein Stück Wald am Flussufer gerodet, Garten und ein paar Felder angelegt, zugleich aber auch im Fluss gefischt. Als er und seine Familie das Haus verließen, hatte der Wald es wieder eingeschlossen.

Vielleicht hat er das Haus auch gar nicht freiwillig verlassen, überlegte sie. Kann es nicht sein, dass die Wikinger vor neun Jahren hier eingefallen sind und ihn mitsamt seiner Familie getötet haben? Schreckliche Bilder gingen ihr durch den Kopf, wilde Gesellen, die dem Bauern den Schädel mit der Streitaxt spalteten, Mutter und Töchter fesselten und mit sich fortschleppten, kleine Kinder, die in der Wiege erdrosselt wurden … Ganz sicher hatte man die Opfer hier in der Nähe begraben – was für ein furchtbarer Ort!

Sie fröstelte noch mehr und sehnte sich zurück in die sichere Geborgenheit ihres steinernen Klosters. Leise erhob sie sich und sprach ein Gebet für die Seelen der Toten, dann horchte sie wieder auf die gleichmäßigen Atemzüge des Wikingers. Nein, auf keinen Fall wollte sie sich weiter von ihm verschleppen und in seine blutigen Rachegeschichten verwickeln lassen. Noch schlief er, und es war dunkel – wenn sie eine Chance hatte, ihm zu entkommen, dann jetzt.

Tastend bewegte sie sich voran, bemüht, so leise wie möglich über Steine und Strohhaufen zu steigen, auf keinen Fall auf eine der herumliegenden Tonscherben zu treten. Das Pferd, das die Bewegung gespürt hatte, schnaubte leise, und sie erstarrte. Doch Halvdan schlief weiter. Ihre Hände stießen an die Balken, mit denen er den Eingang verschlossen hatte, und sie hob das Kleid an, um vorsichtig darüberzusteigen. Der Wikinger hatte die Balken so fest ineinander verkeilt, dass sie ihrem Gewicht standhielten, vielleicht würde es ja möglich sein, auf diese Weise über die hölzerne Wand zu klettern.

Ein schwacher, milchiger Schein überzog jetzt den Himmel, so dass sie die dunklen Umrisse der Hauswand erkennen konnte. Sie war niedriger, als sie geglaubt hatte, und leicht zu übersteigen. Auf der anderen Seite halfen ihr die Zweige einer jungen Buche beim Abstieg, sie handelte sich zwar einen Riss im Kleid und ein paar Hautabschürfungen an den Beinen ein, doch sie gelangte sicher auf den Boden.

Der erste, vorsichtige Vogelruf erklang über ihr in einer großen Eiche, und sie zuckte erschrocken zusammen. Ein anderer Vogel antwortete, schon ein wenig selbstbewusster, dann meldete sich ein dritter mit seinem Gesang, der beiden beweisen wollte, dass er ganz gewiss der Stärkste und Lauteste war.

O weh! Gleich würde Halvdan erwachen. Sie musste nach Osten laufen, dorthin, wo jetzt der schwache Lichtschein durch die Zweige schimmerte, in dieser Richtung musste der Fluss liegen. Wenn sie es bis zur Seine schaffte, würde sie einem vorüberfahrenden Boot oder Schiff winken und vielleicht nach Rouen mitgenommen werden, wo sie beim Erzbischof um Hilfe bitten würde. Ganz sicher würde er Nachricht davon haben, was auf Roberts Burg und in ihrem Kloster geschehen war. Er würde sie aufnehmen und ihr – wenn die Lage ruhig war – eine Eskorte seiner Krieger zur Verfügung stellen, unter deren Schutz sie wieder in ihr Kloster zurückkehren konnte.

Der Wald erwachte im kühlen Morgenlicht, Tautropfen rollten von den Blättern und netzten ihr Gewand, wenn sie sich durch das dichte Gezweig drängte. Kleine Wesen huschten über das Moos, raschelten im Laub, ein müder Nachtvogel strich so nah an ihr vorüber, dass sein dunkler Flügel ihre Schulter streifte. Dann, urplötzlich, erhob sich dicht vor ihr eine Vielzahl dunkler Leiber, es knackte, Zweige zerbarsten, kleine Hufe trommelten über den Boden, und sie presste sich zitternd vor Angst an einen Baumstamm. Doch es war nur ein Rudel Rehe, die nach der morgendlichen Äsung wieder in den Wald zurückkehrten. Ohne Scheu liefen die Tiere an ihr vorüber, so als sei sie nur ein Teil des Baumstammes, gegen den sie sich lehnte.

Sie haben in der Flussaue gegrast, dachte sie. Ich muss nur ihrem Pfad folgen, er führt sicher geradewegs zum Wasser hinab.

Sie täuschte sich nicht. Schon nach kurzer Zeit wurde der Wald lichter, und das helle Band des Flusses schimmerte durch die Stämme. Als sie sich endlich durch das Gebüsch gekämpft hatte und in das feuchte Gras der Aue trat, blieb sie überwältigt stehen. Der Himmel über dem Fluss schien von einer gleißenden Feuersäule gespalten, blendend helles Licht drängte die dunklen Wolken auseinander, durchbrach sie, zerfetzte sie zu zarten, weißen Wollfäden und ließ sie gleich darauf rosig aufglühen. Dann stieg siegreich die glühende Sonnenscheibe aus dem Fluss und trat ihre Herrschaft über den Tag an.

Sie blinzelte, die Augen tränten ihr, denn sie hatte zu lange ins Licht gestarrt, doch sie erkannte deutlich die Form eines kleinen Bootes, das auf dem Wasser flussabwärts trieb. Aufgeregt lief sie durch das hohe Gras zum Ufer hinunter. Ja, sie hatte sich nicht getäuscht – das Boot war mit Waren beladen, über die man Häute gespannt hatte, um sie vor Regen und Wind zu schützen. Zwei Männer bemühten sich, das Schiff auf Kurs zu halten, einer saß an den Rudern, der andere stand am Heck und mühte sich mit dem Steuerruder.

Ganz sicher würde die Fahrt nach Rouen gehen, um

die Waren dort auf dem Markt umzuschlagen. Was für ein Glück sie hatte – von dem Wikinger war noch nichts zu sehen. Sicher schlief er noch sanft und selig in der Ruine, müde von den Anstrengungen des vergangenen Tages.

Sie winkte, hüpfte am Ufer herum, rief den Männern zu, dass sie Hilfe brauche. Der Mann am Steuer sah zu ihr hinüber, dann sah sie, dass er sich vornüberbeugte, um seinem Gefährten einige Worte zuzurufen.

»Hilfe!«, rief sie, so laut sie konnte. »Man hat mich überfallen. Helft mir um Gottes willen. Ich werde verfolgt …«

Die Männer redeten miteinander, zuckten die Schultern und lachten. Verzweifelt glaubte sie schon, der Kahn würde vorüberziehen, doch dann bemerkte sie, dass der Mann am Steuer heftig arbeitete, um das Ufer zu erreichen.

»Hier herüber!«, brüllte der Ruderer und deutete flussabwärts, wo ein umgestürzter Baum in den Fluss hineinreichte.

Sie verstand, raffte in der Aufregung ihr Kleid bis hoch zu den Knien und rannte so schnell sie es vermochte, um die Hilfe ja nicht zu verpassen. Mehrfach wäre sie fast gestürzt, dicke Steine lagen am Ufer, dorniges Gebüsch und angeschwemmte Hölzer mussten überwunden werden, an einer Stelle mündete ein schmaler Bachlauf in den Fluss, den sie durchwaten musste. Völlig außer Atem, das Haar zerzaust, das Gesicht verschwitzt und gerötet, langte sie bei dem umgestürzten Stamm an, wo die Schiffer sich mühten, ihr in der Strömung rasch dahintreibendes Boot zu vertäuen.

»Nehmt mich um Gottes willen mit!«, rief sie hinüber. »Ich will für eure Seelen beten. Nehmt mich mit nach Rouen.«

Die beiden schienen von ihrer verzweifelten Bitte erheitert, sie grinsten sich an und wechselten ein paar Worte, die Reina nicht genau verstehen konnte, da das Wasser sich an dem Baumstamm brach und rauschend an dem Hindernis zerrte.

»Wenn du klettern kannst – herüber mit dir!«, brüllte man ihr zu.

Sie begriff, dass es keine andere Möglichkeit gab – sie musste über den glitschigen Stamm bis hinüber zu dem Boot steigen, das heftig in den Wellen schaukelte. Doch die Angst, wieder in die Gewalt des Wikingers zu geraten, gerade jetzt, da die Hilfe so nah war, gab ihr den Mut, das Wagnis einzugehen.

Vorsichtig setzte sie einen Fuß auf den Stamm, spürte, wie er unter der Strömung erzitterte und wie glatt die über ihn dahinbrausenden Wellen das Holz geschliffen hatten. Doch sie stieg hinauf, breitete beide Hände aus, um das Gleichgewicht besser zu bewahren, und fühlte zugleich, wie der Wind ihr Kleid erfasste und daran zerrte. Rechts und links wühlten die braunen, schlammigen Wogen des Flusses, drängten schäumend gegen das Holz, dicke Äste standen von dem toten Stamm ab, mussten geschickt überstiegen werden, wobei sie das flatternde Kleid anhob, sonst wäre es an den Zweigen hängengeblieben. Je weiter sie sich vom Ufer entfernte, desto heftiger schwankte das tote Holz unter ihr, denn die Wellen waren hier stärker und hatten bereits die kleineren Äste abgerissen und fortgespült. Nicht lange und der ganze Wipfel würde wegbrechen und den Fluss hinabtreiben.

»Bravo Mädchen! Weiter so!«, brüllten die Männer.

Sie standen im schwankenden Kahn, die Arme in die Seiten gestemmt, und schienen an ihrem gefährlichen Gang großen Spaß zu haben. Erst kurz bevor sie das Boot erreichte, verlor sie das Gleichgewicht, fasste hilflos nach einem hochstehenden Ast und wäre in den Fluss gestürzt, wenn sich nicht einer der Männer rasch vornübergebeugt hätte, um sie am Kleid zu fassen.

»Halt sie fest«, brüllte der andere, der zur gegenüberliegenden Seite des Bootes eilte, denn das Schifflein neigte sich bedenklich.

Reina war bis zur Taille in die Wogen getaucht, doch die kräftigen Arme des Mannes zogen sie über den Bootsrand, wo sie erschöpft in sich zusammensank.

»Das wäre um ein Haar danebengegangen, meine Hübsche«, sagte der Mann. »Wir riskieren eine ganze Menge für dich. Hoffentlich wirst du uns die Mühe auch anständig lohnen!«

Sie richtete sich vorsichtig zum Sitzen auf und zog verschämt das nasse Kleid hinab, das sich bis an die Oberschenkel hochgeschoben hatte. Sie hatte ihre Schuhe eingebüßt, doch das schien ihr im Augenblick völlig unwichtig. Sie hatte es geschafft – Halvdan würde sie nun ganz gewiss nicht mehr einholen, denn die beiden Männer steuerten das Boot sogleich wieder in die Strömung hinaus.

»Ich werde für euch beten«, sagte sie und versuchte, das im Wind flatternde Haar zu glätten. »Ich bin Äbtissin des Klosters St. Antoine, das im Besitz des Grafen Robert ist. Mit meiner Rettung habt ihr euch die Dankbarkeit meines Schwagers, des Grafen Robert, verdient und ebenso die des Erzbischofs von Rouen, dem mein Kloster untersteht.«

Zu ihrer namenlosen Verblüffung erfolgte ein hemmungsloses Gelächter auf diese Ankündigung. Verunsichert betrachtete sie ihre Retter nun aus der Nähe. Der Mann, der das Steuerruder bediente, war untersetzt und stämmig, unter seinem kurzen Gewand wölbte sich ein feister Bauch. Sein Gesicht war breitflächig, von einem dunklen, krausen Bart fast zugewachsen, die Nase jedoch schmal und ein wenig gebogen. Er mochte um die dreißig sein, der andere war jünger und wirkte fast noch wie ein Kind, denn sein blasses Gesicht war bis auf ein paar schüttere Härchen am Kinn völlig bartlos. Der Blick seiner grünlichen Augen war unstet, auch hatte er die seltsame Gewohnheit, mit den Lidern zu zucken, als müsse er eine vorwitzige Mücke abwehren. Trotz seiner Jugend waren seine langen Arme sehnig, und der Griff, mit dem er Reina aus dem Wasser gezogen hatte, war grob und schmerzhaft gewesen.

»Eine Äbtissin!«, grölte der Ältere, klemmte das Ruder mit einem Arm am Körper fest und deutete höhnisch eine Verneigung an.

»Verzeiht, ehrwürdige Mutter, dass wir Euch nicht mit gebührender Ehrfurcht begegnet sind. Auf die Knie, Hanfried. Leg deine Beichte ab, du Sünder. Aber fasse dich kurz dabei, die Dame möchte bei der Liste deiner Untaten nicht in Ohnmacht fallen!«

Der Jüngere grinste dümmlich und fuhr fort, die Ruder kräftig zu führen. Doch der Blick, mit dem er Reina maß, traf ganz bestimmte Stellen ihres Körpers so durchdringend, dass sie errötete und die Arme über der Brust kreuzte. Mit einem Schlag wurde ihr bewusst, dass sie sich in die Gewalt von zwei Unbekannten gegeben hatte.

»Ich kann gut verstehen, dass ihr verwundert seid«, sagte sie, bemüht, ihre Angst nicht zu zeigen. »Man hat mich überfallen und verschleppt, ich habe meinen Schleier verloren und sehe deshalb nicht wie eine Nonne aus. Doch ich schwöre bei Gott dem Herrn, dass ich die Wahrheit rede …«

»Schon gut, Mädchen«, erwiderte der Ältere und gab ihr einen Klaps auf den Rücken. »Du bist also eine fromme Äbtissin – das gefällt mir. Jede hat ihre Masche. Aber ich warne dich – wenn du allzu viel herumzappelst, kann das Boot kentern, also leg dich hübsch auf den Rücken und warte ab, bis wir beide uns geeinigt haben.«

Sie wusste wenig von der Welt, denn man hatte sie früh ins Kloster gegeben. Doch sie ahnte, was diese beiden Männer mit ihr vorhatten – etwas, das so schlimm war, dass sie niemals wieder in ihrem Leben dem Kloster als Äbtissin würde vorstehen können.

»Wenn ihr das wagt, dann werdet ihr vor Gericht gestellt werden«, rief sie zornig. »Die Schändung einer Äbtissin wird mit dem Tod bestraft. Mein Schwager Robert wird dafür Sorge tragen, dass das Urteil vollstreckt wird, das schwöre ich euch!«

Der untersetzte Mann am Steuer verzog ärgerlich das Gesicht und machte sich daran, das Ruder mit einem Riemen festzubinden.

»Jetzt reicht's langsam«, knurrte er und bewegte sich breitbeinig auf sie zu. »Soll ich dir sagen, wer du bist? Eine ganz gewöhnliche Hure, eine von denen, die auf den Booten der Händler mitfährt und sich mit ihnen zwischen die Fässer und Kisten legt. Du hast herumgezickt, und sie haben dich ausgesetzt, du neunmalschlaues

Weibsbild. Hör zu, wir machen einen ehrlichen Handel. Wir bringen dich nach Rouen und dafür machst du für uns die Beine breit, wie du es immer machst. Aber sonst ist für dich nichts drin, meine Kleine. Sei froh, dass wir dich aufgelesen haben, wir hätten dich auch am Flussufer verhungern lassen können.«

Der Schreck über diesen entsetzlichen Irrtum lähmte sie, so dass sie zunächst kein Wort hervorbringen konnte. Doch der Mann war auch nicht gewillt, ihre Antwort abzuwarten. Er ließ sich auf die Knie nieder, umfasste Reinas bloße Füße und zog sie daran unerbittlich zu sich heran. Sie zappelte und trat nach ihm, da warf sich der schwere Mann mit plötzlicher Wucht auf ihren Körper, so dass das Boot heftig zu schwanken begann, und gleich darauf spürte sie seinen heißen, stinkenden Atem im Gesicht.

»Wenn du nicht willst, dass ich dir ein paar Zähne ausschlage, dann halt jetzt still, Hure. Ich habe keine Lust, wegen dir meine Ladung zu verlieren.«

Verzweifelt versuchte sie sich aufzubäumen, doch der massige Körper drückte sie fest an die Schiffsplanken. Sie hörte ihn grunzen und wohlig stöhnen und spürte voller Entsetzen, dass er mit einer Hand ihr Kleid hochzog und mit harter Pranke über ihre bloßen Schenkel strich.

»Jungfrau«, stöhnte er genüsslich. »Äbtissin … Nonne …«

Sie schrie so laut, dass es ihr selbst in den Ohren gellte und ihre Stimme überschnappte. An ihrer Hüfte spürte sie einen harten Gegenstand, ähnlich einem Stock, der sich fest an sie presste und ihr wehtat, dann setzte er sein dickes Knie zwischen ihre Beine und drängte sie unerbittlich auseinander, während seine Hände ihr das Kleid bis zum Hals hochrissen.

»Hör auf!«, rief eine Stimme, die dem jüngeren Mann gehörte. »Lass die Dirne jetzt. Schau dir das an!«

Der Mann jedoch war wie im Rausch, seine Hände bearbeiteten ihre bloßen Brüste, der dicke Stock berührte ihre Schenkel, während das Boot wild hin und her schaukelte. Erst als sein Kamerad ihm einen festen Stoß versetzte, ließ er von Reina ab und starrte den anderen mit wutverzerrtem, rotem Gesicht an.

»Bist du verrückt? Du kommst ja gleich an die Reihe, Grünschnabel!«

»Schau dich um, verdammt!«, keuchte der junge Kerl und deutete nach rückwärts.

»Blitz und Donner«, murmelte der andere und erhob sich so hastig, dass er versäumte, sein steifes Glied wieder unter die Bruoche zu stecken. »Der rudert ja wie der Teufel in seinem winzigen Kahn. Was will der von uns?«

»Ein verfluchter Pirat, wenn du mich fragst. Der hat es auf unsere Ladung abgesehen. Ich habe noch nie einen Mann gesehen, der ein Boot so rasch über das Wasser bewegen kann.«

»Nun mach dir nicht gleich in die Hose, Kleiner«, gab der Dicke zurück, eilte jedoch zu den Rudern. »Er ist allein im Boot und wir sind zu zweit. Wenn er uns entert, bekommt er als Erstes eins mit dem Ruder übergezogen.«

»Dann musst du dich beeilen – er hat uns gleich«, brüllte der junge Kerl angstvoll und stolperte ebenfalls zum Bug, um eines der Ruder zu fassen.

Reina hatte sich zusammengekauert und war fest entschlossen, den Augenblick zu nutzen, um über Bord zu springen. Lieber wollte sie als unversehrte Jungfrau im Fluss ertrinken, als die Schande zu ertragen, vergewaltigt zu werden. Doch sie hatte kaum ihr Kleid um sich gerafft und sich zum Sitzen aufgerichtet, da wurde das Boot so schwer erschüttert, dass sie gegen die Warenballen geschleudert wurde und darin versank.

Getümmel erhob sich, wütendes Geschrei aus rauen, männlichen Kehlen. Flusswasser schwappte über ihre Beine, ein schwerer Körper fiel dicht neben sie, wurde wieder emporgerissen, dann klatschte etwas Schweres ins Wasser, ein zweites Klatschen folgte.

»Fluss will zum Meer«, sagte eine wohlbekannte, tiefe Stimme. »Gut schwimmen – gut Reise!«

* * *

Sie lag unbeweglich, wartete zitternd darauf, dass er sie aus den Häuten und Warenballen herauszerren und seinen Zorn an ihr auslassen würde. Doch nichts geschah.

Das Boot kämpfte mit der Strömung, Wellen schlugen gegen die Bordwand, schwankend und widerwillig schien es einer neuen Führung zu gehorchen, die es zu einem schwierigen Manöver zwang. Reina lag zwischen Häuten und mit Tüchern eingeschlagenen Paketen, ein Bündel zusammengeschnürter Felle lag auf ihr, die so scheußlich rochen, dass sie kaum Atem holen konnte.

Vielleicht hat er mich ja gar nicht bemerkt, dachte sie hoffnungsvoll. Er hat einfach nur dieses Boot in seine Gewalt bringen wollen. Er konnte mich ja gar nicht sehen, weil ich am Boden lag …

Es wurde ihr übel, das Entsetzen saß noch tief in ihr, ihr Magen rebellierte und sie versuchte, die Felle ein wenig beiseitezuschieben, um wenigstens frische Luft zu atmen. Warum schwankte dieses Boot nur so stark? Erst nach einer Weile spürte sie, dass das Schiff sich unter kräftigen Ruderschlägen wieder vorwärtsbewegte. Nach dem Zischen und Rauschen der sich brechenden Wellen, das vom Bug her zu hören war, schien es nun jedoch flussaufwärts zu gehen.

Neue Angst befiel sie. Was hatte er vor? Wieso ruderte er jetzt flussaufwärts? Sie hatte geglaubt, dass er an Rouen vorbei zum Meer reisen wollte – doch sein Ziel schien ein anderes zu sein.

Natürlich, dachte sie. Warum sollte er zurück in seine Heimat fahren? Er will sich an seinem Bruder rächen, und der befindet sich hier im Reich der Franken.

Plötzlich hörte sie ihn singen. Mit tiefer, ein wenig kehliger Stimme sang er im Takt seiner Ruderschläge eine fremde Melodie. Es klang ruppig, auch waren die Worte seltsam, bestanden aus harten Lauten, so als schlüge jemand kleine Steinchen aufeinander. Immerhin war sie verblüfft, dass diese Heiden offensichtlich Gesänge kannten. Zumindest etwas, das einem Gesang ähnlich war.

Als sie genauer hinhörte, glaubte sie, ein fränkisches Wort in diesem Singsang gehört zu haben. Doch das war gewiss eine Täuschung gewesen.

»Langes Haar … schönes Haar …«

Was für eine seltsame Sprache die Wikinger hatten. Es klang hin und wieder fast wie fränkisch.

»Lauf davon … mit Wind … mit Schiff …«

Sie lauschte mit klopfendem Herzen. Was sang er da?

»Schöne Frau … Augen wie Nacht … dumm im Kopf … Frankenbeute …«

Dieser Mistkerl sang Spottlieder auf sie! Es wurde ihr heiß unter der drückenden Last der Felle und Tücher. Was für eine hinterhältige Gemeinheit! Er wusste ganz genau, dass sie auf dem Boot war, doch anstatt sie aus ihrem Versteck zu zerren, sie zornig anzubrüllen oder gar zu schlagen, machte er sich über sie lustig. Nun, da ihre Flucht so jämmerlich fehlgeschlagen war, hatte er gut lachen.

Dabei hatte sie einfach nur Pech gehabt. Ihr Plan hätte genauso gut gelingen können – sie war einfach an die Falschen geraten.

»Kleines Mädchen … verbirgt sich vor Mann … kein Mut … große Angst …«, sang er, und dieses Mal bestand sein Lied nur aus fränkischen Worten.

Wütend schälte sie sich aus den Fellen, warf das Zeug so heftig zur Seite, dass eines davon über Bord ging und mit dem Strom davonschwamm.

»Ich habe überhaupt keine Angst vor dir!«, fauchte sie. »Du hältst dich wohl für ganz besonders schlau, wie? Dabei hast du nicht einmal bemerkt, dass ich über deine albernen Balken geklettert und davongelaufen bin. Sogar das Pferd hat es gemerkt, aber der neunmalschlaue Wikinger, der alles so gut kann und weiß – der hat geschlafen wie ein Stein!«

Ärgerlich erhob sie sich und wollte ihr nasses, zerknittertes Kleid mit den Händen glätten, doch das Schiff schwankte so heftig, dass sie ihr Vorhaben aufgab und sich rasch wieder hinsetzte. Großer Gott – dieses scheußliche Auf- und Niederschaukeln war für ihren Magen gar nicht gut. Zumal er momentan wieder einmal völlig leer war.

Halvdan saß von der Morgensonne angeleuchtet auf der Ruderbank, er hatte den Kittel abgelegt und trug nichts als die Bruoche am Körper, und das faszinierende Spiel seiner Schulter- und Armmuskeln zog ihre Blicke wie magisch an. Auf seinem Gesicht lag ein verschmitztes Grinsen, für das sie ihn hätte ohrfeigen können.

»Halvdan gut Schlaf«, sagte er und nickte dazu mit dem Kopf. »Reina leise wie Katze. Mann kann nicht riechen und hören wie Pferd. Mann hat Schlaf, weil müde.«

Diesen Kerl konnte wohl nichts aus seiner Ruhe bringen. Sie zupfte Fusseln von ihrem Kleid, versuchte einige Flecken herauszureiben und beobachtete zwischendurch die Flussufer. Die Auen waren hier schmal, der Flusslauf schlängelte sich in engen Windungen durch dichte Wälder. Struppiges Gras, Buschwerk und kleine Bäume säumten die Ufer. Buntes Entenvolk saß hie und da zusammengeschart unter den Büschen, schaukelte im Wasser, kopfüber und kopfunter, graue, langbeinige Reiher standen an den wenigen seichten Stellen und tunkten die Schnäbel in die Flut, und Flussmöwen jagten in kühnem Flug dicht über der Wasseroberfläche.

»Warum du fort von Halvdan?«

Er hatte sie eine Weile mit seinen hellen Augen beobachtet, nachdenklich und abwartend, und jetzt schien ihm die Zeit für diese Frage gekommen.

»Das fragst du noch?«, empörte sie sich. »Du schleppst mich gegen meinen Willen in diese Wildnis! Du kümmerst dich kein bisschen um meine Wünsche. Du machst einfach, was du willst, und verlangst von mir, dass ich dir folge! Lass dir gesagt sein, Wikinger: Ich denke gar nicht daran, deinen Willen zu tun! Du bist mein Sklave, ich habe dich gekauft, und du bist es, der zu gehorchen hat!«

Seine Züge blieben unbeweglich, nur das Grinsen verschwand langsam.

»Was will Reina?«, fragte er ruhig. »Was soll Halvdan tun?«

Sie holte Luft, denn sie hatte eigentlich Widerspruch erwartet, stattdessen erkundigte er sich nach ihren Wünschen. Ob er tatsächlich bereit war, ihr zu gehorchen? Oder wollte er sie einfach nur vorführen?

»Ich will, dass du mich zurück in mein Kloster bringst!«

Das war das Mindeste. Eigentlich erwartete ihn als weggelaufener Sklave eine böse Strafe, doch sie würde natürlich dafür sorgen, dass ihm nichts geschah. Die Hauptsache war, dass er weiterhin ihr Kloster baute.

»Gut«, sagte er. »Aber nicht diesen Tag. Später. Jetzt Gefahr von Wikinger.«

Sie fuhr ungeduldig mit den Händen durch die Luft.

»Aber das ist doch völliger Unsinn! Was sollen denn die Wikinger in meinem Kloster? Es gibt dort nichts zu holen für sie!«

»Was ist Unsinn?«, wollte er wissen.

Immer dieser Lerneifer. Warum bemühte er sich nicht vielmehr, ihre Argumente zu begreifen, anstatt immer nur nach fränkischen Worten zu fragen.

»Unsinn ist, wenn jemand dumm ist. Sinnlose Dinge tut, wenn er ohne Verstand handelt wie ein Narr.«

»Gut«, sagte er und nickte zufrieden.

Er zog ohne Unterlass die Ruder, und der Anblick dieses mächtigen arbeitenden Körpers nahm sie so gefangen, dass sie ihn schweigend anstarrte. Erst als der Blick seiner hellen Augen sie traf und sie sein Lächeln bemerkte, fuhr sie zusammen und wandte sich errötend zur Seite.

»Knut will Burg von Robert«, sagte er. »Wenn er Burg nimmt – er hat auch Kloster.«

Sie erschrak zutiefst.

»Niemals wird es diesem Verräter gelingen, Roberts Burg einzunehmen. Robert hat seine Krieger, die die Burg verteidigen. Sie haben Waffen und werden die Wikinger besiegen!«

Halvdan sah kurz nach rückwärts über die Schulter, um die Fahrtrichtung einzuschätzen, dann wandte er sich wieder Reina zu.

»Robert schwach«, verkündete er mit vollkommener Überzeugung. »Feigling. Reitet davon und schützt Reina nicht. Knut besiegt Robert leicht.«

»Nein!«, rief sie aufgeregt. »Du täuschst dich. Nur weil er dein Bruder ist, ist er doch nicht gleich unbesiegbar. Robert wird die Burg verteidigen …«

»Knut nimmt Burg. Nimmt auch Kloster. Frauen Beute als Sklavin. Hässliche Frau – gut für arme Mann. Schöne Frau – gut für Graf und König …«

»Schweig!«, rief sie und hielt sich verzweifelt die Ohren zu. »Ich will nichts mehr hören. Das ist alles nicht wahr. Niemand wird meine Frauen aus dem Kloster rauben …«

Er sagte nichts, sah eine Weile zu ihr hin, und auf seinen Zügen spiegelte sich Mitleid. Geduldig wartete er ab, bis sie sich wieder gefasst hatte.

»Du, Reina, schöne Frau. Sehr schöne Frau. Robert dich nicht schützt. Du musst heiraten Mann, der stark ist. Mann, der schützen kann gegen Feinde. Nicht Robert.«

Das fehlte gerade noch. Erst machte er ihr mit seinen boshaften Lügen Angst, und jetzt wollte er ihr einreden, sie brauche einen starken Ehemann, der sie verteidigen könne.

»Wie oft soll ich dir das noch erklären?«, fuhr sie ihn ungeduldig an. »Ich bin eine Nonne und sogar eine Äbtissin. Und außerdem bin ich überhaupt nicht schön, und ich will es auch nicht sein!«

Er lächelte wieder, nicht spöttisch, sondern in einer ganz neuen Weise, die sie verwirrte. Dieser Kerl konnte mit Blicken streicheln. Sie spürte, wie ihr Herz plötzlich hämmerte und etwas in ihrem Körper durcheinander geriet. Hastig fasste sie ihr Haar, das ihr wild über die Schultern hing, drehte es am Hinterkopf zusammen und versuchte, es in den Halsausschnitt des Kleides zu stecken. Es gelang nur unvollständig, ein großer Teil der dunklen, lockigen Haarflut flatterte nach wie vor im Wind.

»Ich bin nicht schön, und ich werde auch niemals heiraten. Weil eine Nonne nun einmal keinen Ehemann hat, sondern im Kloster lebt.«

»Das Unsinn!«, kam es prompt zurück.

Unglaublich! Das hatte sie nun davon, dass sie ihm fränkische Worte beibrachte. Er warf sie ihr schonungslos an den Kopf, dieser dreiste Wikinger!

»Dumm und ohne Verstand«, fuhr er fort. »Reina braucht Schutz, und Halvdan dich schützt.«

Sie wollte aufbegehren, ihm erklären, dass sie keineswegs auf Schutz angewiesen sei, schon gar nicht auf den eines weggelaufenen Sklaven – doch der Ausdruck seines Gesichts war jetzt abweisend und der Blick seiner hellen blauen Augen kühl. Er hatte keine Lust mehr zu streiten.

Missmutig brütete sie vor sich hin. Wozu redete sie überhaupt mit ihm? Er machte ja doch, was er wollte.

»Wohin fahren wir?«

»Zu Insel. Dort Wikinger. Halvdan braucht Männer, zu kämpfen gegen Knut.«

Insel? Was für eine Insel? Er konnte doch nur eine der vielen Flussinseln meinen. Wieso bildete er sich ein, dort Wikinger zu finden? Gütiger Himmel – waren diese Kerle denn schon überall im Frankenreich?

»Was ist mit meinem Pferd?«

»Pferd frisst Gras an Ufer. Viel Schiffe auf Fluss. Wird kommen Mann und nehmen Pferd. Gutes Pferd. Wir finden andere.«

Er hatte ihr Pferd einfach zurückgelassen, und es störte ihn wenig, dass irgendein Händler oder Gauner sich ihres Besitzes bemächtigen würde.

Er sah ihr empörtes Gesicht und versuchte, ihr seine Gründe zu erklären.

»Halvdan sieht Reina auf Boot. Läuft an Fluss entlang. Dort ist anderes Boot. Halvdan nimmt Boot und fährt auf Wasser. Pferd kann nicht tragen Mann in Fluss.«

Er hatte sie also zuerst am Ufer verfolgt, dann ein Boot gestohlen und die beiden Händler damit eingeholt. Natürlich konnte ihm ein Pferd dabei nicht viel nutzen. Also ließ er das Tier einfach stehen.

Immerhin hatte er sie mit dieser Aktion aus einer schlimmen Lage gerettet, das musste sie ihm zugute halten. Es war nicht anständig, weiterhin zornig auf ihn zu sein. Zumal sie im Augenblick sowieso auf ihn angewiesen war.

»Es ist gut, was du getan hast, Halvdan«, sagte sie gepresst, denn es fiel ihr nicht leicht. »Du hast mir geholfen und ich bin dir dankbar dafür. Ich werde dafür beten, dass du eines Tages ein guter Christ sein wirst und der Herr auch dich segnen wird.«

Er gab keine Antwort, sah sie mit ernsten Augen an, nur ein leichtes Zucken in seinem blonden Bart ließ darauf schließen, dass er Lust hatte, zu grinsen. Doch er unterließ es.

»Schiff schwer, viele Kisten. Wir nicht alles brauchen. Werfen in Fluss, was zu viel.«

Unsicher blickte sie in das Durcheinander der verrutschten Ladung. Felle und Häute, verschlossene Krüge, verschnürte Bündel und Holzkisten lagen auf dem Schiffsdeck herum.

»Aber die Sachen gehören uns nicht …«

»Gehören Männern. Schlechte Männer …«

Irgendwo hatte er recht. Diese beiden Mistkerle hatten es verdient, Schiff und Ladung einzubüßen. O Himmel – was war nur aus ihr geworden? Sie begann schon wie ein Wikinger zu denken.

Sie erhob sich vorsichtig, stellte fest, dass sie sich langsam an das Schaukeln und Schwanken gewöhnte, und machte sich daran, die verschnürten Ballen zu öffnen. Stoffe waren darin, billige Wollstoffe, schlechtes Leinen, grob und mit Fehlern gewirkt. In den Krügen war Wein, auch dieser keine gute Qualität, er roch fast wie Essig. Besser war schon ein Bündel, in dem geräuchertes Fleisch und einige Würste lagen, in einem weiteren Bündel entdeckte sie sogar leckere Honigwaben, die noch fest mit dem Wachs der Bienen verschlossen waren.

»Ich glaube, wir werden nur die Lebensmittel behalten. Und einige Häute und Felle. Der Wein taugt nichts, man bekommt nur Kopfschmerzen davon«, entschied sie schließlich.

Halvdan war mit ihrer Auswahl zufrieden und sah zu, wie sie die restlichen Gegenstände über Bord warf. Dann entdeckte sie die begehrlichen Blicke, die er auf die Würste warf, und musste lächeln.

»Wenn du essen willst, musst du aufhören zu rudern.«

»Nein«, entschied er nach kurzem Nachdenken. »Erst du isst. Dann du mit mir rudern und Halvdan hat eine Hand für Essen.«

Sie stemmte die Arme in die Hüften und sah ihn empört an.

»Rudern soll ich? Noch dazu in einer Richtung, in die ich gar nicht fahren will, weil sie mich immer weiter von meinem Kloster entfernt? Ich denke nicht daran!«

Er grinste schief und seine blauen Augen maßen sie von unten herauf, spöttisch und zugleich bittend. Er hatte etwas von einem kleinen Jungen, der genau weiß, dass er bekommt, was er haben will. Sie ärgerte sich und machte sich entschlossen über eine der Würste her.

»Es schmeckt himmlisch!«

Sie drehte die Augen zum Himmel und leckte sich genießerisch die Finger.

»Ich glaube dir.«

»Du bekommst nichts, wenn du nicht aufhörst zu rudern.«

»Dann Halvdan wird sterben wegen Hunger.«

»Sturer Kerl!«

»Was ist stur?«

»Du!«

Sie schwiegen eine Weile, Reina aß weiter, aber es schmeckte ihr nicht mehr, denn seine hungrigen Blicke störten sie. Schließlich rutschte sie seufzend zur Ruderbank hinüber, wo er sofort zur Seite rückte, um ihr Platz zu machen.

»Ich warne dich – ich kann nicht rudern.«

»Du lernst. Wikinger guter Lehrer. Die Hand so, die andere so.«

Das Boot schlingerte, denn er hatte die Ruder eingezogen. Er nahm ihre Hände und legte sie sanft in die richtige Position, hielt sie fest und zeigte ihr, wie man das Ruder eintauchte und durch das Wasser zog. Geduldig vollführte er mit ihr die Bewegung mehrere Male, dann gab er ihre Hände frei und nahm die leckere Wurst, die sie auf die Ruderbank gelegt hatte.

»Jetzt du allein. Mit Kraft.«

Er aß in großen Bissen, stopfte sich voll, während er gleichzeitig mit einer Hand versuchte, ihre ungeschickten Ruderschläge auszugleichen. Reina mühte sich, keuchte bald vor Anstrengung, doch das Ruder tat nur selten das, was sie mit ihm vorhatte.

»Nicht in Luft rudern«, meinte er grinsend mit vollem Mund. »In Wasser rudern.«

Er fasste rasch zu, als ihr das Ruder beinahe aus der Hand geglitten wäre.

»Ich kann das nicht!«, stöhnte sie. »Verdammt noch mal, das kann doch nicht so schwer sein!«

Gleich darauf schämte sie sich unendlich. Gütiger Himmel – anstatt dass sie ihn zum Christentum bekehrte, begann sie nun schon selbst wie ein Heide zu fluchen.

»Nur weiter. Du lernst gut. Noch einmal!«, kommandierte er unverdrossen, stopfte den letzten Wurstzipfel in den Mund und bewegte ihr Ruder, so dass sie wieder in den Rhythmus kam. Tatsächlich schien es jetzt leichter zu werden, sie begriff, dass sie sich mit den Füßen abstützen musste, und erwischte den rechten Augenblick, das Ruder einzutauchen. Das Boot machte wieder Fahrt, die Gegenkraft der Strömung war überwunden, und langsam bekam sie Spaß an der Sache.

»Schiff in Wasser wie Vogel. Fliegt mit Wind«, summte seine tiefe Stimme an ihrem Ohr.

Sie sah, wie die Ufer rechts und links an ihnen vorüberzogen, spürte den Wind, der in ihrem Haar wühlte, und plötzlich berauschte sie das Gefühl, dieses Schiff aus eigener Kraft gegen den Strom zu treiben, das Rauschen der Bugwellen zu hören und die Gischt zu spüren, die ihr Kleid benetzte.

Sie ruderten jetzt im gleichen Takt, und es war lange nicht mehr so anstrengend wie zu Beginn. Nur hin und wieder gelang es ihr nicht, das Ruder tief genug einzutauchen, doch Halvdan glich die Bewegung geschickt aus, ohne dass das Boot dadurch ins Schlingern kam.

»Es ist wirklich ein wundervolles Gefühl«, sagte sie. »Weißt du, dass ich immer schon gegen den Wind laufen wollte, so lange, bis ich vor Erschöpfung umfalle? Auf einem Pferd galoppieren, bis es müde ist. Fliegen, hoch in der Luft, wie ein Vogel …«

Sie hörte ihn lachen, doch es war ein gutmütiges, zufriedenes Lachen.

»Schiff von Wikinger wie Fisch in Meer«, sagte er stolz. »Dies Boot nur klein und schwach. Aber Wikinger macht es galoppieren wie Pferd, fliegen wie Pfeil …«

Sie gab sich völlig der Bewegung hin, genoss es,

ihre Muskeln ausarbeiten zu können, spürte die immer schneller werdende Fahrt, genoss den Wind, der ihr Kleid bauschte, ihren Körper streichelte.

Erst nach einer Weile bemerkte sie, dass er den freien Arm um ihre Schulter gelegt hatte. Langsam strich seine große Hand über ihren Rücken, fasste ihr Haar, fuhr sanft über ihre Schulter und legte sich in ihren bloßen Nacken. Dort verweilte er einen Moment, genoss die Berührung mit ihrer warmen Haut, und als sie unwillig den Kopf schüttelte, zupfte er sie leicht am Ohrläppchen.

»Nicht böse«, hörte sie ihn murmeln. »Vogel fliegt in Himmel.«

»Unsinn«, gab sie kopfschüttelnd zurück.

Sein Lachen dröhnte an ihr Ohr. Tief und kehlig, wie ein Wikinger lachte.

* * *

Am Nachmittag steuerte er das Boot in einen schmalen Seitenarm des Flusses, wo schlankes Weidengebüsch bis tief ins Flussbett hineinwuchs. Halvdan sprang ins Wasser und schwamm mit wenigen Stößen wie ein Otter an Land. Dort vertäute er das Schiff an einem Baumstamm, prüfte sorgfältig den Knoten und kehrte, nass und triefend, wieder an Bord zurück.

»Wir müde von Rudern«, erklärte er und griff nach dem Bündel mit den Würsten und dem Trockenfleisch. »Jetzt essen und kurz schlafen. Dann weiter.«

Er schob sich ein paar Felle zurecht und streckte sich ohne Umschweife auf dem Rücken aus, die Beine breit, den rechten Arm angewinkelt in den Nacken geschoben. Ohne sich um Reina zu kümmern, aß er sich satt, schöpfte dann Flusswasser, um seinen Durst zu stillen, und legte sich anschließend wieder bequem zurück.

Reina hockte auf der Ruderbank und hatte das Gefühl, am ganzen Körper zerschlagen zu sein. Nach der Begeisterung über die rasche Fahrt war jetzt maßlose Erschöpfung über sie gekommen. Noch nie zuvor hatte sie sich so anstrengen müssen. Dagegen erschienen ihr jetzt die Arbeiten der Nonnen – Wassertragen, Holzspalten oder das Umgraben und Jäten im Garten – wie harmlose Spielereien. Stöhnend versuchte sie, sich mit den Armen beim Aufstehen abzustützen, und spürte zugleich, dass ihre Knie und Oberschenkel sich weich wie Hafergrütze anfühlten.

Halvdan hatte die Augen geschlossen und schien eingeschlafen. Ahnte er, wie es um sie stand? Machte er sich deshalb keine Sorgen darum, dass sie einen neuen Fluchtversuch wagen könnte, weil er wusste, dass sie nach dieser elenden Anstrengung kaum mehr fähig war, einen Fuß vor den anderen zu setzen? Natürlich, es konnte gar nicht anders sein. Dieser hinterhältige Wikinger hatte sie nicht umsonst auf die Ruderbank gesetzt, er hatte genau gewusst, was er tat.

Sie blieb auf der Ruderbank hocken und starrte verdrossen zu dem großen Kerl hinüber, der seinen nassen Körper der Nachmittagssonne darbot. Es war tatsächlich kein Anblick für eine Jungfrau, denn die Bruoche hatte sich voll Wasser gesogen und klebte so eng an seinem Leib, dass sich das prächtig gewölbte Gemächt deutlich zwischen seinen Beinen abzeichnete. Sie schluckte und spürte, wie ihr Pulsschlag sich beschleunigte und ein seltsamer Wirbel in ihrem Bauch entstand, der sich weiter hinab zwischen ihre Schenkel zog.

Das muss ein Dämon sein, der mich versuchen will, dachte sie erschrocken.

Sie hatte dieses Gefühl in manchen Nächten verspürt, wenn sie – halb wach, halb träumend – von verführerisch süßen Bildern heimgesucht wurde, die ihr Blut in Wallung brachten und – das hatte sie nur allzu deutlich gespürt – ganz sicher unzüchtig waren. Doch trotz allen Bemühens gelang es ihr nicht, den Blick von dem vor ihr ausgestreckten Männerkörper zu wenden. Wie seine helle Haut im Licht schimmerte. Kleine Wassertröpfchen blitzten zwischen dem hellen Kraushaar auf seiner Brust, glitzerten vielfarbig im Sonnenlicht auf seinem harten Bauch und rollten von seinen Lenden auf die Schiffsplanken, wo sie zu dunklen Flecken wurden.

Plötzlich hatte sie das Gefühl, dass seine geschlossenen Lider zuckten – schlief er am Ende gar nicht? Unsicher starrte sie auf sein Gesicht, doch es erschien ihr ruhig und entspannt. Sicher hatte sie nur der Schatten eines Weidenzweigs getäuscht.

Oder doch nicht? Als ihr Blick jetzt wieder neugierig über seinen Körper glitt, stellte sie fest, dass sich etwas verändert hatte. Die Wölbung unter seiner Bruoche war angeschwollen und schien zu seinem Bauch hinaufzuwachsen. Reina glaubte, vor Schreck sterben zu müssen, doch zugleich verspürte sie ein unbändiges und ganz sicher teuflisches Verlangen, dieses unzüchtige Ding unter seiner Bruoche mit ihren Händen zu berühren, darüberzustreichen und herauszufinden, wie hart und fest sich dieser Beweis seiner Männlichkeit anfühlte.

»Kurzer Schlaf – schöner Traum«, brummte seine tiefe Stimme unvermittelt.

Sie fuhr zusammen, tat, als suche sie mit den Augen

das Weidengebüsch ab, und begann vor Verlegenheit, ihr Haar zu einem dicken Zopf zu flechten. Er räkelte sich, setzte sich auf, und als sie jetzt scheu zu ihm hinübersah, hatte sein Gesicht einen spitzbübisch-zufriedenen Ausdruck. Sie wagte es nicht, den Blick noch einmal auf die bewusste aufregende Stelle seines Körpers zu lenken, sondern wickelte einen Faden um das Zopfende und bemühte sich, gleichmütig auszusehen.

»Ich jetzt rudere«, verkündete er. »Reina ausruhen.«

Es passte ihr nicht, denn sie ärgerte sich über ihre Schwäche. Aber sie sah ein, dass er recht hatte, und fügte sich. Während der restlichen Fahrt lag sie auf den Fellen, starrte in den Himmel und lauschte auf die gleichmäßigen, kräftigen Ruderschläge des Wikingers. Die Bemerkungen, die er hin und wieder machte, beantwortete sie einsilbig. In ihrem Inneren herrschte ein solcher Wirrwarr von Gedanken und fremden Gefühlen, dass sie kaum wusste, wie sie damit fertig werden sollte.

Die Sonnenstrahlen zogen bereits einen schrägen, gleißenden Streifen über das Wasser, als die schmale, dunkel bewaldete Spitze der Insel vor ihnen auftauchte. Halvdan steuerte das Boot daran vorbei, ruderte eine Weile am Inselufer entlang, um eine passende Anlegestelle zu finden, und sprang endlich in den Fluss, um das Boot ins seichte Wasser zu ziehen, wo er es vertäute.

»Hier wir schlafen«, entschied er, noch im Wasser stehend. »Du komm von Boot. Ich helfe.«

»Nein«, wehrte sie energisch ab, denn er streckte die Arme nach ihr aus.

»Du allein an Land – Kleid nass«, erklärte er.

»Ich will überhaupt nicht an Land. Ich mag nicht im

Wald schlafen. Viel lieber bleibe ich die Nacht über auf dem Boot.«

Er stand immer noch mit ausgestreckten Armen, geduldig, ohne eine Miene zu verziehen.

»Auf Insel wir Feuer machen, und aus Fellen ich baue Haus.«

»Ich brauche kein Haus und auch kein Feuer«, erklärte sie stur. »Ich bleibe auf dem Boot.«

Er zog leicht die Augenbrauen in die Höhe, was ihm den Ausdruck eines spöttischen Besserwissers gab.

»Du brauchst Feuer für Mücken und Haus für Donnerwolken.«

Mücken? Da konnte er recht haben, denn die Biester umschwärmten sie jetzt schon in sirrenden Scharen. Aber Donnerwolken? Sie sah zum Himmel auf und entdeckte nur einige seltsam zerfaserte, rosige Abendwölkchen am Horizont.

»Ach Unsinn«, murmelte sie.

»Gut!«

Er zog sich geschickt am Bootsrand hoch, packte ein paar Häute und Felle zusammen, wickelte sein Bündel und den Kittel darin ein und trug alles ans Ufer. Dort suchte er einen Lagerplatz nahe am Wasser, sammelte trockene Hölzer für ein Feuer und brach dann einige kräftige Äste von den Bäumen, die er zu einem merkwürdigen Gerüst zusammenfügte. Darüber legte er die Häute, klemmte sie zwischen den Ästen fest und polsterte die kleine Hütte mit den Fellen aus.

Reina sah ihm fasziniert bei seinen Tätigkeiten zu. Tüchtig war er, das musste man ihm lassen. Sie wehrte die lästigen Mücken ab und machte sich daran, die übriggebliebene Nahrung in zwei Teile aufzuteilen. Für heute Abend und morgen früh würde es wohl noch ausreichen – allerdings hatte sie diese einseitige Kost schon ziemlich satt. Im Kloster bekam sie in einem ganzen Jahr nicht so viel Fleisch, wie sie hier an einem einzigen Tag gegessen hatte. Noch dazu Fleisch von vierfüßigen Tieren, das eigentlich verboten war. Aber Not kannte kein Gebot – auch die Klosterregel gestattete Ausnahmen bei besonderen Anlässen.

Als sie wieder zu ihm hinübersah, stellte sie fest, dass er mit einem Messer an einem Stock herumschnitzte. Er hatte also auch ein Messer aus dem Kloster gestohlen, dieser Dieb. Und dazu Stein und Feuerstahl, denn das Feuerholz brannte schon, dünne, helle Rauchschwaden zogen durch die Bäume zum Himmel auf. Scheinbar fürchtete er hier nicht, von neugierigen Augen entdeckt zu werden.

Sie erschlug eine Mücke, die auf ihrer Hand gelandet war, und fasste sich gleich darauf in den Nacken. Was für eine Plage! Drüben beim Feuer würden diese lästigen Sauger sicher nicht so aufdringlich sein.

Halvdan würdigte sie keines Blickes mehr, er war vollständig mit eigenen Dingen beschäftigt. Jetzt war er ins seichte Wasser gewatet, stand dort eine kleine Weile unbeweglich, dann stieß er blitzschnell mit dem angespitzten Stock zu und zog einen Fisch heraus.

Aha – er sorgte für Abwechslung auf seinem Speiseplan. Aber das konnte ihr gleichgültig sein – sie würde ebenfalls nicht verhungern. Ärgerlich biss sie in eine der Würste, kaute missmutig auf dem Bissen herum und beobachtete, wie er einen zweiten und dann auch noch einen dritten Fisch erjagte. Glückte diesem Kerl eigentlich alles?

Ein leises Grollen war in der Ferne zu hören und sie sah erschrocken zum Himmel hinauf. Das harmlos erscheinende, rosige Abendwölkchen hatte sich inzwischen grau gefärbt und den gesamten Himmel übersponnen. Von Westen her erhob sich ein schwarzes Wolkengebirge, das mit erschreckender Geschwindigkeit in die Höhe wuchs. Ein Blitz zuckte darin wie eine zackige Feuerlinie.

Großer Gott – es würde ein Gewitter geben, sicher auch regnen. Sie hasste Gewitter, besonders wenn der Donner so laut krachte, dass man sich die Ohren zuhalten musste. Vorsichtig schaute sie hinüber zum Ufer, wo Halvdan sich – ungerührt von dem herannahenden Unwetter – seine Fische an Stöcken über dem Feuer briet.

Ein Donnerschlag krachte in unmittelbarer Nähe, und sie fuhr zusammen. Das schwarze Wolkengebirge hatte sich über die Himmelskuppel geschoben und sie vollständig eingenommen. Erste Regentropfen klatschten ins Wasser und auf das Deck des Bootes.

Sie hatte keine Lust, schon wieder klatschnass zu werden. Hastig zog sie ihr Kleid über den Kopf, behielt nur das lange Leinenhemd am Körper und stieg über den Bootsrand ins Wasser, das Bündel mit ihrem Kleid mit den Händen über dem Kopf haltend. Das Wasser war dem Wikinger bis zum Bauch gegangen, ihr ging es bis zur Brust, und sie hatte Mühe, gegen die leichte Uferströmung anzukämpfen. Es war fast dunkel geworden, Blitze ließen Fluss und Gesträuch geisterhaft in grellem Licht auftauchen und sogleich wieder in der Dämmerung versinken. Kurz bevor sie das Ufer erreichte, spürte sie eine Hand, die ihren Arm fasste und ihr das Bündel abnahm. Ein taghelle Blitz beleuchtete die große Gestalt des Wikingers. Dicht vor ihr stehend, zog er sie ans Ufer.

Triefend vor Nässe erreichte sie den Unterstand und kroch hinein, während der Regen bereits auf die Häute trommelte. Sie spürte, wie Halvdan sich dicht neben ihr niederließ, und zitterte vor Aufregung. Jedes Mal, wenn die Blitze vor ihr aufzuckten, schloss sie ängstlich die Augen.

»Was ist stur?«, hörte sie seine hinterhältige Frage, dicht neben ihrem Ohr.

»Du!«, zischte sie wütend zurück.

Dann krachte ein gewaltiger Donnerschlag über ihnen, der den Himmel in zwei Teile zu spalten schien, und sie hielt sich die Ohren zu. Trotzdem hörte sie gleich darauf seine leise, tiefe Stimme.

»Nicht Angst, Reina. Donnergott Freund von Wikinger.«

»Es gibt keinen Donnergott«, fuhr sie ihn an.

Er war so dicht neben ihr, dass sein Bart ihre Wange kitzelte. Über ihnen schien das Firmament zu zerbersten.

»Und was ist das?«, wollte er wissen.

»Ein … Gewitter«, flüsterte sie.

»Gewitter«, wiederholte er gewissenhaft. »Gut.«

Sie spürte, dass er den Arm um sie gelegt hatte und sie an sich zog. Eigentlich hätte sie sich wehren müssen, doch sie brachte es nicht fertig. Dieser große Körper strahlte eine solche Wärme und Sicherheit aus, dass sie sich unwillkürlich an ihn schmiegte, und als der Donnergott oben am Himmel wieder lärmte, spürte sie, wie Halvdan vorsorglich seine Hände auf ihre Ohren legte.

»Du kalt«, murmelte er. »Zieh Kleid an.«

»Das … das geht nicht …«

»Du keinen Mut, Reina.«

Seine Hände tasteten nach dem Saum des Hemdes, das nass an ihrem Körper klebte, und schoben den Stoff behutsam nach oben. Sie wehrte sich nicht, spürte zitternd die sachte Berührung seiner Hände und konnte nicht begreifen, dass diese harten Pranken so zart und vorsichtig sein konnten. Fast unmerklich führte er den Stoff bis über ihre Oberschenkel, zog ihn weiter hoch, bis er ihr das Hemd über den Kopf streifen konnte, und ließ es hinter ihr zu Boden fallen. Sie kauerte sich zusammen, legte die Hände über ihre Brüste und ließ geschehen, dass seine Arme sie nun ganz und gar umschlossen wie ein schützender, wärmender Mantel.

»Nicht Angst«, hauchte er ihr ins Ohr.

Sie atmete den Geruch seiner bloßen Haut, spürte die weichen, kitzelnden Brusthärchen an ihrem Arm und seinen heißen, raschen Atem an ihrem Hals. Zärtlich strich seine Hand über ihren nackten Rücken, folgte der schmalen Vertiefung der Wirbelsäule, glitt über ihre Hüfte, strich sanft über die Außenseite des Oberschenkels, hielt inne und fuhr ein kleines Stück an der Innenseite nach oben. Sie zuckte erschreckt zusammen und spürte gleich darauf seinen heißen Mund auf ihrer Schulter. Seine Lippen saugten begierig an ihrer weichen Haut, dann fühlte sie die feuchte Zunge wie einen brennenden Pfeil und sie schrie auf.

»Mein … mein Kleid. Bitte!«

Er atmete keuchend, und sie konnte sein Herz hämmern hören. Einen Augenblick lang legte er seinen Kopf an ihre Schulter, und sie spürte, wie sein mächtiger

Brustkorb arbeitete. Dann fuhr sein Arm zur Seite, er nahm das Kleid, suchte den Halsausschnitt und zog es ihr behutsam über den Kopf.

»Donnergott reist weiter am Himmel«, sagte er heiser.

Reina zupfte sich das Kleid zurecht und zog es weit herunter, bis auch die Füße bedeckt waren, dann lauschte sie den Regentropfen, die gegen die aufgespannten Häute trommelten. Halvdan hatte recht – der Donner war leiser geworden, das Gewitter verzog sich.

Sie legte sich hin, zog die Knie an den Körper und spürte jetzt plötzlich wieder, dass ihr die Arme scheußlich wehtaten. Halvdan schien im Sitzen schlafen zu wollen, und er berührte sie nicht mehr.

* * *

Der Schlaf kam schnell und zog sie für lange Stunden in sein dunkles, erlösendes Reich, erst gegen Morgen überfielen sie beunruhigende Träume, so dass sie sich auf ihrem Lager hin- und herwarf. Sie sah den langgezogenen Bau des Nonnenhauses vor sich, in den Fensteröffnungen loderten rote und gelbe Flammen, sie hörte die Schreie ihrer Mitschwestern, dann brach plötzlich das hölzerne Dach des Hauses ein und eine riesige Feuersäule schoss aus der Ruine zum Himmel empor.

»Benedicta … Afranasia … Sophia!«, hörte sie jemanden verzweifelt rufen.

Sie riss die Augen auf und gleißendes Sonnenlicht traf schmerzhaft ihre Pupillen, so dass sie rasch die Hände vors Gesicht schlug. Sie glaubte, vor Hitze verglühen zu müssen, das wirre Haar klebte an ihrem Gesicht und ihr ganzer Körper war in Schweiß gebadet.

Sie blinzelte und stellte fest, dass die Sonne in den Unterstand hineinschien – es musste bereits heller Vormittag sein, sie hatte sehr lange geschlafen. Eine neugierige Biene summte über ihrem Kopf, stieß ein paarmal gegen die aufgespannten Häute und flog wieder davon. Reina richtete sich auf und sah sich um: Das vertäute Boot schaukelte sanft in der Uferströmung, in einiger Entfernung rauchten die Reste eines kleinen Lagerfeuers, und auf einem glatten Stein lagen drei Fische, die offensichtlich auf einem Stecken gegart worden waren.

»Halvdan?«

Sie erhielt keine Antwort. Wo steckte er nur? Neben ihr lag sein Bündel, in dem er die gestohlenen Gegenstände aus dem Kloster verwahrte – weit konnte er also nicht sein. Wahrscheinlich würde er gleich auftauchen und sich darüber lustig machen, dass sie nun ebenfalls wie ein Stein geschlafen hatte und erst lange nach Sonnenaufgang erwacht war. Sie krabbelte aus dem Unterstand heraus, schüttelte das Kleid und seufzte, denn es war voller Risse und Flecken. Dann entdeckte sie ihr langes Hemd, das er an einem Ast befestigt hatte, wo es im leichten Wind trocknete.

Sie verspürte Erschrecken und Scham, als ihr die Vorgänge des gestrigen Abends wieder einfielen, doch sie verdrängte das unangenehme Gefühl und machte sich stattdessen über die gebratenen Fische her. Dieser Wikinger war wirklich sehr brauchbar – der Fisch war ausgesprochen lecker, sie verspeiste einen nach dem anderen, trank dazu einige Hände voll Flusswasser und streckte sich dann wohlig in der Morgensonne aus. Arme und Beine taten immer noch weh – sie war das Rudern eben nicht gewohnt, doch sie war entschlossen, es bald wieder zu versuchen. Wo aber war Halvdan geblieben? Wenn er sich tatsächlich versteckt gehalten hätte, um sie zu überraschen, wäre er doch längst aufgetaucht.

Sie grübelte. Hatte er nicht gesagt, er wolle irgendwelche Wikinger auf der Insel treffen, die er als Kämpfer gegen seinen Bruder gewinnen wollte? Wahrscheinlich hatte er sich aufgemacht, um seine Wikingergenossen zu suchen. Es gefiel ihr wenig – einer von der Sorte war schon schlimm genug. Nicht auszudenken, wenn er mit einer ganzen Horde zurückkehrte und sie dazu zwang, gemeinsam mit diesen wilden, unheimlichen Nordmännern weiterzuziehen.

Immerhin hatte er versprochen, sie zu ihrem Kloster zurückzubringen. Darauf würde sie ihn festnageln.

Vorläufig jedoch war sie allein, was ihr überhaupt nicht gefiel. Sie ging unruhig hin und her und lief zum Ufer, um den Flusslauf zu beobachten, doch als ein schwerer, beladener Kahn vorübertrieb, versteckte sie sich rasch im Gesträuch. Die schlimme Erfahrung des gestrigen Tages steckte ihr noch tief in den Knochen, so schnell würde sie sich sicher keinem Fremden mehr anvertrauen.

Oh, wie sie dieses nutzlose Warten hasste! Warum ging er einfach fort, ohne ihr Bescheid zu sagen? Sie wühlte in seinem Bündel herum und stellte fest, dass er das Messer an sich genommen hatte. Plötzlich bekam sie Angst um ihn. War es überhaupt sicher, dass diese Wikinger auf der Insel ihn freundschaftlich aufnehmen würden? Wer sagte denn, dass sie nicht längst mit seinem Bruder im Bunde waren? Oder sonst irgendwelche Gründe hatten, ihn feindlich zu empfangen? Wenn schon Brüder und Verwandte untereinander blutige Kämpfe austrugen – dann würden diese Heiden sich wahrscheinlich auch aus anderen, völlig nichtigen Gründen gegenseitig meucheln.

Nein, sie hatte keine Lust, hier zu sitzen und zu warten, während Halvdan vielleicht gerade von diesen Heiden erschlagen wurde. Entschlossen packte sie den angespitzten Stecken – die einzige Waffe, die ihr zur Verteidigung dienen konnte –, sprach ein kurzes Gebet zum Himmel und suchte sich einen Weg durch das Gestrüpp ins Innere der Insel.

Es war angenehm kühl und schattig im Wald, und sie entdeckte bald, dass Halvdan Spuren hinterlassen hatte. Hier ein abgebrochener Zweig, dort der Abdruck seines Fußes im feuchten Boden – es war leicht, ihm zu folgen. Sie hatte die Angst vor den dichten Wäldern verloren, und zumindest jetzt, bei hellem Tag, drohte sicher keine Gefahr.

Das Dickicht lichtete sich, und sie gelangte auf einen schmalen Pfad, der unweit des Ufers in südlicher Richtung zur Inselmitte führte. Ganz sicher war er von den Bewohnern der Insel angelegt worden, und es war zu vermuten, dass Halvdan ihm gefolgt war, um sich ihnen zu nähern. Hohe Eichen und Buchen standen längs des schmalen Weges, vereinigten ihre Kronen über dem Pfad und beschatteten ihn; dazwischen wuchs dichtes, wildes Gestrüpp, das keinen Durchblick gestattete.

Sie zögerte. Leicht konnte sich jemand dort im Gebüsch verbergen, um über den ahnungslosen Fremden herzufallen. Die Wikinger – falls sie überhaupt auf der Insel waren – befanden sich im Feindesland und würden gewiss auf der Hut sein. Ob es nicht sicherer wäre, am Ufer entlangzugehen? Aber nein – dort würde man sie vermutlich noch viel leichter bemerken.

Ein leises Knacken im Gebüsch ließ sie zusammenzucken, doch es war nur ein Vogel, der erschrocken aufflatterte und sich auf einen Baum rettete. Die Sonne stand jetzt schon hoch am Himmel, blitzte zwischen den Baumkronen hindurch und zeichnete kleine, helle Flecken auf den Pfad. Der vom Regen noch feuchte Waldboden dampfte die Nässe aus, Schweißperlen standen Reina auf der Stirn, und das grobe Gewand, das sie sonst nie direkt auf dem Körper trug, fühlte sich kratzig an.

Sie folgte dem Pfad – was auch immer geschähe, der Herr würde sie beschützen. Hastig und mit wild klopfendem Herzen eilte sie voraus, sah aber immer wieder scheu zur Seite, jederzeit gegenwärtig, dass ein Heide mit struppigem Bart und geschwungener Streitaxt auf sie zustürzen könnte.

Der Pfad endete unvermittelt nach einer scharfen Biegung, und sie blieb erschrocken stehen. Vor ihr waren hölzerne Palisaden aufgestellt, grobe, kaum beschlagene Baumstämme, die man dicht nebeneinander in den Erdboden gerammt hatte. Eine Burg? War es schon so weit, dass die verfluchten Heiden sich im Frankenland Burgen bauten? Oder war es eine fränkische Festung? War Halvdan in die Falle gelaufen?

Was konnte sie tun? Unschlüssig stand sie da und starrte auf die Stämme, die höher und stärker waren als die Palisaden der väterlichen Burg. Kein Wohnturm ragte hinter ihnen hervor – war es vielleicht gar keine Burg, sondern eine harmlose Siedlung? Aber wozu dann dieser mächtige Schutz?

Gleich darauf gab es keinen Zweifel mehr, wer die Herren dieser Festung waren, denn aus einem schmalen Durchlass zwischen den Palisaden, den sie bisher gar nicht bemerkt hatte, trat ein Mann. Kein Irrtum war möglich – dies war ein Wikinger, denn er trug eine seltsame, halblange Bruoche als Beinkleid und sein halblanges, verfilztes Haar war rötlich blond.

Er schien von dieser unverhofften Begegnung ebenso überrascht wie sie selbst, dann überzog ein erfreutes Grinsen sein bartloses Gesicht, und er machte einen Schritt auf sie zu. Reina spürte, wie ein Ruck durch ihren Körper ging – eine wilde Entschlossenheit erfasste sie – niemals wieder würde sie sich kampflos von einem Mann überwältigen lassen. Wie eine Wildkatze krümmte sie sich zusammen, stieß einen hellen Schrei aus und stürzte sich mit erhobenem Stecken auf den verblüfften Wikinger.

Er hatte diesen Angriff nicht erwartet, sondern ganz andere Gedanken in seinem Kopf bewegt. Erschrocken wich er zurück, geriet mit dem Rücken gegen die Palisade und der Schlag mit dem Stecken traf ihn auf die linke Schulter. Er machte eine unsichere Bewegung, um sein Gesicht zu schützen, vermutlich war er noch nie in seinem Leben dem Angriff einer zornigen Frau ausgesetzt gewesen, denn er drehte sich um und flüchtete hinkend ins Innere der Palisadenfestung.

Reina stand keuchend auf der Stelle, völlig überrascht von dem eigenen Mut und der feigen Flucht dieses wilden Gesellen. Dann hörte sie seine lauten Rufe hinter der Palisade, und sie ahnte, dass ihr Sieg nicht von langer Dauer sein würde.

Sie hatte nicht mehr die Zeit, im Dickicht unterzutauchen, denn plötzlich war sie von Männern umringt, wurde von groben Händen am Kleid und an den Armen gepackt, und jemand griff mit harter Faust in ihr Haar und riss ihr den Kopf in den Nacken. Unverständliche Laute drangen auf sie ein, Gelächter wurde laut – man zerrte sie durch den schmalen Eingang in die Festung hinein.

»Lasst mich los!«, kreischte sie und versuchte sich gegen ihre Gegner anzustemmen. Es war umsonst, ihre Füße schleiften über den Boden, und man stieß sie hierhin und dorthin, so dass sie taumelnd gegen die lachenden Kerle stürzte, von ihnen aufgefangen und wieder fortgestoßen wurde, als sei sie ein Spielzeug, das man sich gegenseitig zuwarf.

Schließlich stürzte sie zu Boden und sah sich von haarigen Männerbeinen umgeben, dicht wie eine lebendige Palisade, aus der es kein Entkommen gab. Bärtige Gesichter beugten sich zu ihr herab, die Münder zu grölendem Gelächter verzogen, und sie begriff, dass sie verloren war.

»Ich will zu Halvdan!«, rief sie laut. »Halvdan, versteht ihr nicht? Ich gehöre zu ihm! Holt ihn her!«

Das Gelächter dauerte fort, bis einer der Männer, ein rothaariger Kerl, dem ein Stück der Nase fehlte, mit entschiedener Geste Einhalt gebot.

»Halvdan?«

Er sagte noch einige Sätze, die in ihren Ohren wie klappernde Dachschindeln klangen, doch die anderen horchten auf und sahen sich fragend an.

»Halvdan!«, wiederholte sie hoffnungsvoll. »Er ist hier. Holt ihn her.«

Der Rotschopf kniff die Augen zusammen, offensichtlich hörte er den Namen Halvdan nicht besonders gern, doch er sagte einige leise Worte zu dem jungen Kerl, der neben ihm stand, und streckte den Arm aus. Der junge

Wikinger lief hinkend in die angegebene Richtung, und Reina sah, dass dort Reihen niedriger Holzhäuser standen, die den Wikingern als Unterkunft dienten. Jetzt erst erkannte Reina auch den jungen Kerl wieder – es war der Mann, den sie angegriffen und in die Flucht geschlagen hatte. Er war noch ein halbes Kind, auch wenn sein Körper recht kräftig war, und er schien eine Verwundung zu haben, denn sein linkes Bein war steif.

Man schien sich damit abgefunden zu haben, das Ergebnis dieser Botschaft abzuwarten. Reina wagte nicht aufzustehen, aus Furcht, man könne sie dann leichter packen und fortzerren, stattdessen blieb sie auf dem Boden sitzen und betrachtete mit klopfendem Herzen die Gestalten und Gesichter der Männer.

Sie waren fast alle Graubärte, das Kopfhaar gelichtet, viele trugen die Spuren wüster Kämpfe. Lange Narben zogen sich über Schultern und Brust, einer hatte das rechte Auge eingebüßt, einem anderen hing der Arm schlaff herunter, ein dritter hatte eine verkrümmte Hand. Dennoch waren ihre Körper sehnig und muskulös, und es war zu vermuten, dass sie einst wilde Kämpfer gewesen waren.

Der Rotschopf mit der halben Nase war einer der wenigen jüngeren Männer; auch er hatte eine breite Narbe an der Schulter, doch die schien ihn wenig zu stören. Der Blick, mit dem er Reina musterte, war der eines Jägers, der die Beute bereits sicher in seinen Händen weiß.

Reina spürte, wie sie innerlich erzitterte. Langsam begriff sie, dass das Spiel, das diese wilden Kerle mit ihr getrieben hatten, eher gutmütiger Natur gewesen war. Sie waren nun einmal ruppige Gesellen und machten sich gern einen Spaß. Dieser aber, der sie so eindeutig mit stechenden grauen Augen musterte, hatte Schlimmes mit ihr vor.

Eine laute, tiefe Stimme erklang plötzlich, und Reina spürte namenlose Erleichterung, als sie sie erkannte. Er war hier – es ging ihm gut –, er würde die Lage jetzt ganz sicher mit ein paar Worten klären.

Halvdan schob zwei der umstehenden Graubärte zur Seite und sah auf Reina hinab, die immer noch am Boden hockte. Sein Blick war so zornig, wie sie ihn noch nie gesehen hatte.

Er machte eine Geste in ihre Richtung und warf dem Rotschopf einige – für Reina völlig unverständliche – Worte zu. Doch der schüttelte den Kopf und setzte zu einer energischen Erwiderung an, die Halvdan mit zorniger, drohender Gebärde unterbrach.

Gespannt sahen die umstehenden Männer auf die Streitenden, die Lust am Kampf flackerte in ihren Augen auf; einige hatten die Hände an den Gürtel gelegt, um das Messer oder die Streitaxt zu lockern, andere warteten neugierig ab, wie die Sache sich entwickeln würde.

Reina begriff entsetzt, dass sie das Objekt der Auseinandersetzung war. Wie schrecklich. Wie auf einem Sklavenmarkt wurde um sie gefeilscht und gestritten – jetzt verstand sie erst, wie Halvdan sich damals in Rouen gefühlt haben musste.

Die Reden wurden heftiger, wechselten rascher hin und her, und die umstehenden Männer begannen, Partei zu ergreifen, wobei Reina nicht so recht unterscheiden konnte, wer nun zu wem hielt. Ein wüstes Durcheinander entstand, der Rotschopf fuhr mit der Hand zur

Streitaxt, die an seinem Gürtel blitzte, während Halvdan, der bis auf das kleine Messer waffenlos war, seine Fäuste ballte und sein Gegenüber mit Blicken zu durchbohren suchte.

Reina verwünschte jetzt ihre Vorwitzigkeit. Anstatt Halvdan zu unterstützen, hatte sie ihn und sich selbst nur in eine schwierige Lage gebracht.

Dann ging alles sehr rasch. Völlig unvermittelt sprang Halvdan über sie hinweg, packte seinen Widersacher beim Bart, und seine Faust sauste gegen die Schläfe des Rotschopfes. Reina starrte noch auf den in sich zusammensinkenden Mann, da fühlte sie sich um die Taille gefasst und hochgerissen.

Sie schrie und zappelte mit Armen und Beinen. Doch Halvdan – respektlos wie ein gottverlassener Heide – hatte sich ihren Körper bäuchlings über die linke Schulter geworfen und eilte mit ihr durch den Wald davon.

* * *

Er kümmerte sich wenig um ihren verzweifelten Widerstand, eisenhart hielten seine Hände ihre Kniekehlen umfasst, und ihr zorniges Geschrei verhallte ungehört.

»Lass mich runter! Hast du nicht gehört? Das tut weh!«

Sie versuchte, an seinem Haar zu reißen, trommelte mit den Fäusten auf seinen bloßen Rücken, kratzte mit den Fingernägeln, doch ohne Erfolg. Halvdan eilte in raschen Sprüngen den Pfad entlang, schleppte sie dann durchs Gebüsch, ohne Rücksicht darauf, dass die Zweige an ihr vorbeipeitschten, sich in ihren Haaren verfingen und daran rissen. Erst als sie an dem Lagerplatz anlangten, neigte er sich ein wenig nach vorn und setzte sie auf die Füße.

Sie brachte zuerst kein Wort heraus vor Empörung, sondern stand mit hochrotem Gesicht vor ihm und versuchte mit zitternden Händen das wild zerzauste Haar zu bändigen. Er würdigte sie keines Blickes, wandte sich ab und begann den Lagerplatz zu räumen. Diese offensichtliche Missachtung brachte sie wieder zu sich. Sie holte tief Luft.

»Du hast wohl den Verstand verloren?«, keifte sie ihn an. »Wie kannst du es wagen, so mit mir umzugehen? Ist das die Art, wie ihr Nordmänner mit euren Frauen umspringt? Kein Wunder, dass man überall von euch als plumpe, sittenlose Heiden redet!«

Er riss die Häute, mit denen er den Unterstand bedeckt hatte, von den Büschen, schüttelte die Felle aus und rollte sie zusammen. Trotz des kurzen Bartes konnte sie sehen, wie sein Unterkiefer sich spannte – doch er schwieg verbissen.

»Du glaubst wohl, dass du immer deinen sturen Willen durchsetzen wirst«, schimpfte sie weiter. »Aber ich schwöre dir – das hast du das letzte Mal mit mir gemacht!«

Ein graue Aschewolke staubte dicht neben ihr auf, Halvdan trat mit dem bloßen Fuß in die noch warme Feuerstelle und stieß die verkohlten Äste auseinander. Dann warf er die zusammengerollten Häute und Felle mit kräftigem Schwung auf das Boot und nahm sein Bündel über die Schulter.

»Gut!«, sagte er und sah sie mit kühlem Blick an.

Er stieg ins Wasser, ging seelenruhig zum Schiff hinüber und zog sich an der Bordwand hoch. Ohne sich nach ihr umzusehen, begann er, die Ruder zurechtzulegen, dann untersuchte er das festgebundene Steuer und machte sich schließlich an dem Strick zu schaffen, mit dem das Boot an einem Baumstamm vertäut war.

Wollte er tatsächlich ohne sie abfahren? Reina mochte das nicht glauben – wozu hatte er sie dann aus dem Wikingerlager bis hierher geschleppt? Nein – dieser boshafte Geselle wartete nur darauf, dass sie durchs Wasser steigen musste und triefend nass auf sein Boot kletterte. Nachdem er sie wie einen Hafersack durch den Wald geschleppt hatte, setzte er sie hier am Ufer ab, damit sie beim Besteigen des Schiffs ordentlich nass würde und er sein Vergnügen hätte. Oh, dieser hinterhältige Kerl – das würde sie ihm nie verzeihen.

Sie angelte das Hemd von dem Zweig herunter, wo es immer noch im Wind wehte, knüllte es zusammen und stieg dann mit Todesverachtung ins Wasser. Er dachte nicht daran, ihr die Hand zu reichen oder sonst eine Hilfestellung zu geben, sondern sah seelenruhig zu, wie sie mehrfach wieder vom Bootsrand abrutschte und nur mit viel Mühe endlich an Bord kletterte. Kaum hatte sie sich hingesetzt, um wenigstens den langen Rock auszuwringen, sprang er wieder ins Wasser, löste die Vertäuung, stieg zurück aufs Schiff und griff zu den Rudern. Zu ihrer Überraschung vollführte er ein Wendemanöver – die Fahrt ging nun flussabwärts. War das ein gutes Zeichen? Wollte er sie jetzt endlich zurück in ihr Kloster bringen?

Keiner von beiden sprach ein Wort. Reina hockte nass wie eine gebadete Maus auf dem Deck und starrte auf das rasch vorüberziehende Ufer, Halvdan trieb das Boot in wuchtigen Ruderschlägen mit der Strömung voran.

Der Wind riss an ihrem Haar, so dass sie es sich mit der Hand aus dem Gesicht halten musste – dieses Mal empfand sie kein Glücksgefühl bei der raschen Fahrt. Ab und zu sah sie aus den Augenwinkeln zu ihm hin – sein Gesicht war finster, und wenn er zu ihr aufsah, war sein Blick kalt.

Trotzig fuhr sie fort, ihr nasses Kleid auszuwringen, dann umfasste sie die angezogenen Knie mit den Armen und brütete vor sich hin. Wieso war er so wütend auf sie? Sie war ihm nachgelaufen, weil sie sich Sorgen um ihn gemacht hatte – eine fürchterliche Dummheit, das war ihr längst klar geworden. Der Ärger über diese Erkenntnis machte sie jedoch keineswegs friedfertiger. Schön, sie hatte sich ungeschickt benommen, sich leichtfertig in Gefahr begeben. Aber wer hatte sie denn überhaupt in diese lebensgefährliche Lage gebracht? Er doch, Halvdan, der Wikinger, der sich bisher beharrlich geweigert hatte, sie endlich zurück in ihr Kloster zu bringen, und der sie stattdessen auf diese elende, von feindlichen Heiden bewohnte Insel geschleppt hatte. Dazu war er am Morgen wieder einmal verschwunden gewesen, ohne ihr von seinem Vorhaben Mitteilung zu machen. Wozu hatte sie ihm eigentlich Fränkisch beigebracht? Damit er allerlei Unsinn schwatzte, aber dann, wenn es nötig gewesen wäre, zu reden, sein Maul hielt?

Schließlich hielt sie das Schweigen nicht mehr aus, wandte sich ihm zu und forderte ihn heraus.

»Wieso hast du die Richtung gewechselt? Wohin fahren wir?«

Sein Blick war nach wie vor eisig, es lag verhaltener Zorn darin.

»Fluss will zum Meer«, sagte er kurz angebunden.

Sie presste ärgerlich die Lippen aufeinander. Das war keine Antwort auf ihre Frage. Sie, Reina, wollte keineswegs zum Meer, das wusste er ganz genau.

»Warum hast du mir nicht gesagt, wohin du gehst?«

Jetzt blitzten seine Augen plötzlich wütend, und der zurückgehaltene Zorn brach aus ihm heraus.

»Du hast Schlaf. Halvdan lässt dir Boot, Felle, sein Stahl, um Feuer zu machen. Du nicht dumm. Weißt, dass Halvdan kommt zurück!«, schimpfte er.

Vor Ärger zog er die Ruder so gewaltig, dass die Bugwelle bis zu Reina hinüberspritzte. Feindselig starrte sie ihn an.

»Woher hätte ich das wissen sollen?«, fauchte sie. »Du tust doch immer nur, was dir einfällt. Genauso gut hättest du längst mit deinen Wikingern davongezogen sein können.«

Er nahm diese Antwort mit düsterer Miene zur Kenntnis, und sie freute sich darüber, ihn getroffen zu haben. Nicht um alles in der Welt hätte sie ihm ausgerechnet jetzt eingestanden, dass sie Angst um ihn gehabt hatte. Wahrscheinlich hätte er sich dann über sie totgelacht.

»Warum du zornig?«, sagte er dumpf. »Wenn Halvdan fort – Reina frei und kann gehen, wohin sie will.«

Sie schwieg verbissen. Wie gemein er war. Erst brachte er sie in diese Wildnis, setzte sie seinen ungehobelten Landsleuten aus, und dann hielt er ihr vor Augen, dass sie ohne seinen Schutz so gut wie verloren war. Er hatte ganz offensichtlich einen teuflischen Spaß daran, sie zu demütigen.

»Du hast völlig recht. Ich wünschte wirklich, ich hätte dich nie gesehen. Warum habe ich dich auf diesem Sklavenmarkt nicht einfach sitzen lassen und einen anderen Sklaven gekauft?«

Er gab keine Antwort, zog stattdessen die Ruder ein und ließ das Boot treiben. Einen Moment lang glaubte sie, einen Anflug von Kummer auf seinen Zügen zu erkennen, doch das konnte nur eine Täuschung gewesen sein.

»Du, Reina, vielleicht besser Wikinger Tore gekauft – starke Mann mit kurze Nase und Haar wie Feuer«, stichelte er. »Ist großer Freund von schöne Frau.«

Natürlich – jetzt musste er ihr unter die Nase halten, dass er sie vor diesem widerlichen Rotschopf im Wikingerlager gerettet hatte. Darauf hatte sie nur gewartet.

»Ich bin nicht schön«, giftete sie zurück.

»Dann hässlich – Tore behält trotzdem!«

Was für eine Frechheit! Das Laster der Eitelkeit lag ihr fern – aber das ließ sie sich nicht ungestraft sagen.

»Tore – Knut – Halvdan!«, rief sie wütend und trat mit dem Fuß gegen die zusammengerollten Felle. »Ihr seid doch alle die gleichen ungehobelten, grobklotzigen Heiden. Ich will endlich zurück in mein Kloster und niemals wieder etwas mit euch zu tun haben!«

»Gut!«

Sie drehte ihm den Rücken zu, damit er nicht sah, dass sie vor lauter Hilflosigkeit Tränen in den Augen hatte. »Gut«, hatte er gesagt. Sie kannte das schon. Immer wenn er keine Lust zu antworten hatte, sagte er »gut«. Und dann tat er, was er sich vorgenommen hatte, stur und dickköpfig, ohne Rücksicht auf sie.

Das Schweigen lastete schwer auf ihr, denn sie spürte, dass sie ihn in ihrem Zorn sehr verletzt hatte. Verbittert starrte sie auf den Fluss, dessen kleine Wellen im Sonnenschein silbrig aufblitzten, und das gleißende Licht schmerzte in ihren Augen. Kleine und größere Schiffe kamen ihnen entgegen, die meisten waren mit hellen, viereckigen Segeln ausgestattet und mit Waren beladen, andere waren einfache Fischerboote, die gerudert oder mit Stangen vorangetrieben wurden. In einem der größeren Boote saßen zwei Frauen unter einem Baldachin, sie trugen bunte, seidene Gewänder und kostbar bestickte Schleier – wahrscheinlich waren es Angehörige eines adeligen Herrn, die mit großer Begleitung nach Rouen reisten, um dort Verwandte zu besuchen. Sie dachte an ihre Schwester Gisela, die ganz gewiss in großer Sorge um sie war, und einen Augenblick lang war sie versucht, den Frauen zu winken und sie um ihren Schutz zu bitten. Doch dann hielt sie irgendetwas davor zurück, ein dummes und völlig überflüssiges Gefühl, das mit dem Mann zu tun hatte, der hinter ihr saß und das Schiff voranruderte und der so unglaublich zornig auf sie war. Es wäre ihm nur recht geschehen, wenn man ihn als davongelaufenen Sklaven gefangen genommen und seiner Strafe zugeführt hätte. Er hatte es redlich verdient, ausgepeitscht und eingesperrt zu werden. Aber sie zögerte und ließ das Boot vorüberfahren, ohne auch nur die Hand zu heben.

Am Nachmittag erreichten sie den Ort, an dem sie gestern zu den beiden Männern ins Boot gestiegen war, und sie spähte aufgeregt zum Ufer hinüber. Doch von ihrem Pferd war nichts zu sehen – entweder war es weiter flussabwärts gelaufen oder es hatte inzwischen einen neuen Besitzer gefunden. Bekümmert ließ sie die Hand sinken, mit der sie die Augen beschattet hatte – was nützte ihr auch das Pferd? Halvdan hatte sowieso nicht die Absicht, hier an Land zu gehen. Er wollte zum Meer – warum auch immer.

Doch sie täuschte sich. Kurze Zeit später bemerkte sie, dass der Wikinger das Boot aus der Strommitte herauslenkte und das linke Flussufer ansteuerte. An einer seichten Stelle setzte er das Schiff auf Grund und zog die Ruder ein. Gleich darauf erschrak sie heftig, denn seine schwere Hand legte sich von rückwärts auf ihre Schulter.

»Nicht Streit.«

Seine tiefe Stimme war jetzt warm, wenn auch noch ein wenig heiser.

»Halvdan nicht klug. Sagt dir nicht, wohin er geht. Es tut mir leid, Reina.«

Sie war so überrascht von diesem plötzlichen Eingeständnis, dass sie zuerst reglos dasaß, kaum fähig, ein Wort hervorzubringen. Dann fiel alle Verbitterung auf einen Schlag von ihr ab, und sie wandte sich zu ihm um.

Er hockte hinter ihr, immer noch nur mit seiner kurzen Bruoche bekleidet; seine Haut glänzte vor Feuchtigkeit und seine Augen schienen ihr dunkel. Langsam fasste sie seine breite, harte Hand, die auf ihrer Schulter ruhte.

»Nein, ich war es, die nicht klug war«, sagte sie erleichtert. »Es war dumm von mir, dir einfach nachzulaufen. Es war nur … ich dachte … ich glaubte, du seiest in Gefahr. Das war ziemlich albern, nicht wahr?«

Sie wandte sich um und sah sein Gesicht aufleuchten. Plötzlich hatte er wieder jenen spitzbübischen Zug um den Mund, der zu dem großen Kraftpaket gar nicht so recht passen wollte.

»Was ist albern?«, wollte er wissen.

Leicht machte er es ihr nicht gerade!

»Wenn man über jemanden lachen muss, weil er sich töricht benimmt.«

Er begriff und sah sie ernst an.

»Nein«, sagte er. »Nicht albern. Viel Mut, Reina.«

»Ich habe dir nur Schwierigkeiten gemacht.«

»Tore hat Schlag verdient. Kein Freund. Andere Männer Freunde von Halvdan.«

Sie beschloss, da er nun endlich redselig wurde, rasch einige Fragen zu stellen, um die Lage der Dinge zu erforschen.

»Hast du dein Ziel erreicht? Werden die Männer in der Festung mit dir gegen deinen Bruder kämpfen?«

Er löste sich aus der unbequemen Hockstellung und setzte sich dicht neben sie auf das Schiffsdeck. Immer noch lag seine Hand schwer und warm auf ihrer Schulter, es hatte etwas Besitzergreifendes, doch sie spürte keinen Widerwillen. Es gefiel ihr sogar.

»Männer in Festung alt oder von Kampf krank. Sie nur Wachen für Festung. Wikinger mit Schiff nach große Stadt Paris. Dort sie nehmen Tribut, viel Silber und Gold.«

Sie starrte in sein heiteres Gesicht und musste erst einmal ihre Gedanken sortieren. Die Kerle in der Festung waren also nur die Wächter gewesen, Männer, die zu alt zum Kampf oder verwundet waren und deshalb auch den Sommer über im Lager zurückblieben. Die anderen hatten die Fahrt nach Süden angetreten, um die Bewohner von Paris dazu zu zwingen, ihnen Tribut zu zahlen. Dumm waren sie nicht, diese Nordmänner. Wer eine Stadt gleich niederbrannte, konnte nur einmal Beute machen. Wer die Stadt jedoch verschonte und für diese Gnade Tribut kassierte, der konnte mehrmals ernten.

»Knut, mein Bruder – mit ihnen fort«, sagte er in ihre Überlegungen hinein.

»Dein Bruder ist unterwegs nach Paris?«

»So Männer mir gesagt.«

Sie sah ihn mit großen Augen an, und eine schwache Hoffnung stieg in ihr auf.

»Aber warum ruderst du dann flussabwärts zum Meer? Warum hast du das Boot hier festgemacht?«

Er lächelte sie an, seine Hand bewegte sich streichelnd auf ihrer Schulter, fasste dann in ihr Haar und wickelte die dunklen Locken spielerisch um seine Finger.

»Halvdan hält Versprechen. Bringt dich zurück in Kloster.«

Sie sah ihn ungläubig an und konnte kaum fassen, dass er es wirklich ernst meinte.

»Halvdan schützt – du keine Gefahr«, versicherte er ihr.

* * *

Kurz darauf war sie schon wieder zornig auf ihn. Halvdan hatte seinen Kittel übergestreift und den Gürtel umgebunden, dann hatte er ihr erklärt, für kurze Zeit fortgehen zu müssen.

»Du nicht nachlaufen – Halvdan kommt zurück!«

»Was hast du vor?«

»Halvdan kommt zurück. Warte!«

Er machte eine gebieterische Geste und trabte davon. Sie stand kopfschüttelnd da, sah ihn zwischen den hohen Eichen verschwinden und grübelte darüber nach, was er jetzt wohl schon wieder im Sinn haben mochte.

Immerhin konnte sie die Zeit dazu nutzen, um ungesehen das Kleid abzulegen, damit sie das lange Leinenhemd darunterziehen konnte. Der Stoff war so hart und kratzig, dass sie ihn erst eine gute Weile zwischen den Händen reiben musste, bevor sie ihn überstreifte. Kaum war sie wieder vollständig angezogen, da drang das Knacken trockener Äste an ihr Ohr, Laub raschelte, und zwischen den Bäumen wurden die dunklen Umrisse eines Reiters sichtbar.

Halvdan lächelte triumphierend und stieg aus dem Sattel, während sie das schöne, fuchsrote Tier verdutzt musterte. Sie hatte zuerst geglaubt, er habe ihr eigenes Pferd wieder aufgetrieben, doch es war ein völlig fremdes Tier, eine edle Stute, zierlich und doch sehnig, auch das Sattelzeug war aus gutem Leder und mit Stickerei verziert.

»Woher hast du das Pferd?«, fragte sie atemlos. »Du hast es doch nicht etwa … gestohlen?«

Er zog unwillig die Augenbrauen in die Höhe und machte Anstalten, ihr in den Sattel zu helfen. Sie hatten noch ein gutes Stück Wegs vor sich bis zum Kloster und sie besaß nur noch einen Schuh.

»Große Stadt Rouen nicht weit«, bequemte er sich zu einer Erklärung. »Viele Händler und Reiter auf Weg. Ich nehme Pferd, weil Reiter stark und hat gute Stiefel. Kann mit Füßen gehen.«

Er hatte es tatsächlich gestohlen. Noch dazu ein so kostbares Tier. Dieser Wikinger war ein elender, gewissenloser Dieb.

Wütend schüttelte sie den Kopf und stieß die Hand, mit der er ihr in den Sattel helfen wollte, zurück.

»Ich reite nicht auf einem gestohlenen Pferd! Diebstahl ist eine schlimme Sünde, Halvdan. Du solltest dich schämen, einem armen Mann das Pferd zu nehmen!«

Auch er wurde jetzt ärgerlich, verstand nicht, weshalb sie sich so anstellte. Schließlich hatte er das Pferd nicht für sich selbst, sondern für sie beschafft.

»Nicht armer Mann. Viel schönes Gewand und dicke Bauch. Braucht nicht dieses Pferd, hat andere!«

»Es gibt keine Entschuldigung für einen Diebstahl. Bring das Pferd sofort zurück!«

So etwas Albernes hatte er noch nie zuvor gehört. Niemand gab eine Beute freiwillig zurück, es sei denn, er war ein Narr.

»Warum zurück? Du hast Pferd gelassen auf Wiese – hat andere Mann genommen. Wir lassen Boot hier an Ufer – wird kommen Mann und sich nehmen. Und dafür wir jetzt haben diese schöne Pferd. Wo ist Diebstahl? Nur Tausch.«

»Tausch?«, rief sie empört. »Du glaubst, dich auf diese spitzfindige Art herausreden zu können?«

Er stemmte die Arme in die Seiten und sah sie mit zusammengekniffenen Augen an.

»Weite Weg mit nur ein Schuh – Füße krank«, stellte er fest. »Wir nur können langsam gehen – Nacht im Wald schlafen.«

So ganz unrecht hatte er nicht. Mit wunden Füßen würden sie nicht rasch vorankommen und die Nacht im Wald verbringen müssen. Bei der Vorstellung, noch einmal dicht an ihn gedrängt in einem winzigen Unterstand zu schlafen, bekam sie Herzklopfen. Vielleicht war die Sünde des Diebstahls ja noch das geringere Übel im Vergleich zu jener Todsünde, der sie sich bei einer Übernachtung im Wald an seiner Seite aussetzte. Die

Erinnerung an den gestrigen Abend war noch frisch und verursachte ihr Gewissensbisse. Vor allem deshalb, weil sie immer noch süße, erregende Wirbel zwischen den Beinen spürte, wenn sie sich an die Berührung seiner festen und doch so sanften Hände erinnerte.

»Also gut. Aber nur, wenn du das Pferd hinterher seinem Besitzer zurückgibst.«

Bevor sie es verhindern konnte, hatte er rasch den Arm um ihre Körpermitte geschlungen und sie in den Sattel gehoben.

»Ich schenke dir Pferd«, sagte er großspurig. »Gib zurück, wenn du magst.«

»Du kannst mir das Pferd nicht schenken«, murrte sie, während er das Tier schon am Zügel hinter sich herzog. »Es gehört dir ja gar nicht.«

»Gut«, beendete er das Gespräch in gewohnter Weise.

Sie hätte Mühe gehabt, den Weg zu finden, doch Halvdans Ortssinn war untrüglich, vermutlich würde dieser Wikinger noch mit geschlossenen Augen und verstopften Ohren sein Ziel erreichen. In der Abenddämmerung lichtete sich das Waldgebiet, die ersten strohgedeckten Hütten der Siedlungen und Gehöfte, von Wiesen und Äckern gesäumt, waren zu sehen, und endlich tauchte vor ihnen auf einer felsigen Anhöhe die Burg auf. Schwarz ragten Palisaden, Wehrtürme und der viereckige Wohnturm gegen die untergehende Sonne empor, und Reina hatte für einen Augenblick das irrwitzige Gefühl, als drohe ihr von diesem Ort, den sie so liebte und an dem sie schon als Kind gelebt hatte, eine unbestimmte Gefahr.

Man sah sie kommen, sie hörten die lauten Rufe der Wächter auf den Wehrtürmen, und die Männer mühten sich, das breite Tor, das bereits geschlossen war, wieder zu öffnen. Als Reina in der Begleitung ihres Sklaven Halvdan die hölzerne Brücke überquerte, die über den ausgetrockneten Burggraben führte, schallten ihr laute Jubelschreie entgegen.

»Gepriesen sei der Herr. Sie ist den Wikingern entkommen!«

»Die Äbtissin ist zurück! Das Kloster hat die Herrin wieder.«

»Seht doch, was für ein schönes Pferd sie reitet!«

»Sie hat sogar den Sklaven mitgebracht.«

Mägde und Knechte waren aus den kleinen Hütten herbeigelaufen und scharten sich hinter den Palisaden um den hohen Wohnturm, Hunde kläfften begeistert, Hühner flatterten erschreckt davon, und ein dickes braunes Schweinchen quiekte, weil jemand es aus Versehen getreten hatte.

Reina erspähte Roberts Gesicht an einer der schmalen Fensteröffnungen des Wohnturms, es zeigte ungläubige Verblüffung. Dann sah sie Gisela, die mit flatterndem Gewand über den Hof lief, das Pferd am Zügel fasste und dann schluchzend Reinas Beine umklammerte.

»Reina! Meine kleine Schwester. Wie habe ich für dich gebetet!«

»Es ist ja alles gut, Gisela«, sagte Reina gerührt. »Es ist mir nichts geschehen. Sei ganz ruhig …«

Doch auch ihr selbst liefen jetzt die Tränen über die Wangen, und als sie vom Pferd herabgerutscht war, umschlang sie die Schwester, weinend vor Glück.

»Die Wikinger«, stieß Gisela hervor. »Was haben sie dir angetan? Wie bist du ihnen entkommen?«

»Halvdan hat mich gerettet, Gisela.«

»Dein Sklave? Aber er ist doch selbst ein …«

Reina löste sich aus ihren Armen und wischte sich die Tränen ab. Sie war entschlossen, Halvdans Verdienste hoch in den Himmel zu heben, was auch immer sie selbst darüber dachte. Schließlich sollte er ihre Kirche bauen. Er sollte auf keinen Fall für sein Weglaufen bestraft werden.

»Ich werde dir alles erzählen. Aber zuerst brauche ich ein Bad und andere Kleider, Gisela. Lass uns hineingehen.«

»Großer Gott – du hast recht«, rief Gisela halb lachend, halb erschrocken. »Ich stehe hier und frage dich aus, und du bist sicher völlig erschöpft und brauchst Pflege. Himmel – wie schmutzig und zerrissen dein Gewand ist. Und wo ist dein Schleier? Dein Haar sieht fürchterlich aus …«

Am Eingang des Wohnturms trat ihnen Robert entgegen, und Reina war einen Moment lang verwirrt, denn er starrte sie mit durchdringendem Blick an, als sei sie nicht seine Schwägerin, sondern eine Fremde.

»Wie ist das möglich?«, stieß er hervor. »Wir mussten dich doch zurücklassen …«

Er sprach den Satz nicht zu Ende, doch wenn Reina noch Zweifel an der Wahrheit von Halvdans Schilderungen gehabt hätte – jetzt hatte sie den endgültigen Beweis, dass er die Wahrheit gesprochen hatte. Robert hatte sie nicht gegen die Wikinger verteidigt. Er hatte sich und seine Männer gerettet und sie, Reina, ihrem Schicksal überlassen.

»Ich verdanke Halvdan mein Leben«, sagte sie kühl. »Er ganz allein hat mich vor der wilden Horde der Nordmänner bewahrt.«

Roberts Gesicht verzog sich zu einer Grimasse, doch Reina hatte wenig Lust, weiter mit ihm zu reden. Sie wandte sich ab und folgte Gisela die schmalen Treppen hinauf zum Wohnraum der gräflichen Familie.

Gisela war vor Freude wie im Fieber. Sie riss die schweren Truhen auf, um Kleidung für Reina herauszunehmen, sie erteilte Befehle, trieb die Mägde an, ließ Tücher quer durch den Raum aufspannen und den hölzernen Badezuber aufstellen. Reina genoss den Trubel, der um ihre Person veranstaltet wurde, sie setzte sich zu der Schwester an den Tisch, trank Wein und aß von den Speisen, die die Frauen in aller Hast auftrugen.

»Wie erschöpft du aussiehst«, klagte Gisela. »Iss nur in aller Ruhe, wir reden später. Nimm von diesem Beerenkompott, er ist mit Honig gemacht. Und probiere von den Mandelküchlein …«

Reina kaute genießerisch, solche Leckerbissen bekam sie auch im Kloster nur selten zu sehen. Morgen würde sie wieder die gewohnt magere Klosterkost zu sich nehmen, aber heute glaubte sie, ein wenig Völlerei verdient zu haben. Während sie kaute, betrachtete sie besorgt die Schatten im Gesicht ihrer Schwester. Gisela war fahrig, redete durcheinander, eine gefüllte Schale wäre ihr fast auf den Boden gefallen, wenn eine Magd nicht rasch zugegriffen hätte. Die Sorge um sie, Reina, hatte ihre Schwester sicher an den Rand des Krankenlagers gebracht.

Plötzlich fiel Reina der Wikinger ein, den sie vor lauter Wiedersehensfreude völlig vergessen hatte, und sie stand auf, um aus der Fensteröffnung auf den Hof hinunterzusehen. Unten herrschte ein buntes Gewimmel. Mägde erhitzten einen Kessel mit Wasser auf dem

Feuer, andere standen am Brunnen, um die Eimer zu füllen – man bereitete das Bad vor. Ein Knecht war beschäftigt, das Pferd abzusatteln, das vor ihm scheute und mit den Hinterhufen ausschlug. In einer Ecke stand eine Gruppe junger Männer aus Roberts Gefolgschaft beieinander, sie gestikulierten aufgeregt und schienen über irgendetwas erbost. Neugierige Knaben versuchten, sich zwischen die Männer zu schieben, wurden weggeschickt und verfolgten die Reden aus der Entfernung mit offenen Mündern.

Von Halvdan war nichts zu sehen. Hatte er die Burg am Ende verlassen? Tiefe Enttäuschung erfasste sie, denn sie war fest davon überzeugt gewesen, er würde bleiben, um weiter an ihrer Kirche zu bauen. Hatte er nicht erzählt, sie beschützen zu wollen? Nun war er fortgelaufen – seiner Rache hinterher.

Er hätte sich wenigstens von mir verabschieden können, dachte sie bitter und wandte sich vom Fenster ab. Aber so ist er nun einmal – er fragt nicht, erklärt nichts, er tut einfach, was er will.

Inzwischen hatten die Mägde den Zuber gefüllt, und Gisela wühlte aufgeregt in einer Truhe, um das Bad mit Kräutern anzureichern. Reina seufzte, trat hinter die Tücher, die den Badezuber vor allen neugierigen Blicken verbargen, und zog ihre Kleider aus. Ein wohltuender Duft nach Rosmarin und Kamille stieg aus dem Bottich auf, sie prüfte die Temperatur mit dem Zeh, fand sie angenehm und stieg ins Wasser hinein.

Sie tauchte ganz unter, so dass sich das lange Haar wie ein dunkler Schleier auf der Wasseroberfläche ausbreitete, prustete dann genüsslich und rieb sich das Gesicht. Gisela, die mit einer Kanne neben ihr stand, um bei Bedarf heißes Wasser nachzugießen, lachte belustigt auf, als sie sah, wie sehr Reina das Bad genoss.

»Du bist noch immer das kleine Mädchen von damals«, meinte sie liebevoll. »Weißt du noch, wie wir im Bach gebadet haben und ich alle Mühe hatte, dich aus dem Wasser zu bekommen?«

»Stimmt«, sagte Reina nachdenklich und schöpfte das warme Badewasser mit der Hand über ihre Schultern. »Damals lief ich noch im kurzen Kittel herum, und du warst ein dünnes, schlaksiges Mädchen mit viel zu langen Armen.«

Sie lachten beide, und Gisela nahm einen Lappen, um ihr den Rücken zu waschen. Reinas Körper war schlank und fest; ihre runden Brüste hatten im Wasser harte, rosige Spitzen bekommen, ihre Hüften gingen in weichem Schwung in die Schenkel über, und lockend schimmerte das dunkle Dreieck ihrer Scham im unruhigen Wasser. Gisela betrachtete den Körper ihrer Schwester ohne Neid, dennoch zog der Kummer um das eigene Unglück ihr das Herz zusammen.

»Weißt du noch, was ich dir vor einigen Tagen gesagt habe?«, fragte sie.

Reina hatte die Augen geschlossen, um sich ganz dem wohltuenden Bad und Giselas sanft reibender Bewegung hinzugeben.

»Du hast mir erzählt, ich sollte nach St. Emilien zurückgehen«, sagte sie und blinzelte nach der Schwester. »Aber ich sehe überhaupt nicht ein, weshalb.«

»Ich kann es dir nicht erklären, Reina«, flüsterte Gisela gequält. »Aber ich flehe dich beim Herrn des Himmels an, meinem Rat zu folgen …«

Reina wollte eine unwillige Antwort geben, doch in

diesem Augenblick wurde die Tür des Wohnraums aufgerissen und man hörte schwere Schritte. Eine Magd stieß einen leisen Schrei aus, dann wurde eines der Tücher abgerissen, die den Badezuber vom Rest des Raumes abteilten.

Vor ihnen stand Graf Robert, breitbeinig, das Gesicht bleich, die Augen starr auf das badende Mädchen gerichtet.

Reina schrie auf und bedeckte die bloßen Brüste mit beiden Händen, dann stürzte Gisela herbei und trat ihrem Mann entgegen, am ganzen Körper zitternd vor Empörung.

»Was suchst du hier? Verlasse diesen Raum!«

Er lachte wild auf, fasste sie an der Schulter und wollte sie beiseiteschieben, doch sie krallte sich wie eine Besessene in sein Gewand, und ihre Hand fand den Griff des Dolches in seinem Gürtel.

»Geh – oder ich töte dich!«, schrie sie mit schriller Stimme.

Er schlug ihr die Waffe aus der Hand und stieß sie grob zu Boden; dabei gab er wieder sein höhnisches, irrsinniges Lachen von sich, das Reina grausam in den Ohren klang, und taumelte einige Schritte zurück.

»Mich töten willst du, Weib? Für eine Hure?«

Die Frauen erstarrten.

»Eine Wikingerhure«, wiederholte er an der Tür.

Dann warf er sie donnernd hinter sich zu.

* * *

»Achte nicht auf ihn«, stammelte Gisela, am ganzen Körper bebend. »Er ist betrunken.«

Die Mägde liefen herbei, um der Gräfin zu helfen; mühsam richtete Gisela sich auf, ihr Gesicht war blass wie der Tod. Mit fahrigen Händen hielt sie Reina ein Tuch entgegen, damit sie sich abtrocknen konnte. Reina hüllte sich hastig darin ein, stieg aus dem Bottich, und die Mägde beeilten sich, ihr die Kleidung zu reichen. Reina war unfähig zu sprechen. Roberts irrwitziger Hass und die Niedertracht seiner Beleidigung waren durch nichts zu erklären. Sie war nur froh, wieder Kleider am Leib zu haben, wenigstens diese schützende Hülle um sich zu spüren, auch wenn es ein Kleid war, das Gisela gehörte und das für eine Nonne viel zu kostbar war.

Gisela redete ohne Unterlass, doch sie schien kaum zu wissen, was sie sagte. Ihr Gesicht war gerötet, die Augen weit, ihre Lippen zitterten leicht.

»Er trinkt schon eine ganze Weile viel zu viel. Tagsüber sitzt er mit seinen Getreuen zusammen, da wird gelärmt und Bier getrunken bis spät in den Abend. Und auch in der Nacht spricht er dem Wein zu, frag nur die Mägde, die wissen davon zu berichten. Neulich ist er auf der Treppe gestürzt, weil er sich kaum mehr auf den Beinen halten konnte, und er hat …«

Reina hörte kaum zu. Sie hatte sich auf einen Schemel gesetzt, denn ein plötzlicher Schwindel hatte sie erfasst. Wikingerhure hatte er gesagt. Was für eine infame Beschuldigung! Und doch – sie war drei Tage und zwei Nächte mit Halvdan allein unterwegs gewesen. Er hatte ihr nichts getan – aber wer würde ihr das glauben?

»Glaube mir, Reina«, schwatzte Gisela weiter. »Er weiß nicht, was er tut. Du darfst ihn nicht ernst nehmen …«

Wut schoss in Reina hoch. Gerade Robert hatte am

allerwenigsten Ursache, sie zu beschimpfen. War er es nicht gewesen, der sie feige im Stich ließ, als die Wikinger sie angriffen? Sein Verdienst war es wahrhaft nicht, dass sie noch unversehrt und am Leben war. Wie sehr hatte sie sich in diesem Menschen getäuscht, den sie einmal für einen selbstlosen Freund und Förderer gehalten hatte.

»Jetzt siehst du hoffentlich ein, dass du nach St. Emilien gehen solltest, Reina. Ich habe dich doch schon so oft darum gebeten …«

Reina ließ ihre Schwester reden. Es war zwar nur sinnloses Zeug, doch es schien ihr gutzutun.

Schon früh am nächsten Morgen ließ sie sich ein Pferd satteln und ritt völlig allein zu ihrem Kloster. Sie hatte wenig geschlafen in dieser Nacht, die sie neben ihrer Schwester auf einem engen Lager verbracht hatte. Der Zorn über die demütigende Beleidigung saß noch tief in ihr, und sie tat endlich, was sie immer schon hatte tun wollen. Sie setzte sich wie ein Mann auf das Pferd, trieb es zu wildem Galopp an und jagte über die taufeuchten Wiesen. Es tat unsagbar wohl, den Wind auf den heißen Wangen zu spüren, und es war ihr herzlich gleichgültig, dass ihr Gewand sich bis weit über die Knie hochbauschte und der Schleier flatterte. Erst als das Tier ermüdet wieder in eine langsamere Gangart fiel, setzte sie sich auf dem Sattel so hin, wie eine Frau zu sitzen hatte, ordnete ihr Gewand und zog den Schleier zurecht, denn sie wollte ihren Nonnen mit der Würde der Äbtissin entgegentreten.

Der Empfang war völlig anders, als sie erwartet hatte. Die Frauen standen am Eingang des Nonnenhauses beieinander wie eine Schar ängstlicher Hühnchen, sie flüsterten miteinander und sahen ihr mit scheuen Blicken entgegen. Auf der Baustelle lungerten die Knechte untätig herum, und von Odemar, dem Bauleiter, war nichts zu sehen.

Sie hielt das Pferd im Hof an und wartete, bis Schwester Afranasia endlich den Mut fasste, ihr beim Absteigen behilflich zu sein.

»Dem Herrn sei Lob und Dank«, flüsterte die Nonne. »Er hat Euch das Leben erhalten. Wir haben Tag und Nacht für Eure Seele gebetet.«

Auch die anderen wagten jetzt, sich Reina zu nähern, doch nur zögerlich, und als sie ihnen die Hand zum Kuss reichte, berührten sie sie kaum mit ihren Lippen. Reina meinte zu wissen, was der Grund dafür war, und sie gab sich Mühe, sich ihren Zorn darüber nicht anmerken zu lassen. Gerüchte verbreiteten sich rasch und konnten auch treue Seelen vergiften. Die Mädchen waren schlichten Gemüts und dazu vollkommen verschüchtert, denn sie waren drei Tage lang ohne Führung gewesen.

»Der Himmel hat mich bewahrt«, sagte sie und lächelte. »Wie Daniel aus der Löwengrube, so ging auch ich unbeschadet aus allen Gefahren hervor.«

Nur Afranasia erwiderte ihr Lächeln, die anderen blickten ungläubig, in einigen Gesichtern spiegelte sich Mitleid. Die Frauen, für die sie so viel getan hatte, um die sie sich Tag und Nacht gemüht hatte – sie glaubten ihr nicht.

Dann also nicht, dachte sie verbittert. Sie sollen mich kennenlernen, diese einfältigen Hennen. Dies ist mein Kloster, und wenn sie mir schon nicht vertrauen, dann haben sie mich wenigstens zu respektieren.

»Wo ist Odemar? Warum arbeitet niemand auf der Baustelle?«

Odemar hatte ihre Abwesenheit angeblich dazu genutzt, seine Familie aufzusuchen, die in einer Siedlung unweit der Burg lebte. Empört über diese Eigenmächtigkeit, rief sie einen der Knechte herbei und schickte ihn als Boten zu ihrem Bauleiter. Er habe auf der Stelle im Kloster zu erscheinen und seine Arbeit wiederaufzunehmen.

Dann machte sie die Runde im Nonnenhaus, fand die Lagerstätten der Frauen, die sie nicht wie üblich zusammengeräumt hatten, schalt über das Stroh, die Nussschalen und Brotkrümel, die im Refektorium auf dem Boden herumlagen, regte sich über vergessene Tonbecher und ungewaschene Schüsseln auf und entdeckte zuletzt, dass die Frauen viel mehr von den Vorräten verbraucht hatten, als gestattet war. Ein heilloses Donnerwetter entlud sich über den gesenkten Köpfen der Nonnen, die mit ängstlich-verschreckten Mienen Besserung versprachen. Dann zog sich Reina in ihre Zelle zurück, kleidete sich in das dunkle Nonnengewand und steckte sich Gesichts- und Kopfschleier fest, wie es der Kleiderordnung der Benediktinerinnen entsprach.

Die Morgenandacht dehnte sich in ungewohnter Länge, die Äbtissin hatte zusätzliche Texte und Gesänge eingefügt, denn sie war der Meinung, dass ihre Frauen einiges nachzuholen hatten. Natürlich waren auch die regelmäßigen Gebete und Gesänge, die den Tagesablauf der Nonnen einteilten, nicht in der gewohnten Ordnung eingehalten worden. Reina nahm sich vor, Schwester Benedicta, die noch die Gescheiteste war, von nun an in der Leitung der Andachten zu unterweisen, damit solche Nachlässigkeiten in Zukunft nicht mehr vorkämen. Immerhin konnte sie, Reina, einmal krank sein oder durch wichtige Besorgungen von ihrer Pflicht abgehalten werden.

Doch auch Benedicta schien heute ausgesprochen unaufmerksam – anstatt auf die heiligen Texte zu hören und im richtigen Moment in die Gesänge einzusetzen, schaute sie immer wieder unruhig zu den Fensteröffnungen hinüber.

Odemar erschien erst am späten Nachmittag, als im Kloster bereits die Abendmahlzeit eingenommen wurde. Reina hatte Milde walten lassen und den Frauen neben der üblichen Gerstengrütze auch Käse und eine Schale Trockenfrüchte gestattet. Die verschüchterten Mädchen, die sich jetzt ganz verzweifelt bemühten, alle ihre Wünsche zu erfüllen und ja nichts dabei falsch zu machen, taten ihr inzwischen leid. Sie waren für die Verwirrung, die in ihren Köpfen und Herzen herrschte, kaum verantwortlich zu machen.

Der Bauleiter war zu Reinas Überraschung mit einem leeren Karren gekommen, vor den er zwei kräftige Pferde gespannt hatte. Wagen und Pferde gehörten zum Besitz des Grafen Robert, seines Herrn.

Reina ließ ihn ins Refektorium hinaufsteigen und empfing ihn mit einer leichten, unfreundlichen Kopfneigung.

»Du kommst spät!«, stellte sie fest. »Was soll der Wagen?«

Odemar hatte seine Kappe vom Kopf genommen und zerknüllte sie nervös mit den Händen.

»Verzeiht mir, Herrin. Ich bin zuerst zur Burg geritten, um den Befehl des Grafen einzuholen …«

»Wozu das?«, unterbrach sie ihn ungehalten. »Du hast den Befehl, hier an meiner Kirche zu bauen. Wie kannst du es wagen, dich ohne Erlaubnis von der Baustelle zu entfernen?«

Der Bauleiter begann zu schwitzen, er wischte sich mit dem Ärmel über die Stirn und sah Reina mit unglücklichen Augen an. Er mochte diese junge Frau, er bewunderte und verehrte sie, aber zugleich hatte er seinem Herrn zu gehorchen.

»Die Sache ist so, dass Graf Robert vorgestern früh hier im Kloster erschien und uns allen sagte, dass Ihr, meine Herrin, niemals zurückkommen würdet.«

Er hatte nicht einmal daran gedacht, sie suchen zu lassen, dieser elende Feigling. Er hatte sie einfach totgesagt!

»Herrin, wir waren alle wie vor den Kopf geschlagen, das müsst Ihr mir glauben«, fuhr er fort. »Die Frauen haben laut geweint und wollten sich nicht trösten lassen. Auch wir, Eure Knechte, haben Tränen vergossen.«

»Aber nun bin ich zurückgekehrt«, sagte sie, gerührt von seiner Treue. »Es wird alles wieder so sein wie zuvor.«

Doch er schüttelte bekümmert den Kopf.

»Deshalb bin ich ja heute, gleich nachdem Euer Bote bei mir eintraf, zur Burg geritten. Der Graf hatte mir befohlen, heute Nachmittag mit Pferd und Wagen zum Kloster zu fahren, um die Frauen abzuholen, denn er hatte verfügt, sie zum Kloster St. Emilien bringen zu lassen.«

Reina riss die Augen auf.

»Der Graf wollte das Kloster auflösen? Aber aus welchem Grund?«

»Das habe ich nicht gefragt, Herrin.«

»Nun – dieser Befehl ist ja nun nichtig, Odemar. Ich bin zurück und das Kloster St. Antoine wird unter meiner Führung weiter bestehen und gedeihen.«

»Ich weiß nicht, Herrin. Der Graf hat seinen Befehl auch heute nicht zurückgenommen«, sagte Odemar in leisem Ton. »Ich bin gekommen, um die Frauen auf die Burg zu bringen. Morgen werden wir die Reise nach St. Emilien antreten.«

Sie starrte ihn mit weit aufgerissenen Augen an. Das konnte nicht sein. So boshaft konnte Robert doch nicht gegen sie handeln. Das Kloster war ihre Lebensaufgabe, all ihre Kraft, all ihre Hoffnungen waren darauf gerichtet …

»Es tut mir sehr leid«, murmelte er zerknirscht. »Aber ich muss gehorchen.«

Sie verschränkte die Arme vor der Brust und lehnte sich mit dem Rücken gegen die Mauer.

»Ich gebe meine Frauen nicht frei. Nicht, solange ich am Leben bin.«

Er hatte schon erwartet, dass sie sich widersetzen würde, und er verfluchte insgeheim den Grafen, der ihn zum Unglücksboten ausersehen hatte.

»Ich habe auch die Anweisung, Euch selbst zur Burg zu geleiten, Herrin.«

Darauf hatte sie nur gewartet. Er nahm ihr die Nonnen fort, löste ihr Kloster auf, und jetzt würde er auch noch über sie selbst verfügen. Wahrscheinlich schickte er sie ebenfalls nach St. Emilien zurück, wo sie dann alle ihre Hoffnungen und Pläne endgültig begraben konnte.

»Du kannst dem Grafen mitteilen, dass ich nicht gewillt bin, seinem Wunsch Folge zu leisten. Mein Platz ist hier in meinem Kloster, ich werde nicht von diesem Ort weichen!«

»Es war nicht der Graf, der mir dies befahl, Herrin …«

Erstaunt blinzelte sie ihn an.

»Wer dann? Etwa meine Schwester Gisela?«

Zu ihrer Überraschung glitt jetzt ein schwaches Grinsen über seine eben noch zerknirschten Züge.

»O nein, Herrin. Es war Halvdan, der Wikinger.«

Jetzt hätte sie um ein Haar die Fassung verloren. Halvdan? Den hatte sie bereits weit fort in Paris gewähnt.

»Er ist ein Teufelskerl!«, sagte Odemar schmunzelnd. »Vergebt das böse Wort, Herrin. Aber Halvdan hat einen Bund mit dem Grafen geschlossen. Er wird uns lehren, die Burg zu verteidigen, wenn die Wikinger uns angreifen. Und ich schwöre Euch, Herrin: Ich habe noch keinen gesehen, der das Schwert und die Streitaxt so zu führen weiß wie Halvdan, der Sklave.«

Sie brauchte einige Augenblicke, um die Neuigkeiten zu verdauen. Halvdan machte also mit Robert gemeinsame Sache. Einen Bund hatten sie geschlossen. Ihr Kloster sollte aufgehoben werden. Wie war das möglich gewesen? Doch nur, weil dieser Lump inzwischen Fränkisch sprach, sonst hätte er sich mit Robert doch gar nicht verständigen können. Sie hatte sich die eigene Grube geschaufelt!

»Wenn er den Wunsch hat, mich in der Burg zu sehen«, sagte sie boshaft, »dann soll der Sklave Halvdan selbst kommen, um mich dorthin zu geleiten. Sag ihm das!«

Odemar verneigte sich mehrfach und ging dann schweren Schrittes die Stufen hinunter in den Hof. Unten im Wagen saßen bereits alle acht Frauen, jede ein Bündel mit einigen Habseligkeiten auf dem Schoß. Reina hörte sie kläglich weinen und schluchzen, als der Karren sich in Bewegung setzte, doch sie hatte nicht die Kraft, ihnen Lebewohl zu sagen.

* * *

Die Nornen hatten ihre Fäden gesponnen und Halvdan wusste, dass weder Gott noch Mann sich gegen ihren Willen auflehnen konnte. Urd, Skuld und Werdandi hielten das Schicksal in ihren Händen und sie hatten diese Frau für ihn bestimmt.

Er hatte Reina verlassen wollen, um seine Rache zu vollziehen, doch die Göttinnen hatten anderes im Sinn gehabt: Sie führten beide über seinen Weg, Reina und Knut, den Verräter. In diesem Augenblick hatte er gewusst, dass Liebe und Rache miteinander verschlungen waren. Die schöne Fränkin war der Preis, den er erwarb, wenn es ihm gelang, Knut den Verräter zu töten.

Er brach auf, kaum dass der Karren in den Burghof eingefahren war, denn er sah auf den ersten Blick, was er gleich vermutet hatte: Reina war nicht unter den Frauen. Odemars stotternde Entschuldigungen unterbrach er mit einer ungeduldigen Geste, dann suchte er sich eines der Pferde aus und schwang sich auf dessen Rücken, um zum Kloster zu reiten.

Er hatte gehofft, ihr die veränderte Lage selbst erklären zu können, doch Robert hatte gestern dafür gesorgt, dass er sie nicht zu sehen bekam, und als er heute am frühen Morgen nach ihr suchte, sagte man ihm, die Äbtissin sei bereits fortgeritten. Er war ärgerlich gewesen, denn nun war sie vom Gang der Dinge vollkommen überrumpelt worden, und er konnte sich gut vorstellen, wie zornig sie war. Aber sie würde sich fügen müssen, dafür würde er sorgen.

Er hatte sich auf ein gefährliches Spiel eingelassen, als er sich mit Graf Robert verbündete, denn er sah auf den ersten Blick, dass dieser Mann nicht nur feige, sondern auch falsch wie die Nacht war. Robert fürchtete die Wikinger, war vor ihnen wie ein Huhn geflüchtet, und seitdem nagte die Angst an ihm, sie könnten zurückkehren, um seine Burg anzugreifen. Eine Sorge, die zweifellos berechtigt war, denn Knut war nicht aus Zufall in der Gegend gewesen. Er hatte nach lohnender Beute gespäht, und die Tatsache, dass er die Burg nicht sofort angriff, bewies nur, dass er glaubte, mehr Krieger dafür zu brauchen. Vermutlich war er deshalb auf der Insel gewesen und hatte sich dann erst einmal dem großen Heerzug der Wikinger nach Paris angeschlossen, denn diese Unternehmung versprach eine märchenhaft reiche Beute. Doch wenn er zurückkehrte, würde er ganz sicher Roberts Burg nicht vergessen haben – schon deshalb nicht, weil er ihn, Halvdan, hier in der Nähe vermutete. Knut würde nach ihm suchen und bei dieser Gelegenheit Roberts Burg berauben und niederbrennen – so wie man zwei Mücken mit einer Hand erschlägt.

Halvdan konnte zu wenig Fränkisch, um Robert diese Dinge zu erklären, und er wollte es auch nicht. Es genügte, dass Robert begriff, dass er, Halvdan, seine einzige Chance war, sich erfolgreich gegen den Ansturm der Nordmänner zu behaupten. Halvdan hatte sich bereit erklärt, ihm die Kriegslisten und Angriffsweise seiner Landsleute zu verraten. Er würde mit Roberts Männern die Burg besser befestigen und die Krieger im Kampf gegen die Wikinger unterweisen. Robert war zuerst misstrauisch gewesen, wahrscheinlich hatte er vermutet, Halvdan wolle ihn betrügen und die Burg heimlich an seine Wikingerkameraden verraten. Doch als Halvdan seine Forderung stellte, war Robert klar geworden, dass der Wikinger es ernst meinte.

Halvdan forderte Reina. Er wollte sie heiraten, denn er sei kein Sklave, sondern selbst ein Graf.

Er war sich nicht sicher, ob Robert dieser Behauptung Glauben schenkte, doch zu seiner Überraschung willigte er ohne Zögern in die Bedingung ein. Dann aber hatte Halvdan im Gesicht des Franken den abgrundtiefen Hass erkannt, und er begriff, dass nicht nur die Demütigung, zu diesem Handel gezwungen zu sein, dahinter stand. Robert verspürte Eifersucht – er hatte selbst ein Auge auf die Schwester seiner Frau geworfen.

Robert hatte sich beherrscht und dem Vorschlag zugestimmt, denn seine Angst vor den Wikingern war größer als seine Gier nach der schönen Schwägerin. Aber Halvdan wusste genau, dass auf diesen Bund kein Verlass war – wie auch immer der Kampf ausgehen würde –, Graf Robert blieb sein Feind und würde versuchen, ihn zu betrügen.

Vor allem aus diesem Grund war es wichtig, Reina nicht aus den Augen zu verlieren. Allein im Kloster war sie schutzlos, Robert war fähig, sie entführen und in ein Versteck bringen zu lassen. Deshalb würde er, Halvdan, sie auf die Burg zurückholen, wo er sie unter seiner Aufsicht hatte.

Sie war für ihn bestimmt – dessen war er sich sicher. Niemand konnte dem Willen der Nornen entgehen. Er war vom ersten Augenblick an von dieser dunkelhaarigen Schönheit verzaubert gewesen, hatte für sie an ihrem Kloster gebaut, nur um ihr gefällig zu sein, um sie täglich sehen zu können. Er hatte sie in seinen Armen gehalten, nackt, schutzlos seinem Willen preisgegeben, und die Begierde, sie zu nehmen, war so unbändig gewesen, dass er glaubte, verbrennen zu müssen. Doch er hatte es nicht getan, denn er spürte ihre Angst und er wollte sie nicht zwingen.

Nie zuvor hatte ein Weib seine Sinne so beherrscht, und er hatte sich immer wieder gefragt, ob sie selbst dabei kalt blieb oder ob auch sie von diesem mächtigen Rausch erfasst worden war. Sie konnte kühl und hochmütig sein, sie hatte versucht, ihm davonzulaufen, hatte ihn angekeift und ihm den Rücken zerkratzt. Aber sie hatte auch das letzte Stück Brot mit ihm geteilt. War das nur ihr Sinn für Gerechtigkeit gewesen? Eine Weile hatte er daran geglaubt, hatte weiter gezweifelt, doch dann, als sie ihm gestand, aus Angst um sein Leben in das Lager der Wikinger gelaufen zu sein, war er sich sicher gewesen.

Sie hatte ihm eine Menge Ärger bereitet mit ihrer unbedachten Suche – es war nicht gut, im Streit von Tore zu scheiden, denn er hatte schon Feinde genug. Aber er hatte dabei die Erkenntnis gewonnen, dass sie ihn liebte. Das war mehr wert als der Sieg über tausend Feinde.

Die Mittagssonne brannte heiß auf die Landschaft hernieder. Auf den Wiesen standen gelbe und violette Blüten in dichten Flecken, von Insekten umschwärmt, die unwillig summend aufflogen, wenn die Hufe seines Pferdes gegen die Pflanzen strichen. Nicht das leiseste Lüftchen regte sich, starr ragten die Eichen und Buchen am Waldrand in den taubenblauen Himmel, eine schmale weiße Wolke zog vorüber, die Ähnlichkeit mit einem Schiff hatte, das seine Bahn über ein glattes, wellenloses Meer zog.

Er ritt auf geradem Weg zum Kloster, denn er hatte nicht die Absicht, sie zu überraschen und wie eine Gefangene zur Burg zu schleppen. Er wollte ihr Vertrauen zurückgewinnen und sie dazu bringen, ihm freiwillig zu folgen.

Der Klosterhof war leer, heiß brannte die Sonne auf das graue Gestein, der viereckige Schatten des Nonnenhauses zeichnete sich schmal und dunkel auf dem Hofpflaster ab. Ein rascher Blick belehrte ihn darüber, dass sich auf der Baustelle seit seinem Weggang nichts Entscheidendes mehr getan hatte.

Er stieg ab, band das Pferd neben dem Wassertrog an und stellte fest, dass die hölzerne Tür des Nonnenhauses geschlossen war.

»Reina?«

Niemand antwortete. War Graf Robert am Ende schneller gewesen und hatte sie bereits in seine Gewalt gebracht? Er versuchte die Tür zu öffnen, doch sie war von innen fest verriegelt. Erleichtert trat er einen Schritt zurück und spähte hinauf zu den schmalen Fensteröffnungen des Refektoriums. Sie hatte sich eingeschlossen – gar nicht so dumm.

»Reina!«, rief er, nun schon energischer.

Er glaubte, eine Bewegung hinter den Fenstern wahrzunehmen, doch das Innere des Raums war zu dunkel, um Genaueres zu erkennen. Falls sie dort oben war, dann hatte sie offensichtlich wenig Lust, sich ihm zu zeigen.

Ärgerlich rüttelte er an der Tür – sie war aus harten Eichenbohlen gearbeitet und auch der Riegel gut geschmiedet. Er erreichte nichts weiter, als dass ein Höllenlärm entstand und der Staub aus der Türritze quoll.

»Du kannst gegen die Tür schlagen, so fest du willst«, hörte er jetzt ihre Stimme aus einem der Fenster über ihm. »Es wird dir nicht gelingen, in dieses Haus einzudringen. Je früher du dies einsiehst, desto besser für dich.«

Er trat einige Schritte zurück, um sie besser sehen zu können, und stellte fest, dass sie sich wieder ganz und gar verhüllt hatte. Diese Verrücktheit, eine Nonne sein zu wollen und niemals zu heiraten, würde er ihr auch noch austreiben müssen.

»Halvdan nicht will Gewalt. Will reden. Du allein hier – Gefahr. In Burg du bist sicher, wenn Feind kommt.«

Sie lachte höhnisch auf und neigte sich ein wenig zu ihm hinab.

»Den Feind möchte ich sehen, der diese Mauern niederbricht. Hier bin ich sicherer als in der Burg.«

Er verwünschte seine mangelnde Kenntnis der fränkischen Sprache, denn er hätte ihr gern vieles erklärt, das er aber nicht ausdrücken konnte.

»Wikinger werden kommen«, sagte er. »Steigen in Fenster, brennen Dach mit Feuer. Du besser auf Burg, wo Männer verteidigen.«

Sie schnaubte ärgerlich und schob sich den verrutschten Gesichtsschleier zurecht.

»Denkst du, ich glaube deine Lügen? Du und Robert

– ihr beide habt beschlossen, mein Kloster aufzuheben. Meine Frauen habt ihr schon weggeschleppt, und nun wollt ihr auch mich noch von hier fortbringen. Aber ich werde mein Kloster nicht verlassen, und wenn ich hier zugrunde gehen muss. Der Herr hat mich an diesen Ort gestellt, und ich werde nicht weichen, verstehst du das, du Heide?«

»Ich will nicht Kloster aufheben. Nur Schutz für Reina.«

»Für wie dumm hältst du mich eigentlich!«, fauchte sie. »Verschwinde von hier! Geh zurück zu deinem Freund, dem Grafen. Ihr beide seid ein großartiges Paar, einer so hinterhältig wie der andere!«

Langsam hatte er genug von ihrem Gekeif und den ungerechten Vorwürfen. Warum Graf Robert offensichtlich beschlossen hatte, das Kloster aufzuheben, das hatte auch er nicht begriffen. Aber es war im Moment keine schlechte Idee, denn die Frauen waren in der Burg sicherer.

»Du klug werden, Reina«, versuchte er es noch einmal mit Ruhe. »Nachdenken, was Halvdan gesagt. Ich warten.«

Ein Tonkrug flog aus dem Fenster, und er konnte gerade noch zur Seite springen, sonst hätte der Wurf seine Schulter erwischt.

»Da kannst du warten, bis du alt und verschimmelt bist!«

Er stieß einen langen Fluch in seiner Heimatsprache aus, der dem Feind ein Bad im giftigen Geifer der Midgardschlange herbeiwünschte, und rammte die Tür mit der Schulter. Es hatte keinen Zweck, der Riegel war zu stark, er würde einen Rammbock benötigen. Wütend trat er mit dem Fuß gegen das hölzerne Tor und hörte, wie Reina oben in höhnisches Gelächter ausbrach.

»Wüte nur, Wikinger. Dies Haus ist aus Stein gebaut und das Tor aus festem Holz«, rief sie triumphierend. »Du wirst dir nur die Fäuste blutig schlagen.«

Er vergaß alle guten Vorsätze und verspürte das heftige Verlangen, diese freche Person übers Knie zu legen, das Kleid hochzustreifen und ihren bloßen Hintern zu versohlen. Dazu jedoch musste er sie erst einmal haben.

Er ließ den Blick an der Wand des Hauses emporschweifen und verfluchte den Einfall des Grafen, das Nonnenhaus aus Granit zu erbauen. Stattdessen hätte er besser seine Burg mit einem steinernen Wall befestigt, dieser Dummkopf. Die Palisaden der Burg waren für eine Wikingerarmee nur ein Spiel mit Kinderhölzchen.

Die Fenster des Refektoriums befanden sich gut zwei Mann hoch über ihm, außerdem waren sie recht schmal, und er war sich nicht sicher, ob er hindurchpassen würde. Aber sein Zorn war inzwischen so gewachsen, dass er sich sogar durch ein Mauseloch gezwängt hätte, um diese höhnisch gackernde Person dort oben in seine Finger zu bekommen.

Er ging zur Baustelle hinüber und kehrte schwerbeladen zurück. Die behauenen Steine waren von der Sonne aufgeheizt, so dass er sich die Hände fast daran verbrannte, auch war ihr Gewicht derart, dass die Arbeiter sie auf einem Karren zum Bau schoben. Schwitzend schleppte er Stein um Stein, schichtete sie zuerst nebeneinander, dann übereinander, so dass eine feste Treppe entstand.

»Denkst du etwa, dass du damit etwas erreichst?«,

schimpfte sie oben am Fenster. »Dein alberner Steinhaufen wird gleich zusammenbrechen.«

Doch sie verfolgte sein Tun mit immer besorgteren Blicken, und ihre höhnischen Beschimpfungen wurden seltener. Schließlich setzte er den letzten Stein, trat noch einmal prüfend gegen sein Machwerk und stemmte zufrieden die Arme in die Seiten.

»Du schon Bündel packen. Ich gleich bei dir«, sagte er grinsend und wischte sich den Schweiß von der Stirn.

»Das wagst du nicht!«, rief sie wütend und warf mit einem Holzteller nach ihm, den er leicht mit der Hand abwehrte. Dann stieg er langsam die Stufen hinauf, hangelte sich am Fenstersims hoch und quetschte sich mühsam durch die schmale Öffnung.

Er hatte erwartet, dass sie versuchen würde, ihn am Hereinklettern zu hindern, doch sie war zurückgewichen, und er konnte hören, dass sie die Tür zum Treppenhaus geöffnet hatte. Hastig eilte er ihr nach, erwischte sie noch an einem Zipfel ihres Schleiers, doch er behielt nur das Tuch in den Händen, Reina entschlüpfte ihm und lief flink wie ein Wiesel die Treppe hinab.

Befriedigt vernahm er, wie sie verzweifelt an dem Riegel der Eingangstür riss, der sich durch sein heftiges Rütteln verbogen hatte und nicht mehr bewegen ließ. Sie war gefangen.

Er näherte sich ihr langsam, seine Wut war so groß, dass er schon überlegte, sie an Händen und Füßen zu fesseln, um sie sicher zur Burg zu bringen. Doch als er vor ihr stand, fiel plötzlich aller Zorn in sich zusammen.

Sie hatte ihn kommen hören und sich umgewendet, stand mit ausgebreiteten Armen, den Rücken an die Tür gepresst, und starrte ihn mit großen, hilflosen Augen an. Dunkel und voller Geheimnisse waren diese Augen, es lag tiefes Entsetzen und Furcht darin, zugleich jedoch eine unbestimmte, große Sehnsucht.

»Halvdan … bitte … bitte nicht …«, stammelten ihre Lippen.

Gebannt trat er auf sie zu, bis er dicht vor ihr stand, und hob die Hand, um in ihr Haar zu fassen, das aufgelöst über ihre Schultern hing. Er spürte, wie sie erzitterte, wie ihre Lippen sich öffneten, als wollten sie sich ihm entgegenwölben, und im gleichen Augenblick stürzte er sich auf sie, um sie wie ein Besessener zu küssen.

Sie überließ sich ihm vollkommen, er hörte sie leise seufzen vor Wonne und spürte ihre Arme, die sich um seinen Nacken schlangen. Sein Herz hämmerte vor Glück, sein Blut rauschte in unbändiger Begierde, und er schob seine Hände unter ihr Gewand, um ihre bloßen Schenkel zu fühlen. Sanft fuhr er an ihnen entlang, genoss die weiche Wölbung ihrer Hüften, glitt über ihren festen, runden Po und ließ die Hand darauf kreisen. Sie schmiegte sich bebend an ihn, spürte den Liebkosungen nach und stieß gurrende Laute aus wie eine kleine Taube. Sein Glied war so steif, dass es ihm fast die Bruoche zerriss, er glitt mit der Hand zwischen ihre Schenkel, strich das weiche, lockige Schamhaar beiseite und spürte ihre Feuchte.

»Du gehörst Halvdan«, murmelte er. »Mein Besitz – nur mein.«

Sie gab keine Antwort, ihre Augen waren geschlossen, die Lider zitterten leicht.

Er hätte sie nehmen müssen in diesem Moment, später schalt er sich einen Dummkopf, weil er es nicht getan hatte, denn er hatte ihre Hingabe nur allzu deutlich gespürt. Doch er wollte mehr. Sie sollte später nicht behaupten, er habe sie mit Gewalt genommen. Er würde sie dazu bringen, selbst zu ihm zu kommen und ihn um seine Liebe zu bitten. Erst dann würde er sie endgültig besitzen.

Mit einer wütenden Bewegung riss er den schweren Riegel auf, hob sie auf seine Arme und trug sie zu seinem Pferd.

* * *

Sie hatten kaum den Klosterhof verlassen, da überkam ihn schon die Reue. Plötzlich schien all ihre süße Hingabe verflogen, sie blickte ihn mit entsetzten Augen an, als habe er ihr Gewalt angetan, und schien überhaupt nicht zu begreifen, wie schwer es ihm gefallen war, sie zu verschonen.

»Mein Schleier!«, jammerte sie. »Ich brauche meinen Schleier.«

Diese alberne Angewohnheit der Nonnen, nicht nur ihr Haar, sondern auch einen Teil des Gesichts zu verbergen, fand er schon lächerlich genug. Doch der Schleier, den Reina trug, war doppelt, der untere verhüllte Hals und Stirn, der obere lag schwer auf ihrem schönen Haar. Er schwor sich, ihr diese Sitte so bald wie möglich abzugewöhnen, denn er wollte, dass sie ihre Schönheit zeigte, vor ihm, ihrem Ehemann, und auch vor allen anderen. Er würde stolz auf sie sein und sie zu verteidigen wissen.

»Wozu Schleier?«, murrte er, ohne stehen zu bleiben. »Sonne ist heiß und Schleier schwarz. Macht dich schwitzen.«

»Ich werde nicht ohne meinen Schleier auf die Burg reiten. Lieber bleibe ich hier auf der Wiese sitzen.«

Sie machte tatsächlich Anstalten, vom Pferd zu rutschen, und er war einen Augenblick lang versucht, sein ursprüngliches Vorhaben doch noch auszuführen, nämlich sie an Händen und Füßen zu binden und so auf die Burg zu schleppen. Doch er riss sich zusammen und warf ihr verärgert den Zügel des Pferds zu.

»Du warten. Ich hole Schleier«, erklärte er unfreundlich.

Während er im halbdunklen Flur des Nonnenhauses nach den verfluchten Tüchern suchte, überlegte er, ob er vielleicht nicht doch einem Hexenbann erlegen war. Bisher hatte es nur einen einzigen Menschen gegeben, dessen Willen er sich freiwillig fügte, und das war sein Vater gewesen. Nun aber kroch er hier im Dunkeln herum, um den Nonnenschleier einer Fränkin zu finden, weil die Dame beschlossen hatte, nicht ohne Schleier zu reiten.

Sie hatte brav auf ihn gewartet, saß kerzengerade auf dem Tier und starrte Löcher in die Luft. Als er ihr die Tücher missmutig zuwarf, schüttelte sie den Staub heraus und machte sich eilig daran, Haar, Stirn und Hals vor ihm zu verbergen.

Vielleicht ist es besser so, sagte er sich und dachte an Graf Roberts geheime Gelüste. Allerdings war er sich keineswegs sicher, ob diese Verhüllung auf den Grafen nicht eine ähnliche Wirkung hatte wie auf ihn selbst. Sie löste Neugier und Verlangen aus.

Reina sprach während des Rittes kein einziges Wort

mehr; steif saß sie auf dem Pferd und brütete vor sich hin. Was gerade mit ihr geschehen war, ließ sie immer noch innerlich erzittern, und sie war fest davon überzeugt, dass sie eine schwere, unverzeihliche Sünde begangen hatte. Schlimmer noch: sie war verloren. Satan hatte sie fest in seiner Gewalt, denn sie hatte sich dem Ansturm dieses Mannes ohne Gegenwehr hingegeben, ja, sie hatte seine Berührungen unsagbar genossen und sich für einen Augenblick nichts sehnlicher gewünscht, als dass er niemals damit aufhören möge.

Ja, ihr Schwager Robert hatte vollkommen recht gehabt, sie zu beschimpfen. Sie war eine Hure. Eine Wikingerhure. Es war schrecklich, diese Schande vor sich selbst eingestehen zu müssen, und doch war sie davon überzeugt, dass nur absolute Ehrlichkeit und der ernsthafte Wille zur Umkehr ihr jetzt noch helfen konnten. Von jetzt ab würde sie dieser Versuchung widerstehen, sie würde diesen Mann meiden, wann immer es möglich war, und jener süßen, leidenschaftlichen Sehnsucht, die er in ihr erweckte, niemals wieder verfallen. Mit aller Kraft, die ihr zu Gebote stand, würde sie dagegen ankämpfen.

Es war schrecklich, so vor aller Augen von ihm in die Burg geführt zu werden. Spürte er denn nicht, was er ihr damit antat? Keineswegs. Ein rascher Seitenblick belehrte sie darüber, dass Halvdan geradezu stolz darauf zu sein schien, die widerspenstige Nonne wie eine Beute auf dem Burghof zu zeigen. Alle Knechte und Mägde waren herbeigelaufen, um sie mit offenen Mündern anzustarren, die jungen Kerle, die ihr Schwager um sich scharte, glotzten zu ihr herüber, und in ihren Blicken spiegelte sich sowohl Neid als auch Begierde. Nie hatten diese Männer bisher gewagt, sie in dieser frechen Art anzusehen. Sie stießen sich in die Seiten, flüsterten sich leise Bemerkungen zu, und einer von ihnen verzog den Mund zu einem schamlosen Grinsen.

Sie spürte, wie ihr eiskalt wurde, Häuser, Wohnturm und die wimmelnden Menschen begannen um sie zu kreisen. Plötzlich sah sie nur noch schadenfrohe Gesichter vor sich, höhnisches Gelächter schien den Burghof zu erfüllen, Männer und Knaben machten zweideutige Gesten, zerrten an ihrem Kleid, an ihrem Schleier, wollten ihr das Nonnengewand vom Leibe reißen und sie in den Staub stoßen …

Dann erschien Halvdans bärtiges Gesicht dicht vor ihr, seine Augen waren dunkel wie ein tiefes Gewässer, in das sie hineinzustürzen drohte.

»Reina!«, hörte sie seine raue, tiefe Stimme. »Reina! Was ist?«

Sie stürzte. In rasender Geschwindigkeit sank sie durch einen engen Schlund, an dessen Ende sie kühle Dunkelheit aufnahm.

* * *

Als sie aus der Ohnmacht erwachte, war Gisela bei ihr. Sie spürte die zärtliche Gegenwart ihrer Schwester, noch bevor sie die Augen aufschlug, und seufzte leise.

»Sie kommt zu sich«, hörte sie Giselas Stimme. »Bringt Wein und etwas zu essen. Hier, nimm die Schale und fülle sie mit frischem Brunnenwasser …«

Ein feuchtes Tuch lag auf ihrer Stirn, das Gisela jetzt vorsichtig abnahm, um es wieder in kühles Wasser zu tauchen.

»Du hast uns fürchterlich erschreckt, Reina«, sagte

Gisela lächelnd, als Reina die Augen aufschlug. »Aber es war nur eine Ohnmacht. Kein Wunder, bei all den schlimmen Dingen, die dir widerfahren sind, meine arme kleine Schwester. Sei ganz ruhig – hier bist du in Sicherheit, du wirst bald wieder bei Kräften sein.«

Reina sah sich erstaunt um, denn sie befand sich nicht im Wohnturm der Burg, wie sie zuerst geglaubt hatte. Man hatte ihr ein weiches Lager aus Decken und Fellen in einem der strohgedeckten Nebengebäude errichtet, in dem normalerweise die Mägde schliefen. Gisela hatte ihr den Schleier abgenommen und das schwere, dunkle Gewand ausgezogen, und nun trug sie nur noch das lange weiße Leinenhemd und die Schuhe aus weichem Leder.

»Trink einen Schluck Wein, das wird dir guttun.«

Gisela hielt ihr den Becher an die Lippen, und Reina tat gehorsam einige tiefe Züge. Es war schön, so umsorgt zu werden, genau so hatte Gisela ihr früher die Milch eingeflößt, als sie noch zu klein war, um selbst den Becher zu halten. Müde ließ sie sich zurücksinken und spürte, wie der Wein ihr Blut wieder rascher durch den Körper trieb.

»Besser?«

»Ja, Gisela. Danke.«

Sie schwiegen eine kleine Weile. Vom Hof her waren laute Kommandos zu hören, in die sich metallische Klänge, Keuchen und kämpferische Rufe mischten. Reina erkannte Halvdans Stimme, und sie setzte sich abrupt auf ihrem Lager auf.

»Was machen die da draußen?«

»Sie üben sich im Waffengang. Du weißt ja, wie Männer sind …«

Reina erinnerte sich an das, was Odemar ihr erzählt hatte, und es wurde ihr übel. Mit Unbehagen sah sie zur offenstehenden Tür hinüber, das Sonnenlicht, das in den Raum fiel, wurde immer wieder von den Schatten der herumspringenden Kämpfer durchschnitten. Hin und wieder blitzte eine Waffe auf, stach ihr blendend in die Augen und verschwand wieder.

»Er hatte große Sorge um dich«, sagte Gisela leise und sah die Schwester dabei forschend an.

»Wer?«

»Halvdan, der Wikinger. Er fing dich auf, als du vom Pferd gefallen bist, und ordnete an, dass man dich hier unterbringen und pflegen solle …«

Reina spürte, wie ein warmes Gefühl in ihr hochstieg, und sie kämpfte heftig mit sich selbst, um die Versuchung zu überwinden.

»Er hat angeordnet?«, fragte sie und zog die Augenbrauen in die Höhe. »Du willst sagen, dass Robert diesen Befehl gab, nicht wahr?«

»Nein. Es war der Wikinger«, gab Gisela lächelnd zurück. »Es ist eine seltsame Sache mit ihm – aber seit heute früh scheint er es zu sein, der in der Burg herrscht.«

Reina flimmerten jetzt die vorbeigleitenden Schatten der Kämpfenden draußen vor den Augen, und sie griff nach dem Becher, um noch etwas Wein zu trinken. Es half jedoch nicht viel, die Schatten schienen nun zu tanzen, und sie glaubte auf einmal, nur noch Halvdans Stimme zu hören. Sie klang hart und seine Befehle waren knapp, doch es lag eine seltsame Kraft darin, die Begeisterung und Mut weckte.

»Was redest du da?«, meinte sie kopfschüttelnd zu Gisela. »Er ist ein Sklave, das weißt du so gut wie ich.«

Gisela lächelte sanft, aber Reina sah ihr an, dass sie ihr etwas verheimlichte.

»Sagte er nicht einmal, dass er ein König sei«, meinte Gisela leichthin. »Nun – was immer er damit gemeint hat –, dieser Mann ist der geborene Anführer. Schon jetzt hat er die Herzen der Krieger hier auf der Burg erobert, und sie üben willig mit ihm den Kampf. Sogar die Hunde begrüßen ihn schwanzwedelnd, wenn er vorübergeht, und auch die Frauen und Mägde …«

»Hör auf!«, wehrte Reina ab. »Ich kenne dich nicht wieder, Gisela. Warst du es nicht, die mich vor diesem Menschen gewarnt hat? Und jetzt hebst du ihn in den Himmel, erklärst sogar, er sei der wahre Herr der Burg! Lass das nur Robert nicht hören!«

Gisela sah sie mit einem höchst merkwürdigen Blick an – halb hoffnungsvoll und zur anderen Hälfte bekümmert.

»Niemand weiß, was Gott mit uns vorhat, Reina. Ich habe geglaubt, dieser Mann könne dir schweres Unheil bringen, aber inzwischen denke ich anders. Vielleicht ist Halvdan, der Wikinger, unser aller Rettung, und für dich, Reina, könnte er großes Glück bedeuten …«

Eine Streitaxt donnerte gegen die offenstehende Tür, und die beiden Frauen fuhren erschrocken zusammen. Gleich darauf war ein kräftiger, behaarter Arm zu sehen, und die Axt wurde wieder aufgehoben.

»Mit Auge werfen – nicht mit Kraft. Schnell wie Blitz und sicher wie Hammer von Thor.«

»Hast du das gehört?«, rief Reina aufgeregt. »Er redet von seinen heidnischen Göttern. Was, glaubst du, werden unsere Krieger von ihm lernen? Sein gottverfluchtes Heidentum wird er ihnen in die Herzen pflanzen. Ich kann nicht begreifen, dass dir das gefällt. Bist du nicht die Burgherrin? Wie kannst du dich darüber freuen, dass Halvdan den Platz deines Mannes einnimmt?«

Reina wusste recht gut, wie es um die Ehe ihrer Schwester stand, und auch sie selbst hatte allen Grund, Robert zu hassen. Und dennoch war es Halvdan, den sie mehr fürchtete als jeden anderen Mann.

»Aber wir brauchen ihn, Reina. Er wird uns lehren, die Burg gegen die Wikinger zu verteidigen. Ohne ihn sind wir verloren.«

Reina riss ärgerlich ihr Nonnenkleid an sich und zog es über den Kopf. Um keinen Preis wollte sie von diesem Kerl nur im Hemd gesehen werden.

»Du glaubst doch nicht im Ernst, dass ein Wikinger gegen seine eigenen Landsleute kämpfen wird?«, sagte sie zu Gisela, die ihr half, in das Kleid zu schlüpfen.

»Ich dachte, er hätte einen Grund dazu«, meinte Gisela vorsichtig. »Du musst es doch besser wissen ...«

Reina zuckte zusammen, denn sie verstand die leise Andeutung sehr wohl. Doch sie hätte nicht einmal vor sich selbst zugegeben, was sie insgeheim ahnte und sogar erhoffte: dass Halvdans Einsatz für diese Burg etwas mit ihr, Reina, zu tun haben könnte. Stattdessen schimpfte sie zornig weiter.

»Was für einen Grund sollte er wohl haben, außer dass er uns betrügen will? Hat er nicht Robert dazu überredet, mein Kloster aufzulösen? Oh, ich fürchte, alles Unheil rührt daher, dass Robert den rechten Glauben verloren hat. Ich werde für ihn beten, Gisela. Ich werde dafür beten, dass der Herr ihn erleuchten möge und er mir meine Nonnen wiedergibt, damit wir unsere Aufgaben im Kloster fortführen können. Wenn wir das tun, dann wird der Herr unsere Burg ganz sicher vor den Wikingern bewahren.«

»Halvdan hat Robert nicht überredet, dein Kloster aufzulösen. Es war allein Roberts Idee …«

»Und wenn schon! Er ist ein Wikinger – was bedeutet ihm schon mein Kloster!«

Gisela neigte den Kopf und schwieg. Sie hielt Reina noch für viel zu schwach, als dass sie die Wahrheit jetzt schon hätte erfahren dürfen. Ach, ihre arme Schwester würde niemals in ihr Kloster zurückkehren.

* * *

Die Tage vergingen, das Grün der Wälder schien dunkler zu werden, hie und da trug der Wind ein gelbes Blatt über den Burghof, das unbeachtet in einer Ecke liegen blieb. Immer noch war es bedrückend heiß, nur selten zogen sich Wolken am Himmel zusammen, um für kurze Zeit erquickenden Regen zu bringen. Nach den Regenfällen dampften die Strohdächer unter der Sonnenhitze und die Schweine stürzten sich auf die Pfützen, um sich darin zu suhlen, solange das köstliche Schlammbad noch nicht wieder ausgetrocknet war.

Reina verbrachte die meiste Zeit in dem kleinen Nebengebäude, das nun zu ihrer ständigen Wohnung geworden war, denn sie verspürte wenig Lust, oben im Wohnturm zu schlafen, im gleichen Raum, in dem Robert und Gisela ihr Lager hatten. Sie hielt streng die vorgeschriebenen Andachten ein – an denen auch die beiden Mägde, die Gisela zu ihrer Bedienung beordert hatte, teilzunehmen hatten –, und sie fastete tagelang und betete um Erlösung von der Versuchung.

Giselas inständigen Bitten, doch endlich Speisen zu sich zu nehmen, widersetzte sie sich hartnäckig, sie ernährte sich nur von ein wenig Gerstenbrei, Nüssen und Wasser.

Halvdan war gleich am ersten Abend in ungewohnter Aufmachung bei ihr erschienen. Er trug eine Toga aus grünem Tuch, und ein kurzer blauer Mantel war über der rechten Schulter mit einer runden Fibel befestigt. Auch der breite, schön gearbeitete Ledergürtel, in dem ein kurzer Dolch steckte, und die schmalen braunen Schuhe waren neu – vermutlich hatten Roberts Gefolgsleute ihn mit Kleidung ausgestattet. Außerdem stellte sie fest, dass er sich sorgfältig gewaschen hatte, denn sein blondes Haar war noch feucht und kräuselte sich an Stirn und Schläfen.

Sie zeigte sich mehr als kühl, beantwortete seine besorgten Fragen nur einsilbig und bemühte sich, an ihm vorbeizusehen. Er begriff rasch und war verletzt – sie bemerkte, wie eine kleine blaue Ader an seiner rechten Schläfe anschwoll, und fürchtete schon, er würde zornig werden und sie boshafterweise daran erinnern, dass sie noch vor wenigen Stunden voller Hingabe in seinen Armen gelegen hatte. Doch er sagte nichts dergleichen, stattdessen erhob er sich und ging wortlos hinaus.

Sie spürte einen brennenden Schmerz in ihrer Brust, doch sie war sich sofort darüber im Klaren, dass dies Satans erneuter Angriff auf ihre Keuschheit war, und so besiegte sie tapfer das Verlangen, Halvdan nachzulaufen und ihm zu sagen, was sie fühlte.

Schließlich hatte sie alle Ursache, zornig auf ihn zu sein. Jeden Morgen, gleich nachdem sie die Andacht gehalten hatte, saß sie schweigend auf ihrem Lager und zählte sich die Gründe auf, weshalb sie Halvdan hassen und verachten musste. Er hatte sie entführt, sie größten Gefahren ausgesetzt, er hatte ihr Gewand und ihren Schleier missachtet, er arbeitete nicht mehr an ihrer Kirche und hatte sie sogar gezwungen, das Kloster zu verlassen, er war stur, sagte niemals, was er vorhatte, und obendrein hatte er einen sehr zweifelhaften Bund mit ihrem Schwager geschlossen … Am Ende der Liste standen die Dinge, die am schwersten aufzuzählen waren, die sie sich jedoch keinesfalls ersparen wollte. Der Wikinger hatte ihr das Kleid ausgezogen und sie völlig nackt in seinen Armen gehalten, er hatte sie geküsst und ihren Körper an Stellen berührt, an der ein Mann niemals eine Jungfrau berühren durfte. Dennoch war seine Macht über sie so groß gewesen, dass sie unkeusche Lust dabei empfunden hatte.

Dieser letzte Teil ihrer Liste war tückisch, denn sobald sie sich daran erinnerte, wie zart die großen, harten Hände des Wikingers sie gestreichelt hatten und wie heiß die Lust bei diesen Berührungen in ihr emporschoss, begann ihr Herz rascher zu schlagen, zwischen ihren Beinen zuckte es, und sie verspürte eine warme Feuchtigkeit zwischen ihren Schenkeln.

Sie war noch lange nicht von der Versuchung geheilt, doch sie ließ in ihren Bemühungen nicht nach und war überzeugt, dass sie auf dem besten Wege war, alle bösen Gedanken zu besiegen. Wenn sie auf ihrem Lager lag und vor sich hinträumte, stellte sie sich vor, wieder in ihrem Kloster zu sein: Die Kirche war fertiggestellt und kostbar ausgestattet, der Erzbischof von Rouen und andere Würdenträger zogen feierlich in das Gebäude ein, und die Nonnen sahen mit andächtigem Staunen auf die geistlichen Würdenträger in ihren prächtigen Gewändern, und sie selbst, die Äbtissin, kniete inmitten ihrer Frauen, um den Segen des Erzbischofs zu empfangen.

Es war eine wundervolle Vorstellung, die der Teufel leider immer wieder tückisch störte, denn unversehens mischte sich die hohe, breite Gestalt des Wikingers in den festlichen Zug der Geistlichen, und sein bärtiges Gesicht grinste sie spöttisch an.

In Wirklichkeit schien Halvdan sie völlig vergessen zu haben. Kein einziges Mal erschien er mehr in ihrem Häuschen, er hatte ganz offensichtlich Wichtigeres zu tun, als sich mit ihr herumzustreiten. Sie war erleichtert darüber, denn sich fürchtete sich davor, ihm gegenüberzustehen und dabei in seine meerblauen Augen zu sehen, die so dunkel werden konnten, wenn er traurig oder zornig war. Ja, es war viel besser, wenn er sich von ihr fernhielt.

Erst nach Tagen gestand ihr eine der Mägde, dass Halvdan seinen Schlafplatz für die Nacht auf der Schwelle ihres Häuschens aufgeschlagen hatte. Doch er legte sich erst sehr spät zur Ruhe und war längst wieder verschwunden, wenn sie am Morgen erwachte. Zuerst beunruhigte sie diese Nachricht, doch später sagte sie sich, dass es ihr eigentlich gleich sein konnte, wo er schlief, die Hauptsache war, dass er sie in Ruhe ließ.

Trotz aller Zurückhaltung siegte hin und wieder die Neugier, und Reina trat vor das kleine Haus, um zu schauen, was draußen im Hof geschah. Rastlose Tätigkeit war in das beschauliche Leben der Burg eingebrochen, man hatte Bäume gefällt, um die Palisaden zu verstärken, die Männer schwitzten, um den Burggraben tiefer auszuheben, selbst Frauen und Kinder beteiligten sich an den Arbeiten.

»Krieger nicht nur mit Waffen kämpft«, hörte sie Halvdans Stimme. »Krieger baut Burg, arbeitet mit Knecht.«

Es war ungewohnt für die jungen Männer, die sich in Roberts Umgebung bisher nur dem Waffengang und der Jagd gewidmet hatten, ansonsten aber jegliche Arbeit den Knechten überließen. Jetzt packten sie gemeinsam mit diesen beim Bau der Palisaden an, sie bearbeiteten das Holz mit den Äxten, gruben die Stämme in die Erde und zogen an dicken Seilen, um sie aufzurichten. Dafür hatten sie das Privileg, von Halvdan nach getaner Arbeit die Kampfweise der Wikinger zu erlernen, sie übten, die Axt zu werfen, sich im Nahkampf mit dem kurzen Dolch zu verteidigen, und sie warfen die Speere auf einen mit Stroh gefüllten Sack, auf den Halvdan mit Kohle einen kleinen Kreis gemalt hatte.

Gisela besuchte sie täglich und verbrachte lange Stunden bei ihr in dem kleinen Gebäude. Sie berichtete, dass Robert ruhelos im Turm hin- und herwanderte, sich meist oben bei den Wächtern aufhielt und von dort auf das Treiben hinabstarrte.

»Er ist fast irrsinnig vor Zorn«, berichtete Gisela sorgenvoll. »Doch er wagt es nicht, dem Wikinger Einhalt zu gebieten.«

Reina schwieg, denn sie wollte Gisela nicht verletzen, doch die Schwester sprach aus, was beide dachten.

»Er ist ein Feigling. Unser Vater hat mich mit einem Weiberhelden verheiratet, der zugleich ein Schwächling ist. Warum hat er das nicht gesehen? Kannte er die Menschen so wenig?«

»Man kann nicht jedem ins Herz hineinsehen«, gab Reina leise zurück. »Unser Vater war damals schon sehr krank, und er wollte noch seine Enkel sehen.«

»Er hat keinen einzigen zu sehen bekommen«, sagte Gisela bitter.

Reina strich ihr tröstend über die Wange.

»Es war Gottes Wille – es wird sicher ein Sinn darin liegen.«

Gisela nickte ohne Überzeugung und wischte sich die Tränen ab. Sie wollte ihre Schwester nicht mit ihrem Gejammer belasten und ging daher rasch zu einem anderen Thema über.

»Halvdan hat Späher ausgesandt, damit uns die Ankunft der Wikinger rechtzeitig bekannt wird«, berichtete sie. »Die meisten sind im Osten postiert, wo die Seine fließt. Doch einige hat er auch an andere Stellen geschickt.«

»Wie klug«, meinte Reina spöttisch.

»Er hat auch alle Bauern in der Umgebung der Burg angewiesen, ihr Bündel zu packen und mit Kind und Kegel auf die Burg zu ziehen, sobald sie seine Botschaft erhalten.«

»Großer Gott«, regte sich Reina auf. »Wo sollen wir die alle unterbringen? Und wie werden wir sie ernähren?«

»Er wird sich schon etwas ausgedacht haben. Ich glaube wirklich, dass es uns mit seiner Hilfe gelingen wird, den Ansturm der Feinde abzuwehren.«

»Wenn sie überhaupt kommen«, murmelte Reina müde.

»Ich fürchte, sie werden kommen«, meinte Gisela nachdenklich. »Gestern waren fremde Händler auf der

Burg. Sie haben erzählt, dass die Wikinger Paris angegriffen haben und danach wieder seineabwärts gezogen sind.«

Im Hof hatten sich jetzt die Männer zur Abendmahlzeit versammelt, die im Freien, neben den Feuern sitzend, eingenommen wurde. Die Frauen hatten Fleisch gekocht, dazu Erbsen und Bohnen, kleine Zwiebeln und Hirsebrei. Gisela erhob sich, um hinüber zu den Feuern zu gehen, denn sie pflegte bei der Verteilung des Essens zugegen zu sein.

»Ich lasse dir eine Schüssel Fleisch mit Gemüse bringen«, sagte sie über die Schulter zu ihrer Schwester. »Du musst endlich vernünftig essen, Reina.«

»Das ist überflüssig, Gisela. Du weißt, dass ich am Abend nichts mehr zu mir nehme.«

Reina begleitete sie zur Tür und folgte ihr mit den Blicken. Die Männer waren staubig und verschwitzt, doch alle schienen trotz der Mühen guter Dinge zu sein. Halvdan stand mitten unter ihnen, schon beim ersten Blick an seiner Größe zu erkennen, und Reina musste wider Willen lächeln, als sie sah, welche Portionen die Frauen ihm auf den hölzernen Teller häuften. Ja, er aß gern und viel, der Wikinger. Und sie hatte auch gesehen, dass er eine gute Menge Wein vertragen konnte, ohne dass er taumelte oder schwankte. Jetzt hob er den Becher und sprach einige Worte in die Runde, die sie nicht verstehen konnte, doch es klang fröhlich und voller Zuversicht. Die Männer jubelten, reckten die Arme und tranken ihm zu, die Knaben taten es ihnen nach, auch die Frauen riefen laute Worte in seine Richtung, und Reina konnte sehen, dass die Mägde glänzende Augen hatten und sich mit den Ellbogen anstießen.

Ärgerlich wandte sie sich ab, schloss die Tür und lehnte sich mit dem Rücken dagegen. Es passte ihr nicht, dass man diesen Kerl verehrte wie einen Heerführer. Was hatte er eigentlich geleistet? Bisher gar nichts. Er hatte nur das große Wort geführt und alle herumkommandiert. Und dafür machten die Weiber ihm jetzt auch noch schöne Augen.

Sie grübelte. Warum tat er das überhaupt? Ihretwegen? Ganz sicher nicht. Er tat es, weil er seine Rache vollenden wollte. Er hatte auf der Insel keine Bundesgenossen gegen seinen Bruder gefunden und suchte sie jetzt hier bei den Franken.

Was machte Halvdan aber so sicher, dass die Wikinger Roberts Burg angreifen würden? Wusste sein Bruder Knut am Ende, dass Halvdan sich hier befand? Würde er kommen, um Halvdan zu töten? Es konnte nur so sein – Halvdan wollte seinem Bruder eine tödliche Falle stellen, um so seine verdammte Rache zu vollziehen.

Sehr gut. Sie konnte ihrer Liste einen weiteren Punkt hinzufügen. Halvdan, der Wikinger, war dabei, die Burg und alle, die darauf lebten, seiner Rache zu opfern.

Vermutlich war es ihm völlig egal, was mit den Franken auf dieser Burg geschah – sie waren ihm nützlich, weil er mit ihrer Hilfe seinen Bruder vernichten konnte.

Und wenn es anders kommen würde? Wenn es Knut war, der den Bruder tötete?

Reina ballte die Fäuste und verdrängte das dumme Zittern, das in ihr aufsteigen wollte. Ganz gleich, wie die Sache ausging – die Menschen hier auf der Burg waren diejenigen, die am meisten darunter leiden mussten. Halvdan, der Wikinger, war ein elender Betrüger, der nur den eigenen Vorteil im Sinn hatte – oh, wie sie ihn jetzt hasste!

Sehr gut! Sie machte Fortschritte!

Draußen vor ihrer Tür hörte sie auf einmal ein leises Klappern. Ihre beiden Mägde hatten sich ihre Schüsseln mitgenommen, aßen Gemüse und Hirsebrei mit den geschnitzten Holzlöffeln und schwatzten dabei miteinander. Reina war viel zu erregt, um ihrem Gespräch zu folgen – was interessierte sie auch das Gerede ihrer Mägde? Die eine war füllig und schon über dreißig Jahre alt, ihr Haar war dünn, doch sie war recht geschickt und packte die Arbeit gut an. Die andere war noch sehr jung, schmal wie ein Fädchen und schaute mit großen, verträumten Augen in die Welt.

»Was für ein Mann«, hörte Reina die Jüngere schwärmen. »Er ist stärker als alle Franken. So stark und groß wie ein Riese. Seine Haut ist ganz hell – er wird in der Sonne nicht bronzefarben wie unsere Männer.«

»Was zerbrichst du dir den Kopf über diesen Kerl? Iss deine Schüssel leer – wer weiß, ob wir noch Zeit zu essen haben, wenn diese verfluchten Wikinger erst hier sind.«

»Wir werden sie ganz bestimmt besiegen. Halvdan wird alle seine Feinde besiegen, das sieht man ihm an. Er ist wunderschön, findest du nicht? Ob er schon eine Frau hat?«

Jetzt hatte Reina wider Willen doch ein wenig gelauscht, und sie musste über das naive Gänschen schmunzeln.

Auch die ältere Magd schien amüsiert, sie lachte so heftig, dass sie sich verschluckte und eine Weile husten musste.

»Du machst mir Spaß, Mädchen. Natürlich hat er eine Frau. Das heißt: er wird bald eine haben.«

Reina stand völlig unbeweglich und spitzte die Ohren. Oh, es war eine böse Angewohnheit, anderer Leute Gespräche zu belauschen, selbst wenn es nur ein Schwatz zwischen zwei Mägden war. Man hörte doch immer nur Dinge, die man besser nicht gehört hätte.

»Wenn er uns den Sieg bringt, dann wird Halvdan, der Wikinger, dafür die Schwester der Burgherrin zur Ehefrau erhalten. Das haben sie so abgemacht.«

»Die Äbtissin? Aber das geht doch gar nicht.«

»Warum sollte das nicht gehen? Er ist ein Wikinger, und es ist ihm völlig gleich, ob sie Nonne oder gar Äbtissin ist.«

»Aber wie kann Gott der Herr zulassen, dass ein Wikinger sich mit einer Nonne verheiratet ...?«

»Dummes Ding! Iss endlich auf, damit wir die Schüsseln spülen können ...«

Den Rest des Gesprächs hörte Reina nicht mehr, denn die Frauen entfernten sich. Sie hätte sowieso nicht mehr viel davon mitbekommen, denn sie hockte mittlerweile auf dem Boden, und in ihrem Kopf lärmte ein ganzer Schwarm von Spechten, als wollten sie in ihrem Hirn ein Wetthämmern veranstalten.

* * *

Robert hatte sie an Halvdan verschachert. Der Bund, den die beiden miteinander geschlossen hatten, ging noch sehr viel weiter, als sie bisher geglaubt hatte. Sie, Reina, war mitinbegriffen, sie war der Lohn für die Dienste des Wikingers, und dabei war es Robert völlig gleichgültig, dass sie eine Nonne war und der Welt entsagt hatte.

Er glaubt ja sowieso, dass ich eine Wikingerhure geworden bin, dachte sie verzweifelt. Alle glauben das, sogar meine eigene Schwester.

Sie erhob sich langsam aus der kauernden Stellung und spürte, dass ihre Knie zitterten. Ein boshaftes Komplott war hinter ihrem Rücken geschmiedet worden, und niemand, nicht einmal Gisela, hatte gewagt, ihr die Wahrheit zu sagen.

Sie ging ein paar Schritte, versuchte sich gerade aufzurichten, und das laute Rauschen und Klopfen in ihrem Hirn beruhigte sich. Andere Geräusche drangen an ihr Ohr – im Hof hatte man Gesänge angestimmt, es klang kriegerisch, und die Frauen schlugen dazu mit hölzernen Löffeln auf die Tonschüsseln. Halvdans kräftige Singstimme war deutlich herauszuhören, er war der Vorsänger, und die anderen fielen in seine kurzen Melodien ein.

Jetzt singen sie schon die Lieder der Heiden, dachte sie, und ein Schauder lief ihr über den Rücken. Der Wikinger hatte die Burgbewohner dazu gebracht, seine heidnischen Götter im Mund zu führen, er lehrte sie kämpfen wie Heiden, und jetzt sangen sie sogar seine unchristlichen Lieder. Es war doch sonnenklar, dass er sie allesamt zu Heiden machen wollte. Die Krönung seiner Bemühungen würde sein, dass er sie, Reina, die Äbtissin des Klosters St. Antoine, auf sein Ehelager zwang. Aber bevor dies geschah, würde sie lieber sterben.

Trotz der abendlichen Schwüle verspürte sie plötzlich Eiseskälte und sie verschränkte die Arme vor der Brust. Da war sie, die Strafe des Himmels für ihre Sünde. Es gab keine Vergebung, nur der Tod konnte ihre Verfehlungen sühnen, so hatte die Vorsehung es beschlossen.

Sie würde sterben. Nur wenige Stunden blieben ihr noch, bevor sie in das dunkle Reich des Todes eintrat. Nichts von all dem, das sie auf dieser Erde geliebt hatte, würde sie jemals wiedersehen. Nicht ihre Schwester Gisela, nicht ihre Frauen, und auch nicht …

Sie würde niemals mehr über die blühenden Wiesen reiten, nie mehr den Wald im prächtigen Schmuck des farbigen Herbstlaubes sehen, die zarten Schneeflocken, die auf glitzernde, weiße Fluren sanken – vorbei für immer.

Sie würde sich selbst den Tod geben, bevor Halvdan sie ins Brautbett zerrte. Sie würde ihnen zeigen, wozu sie fähig war. Auch wenn alle sich miteinander gegen sie verschworen hatten, würden sie ihr Ziel nicht erreichen.

Sie stellte sich eine prächtige Hochzeit vor: Sie selbst war als Braut geschmückt, man überhäufte sie mit Glückwünschen, man aß und trank, die Mägde tanzten, die Männer trugen ihre Kampfspiele aus zu Ehren von Braut und Bräutigam. Sie selbst aber würde bleich und stumm zwischen den Frauen sitzen, und sie würde Halvdans triumphierenden Blicken mit Schweigen und Kälte begegnen. Spät am Abend würde man sie auf das eheliche Lager führen, Blüten über sie streuen, ihr Segen und Kinderreichtum wünschen, dann ließe man sie allein. Halvdan würde nicht auf sich warten lassen, sattgegessen und trunken vom Wein würde er sich ihr nähern, sie sah sein bärtiges Gesicht vor sich, die hellen Augen, die Lippen, die sich im Gelächter schmal verzogen, die wulstigen Muskelstränge an Brust und Armen, die harte, längliche Wölbung unter seiner Bruoche. Sie erschauerte bei dieser Vorstellung, denn sie war süß und weckte große Sehnsucht in ihr.

Nun – er würde eine Tote finden. Kalt und leblos würde sie auf dem Brautbett zwischen den Blumen und duftenden Kräutern liegen, einen Dolch im Herzen.

Er würde entsetzt sein, verzweifelt versuchen, sie wieder zum Leben zu erwecken, sie in seine Arme reißen, ihre Wangen küssen. Er würde sich Vorwürfe machen und Tränen über ihren Tod vergießen. Die Vorstellung dieser Einzelheiten war erregend, und sie spielte diesen Moment in ihrer Phantasie mehrmals durch, immer ein wenig anders.

Schließlich fand sie das Ganze abgeschmackt. Warum sollte sie eigentlich die ganze Zeit über schweigen, um Halvdan schließlich als Tote im Brautbett zu überraschen? Das war nicht anständig. Nein, so etwas lag ihr gar nicht, sie würde ehrlich sein.

Sie straffte sich wieder und atmete tief durch. Noch heute Abend würde sie ihm erklären, dass sie lieber sterben würde, als seine Frau zu werden.

Sie ging entschlossen zur Tür und riss sie auf. Lange Schatten lagen auf dem Burghof, ein paar Strohdächer schimmerten noch rötlich im Schein der Abendsonne, als stünden sie in Flammen. Reina suchte Halvdan mit den Blicken, entdeckte ihn in einer Gruppe Männer, die offensichtlich Befehle von ihm erhielten, denn einige liefen bereits eilig davon, während andere erwartungsvoll zu ihm aufschauten. Es war ihr gleich, was er jetzt wieder plante – er würde ihr zuhören müssen.

Eine Gruppe Frauen lief eilig über den Hof, sie trugen hölzerne Eimer in den Händen, eine schleppte eine Leiter, mit der sie Reina fast umriss.

Sie drängte sich durch die Frauen und prallte gleich darauf mit einem halbwüchsigen Knaben zusammen, der blind vor Eifer zur Palisadenwand stürzte und dort in einem der Türme verschwand. Andere folgten ihm, ihre Gesichter waren blass, ihre Mienen entschlossen.

»Was ist denn los?«, murmelte sie.

»Die Wikinger!«, sagte eine der Mägde, die einen Eimer Wasser schleppte. »Sie sind unterhalb von Rouen an Land gegangen und in den Wald eingedrungen …«

»Die Späher haben gesagt, dass sie noch vor Dunkelheit hier sein können …«

»Geht in das Haus zurück, Äbtissin. Dort seid Ihr sicher.«

Sie stand wie erstarrt und wollte es nicht begreifen. Die Wikinger? Ausgerechnet jetzt kamen sie?

Um sie herum herrschte plötzlich hektische Betriebsamkeit. Männer, Frauen und Kinder rannten an ihr vorbei, jeder schien zu wissen, was er zu tun hatte, nur sie allein stand untätig auf dem Fleck, wurde angerempelt und erhielt Püffe von Eimern, Brettern oder Stangen, die man an ihr vorüberschleppte. Pferde wurden aus dem Stall geführt, in aller Eile gesattelt, die Männer hoben den schweren Riegel, der das Burgtor verschloss, und zogen die Türflügel auf. Die Hufe der Pferde schlugen hart auf die hölzerne Brücke, die Boten trieben die Tiere an, dass der Staub hoch aufwirbelte, um die Menschen in den Dörfern und Gehöften rechtzeitig warnen zu können.

»Du mit Frauen Wasser über Strohdach gießen«, sagte Halvdans tiefe Stimme so dicht neben ihr, dass sie zusammenfuhr. »Knut schießt mit feurige Pfeil. Dach nass – Stroh nicht brennt.«

Er überblickte die Vorbereitungen mit wachsamen Augen und schien ihre Empörung kaum zu bemerken.

»Ich soll mit den Mägden …«

»Du willst leben – also du arbeiten!«, herrschte er sie an und ließ sie stehen, um den Männern, die sich auf Türmen und Wehrgängen drängten, Befehle zu geben. Die meisten hatten bereits ihre Waffen an sich genommen, einige trugen Kettenhemden und Helme, andere nur ein ledernes Wams, das die Brust schützte. Reina beobachtete, wie Halvdan sie zu ihren Aufgaben einteilte und vor allem die Knaben auf die Türme stellte.

»Knabe hat scharfes Auge«, hörte sie ihn sagen. »Sieht Feind eher als Mann.«

Reina zögerte einen Moment, dann wurde auch sie von der allgemeinen Aufregung angesteckt und sie nahm einen Eimer, um beim Wassertragen zu helfen. Niemand schien sich darüber zu wundern, die Frauen hoben einen Eimer nach dem anderen aus dem Brunnen und gossen das Wasser über die Strohdächer, bis sie tropfnass waren.

Als die Sonne tiefrot über dem Wald unterging, trafen die ersten Bauernfamilien auf der Burg ein. Sie kamen mit Pferden und kleinen Karren, auf denen Frauen und Kinder hockten, neben ihnen Säcke mit Gerste und Hafer, Hühner flatterten über den Hof, braun getüpfelte Schweinchen quiekten, hie und da blökte ein Lamm, das die Bauern den Wikingern nicht hatten überlassen wollen. Bald herrschte ein fürchterliches Gedränge auf dem Burghof, und Reina sah ihre Schwester Gisela rastlos bemüht, jeder Familie einen Ort anzuweisen, wo sie die Nacht verbringen konnte. Auch in dem Häuschen, das Reina bisher mit ihren Mägden bewohnt hatte, wurden zwei Familien einquartiert, zehn Menschen drängten sich auf engstem Raum, und doch zeigte niemand darüber Unmut oder Ärger. Alle, auch die Kinder, nahmen zufrieden entgegen, was man ihnen bieten konnte, und fügten sich. Man hatte gehört, wie die Wikinger andernorts gehaust hatten, und war froh, hinter den hohen Palisaden der Burg Schutz zu finden.

Während die Menschen sich noch in der Enge einrichteten, war Halvdan schon bemüht, auch die Bauern und ihre Frauen zur Verteidigung der Burg heranzuziehen. Reina staunte darüber, wie rasch er sich den Menschen verständlich machen konnte und wie gehorsam jeder Einzelne den Anweisungen folgte. Man hatte Steine als Wurfgeschosse in die Burg geschleppt und dicht bei den Palisaden aufgeschichtet. Sie mussten den auf den Wehrgängen stehenden Werfern angereicht werden, dazu galt es, die Pfeile, die die Feinde in die Burg geschossen hatten, einzusammeln, damit den Bogenschützen nicht die Geschosse ausgingen.

Reina hatte längst vergessen, dass sie eigentlich sterben wollte. Stattdessen beteiligte sie sich jetzt fieberhaft an den Vorbereitungen, half Gisela, die Menschen unterzubringen, erfasste rasch, wer zu welchen Aufgaben taugte, sorgte dafür, dass die kleinen Kinder nicht im Weg standen, und ersetzte die erschöpften Frauen am Brunnen durch andere, die noch bei Kräften waren.

Die Nacht war mondhell und der Himmel übersät mit leuchtenden Sternen.

»Wikinger nicht gern bei Nacht kämpfen«, sagte Halvdan. »Aber Knut listig – darum Wächter aufpassen. Wir alle schlafen leicht wie Hund, Augen zu, aber Ohren wach.«

Langsam kehrte eine angespannte Stille ein, die Menschen legten sich nieder, einige schliefen ein, die meisten jedoch dämmerten unruhig auf ihrem Lager dahin. Krieger saßen zu Füßen der Palisaden und des Wohnturms, lehnten mit dem Rücken an das Holz, hatten die Augen geschlossen und doch alle Sinne geschärft, um den Beginn des Kampfes nicht zu verpassen. Hin und wieder wechselten die Wachen, flüsterten sich leise Worte zu und gingen auf ihre Posten. Manchmal weinte ein Kind, das rasch von der Mutter aufgenommen und getröstet wurde.

Reina hatte Mühe gehabt, einen Schlafplatz zu finden, denn alle Häuser und auch der Wohnturm waren voller Menschen. Schließlich kroch sie in einen schmalen Durchgang zwischen zwei Gebäuden, scheuchte die Hühner beiseite, die sich dort niedergelassen hatten, und versuchte, auf dem harten Boden eine einigermaßen bequeme Schlafstellung einzunehmen. Kaum hatte sie sich ein wenig eingerichtet, da hörte sie leise Schritte, und eine große Gestalt zwängte sich zwischen die Hütten.

Lautlos schob sich Halvdan dicht neben sie und streckte sich auf dem Boden aus. Sie versuchte aufzustehen, um ihm auszuweichen, doch er fasste ihre Hand und hielt sie fest.

»Nicht fort«, murmelte er. »Dies guter Platz zu schlafen.«

»Lass mich sofort los«, zischte sie. »Ich schlafe, wo ich will!«

»Leise«, flüsterte er, ohne sie loszulassen. »Nacht hat Augen und Ohren.«

Sie spürte die Wärme seines großen Körpers, und ihr

Herz klopfte so wild, dass sie Angst bekam, er könne es hören.

»Du solltest wissen, dass ich nicht die Absicht habe, deine Frau zu werden!«, flüsterte sie. »Lieber sterbe ich!«

»Gut«, sagte er.

»Was meinst du mit ›gut‹?«, fauchte sie wütend.

»Wir später reden. Jetzt Zeit für Kampf – nicht für Streit.«

»Ich streite nicht. Ich teile dir meine Entscheidung mit!«

Er schwieg. Immer noch hielt er ihre Hand fest in der seinen, und sie sah im Mondlicht, wie er den Kopf drehte und ihr sein Gesicht zuwandte. Seine Augen waren von hellem Blau und schienen zu leuchten wie die Augen eines Nachttieres.

»Er wird kommen mit erstem Morgenlicht«, flüsterte er. »Viel Krieger werden fallen, viel Blut, viel Tod. Nur einer kann haben Sieg – Halvdan oder Knut.«

Sie zitterte und ihr Blick verfing sich in seinen hellen Nachtaugen. Plötzlich spürte sie nichts als eine riesengroße Furcht, er könnte morgen im Kampf gegen seinen Bruder sterben.

»Nicht Angst«, sagte er leise und lächelte. »Glauben an Sieg, dann wir werden leben.«

Er löste seinen Griff um ihre Hand, drehte sich wieder auf den Rücken, legte einen Arm unter den Kopf und schloss die Augen. Er wollte über sie wachen in dieser Nacht, genau so, wie er es schon seit Wochen jede Nacht getan hatte.

Das silbrige Mondlicht lag auf seinem Gesicht, beschien die geschlossenen Lider, die dichten Augenbrauen und schimmerte in seinem lockigen Haar. Seine Lippen waren jetzt weich und entspannt, fast kam es ihr vor, als würde er lächeln.

Unwillkürlich spürte sie das Verlangen, ihn zu berühren, mit der Hand durch sein Haar zu streichen, zärtlich über seine Wangen zu fahren und mit dem Finger ganz sacht die Form seiner Lippen nachzuspüren.

Es muss das Mondlicht sein, das mir solche Gedanken eingibt, dachte sie beschämt und schloss rasch die Augen. Dennoch drehte sie sich in seine Richtung, um seine Wärme zu spüren, die so erregend und beruhigend zugleich war.

Sie konnte noch nicht lange geschlafen haben, als eine leise, aufgeregte Knabenstimme hörbar wurde.

»Sie kommen! Schlüpfen aus dem Wald, einer nach dem anderen. Es sind viele!«

* * *

Halvdans Körper spannte sich, und in einem einzigen Sprung, einer großen Raubkatze gleich, schnellte er auf die Füße, und lautlos war er auf und davon. Reina saß auf dem Boden, ihr Herz hämmerte vor Aufregung, doch zu ihrer Überraschung verspürte sie keine Angst. Es war Zeit zu kämpfen, und sie brannte darauf, ihren Teil dazu beizutragen.

Keine Fackel wurde entzündet, kein Öllämpchen brannte – die Krieger eilten schweigend auf ihre Stellungen, verbargen sich auf dem Wehrgang hinter den Palisaden und starrten durch die kleinen Schlitze zwischen den Stämmen auf den vorrückenden Feind. Man hörte ihre leisen Fußtritte auf den Leitern, das

Schleifen der langen Speere gegen die Kettenpanzer, das Knarren der hölzernen Balken, die die Wehrgänge trugen.

Atemlos war die Anspannung – die Wikinger sollten nicht ahnen, dass die Verteidiger der Burg gewarnt waren und sie empfangen würden. Bauern trugen Stangen herbei, mit denen die Leitern und Stämme der Feinde von der Palisade gestoßen werden konnten, Frauen standen bereit, um verletzte oder gefallene Krieger wegzutragen, damit sie den Kämpfenden nicht im Weg waren. Niemand sprach ein Wort, nur hier und da weinte leise ein Kind, das aus dem Schlaf erwacht war und seine Mutter vermisste.

Reina mischte sich unter die Frauen, die bei den Wasserkesseln standen und auf das Zeichen warteten, die Feuer zu entzünden. Dann würde man das kochende Wasser eimerweise zum Wehrgang hinaufreichen, um die Feinde damit abzuwehren. Ein Gefühl der Zusammengehörigkeit war unter den Menschen in der Burg entstanden, jeder arbeitete jedem zu, Bauer, Krieger oder Adeliger – sie alle wussten, dass sie nur überleben würden, wenn sie gemeinsam handelten. Reina erblickte jetzt auch Robert, der in voller Rüstung auf einem der Palisadentürme kniete.

»Sie sind am Burggraben angelangt«, meldete flüsternd ein Knabe.

»Sie zögern, über die Brücke zu gehen. Schicken Späher voraus.«

Die Zeit schien sich ins Unendliche zu dehnen. Im Osten schimmerte matt das erste Morgenlicht und ließ die Gesichter der Menschen totenblass erscheinen. Die Bogenschützen hielten sich bereit, hatten den Pfeil schon an die Sehne gesetzt und warteten auf Halvdans Zeichen.

»Die Späher sind zurückgekehrt«, wisperte der Knabe. »Sie beraten sich mit dem Anführer. Ein riesenhafter Kerl mit rotem Haar und einem …«

Eine Hand legte sich auf den Mund des übereifrigen jungen Wächters, einer der Krieger schob ihn zur Seite und zog ihn strafend am Ohr.

Warum gab Halvdan nicht das Zeichen zum Angriff? Reina ahnte es. Er wartete geduldig, bis ein großer Teil der Wikinger die Brücke betreten hatte und dort ein gutes Ziel bot.

»Jetzt!«

Blitzschnell erhoben sich die Bogenschützen zu voller Größe und ein Hagel von Pfeilen ergoss sich über die ahnungslosen Angreifer. Man hörte Wutgeschrei, Speere wurden auf die Schützen geschleudert, doch sie blieben wirkungslos, denn Halvdan hatte Bauern zwischen sie postiert, die sie mit den hohen Schilden abschirmten.

Die Krieger oben auf den Laufgängen und Türmen jubelten, als sei der Sieg schon errungen, doch Halvdan dämpfte die vorzeitige Begeisterung.

»Kommen wieder. Köpfe unten halten – gleich Pfeile. Kein Schrecken – lautes Geschrei.«

Er hatte kaum ausgesprochen, da erzitterte die Burg unter einem markerschütternden Gebrüll, als stürme draußen eine Horde blutgieriger wilder Tiere gegen die Tore.

»Gott schütze uns«, stammelte eine junge Magd neben Reina. »Das sind Teufel und Dämonen – kein Mensch kann solche Laute ausstoßen.«

Reina blieb keine Zeit zur Antwort, denn eine Flut

von Pfeilen zischte über die Palisaden und bohrte sich in Dächer und Wände der Gebäude. Verwundete stöhnten, Kinder schrien, Hühner flatterten erschreckt auf. Die Krieger auf den Wehrgängen erwiderten den Pfeilhagel und schleuderten Speere und Steine auf die Angreifer. Der Kampf hatte begonnen.

Er tobte bis in die Mittagsstunden. Immer wieder zogen sich die Wikinger blitzschnell zurück, sammelten sich dort, wo die Pfeile sie nicht erreichen konnten, und planten neue Angriffe. Bäume wurden gefällt und über den Burggraben gelegt, um die Anlage von mehreren Seiten gleichzeitig angehen zu können. Stämme, gegen die Palisaden gelehnt, dienten als Leitern. Gewandte Krieger, die kurzen Dolche zwischen den Zähnen, versuchten, die schützenden Palisaden zu überwinden. Doch es gelang den Verteidigern immer wieder, die Gefahr zu bannen.

Reina und ihre Schwester Gisela ließen die Verwundeten in den Wohnturm ins unterste Stockwerk tragen, wo sonst die Krieger schliefen. Dort versuchten die Frauen eilig, Blutungen zu stillen und Wunden zu versorgen. Bäuerinnen beteiligten sich an dieser Arbeit, viele von ihnen waren kräuterkundig und leisteten gute Hilfe.

Gegen Mittag endlich kehrte Ruhe ein. Die Wikinger hatten viele ihrer Kämpfer eingebüßt – sie zogen sich zurück bis zum Waldrand und schleppten ihre Verwundeten mit sich fort. Halvdan ließ sie gewähren.

»Ist es vorbei?«, fragte Gisela hoffnungsvoll.

Reina schwieg. Wer konnte das wissen?

Sie drückte einem jungen Bauern ein Stück Stoff auf eine klaffende Wunde, während eine alte Bäuerin ihm einen betäubenden Trank einflößte, der ihm die Qualen lindern sollte. Es half nur wenig, der arme Kerl stöhnte gotterbärmlich und wand sich vor Schmerz.

Niemand jubelte, kein Siegestaumel machte sich breit. Die Menschen in der Burg waren von der pausenlosen Anstrengung noch wie gelähmt, manche sackten dort zusammen, wo sie gerade standen, andere schleppten noch immer Steine und Stangen herbei, obgleich niemand mehr kämpfte. Die Krieger hockten auf den Wehrgängen und starrten hinüber zum Waldrand, wo die Schar der Wikinger sich versammelt hatte und offensichtlich darüber beriet, ob man abziehen oder die Burg belagern sollte. Manche Kämpfer bemerkten erst jetzt, dass sie verwundet waren, und befühlten ihre Glieder, um festzustellen, wie schlimm es um sie stand.

»Bleib du hier bei den Verwundeten – ich kümmere mich darum, dass etwas zu essen ausgeteilt wird!«

Reina eilte über den Hof, sammelte einige Frauen um sich, und bald wurden Körbe mit Brot und Käse herumgereicht. In aller Eile kochten die Frauen Fleisch und Gemüse in den gleichen Kesseln, die kurz zuvor noch zum Erhitzen des Wassers gedient hatten. Wein, mit Brunnenwasser gemischt, machte die Runde, die Menschen hatten seit dem vergangenen Abend nichts mehr zu sich genommen und lebten auf, als sie Speis und Trank erhielten.

Reina sah erschrocken, wie sehr die Reihen der Kämpfer sich gelichtet hatten, auch diejenigen, die noch kämpfen konnten, waren meist verwundet. Nur Robert, den sein langer Kettenpanzer, die Halsberge und ein Spangenhelm schützten, schien unversehrt.

Halvdan hatte eine leichte Verletzung am Arm durch

einen Pfeil erlitten, doch das störte ihn wenig, und er griff hungrig zu, als Reina ihm den Korb reichte.

»Du klug, Reina«, sagte er kauend. »Mann muss essen, wenn kämpft.«

Sie lächelte. Trotz all dieser Gefahren und Schrecknisse schien er guter Dinge zu sein.

»Gisela soll deine Verwundung verbinden«, meinte sie und wies auf seinen linken Arm, an dem das Blut herablief.

Seelenruhig langte er nach einem großen Stück Käse und schüttelte den Kopf.

»Nicht jetzt. Erst wenn Kampf vorbei.«

»Ist er denn noch nicht vorbei?«

Er kaute unverdrossen und nahm vorsichtshalber noch ein Stück Brot an sich.

»Kampf beginnt«, gab er zurück.

Sie runzelte die Stirn, denn das klang wenig ermutigend. Doch sie konnte nicht ewig bei ihm stehen bleiben, auch andere waren hungrig, und so ging sie weiter, um die Speisen auszuteilen. Niemand nahm sich viel Zeit zum Essen, alle verschlangen die Lebensmittel so rasch wie möglich, um bereit zu sein, wenn es wieder losging.

Auch Robert griff in den Korb und zog ein Stück Brot heraus. Sein Gesicht war rot und schweißüberströmt, er schien erschöpft, denn der Kettenpanzer war schwer. Er blickte sie nicht an, als sie ihm den Korb reichte, und sie spürte fast Mitleid mit ihm, denn sein Ansehen unter seinen Getreuen war tief gesunken. Niemand erwartete Befehle von dem Mann, der noch vor einigen Wochen Herr der Burg gewesen war. Halvdans Zauber über die Männer war groß.

Man hatte nur wenige Wachen auf Turm und Wehrgängen postiert – jetzt wurden dort oben Rufe laut.

»Sie haben etwas vor! Der Anführer kommt herüber, von nur wenigen Männern begleitet.«

Sofort ließen alle Kämpfer Brot und Wein stehen und bestiegen wieder den Wehrgang. Aufgeregt brachten sich die auf dem Hof Sitzenden in Sicherheit, denn es war möglich, dass wieder Pfeile und Lanzen geschleudert wurden.

Doch nichts dergleichen geschah.

Eine tiefe, raue Stimme rief unverständliche Worte, die Reina seltsam bekannt und zugleich fremd erschienen. Die Sprache der Wikinger, die nur ein Einziger der Verteidiger sprechen und verstehen konnte.

Halvdan stand hochaufgerichtet auf dem Wehrgang, völlig ungeschützt bot er seinen Körper den Feinden dar. Er antwortete, und Reina erkannte plötzlich, dass die beiden Stimmen sich ähnelten. Der Sprecher auf der anderen Seite musste Knut sein, Halvdans Bruder – der Mann, an dem Halvdan seine Rache vollziehen wollte.

Das Gespräch war kurz und wenig freundlich, doch schien man zu einer Übereinkunft gekommen zu sein. Halvdan stieg vom Wehrgang herab und ging ohne Eile über den Hof, umringt von den neugierigen Menschen, die wissen wollten, wie über ihr Schicksal entschieden worden war.

»Zwei Männer kämpfen um Sieg«, verkündete er laut. »Wenn Knut siegt – Burg ist verloren. Wenn Halvdan siegt – Knut ziehen davon.«

Entsetzen verbreitete sich auf diese Nachricht hin. Niemand konnte verstehen, wozu solch ein Zweikampf gut sein sollte. Hatte man die Burg nicht großartig verteidigt? Wozu solch ein Risiko eingehen? Und wer würde ihnen garantieren, dass die Wikinger tatsächlich abzogen, wenn Halvdan seinen Gegner besiegt hatte?

Reina schwieg. Was sie auch sagte, sie würde Halvdan nicht umstimmen können. Wahrscheinlich hatte er diese Entwicklung schon von vornherein so geplant. Er würde seine Rache vollziehen oder sterben.

Unglücklich betrachtete sie ihn, wie er lächelnd versuchte, die aufgeregten Menschen zu beruhigen. Er verdeutlichte ihnen, dass die Verteidigung zwar für einige Stunden gelungen sei, eine längere Belagerung durch die Wikinger aber eine ganz andere Sache sei. Ohne ihren Anführer aber würden die Feinde rasch aufgeben. Er lechzte nach diesem Kampf, hatte sich seit Monaten danach gesehnt, endlich Vergeltung üben zu können.

Halvdan erhielt unerwartete Hilfe bei seinen Überzeugungsversuchen – Robert, der sich seit Wochen vollkommen im Hintergrund gehalten hatte, trat zwischen die Männer und redete Halvdan das Wort.

»Hört auf den Wikinger!«, rief er in die Runde. »Er hat uns bisher gut beraten und wird es auch weiterhin tun. Ich vertraue auf Halvdan – er wird für uns siegen.«

Reina spürte, wie ihre Schwester Gisela sie am Arm fasste, und sie tauschten erstaunte Blicke. Doch die Männer waren sich inzwischen einig geworden.

Vorsicht war geboten, man würde die Krieger in Bereitschaft halten, falls die Wikinger wortbrüchig würden. Halvdan versicherte jedoch, dass kein nennenswerter Angriff mehr zu erwarten sei, wenn Knut gefallen wäre.

»Und wenn Halvdan fällt?«, flüsterte Gisela. »Was wird dann sein?«

Reina hatte die Arme vor der Brust gekreuzt, und sie spürte, wie ihr Herz klopfte.

»Dann gnade uns Gott«, sagte sie leise.

Halvdan bewaffnete sich mit Schwert und Dolch, auf Kettenpanzer oder Schild verzichtete er, denn auch Knut kämpfte ohne Rüstung.

»Halvdan bereit. Thor kämpft mit mir!«

Er wählte fünf Männer zu seiner Begleitung aus und gab Befehl, die Tore zu öffnen. Zwei Knechte hoben den schweren, eisernen Riegel an, man zog die Torflügel nach innen, so dass ein schmaler Durchlass entstand. Ein Streifen helles Sonnenlicht flutete in den Hof und blendete die Augen, dann erst erkannte man die Kämpfer der Wikinger. Sie standen im Halbkreis, unbeweglich, in ihrer Mitte ein rothaariger Hüne, der alle überragte.

Halvdan ging seinen Begleitern voraus, ohne sich auch nur ein einziges Mal umzusehen.

* * *

»Schließt die Tore! Den Riegel vor!«

Es war Graf Robert, der diesen Befehl gab, und Reina fuhr zusammen, als sie seine scharfe Stimme vernahm. Die Knechte zögerten keinen Augenblick, mit hartem, metallischem Klang fiel der Riegel wieder in die eiserne Halterung. Halvdan und seine fünf Begleiter waren auf sich allein gestellt.

Alle wollten den Kampf sehen, der über ihr Schicksal entscheiden würde. Man drängte sich auf den Wehrgängen und Palisadentürmen, und wer dort nicht mehr unterkam, versuchte, im oberen Teil des Wohnturms einen Platz an einer Fensternische zu ergattern. Einige stiegen sogar auf die Strohdächer der Nebengebäude, setzten sich rittlings auf den Dachfirst und beschatteten die Augen mit den Händen, um deutlicher sehen zu können.

Reina war zusammen mit Gisela und einigen Frauen in den Wohnraum der gräflichen Familie hinaufgestiegen. Hier standen sie dicht aneinandergedrängt an den Fensteröffnungen und blickten gebannt hinaus. Die Streitmacht der Wikinger befand sich immer noch nahe des Waldrandes; man sah, dass sich einige Männer um die Verwundeten bemühten, während die meisten, genau wie die Franken in der Burg, eifrig das Geschehen mit den Blicken verfolgten. Keiner von ihnen hatte die Waffen abgelegt, sie schienen sicher, dass ihr Anführer den Kampf gewinnen würde, und hielten sich bereit, auf sein Zeichen hin die Burg einzunehmen.

Knut erwartete seinen Gegner jenseits des Burggrabens. Einer seiner Männer hatte mit dem Schwert einen Kreis in den Wiesenboden gezogen, und dort hinein traten die beiden Kämpfer, während die Begleiter sich außerhalb des Kreises gruppierten und ein wachsames Auge auf die Gegenpartei hielten.

Reina spürte, wie ihre Hände eiskalt wurden, während es in ihren Schläfen pochte. Die beiden Kämpfer zogen sich die Kittel vom Körper und standen sich jetzt mit entblößtem Oberkörper gegenüber – einer so groß wie der andere, beide mit kräftigen Muskelpaketen an Armen, Schultern und Beinen ausgestattet, das blonde Haar des einen leuchtete goldfarbig in der Sonne, das Haupt des anderen schien in rötlichen Flammen zu stehen.

Der Kampf schien zunächst mit Worten geführt zu werden, denn man hörte die zornigen Stimmen der beiden, die sich mit jedem Wortwechsel weiter in Rage redeten. Knut war der erste, dessen Hand an den Griff des Schwertes fasste, um es aus der Scheide zu ziehen, und Halvdan versäumte nicht, es ihm nachzutun.

Hell schlugen die Klingen aufeinander, einer vereitelte den Angriff des anderen und wurde dann selbst am entscheidenden Schlag gehindert. Reina begriff sehr bald, dass Knut seinem Bruder Halvdan an Kraft gewachsen war, doch zeigte sich Halvdan als der Wendigere und Einfallsreichere. Immer wieder forderte er Knut mit neuen Attacken heraus, versuchte, ihn zu Unvorsichtigkeiten zu verleiten, und reizte ihn mit Beleidigungen, die ihre Wirkung nicht verfehlten. Knuts Gesicht war bald dunkel vor Wut und seine Schwerthiebe gingen immer häufiger ins Leere.

Von Seiten der Wikinger wurde an aufmunterndem Gebrüll nicht gespart. Die Kerle schlugen mit den Schwertern an ihre runden Schilde, fuchtelten mit den Streitäxten in der Luft herum und stießen immer wieder langgezogene Kampfschreie aus. Auch die Franken feuerten ihren Kämpfer an, riefen immer wieder Halvdans Namen, und die Frauen stießen schrille, trillernde Schreie aus.

Reina brachte keinen einzigen Laut über die Lippen, sie krallte die kalten Finger in die Brüstung der Fensternische und versuchte zu beten, doch sie fand keine Worte. Neben ihr stand Gisela, am ganzen Körper zitternd, den Arm um die Schwester gelegt, als wolle sie sie stützen, während sie sich selbst doch kaum auf den Beinen halten konnte.

Ein Aufschrei ging durch die Reihen der Franken – Knuts mächtiger Hieb hatte Halvdans Oberschenkel gestreift, Blut floss an seinem Bein herab –, die Wikinger drüben am Waldrand brachen in Jubel aus. Doch während die Nordmänner noch begeistert brüllten, erwiderte Halvdan den Schlag schneller, als Knut erwartete, sein Schwert blitzte in der Sonne auf, und der Gegner stürzte schwer zu Boden. Der Hieb hatte die rechte Schulter getroffen, und Knut war das Schwert aus der Hand geglitten.

Ruhig bückte sich Halvdan, hob das Schwert auf und warf es dem Bruder zu, der fing es mit der Linken und richtete sich taumelnd auf, um den Kampf fortzusetzen, doch schon nach wenigen wütenden Hieben sackte er wieder in sich zusammen.

Reina sah, wie Halvdan ihm näher rückte, immer noch gab Knut sich nicht verloren, keuchend und unter wüsten Beschimpfungen führte er das Schwert, bis Halvdan es ihm mit einem wuchtigen Schlag aus der Hand schmetterte. Halvdan hob die Waffe ein letztes Mal, um seine Rache zu vollenden.

Reina legte die Hände über die Augen – sie wollte nicht sehen, wie Halvdan seinen eigenen Bruder tötete –, es war zu schrecklich, was auch immer jener ihm angetan hatte. Da ertönte ein vielstimmiger entsetzter Schrei, und sie blickte zwischen den Fingern hindurch auf die Kampfstelle.

Halvdan lag unbeweglich am Boden, dicht neben seinem Bruder. Das Schwert war seiner Hand entglitten, und in seinem Rücken steckte ein Pfeil.

Verblüffung lag in den Gesichtern der Männer, die die Kämpfer begleitet hatten, zwei von Halvdans Getreuen knieten jetzt neben dem Leblosen, die anderen starrten zur Burg hinüber.

»Runter von den Wehrgängen! Auf die Pferde. Die Tore auf! Wir greifen sie an!«, schallte Roberts Stimme über den Burghof.

Wie betäubt richteten sich die Krieger auf und konnten noch kaum glauben, was sie gesehen hatten, dann folgten sie dem Befehl. In Windeseile wurden Pferde gesattelt, einige der Männer stiegen auf, die anderen fassten ihre Waffen und nahmen vor den Torflügeln Aufstellung.

Halvdan, der Wikinger, war tot – Graf Robert war der Burgherr, dem jeder Gehorsam schuldete.

Als sich die Burgtore öffneten, begriffen Knuts Getreue die Lage blitzschnell, sie hoben ihren leblosen Anführer auf die Schultern und trugen ihn im Laufschritt davon. Ihre Kameraden hielten stand, bis die Gruppe sie erreicht hatte, dann wichen sie dem Ansturm der Franken und verschwanden im Wald.

»Sie haben ihren Anführer verloren und laufen wie die Hasen davon!«

»Sieg! Wir haben gesiegt!«

Begeisterung verbreitete sich unter den Bauern und Knechten in der Burg, man stieg auf die Wehrgänge, was sonst nur den Kriegern vorbehalten war, reckte drohend die Fäuste zum Wald hinüber, und einige schleuderten Steine in den Burggraben, wo sich jetzt aber kein einziger Feind mehr befand. Drüben am Waldrand stürmten jetzt die fränkischen Krieger den fliehenden Wikingern nach, die jedoch im dichten Gestrüpp rasch entkamen.

»Wir müssen ihn in die Burg tragen«, rief Reina und

rüttelte die Schwester am Arm. »Seine Wunde versorgen.«

Gisela, die eben noch gejubelt hatte, hielt nun inne und sah hinüber zu dem reglos liegenden Wikinger, aus dessen Rücken das Ende des Pfeils herausstach.

»Wir werden ihm nicht mehr helfen können, Reina«, sagte sie beklommen. »Er hat für uns gestritten wie ein Held, er hat unsere Burg gerettet …«

»Und aus eben jener Burg wurde ein verräterischer Pfeil auf ihn geschossen!«, rief Reina zornig. »Nun komm schon – sonst gehe ich allein.«

Noch waren die Kämpfe hinten am Waldrand nicht beendet, und man hatte die Tore vorsichtshalber wieder geschlossen, doch auf den Befehl der Burgherrin zogen die Knechte die schweren Torflügel ein Stück auseinander, so dass ein Mensch hindurchschlüpfen konnte.

»Bringt ein großes Tuch!«

Gisela schritt mit Reina über die Brücke, gefolgt von zwei Mägden, die immer wieder ängstlich zum Waldrand hinübersahen, ob dort nicht etwa einige versprengte Wikinger auftauchten, die mordgierig über sie herfallen wollten.

Halvdan lag auf dem Bauch, sein Gesicht war zur Seite gewendet, die Augen geschlossen. Nur wenig Blut war aus der Pfeilwunde geflossen, doch als Reina sich neben ihn auf den Boden kniete, erkannte sie, dass seine Brust arbeitete. Er atmete noch.

»Er lebt. Legen wir ihn vorsichtig auf das Tuch.«

Sein Körper fühlte sich warm an, als sie ihn anhoben und das Tuch unter in schoben, doch er regte sich nicht, und auch seine Augen blieben geschlossen.

»Wie schwer er ist!«

Sie trugen den Verletzten langsam über die Brücke, die er vor kurzer Zeit noch so siegessicher überschritten hatte, und als sie mit ihm in den Burghof traten, herrschte bekümmertes Schweigen unter den Menschen.

»Wer hat den Pfeil geschossen?«, hörte Reina es flüstern.

»Niemand hat es gesehen.«

»Schaut doch – es ist der Pfeil eines Wikingers!«

»Was sagt das schon? Wir haben sie massenhaft in der Burg aufgesammelt und wieder verschossen.«

Einige hatten Tränen in den Augen, andere wandten sich ab, denn man hatte begriffen, dass es nicht klug war, seine Trauer allzu deutlich zu zeigen. Schon kehrten einige der siegreichen Krieger wieder in die Burg zurück, um zu verkünden, dass man die Feinde noch eine Weile durch den Wald verfolgt und so manchen von ihnen erschlagen habe. Sie brachten Schilde und Lanzen mit, die die Wikinger auf der Flucht verloren hatten, einer hatte sogar ein Schwert erbeutet, ein zweiter brüstete sich, seinem Gegner den langen Bart ausgerissen zu haben.

Sie trugen Halvdan in den Turm, legten ihn zwischen den Verwundeten nieder und berieten sich mit den Frauen, was zu tun sein.

»Der Pfeil steckt tief gleich neben dem Knochen«, sagte eine alte Frau. »Er wird sterben, wenn wir versuchen, ihn herauszuziehen.«

»Aber wir können ihn doch nicht einfach in seinem Körper lassen«, rief Reina. »Wir müssen etwas tun.«

Die alte Frau sah zu ihr auf und lächelte.

»Ihr könnt für ihn beten, Äbtissin. Auch wenn er ein Heide ist, so hat er uns doch alle gerettet. Vielleicht wird der Herr ihn ja vor der Hölle verschonen, wenn Ihr für seine Seele bittet.«

Reina wandte sich ungeduldig ab. Beten konnte man immer noch – jetzt schien es ihr nötiger, zu handeln. Halvdan war schwer verwundet, doch er lebte. Es musste doch einen Weg geben, ihm zu helfen.

»Leg ihm Kräuter auf. Koche ihm einen Sud, damit er wieder zur Kräften kommt und wir ihm den Pfeil herausziehen können!«, ordnete sie an.

Aber auch eine andere Bäuerin, die herbeigelaufen war, schüttelte bekümmert den Kopf.

»Wir können versuchen, ihm vorsichtig etwas Wasser einzuflößen«, meinte sie unsicher. »Dann müssen wir abwarten, ob die Wunde zu bluten beginnt.«

»Zu nichts zu gebrauchen seid ihr«, schimpfte Reina und ließ sich neben dem reglosen Körper nieder. »Verschwindet – ich kümmere mich allein um ihn.«

Die Frauen wandten sich anderen Verwundeten zu, und auch Gisela lief hinaus, denn soeben war der Großteil der Krieger in die Burg eingeritten, Graf Robert mitten unter ihnen, und seine Befehle hallten über den Burghof.

Reina war einerlei, was draußen geschah. Sie beugte sich über den leblosen Körper des Wikingers und strich ihm die schweißnassen Locken aus der Stirn. Dann nahm sie einen Lappen, tauchte ihn in eine Wasserschüssel und säuberte damit die Stelle um die Pfeilwunde. Immer noch regte er sich nicht. Sie berührte seine Augenbrauen und fuhr sacht mit dem Finger an dem goldenen Halbbogen seiner Wimpern entlang. Hatten seine Lider gezittert?

»Halvdan?«, flüsterte sie. »Halvdan! Ich bin hier, Reina. Ich bin bei dir.«

Da hoben sich seine Lider ein winziges Stück, und sie sah für einen Moment einen Streifen seiner hellblauen Augen.

»Reina …«

Sein Mund formte ihren Namen, doch sie hörte nur einen leisen Hauch, kaum zu verstehen.

»Du wirst wieder gesund werden, Halvdan«, wisperte sie. »Ich sorge dafür, das schwöre ich. Ich werde dich nie verlassen. Nie in meinem Leben …«

Er bewegte sich nicht mehr, hörte ihr aufgeregtes Flüstern nicht, war wieder hinabgesunken in das Dunkel der Bewusstlosigkeit zu den Pforten des Todes. Sie beugte sich tiefer zu ihm hinab und berührte mit dem Mund seine Lippen. Sie waren so kühl, dass sie erschrak.

Draußen wurde laut gebrüllt und gejubelt – Graf Robert ließ sich als Sieger über die Wikinger feiern, und wer vorher ein begeisterter Anhänger von Halvdan gewesen war, dem wurde jetzt endgültig klar, dass schlechte Zeiten auf ihn warteten.

»Reina!«

Gisela eilte so rasch durch den Raum, dass ihr Gewand flatterte. Sie fasste die Schwester am Arm und zog sie von Halvdans Seite.

»Du musst von hier fort. Schnell. Komm mit mir hinauf in die Wohnräume!«

Sie zerrte Reina so heftig am Arm, dass es wehtat, und Reina wehrte sich. Hier war ihr Platz, hier neben Halvdan. Sie musste bei ihm bleiben, um sein Leben zu bewahren.

»Bist du verrückt, Gisela? Lass mich los!«

»Schnell!«

Gisela winkte einige Mägde herbei, die Reina umringten und der Burgherrin halfen, die heftig widerstrebende Schwester mit sich fortzuziehen. Reina wurde in eine Ecke des Raumes gedrängt, und die Frauen stellten sich vor sie wie eine dichte, lebendige Schutzwand.

Schwere Schritte waren zu hören, und Krieger traten in den Raum. Reina vernahm ihre Stimmen, doch sehen konnte sie nichts, denn die Frauen verstellten ihr den Weg.

»Hier ist er. Hoch mit ihm.«

»Vorsicht!«

»Wozu? Der ist ja doch bald hinüber.«

»Ein Wikinger war's. Schaut den Pfeil.«

»Klar. Der Pfeil eines dreckigen Wikingers.«

Reina wollte schreien, mit aller Macht den schützenden Kreis der Frauen durchbrechen und sich den Kriegern entgegenwerfen. Doch die Frauen hielten sie fest gegen die Wand gepresst, und Giselas Hand legte sich auf ihren Mund.

»Still«, flüsterte sie. »Robert hat es so befohlen, und du bist die Letzte, die ihn daran hindern könnte.«

Reina wand sich wie ein Aal, trat mit den Füßen und krümmte sich zusammen, doch Gisela hatte sich mit dem ganzen Gewicht ihres Körpers gegen sie gestemmt und hielt die Schwester fest umschlungen, als gälte es, ihr Leben zu verteidigen.

Erst als die Männer den Raum verlassen hatten, gelang es Reina, sich ihrem Griff zu entwinden, und Gisela lehnte sich keuchend gegen die Wand.

»Wohin schleppt ihr ihn, ihr feigen Kerle?«, rief Reina den Männern mit halberstickter Stimme nach.

»Still! Um Himmels willen, Reina! Sie bringen ihn ins Verlies.«

»Ins Verlies?«

Reina starrte die Schwester mit weiten, entsetzten Augen an. Das Burgverlies befand sich unter dem Raum, in dem sie sich gerade aufhielten, eine steinerne Treppe führte in einen Kellerraum, in dessen Mitte sich eine tiefe Grube befand. Sie war so eng, dass ein Mensch dort nur sitzen, jedoch nicht liegen konnte.

»Das ist sein Tod«, stöhnte sie. »Niemand wird ihn dort versorgen, er wird sterben.«

Giselas Gesicht war voller Mitgefühl; sie richtete ihren verrutschten Schleier und eilte auf Reina zu, um sie in die Arme zu schließen.

»Du musst an dich selbst denken, Reina«, flüsterte sie ihr ins Ohr. »Du musst von hier fort, so schnell wie möglich. Ich gebe dir zwei meiner Knechte und eine Magd mit, es sind Leute, auf die ich vertrauen kann. Sie werden dich nach St. Emilien geleiten …«

»Fängst du schon wieder damit an?«

Reina stieß die Schwester zornig von sich und eilte aus dem Raum. Der Keller war nur durch eine kleine Tür an der Nordseite des Turms zugänglich, und dort standen jetzt die Knechte, die ihren Auftrag bereits ausgeführt hatten; einer von ihnen schob sorgfältig den eisernen Riegel vor.

»Wie konntet ihr das tun?«, rief sie wütend und fasste den Vordersten am Kittel. »Fürchtet ihr nicht die Strafe des Himmels für einen solchen Verrat?«

»Der Herr hat es befohlen«, sagte der Mann und sah an ihr vorbei zu Boden. »Wir haben zu gehorchen, Mutter Äbtissin. So hat es Gott der Herr auf Erden eingerichtet.«

Sie ließ ihn los, und die Männer gingen an ihr vorbei

in den Burghof, die Köpfe gesenkt, die Gesichter verschlossen. Der Knecht hatte die Wahrheit gesprochen: Der Niedere schuldete dem über ihm Stehenden Gehorsam, der Bauer hatte dem Adeligen zu dienen, der Adelige diente dem König. Ein unfreier Knecht stand noch unter dem Bauern – wie hätte er sich dem Befehl eines Grafen widersetzen dürfen?

Sie fasste unwillkürlich an ihren verrutschten Schleier und richtete ihn, dann ließ sie die Arme sinken, als habe sie etwas Unsinniges getan. Zum ersten Mal in ihrem Leben zweifelte sie an der Ordnung der Welt. Der Befehl, den Robert gegeben hatte, war ungerecht und grausam – wie konnte es da sein, dass alle ihn widerspruchslos befolgen mussten? Das konnte doch unmöglich der himmlische Wille sein!

Gisela kam ihr entgegen, sie war der Schwester nachgelaufen und versuchte ängstlich, Reina in den Turm hineinzuziehen.

»Lass dich jetzt nicht sehen«, redete sie auf sie ein. »Bleib hier und kümmere dich um die Verwundeten, ich werde meine Frauen überall in der Burg verteilen, damit sie mir melden, wenn dir Gefahr droht. Heute Nacht wird eine von ihnen den Torwächter ablenken, damit du fliehen kannst.«

»Warum sollte ich fliehen?«, wehrte sich Reina stur. »Ich werde mich dafür einsetzen, dass sie den Wikinger aus dem Verlies herausziehen. Ich will mich um ihn kümmern und ihn pflegen – das kann Robert mir unmöglich abschlagen.«

Aber Gisela fasste sie jetzt so fest am Handgelenk, dass sie vor Schreck leise aufschrie.

»Hast du denn immer noch nichts verstanden?«, zischte sie ihr ins Ohr. »Robert ist verrückt nach dir. Er will dich als seine Kebse in sein Bett zwingen.«

Reina fuhr zurück und starrte die Schwester entsetzt an. Gisela war selbst erschrocken über das, was sie nun endlich so unmissverständlich gesagt hatte. Himmel – Reina war doch sonst nicht so dumm, warum hatte sie diese Dinge nicht schon längst geahnt?

»Er hat dieses Kloster nur bauen lassen, um dich in seine Nähe zu ziehen«, fuhr sie fort. »Die ganze Zeit über hat er auf eine Gelegenheit gelauert, dich zu seiner Geliebten zu machen.«

»Du träumst, Gisela«, stammelte Reina. »Warum hätte Robert mich dann an Halvdan verheiraten wollen?«

»Das hatte er nie ernsthaft vorgehabt. Er wollte den Wikinger von Anfang an betrügen. Halvdan wird sterben, er ist bereits jetzt so gut wie tot. Aber du, Reina, du kannst dich retten. Und ich werde dir dabei zur Seite stehen.«

In Reinas Kopf drehte sich alles. Ja, sie spürte jetzt nur allzu deutlich, dass die Schwester recht hatte. Alles war nur Betrug und Täuschung gewesen – Roberts Bereitschaft, ihr ein Kloster zu bauen, sie zur Äbtissin zu machen, seine Versprechungen, seine Freundlichkeit – alles hatte nur einem einzigen Zweck gedient. O Gott, er hatte sie schmählich hintergangen, und all ihre eitlen Hoffnungen zerbröckelten zu Staub. Ein unbändiger Zorn stieg in ihr hoch, und sie ballte die Fäuste. Konnte Robert tun und lassen, was er wollte, nur weil er Herr dieser Burg war?

»Ich gehe nicht von hier fort«, sagte sie entschlossen. »Es sei denn, Halvdan geht mit mir.«

»So nimm doch Vernunft an, Reina!«, flehte Gisela unglücklich.

Aber Reina ließ sie stehen und lenkte ihre Schritte in den Burghof. Es konnte doch nicht sein, dass alle die Männer, die noch vor wenigen Stunden voller Begeisterung Halvdan gedient hatten, jetzt feige vor Graf Robert kuschten. Sie brauchte Helfer, wenn sie Halvdan aus dem Verlies befreien und mit ihm fortgehen wollte. Und sie war sich sicher, dass wenigstens einige der Männer dem Wikinger die Treue halten würden.

Auf dem Burghof herrschte inzwischen ein aufgeregtes Durcheinander. Bäuerinnen jammerten und hielten ihre Kinder an sich gepresst, ihre Männer beluden kleine Karren, andere standen beieinander, verbissenen Zorn und Verzweiflung in den Gesichtern. Die Knechte des Grafen liefen zwischen ihnen hin und her, sie trieben die Zögernden zur Eile an, und Mägde halfen, die Bündel auf die Karren zu heben. Hier und da zeigte sich einer der Getreuen des Grafen, noch immer in Wehr und Waffen, dieses Mal jedoch galt die Bedrohung nicht den feindlichen Wikingern, sondern einigen jungen Bauernburschen, die lautstark Beschwerde einlegten.

»Wir können noch nicht zurückkehren! Die Wikinger sind in die Wälder geflohen, sie werden uns in den Dörfern überfallen und töten.«

»Halt dein Maul, Bauer. Der Graf hat's befohlen, und wer sich widersetzt, der darf die Peitsche schmecken.«

»Dann lasst uns wenigstens das Getreide und die Früchte, die wir mitgebracht haben!«

»Die gehören dem Grafen zum Lohn für den Schutz, den er euch in der Burg geboten hat!«

Reinas Blicke glitten über die unglücklichen Menschen, und sie presste die Lippen zusammen, um nicht vor Zorn über diese neue Bosheit aufzuschreien. Er schickte diese Menschen ins Verderben, jeder konnte sich an seinen fünf Fingern abzählen, dass die Wikinger noch in der Gegend waren und sich an den Dörfern und Gehöften schadlos halten würden.

»Warum tust du das?«, fauchte sie einen Krieger an, der sein Schwert gegen einen jungen Bauern gezückt hatte. Der Bauer wich erst, als der blanke Stahl ihm schon den Kittel geritzt hatte.

Schweigend steckte der Krieger sein Schwert in die Scheide und wandte Reina den Rücken zu. Er hatte nicht die Absicht, seine Handlungsweise zu erklären, schon gar nicht einer Frau, auch wenn sie eine Nonne war.

Die beiden Flügel des Burgtores öffneten sich weit, und der Tross der Bauern zog über die schmale Holzbrücke. Sie mussten Hals über Kopf gehen und auch die Zugtiere antreiben, denn hinter ihnen im Burghof standen die Krieger, die sie unerbittlich aus den schützenden Palisaden hinaustrieben. Angst und Verzweiflung stand den Menschen ins Gesicht geschrieben, einige stießen Verwünschungen aus und hoben drohend die Fäuste, andere stierten vor sich hin und setzten einen Fuß vor den anderen, ohne zu wissen, wohin sie gehen sollten.

Halvdan hätte niemals so gehandelt, dachte Reina unglücklich. Er hat die Menschen in die Burg geholt, um sie zu schützen, und hätte sie erst wieder fortgeschickt, wenn die Gefahr vorüber war. Aber Halvdan konnte nichts mehr ausrichten – er war selbst in Todesgefahr und würde sterben, wenn sie nicht für ihn kämpfte.

Sie betrachtete die Gesichter der Krieger. Einer von ihnen war der Verräter, der den Pfeil auf Halvdan abgeschossen hatte. Aber wer konnte diese Gemeinheit begangen haben? Es waren einige Männer darunter, die schon ihrem Vater gedient hatten, doch die meisten waren junge Kerle, die hier auf der Burg im Waffengang ausgebildet worden waren und Robert bisher immer die Treue gehalten hatten. Bis zu jenem Tag, als der Wikinger die Herrschaft auf der Burg übernahm und sie alle in seinen Bann zog.

Reina sah nicht nur Zustimmung in den Mienen der Männer. Einige blickten düster drein, hier und da schien ihr sogar, als sähe sie Mitleid in ihren Blicken. Sie sah auch Odemars bleiches Gesicht, und er schlug die Augen nieder, als er ihren Blick spürte.

Wie feige sie sind, dachte sie erbittert. Genauso feige wie Gisela ist, die mich heimlich aus der Burg schaffen will. Ein einziger Mann zwingt ihnen allen seinen Willen auf, und niemand stellt sich ihm entgegen.

Sie überlegte, wie sie, ohne Aufsehen zu erregen, mit dem einen oder anderen dieser Männer sprechen könnte. Vielleicht war ja doch ein Rest von Mut in ihnen geblieben, vielleicht konnte sie einige Helfer für ihren Plan gewinnen. Doch während sie noch dastand und nachdachte, trat plötzlich Graf Robert aus dem Wohnturm, umgeben von drei seiner Getreuen. Helm und Kettenhemd des Grafen blitzten in der Sonne, und seine rechte Hand lag auf dem Griff des Schwertes, das an seiner Seite hing.

Er rief die Krieger zusammen, ließ sie im Halbkreis vor sich Aufstellung nehmen und begann zu ihnen zu sprechen.

Jetzt wird er sich als Sieger über die Wikinger feiern lassen, dachte Reina. Dieser hinterhältige Kerl will den Ruhm ernten, der eigentlich Halvdan gebührt.

Doch Graf Robert hatte anderes im Sinn.

Er ließ die fünf Männer vortreten, die den Wikinger zu seinem Zweikampf begleitet hatten, und befahl ihnen, Waffen und Wehr zu seinen Füßen niederzulegen. Die Männer ahnten, was kommen würde, und widersetzten sich, doch die gezückten Schwerter ihrer Kampfgefährten ließen ihnen keine Wahl. Entwaffnet standen sie vor dem Burgherren, der sie mit boshaftem Lächeln musterte.

»Verräter sind es nicht wert, Waffen zu tragen«, verkündete er laut. »Von heute an seid ihr vogelfrei – Männer ohne Schutz und Ehre. Jeder im Land kann mit euch verfahren, wie es ihm beliebt. Öffnet die Tore und jagt die Kerle aus der Burg!«

Die Männer nahmen das Urteil schweigend zur Kenntnis. Sie waren diejenigen gewesen, denen der Wikinger am meisten vertraute, er hatte sie zu seiner Begleitung ausgewählt, und sie waren stolz darauf gewesen, mit ihm gehen zu dürfen. Dafür mussten sie nun büßen.

Niemand setzte sich für sie ein; diejenigen, die kurz zuvor noch an ihrer Seite gekämpft hatten, wagten nicht, ihre Stimme zu erheben, aus Furcht, ein ebensolches Schicksal erleiden zu müssen. Bitterer Hass stand den Ausgestoßenen ins Gesicht geschrieben, als sie durch das Tor schritten. Ihnen war nichts geblieben als das, was sie auf dem Leibe trugen, und auch ihr Schicksal war ungewiss. Als sie die Brücke hinter sich gelassen hatten, wandte sich einer von ihnen um und blickte mit unverhohlener Wut durch die offenen Tore in den Burghof hinein, wo Krieger und Knechte, Mägde und Kinder standen und ihnen nachstarrten.

»Der Graf selbst ist der Verräter«, rief er laut und schwang die Faust. »Er hat den Pfeil auf den Wikinger abgeschossen – wir alle haben es gesehen.«

Reina spürte, wie ein Ruck durch die Menschen ging – wer bisher noch gezweifelt hatte, der war spätestens jetzt davon überzeugt, dass das Gerücht der Wahrheit entsprach. Der Graf selbst hatte auf Halvdan geschossen.

»Auf den Wehrgang! Besetzt die Türme!« Roberts Stimme überschlug sich und klang fast wie das Gebell eines Hundes. »Wo sind die Bogenschützen? Stopft ihm das freche Lügenmaul!«

Die Getreuen des Grafen schienen wie aus einer Betäubung zu erwachen, einige rafften Bogen und Pfeile an sich und schickten sich an, dem Befehl Folge zu leisten.

Die fünf Männer hatten zu laufen begonnen, doch es war ihnen nicht gelungen, aus der Reichweite der mannshohen Bögen zu gelangen. Einige Pfeile schwirrten an ihnen vorüber, die meisten blieben jedoch weit hinter ihnen im Gras stecken oder schlugen gegen die Felsbrocken, die auf den Wiesen lagen.

Reina hörte Roberts wütende Flüche, und sie begriff, dass die Schützen absichtlich vorbeigezielt hatten.

* * *

Kurz darauf sich hatte der Burgherr wieder in der Gewalt. Ruhig befahl er, Wachen aufzustellen, die Spuren, die der Kampf im Inneren der Burganlage hinterlassen hatte, so gut es ging zu beseitigen und eine Mahlzeit zu kochen. Schweigend verrichteten Mägde und Knechte die Arbeit, während die Krieger ihre Waffen ablegten und sich im Burghof niederließen. Auch sie hatten wenig Lust zu reden, einige sahen nach ihren Verwundungen, andere hockten apathisch da und starrten düster vor sich hin. Erst als Graf Robert Wein ausschenken ließ, belebte sich die Stimmung, man begann wieder von seinen Heldentaten im Kampf gegen die Wikinger zu erzählen, hie und da wurde auch Gelächter laut, das rasch wieder verebbte.

Reina stand im Schatten einer Hütte und verfolgte beklommen das Geschehen im Burghof. Sie redeten von ihren großen Taten, diese Feiglinge, aber keiner von ihnen hatte den Mut, von Halvdan zu sprechen – der Wikinger kam in ihren Geschichten nicht vor. Robert hatte sein Ziel erreicht: Seine Männer taten, als habe es Halvdan nie gegeben.

Reina hob trotzig das Kinn. Sie würde es auch ohne diese Memmen schaffen. Nur rasch musste es gehen, jeder Augenblick war kostbar.

Die Abendsonne warf bereits lange, schmale Schatten über Strohdächer und Burghof, ein leichter Wind hatte sich erhoben, und belebende Kühle strich über die vom Wein erhitzten Gesichter. Doch trotz der ungeheuren Anstrengungen dieses Tages zeigte niemand Lust, sich schlafen zu legen.

Gisela hatte Tische aufstellen lassen, Bänke und Schemel wurden herbeigetragen, und die Getreuen des Grafen ließen sich an der Tafel nieder. Robert wählte für sich selbst einen Platz in der Mitte, um die Gespräche zu beiden Seiten der Tafel hören zu können, dann wurden die Speisen aufgetragen. Einen Augenblick lang fürchtete Reina, Robert könnte auf die Idee kommen, auch sie an die Tafel zu laden, doch er schien sie völlig vergessen zu haben. Dafür ließ Gisela sich an der Seite ihres Mannes nieder, um ihrer Pflicht als Burgherrin zu genügen.

Reina trat von einem Fuß auf den anderen. Das Licht des Tages nahm ab, schon lag die Sonnenscheibe glühend rot über dem Wald, während von der anderen Seite des Himmels die Nacht heraufzog. Wollte denn dieses Trinken und Schmausen gar kein Ende nehmen?

Roberts Züge waren jetzt aufgedunsen, er redete nicht viel, verfolgte jedoch aufmerksam alle Gespräche und trank einen Becher nach dem anderen leer.

Hoffentlich besäuft er sich und schläft dann ein, dachte Reina. Tatsächlich schien es ihr, als sei er müde, denn er stützte bereits den Kopf mit beiden Händen ab. Als die letzte Glut am Himmel versunken war und nur noch die beiden Feuerstellen den Hof schwach erleuchteten, erhob sich der Burgherr und gab damit das Zeichen, dass es Zeit war, sich zur Ruhe zu legen.

Die Männer schienen erleichtert, denn niemand hatte sich so recht wohlgefühlt bei diesem Siegesmahl. Fast alle hatten mehr getrunken, als sie gewohnt waren, und einige hatten Mühe gehabt, nicht unversehens von der Bank zu kippen. Jetzt suchte sich jeder einen Platz zum Schlafen, man hörte einige Mägde unwillig schelten, dann einigte man sich und es wurde still.

»Reina?«

»Ich bin hier.«

Gisela huschte wie eine große Fledermaus über den Hof, zwei ihrer Mägde folgten ihr, eine von ihnen trug ein dickes Bündel.

»Der Torwächter ist bei einer meiner Mägde«, flüsterte Gisela. »Rasch – wir satteln jetzt ein Pferd für dich.«

»Ein Pferd und einen Karren, Gisela. Darauf eine weiche Unterlage. Und das Tuch, auf dem Halvdan gelegen hat.«

Gisela prallte zurück vor Entsetzen.

»Du bist wahnsinnig, Reina. Wir können ihn nicht aus dem Verlies holen. Man wird uns bemerken.«

»Ich gehe nur mit ihm gemeinsam oder gar nicht!«

Gisela rang die Hände, doch es war jetzt nicht die Zeit, sich zu streiten. Sie schickte eine der Frauen zu den Pferden, die andere erhielt den Auftrag, das Tuch herbeizuschaffen, dann gingen sie dicht an den Häusern entlang zum Wohnturm.

Eine breite Mondsichel hatte ihren Platz am Himmel eingenommen, hell genug, dass die Wächter auf den Palisadentürmen den Burghof überblicken konnten. Doch sie sahen nur selten ins Innere der Burganlage, denn ihre Aufgabe war, zum Waldrand hinüberzuspähen.

Man hatte es nicht für nötig befunden, einen Wächter vor die Kellertür zu stellen, nur der eiserne, ziemlich verrostete Riegel machte Schwierigkeiten. Als er sich endlich mit deutlichem Knirschen bewegte und die Tür aufsprang, drückten sich alle drei Frauen erschrocken gegen die Wand des Wohnturms.

Es blieb still.

Leise zog Reina die Tür auf und ertastete mit dem Fuß die Stufen. Es war vollkommen dunkel, ein muffiger Kellergeruch schlug ihnen entgegen, dann huschte ein kleines Tier über ihren Fuß und sie zuckte zusammen. Sie erinnerte sich, dass ihr Vater damals streng verboten hatte, diese Tür zu öffnen.

»Pass auf, dass du nicht in die Grube stürzt«, flüsterte Gisela. »Sie ist nur zwei Schritte von der Treppe entfernt.«

Reina ließ sich auf die Knie nieder, kroch voran und spürte bald den gemauerten Rand der viereckigen Vertiefung.

»Gib mir das Tuch!«

Sie band sich einen Zipfel des Tuchs um das Handgelenk.

»Wie tief ist es?«

»So tief wie zwei Männer, sagt man.«

»Lasst mich hinunter.«

Gisela hielt alles, was Reina tat, für vollkommenen Irrsinn, doch sie hatte es aufgegeben, zu widersprechen. Je früher Reina feststellte, dass der Mann dort unten tot war, desto eher würde sie Vernunft annehmen.

Langsam rutschte Reina über den Rand der Ummauerung in die Grube hinein. Wenn sie nach oben sah, erkannte sie jetzt die angespannten Gesichter ihrer Schwester und der jungen Magd, denn die Tür oben stand einen Spalt offen, und das Mondlicht beleuchtete die steinernen Stufen.

»Langsam!«

Sie bemühte sich, dicht an der Lehmwand entlangzugleiten, um Halvdan nicht zu berühren, fand Grund unter den Füßen und kam zum Stehen. Dicht neben sich spürte sie einen Körper, sie bückte sich und streckte dann zögernd die Hand vor, um ihn zu berühren. Ihr Herz hämmerte – Halvdan durfte nicht tot sein, sie wollte, dass er lebte, sie wollte es mit all ihrer Kraft und mit ihrer ganzen Seele.

Das Erste, was sie ertastete, war der Pfeil in Halvdans

Rücken. Der Wikinger lag zusammengekrümmt auf der Seite, sie spürte seine bloße Schulter, seinen Nacken, ihre Finger fuhren durch sein wirres Haar. Namenlose Erleichterung erfasste sie – sein Körper war warm. Sie betastete seine Brust und fühlte, wie das Herz schlug. Es schien ihr langsam zu schlagen, aber es stand nicht still. Sie setzte ihre Erkundungen fort, folgte seinem Arm, berührte die Lenden, den Bauch und fand seine Hand. An seinen Handgelenken waren noch die Stricke befestigt, mit denen man ihn ins Verlies hinabgelassen hatte.

»Halvdan!«, raunte sie, den Mund dicht an seinem Ohr. »Du musst mir helfen, Halvdan.«

Er atmete schneller, sie fühlte, wie seine Brust sich hob und senkte.

»Halvdan! Aufwachen. Ich schaffe es nicht ohne dich!«

Ungeduldig begann sie, an seinem Bart zu zupfen, rieb seine Schläfen, schließlich verpasste sie ihm eine sanfte Ohrfeige.

»Reina … nicht wild … Halvdan Schlaf …«

Sie fasste ihn unter dem Arm und versuchte, ihn hochzuziehen. Es war nahezu unmöglich, denn sein Körper war schwer wie ein Sack Bleikugeln.

»Jetzt steh endlich auf, verdammt«, fauchte sie. »Bei Thor oder bei wem du willst. Hoch mit dir!«

Er bewegte sich und rappelte sich mühsam ein Stück weit vom Boden auf. Sie lauschte angstvoll seinem keuchenden Atem und hielt seine Schultern von der Wand fern, damit der Pfeil nicht noch tiefer in seinen Rücken gerammt würde. Dann beeilte sie sich, das Tuch von ihrem Handgelenk zu lösen und stattdessen die Enden der Seile an Halvdans Händen an einen Tuchzipfel zu knoten.

»Hochziehen!«

Das Tuch war viel rascher oben als gedacht, denn die Frauen glaubten, Reina hinge daran, und zogen aus Leibeskräften.

»Die Seilenden. Daran müsst ihr ihn hochziehen!«

»Großer Gott. Wie sollen wir das schaffen?«

»Ich schiebe von unten. Nun macht schon!«

Der Anfang war leicht, denn Reina stützte den Wikinger, so dass er sich zum Stehen aufrichten konnte. Er schwankte und hatte große Mühe, sich auf den Beinen zu halten, doch er schien wieder bei Bewusstsein zu sein. Was dann kam, war schwere Arbeit, und mehrfach glaubte Gisela, nun endgültig am Ende ihrer Kräfte zu sein. Erst, als es Reina gelang, sich unter Halvdans Füße zu kauern, so dass er Halt fand und sich abstützen konnte, wurde es einfacher. Seine Hände tauchten aus der Grube auf, seine Arme und Schultern, dann sahen die beiden Frauen den Pfeil, der aus seinem Rücken ragte.

»Er ist oben.«

Gisela saß schwer atmend auf dem Boden, auch die junge Magd, die grobe Arbeiten gewohnt war, schnaufte. Vor ihnen, halb auf den Treppenstufen, lag der mächtige Körper des Wikingers, und sie erkannten im einfallenden Mondlicht deutlich, dass sein Brustkorb heftig arbeitete.

Er lebt, dachte Gisela verzweifelt. Ein Unglück kommt selten allein.

»Und was ist mit mir?«, sagte Reina unten im Loch.

Die erschöpften Frauen fuhren auf und beeilten sich, ihr ein Ende des Tuches hinabzulassen. Noch einmal musste gezogen werden, und Gisela spürte, wie ihr Rücken sich verkrampfte, dann erschien Reinas Kopf in der viereckigen Ummauerung, und gleich darauf kroch sie aus dem Verlies.

»Wir müssen ihn auf das Tuch legen, damit wir ihn tragen können.«

»Du glaubst doch nicht, dass du mit ihm aus der Burg gelangen wirst? Sollen wir ihn vielleicht quer über den Hof schleppen?«

»Nun mach schon! Soll er hier liegen bleiben?«

Gisela war davon überzeugt, dass dies die beste Lösung gewesen wäre, doch sie schwieg und tat, was Reina anordnete.

Langsam und unter großen Mühen trugen sie den schweren Körper die steinernen Treppenstufen hinauf. Dabei versicherten sie sich, dass niemand in der Nähe war, und schleppten ihre Last im Schatten des Wohnturms bis zu einem der kleinen Nebengebäude.

Ein Hund knurrte, sie erstarrten und warteten eine kleine Weile. Gisela dachte angstvoll darüber nach, ob ihre Magd tatsächlich ein Pferd vor einen Karren gespannt hatte, oder ob sie einfach davongelaufen war. Die kleine Einfriedung, auf der sich die Pferde befanden, war nur noch einige Schritte entfernt, doch es war kein Karren zu sehen.

Sie entdeckten Magd, Pferd und Karren, als sie um die nächste Hausecke bogen. In diesem Augenblick jedoch erhob sich ein Schatten direkt vor ihnen, und aus der Dunkelheit heraus wuchs die Gestalt eines Mannes.

»Du elende Metze!«

Robert fasste Schleier und Haar seiner Frau und riss sie zu sich heran, denn in seinem Rausch war er der Meinung, sie schliche mit einem Liebhaber um die Häuser. Die Magd flüchtete, und Gisela stürzte mit einem lauten Schrei zu Boden. Er wollte sich schon bücken, um sie zu schlagen, doch in diesem Augenblick erblickte er Reina und neben ihr einen in ein Tuch gehüllten Körper, der sich bewegte.

Trotz seines Weinrausches begriff er sofort, was da geschah.

»Deinen Liebhaber hast du dir geholt, Wikingerhure!«, keuchte er und zog den Dolch aus dem Gürtel. »Aber daraus wird nichts – du gehst jetzt mit mir!«

»Nein! Lass sie in Ruhe!«

Verzweifelt umklammerte Gisela seinen Fuß, doch er befreite sich mit einem festen Tritt und ging langsam auf Reina zu. Sie blieb unbeweglich vor ihm stehen, hielt seinem Blick stand und wich nicht von der Stelle.

»Nicht solange ich lebe«, sagte sie ruhig. »Töte mich, wenn du den Mut dazu hast!«

Er stutzte, denn er hatte panische Angst, nicht aber diese feste Entschlossenheit erwartet. Er hatte die Magd von seinem Lager gescheucht, weil sie ihn langweilte, und sich auf die Suche nach Reina gemacht, denn der Wein hatte seine Sinne erregt. Die kleine Hure war also ihrem Wikinger treu und hatte die Stirn, sich ihm, Robert, zu versagen. Was machte sie so dreist?

»Du glaubst wohl, dein Halvdan wird dich beschützen?«, zischte er höhnisch und zog seinen Dolch. »Hoffe nicht darauf!«

Er wollte sie beiseitestoßen, um sich auf den Wikinger zu werfen und ihn endgültig zur Hölle zu schicken. Doch Reina wich seinem Stoß aus, duckte sich und sprang ihn an wie ein Luchs, der eine Beute anfällt. Er musste stehen bleiben, um sich ihrer zu erwehren, und brüllte auf vor Wut und Schmerz, als sie ihre Fingernägel in seine Wangen krallte und an seinem Bart riss. Der Wein hatte ihn seiner Standfestigkeit beraubt, so dass er rückwärtstaumelte, doch dann gelang es ihm, ihre Handgelenke zu fassen und sich zu befreien. Sein Gesicht war blutüberströmt, der Mund verzerrt – er glich eher einem Dämon als einem Menschen.

»Das sollst du büßen«, keuchte er. »Peitschen lasse ich dich, Hure. Nackt vor aller Augen sollst du angebunden stehen, und jeder, der vorbeigeht, wird dich nehmen dürfen.«

Er fasste Reinas Kleid vorn am Halsausschnitt und riss es ihr herunter, auch der Stoff des leinenen Hemdes wurde zerfetzt, so dass sie fast nackt vor ihm stand. Sie schrie und trat nach ihm, doch er lachte höhnisch auf und packte sie an ihrem langen Haar, das unter dem Schleier hervorquoll.

»Her zu mir!«, brüllte er. »Bindet die Metze an die Palisaden. Ich schenke sie euch – macht mit ihr, was ihr wollt.«

In diesem Augenblick prallte er zurück, denn eine große Gestalt hatte sich wie aus dem Nichts vor ihm erhoben, eine eisenharte Faust zuckte vor und traf seine Schulter, ein zweiter Schlag streckte ihn zu Boden.

»Halvdan …«, flüsterte Reina zitternd, denn sie glaubte zu träumen.

Der Wikinger starrte auf seinen betäubten Gegner, taumelte dann und sackte langsam in die Knie. Blut floss über seinen Rücken, der Schaft des Pfeiles war abgebrochen, die Wunde dabei aufgerissen.

Der Lärm hatte die Menschen in der Burg aus dem

Schlaf geweckt, und Mägde und Knechte kamen mit hastig entzündeten Fackeln herbeigelaufen. Einige von Roberts Getreuen torkelten schlaftrunken über den Hof und glotzten mit weit aufgerissenen Augen auf das Geschehen.

Reina nahm niemanden wahr, sie war ganz und gar mit Halvdan beschäftigt. Der Verletzte war zur Seite gekippt – nach der übergroßen Anstrengung war er nun nahe daran, wieder das Bewusstsein zu verlieren. Sie kniete neben ihm am Boden und riss sich das Hemd vollends herunter, um die heftig blutende Wunde zu stillen, dabei redete sie leise auf ihn ein. Halvdans Augen waren weit geöffnet, doch er gab ihr keine Antwort.

»Was steht ihr herum?«, rief Gisela den Knechten zornig zu, während sie sich vom Boden aufraffte. »Bringt Pferd und Wagen herbei! Tragt den Burgherrn in den Turm auf sein Lager. Rasch!«

Sie fasste den Mantel eines der Krieger, zog ihm das Kleidungsstück von der Schulter, um ihre Schwester damit vor den Blicken der Männer zu verhüllen. Immer noch waren die Knechte unentschlossen und sahen mit bedenklichen Mienen zu dem Burgherren hinüber, der jetzt Arme und Beine bewegte und einen unsicheren Versuch machte, sich aufzusetzen. Niemand eilte herbei, um ihm behilflich zu sein.

Es war Odemar, der als Erster Giselas Befehl ausführte, dann folgten auch die anderen und zogen eilig Pferd und Karren heran. Eine Magd trug Gewänder, Polster und Decken herbei, und man hob den Wikinger auf das vorbereitete Lager. Ohne Anweisung erhalten zu haben, öffneten die Knechte das Burgtor und machten den Weg frei. Gisela umarmte hastig ihre Schwester.

»Der Weg nach St. Emilien ist weit, aber die heilige Jungfrau wird euch beschützen. Ich bete für dich, Reina.«

Reina trieb das Pferd hinaus in die Nacht.

* * *

Wolken schoben sich immer wieder vor den Mond. Unwillig, halb noch im Schlaf, trottete das Pferd voraus. Als sie den Waldrand erreichten, spürte Reina, wie die Angst ihr die Kehle zuschnürte. Wie schwarze Spukgestalten erwarteten sie die hohen Bäume; ein leiser Wind ließ die Zweige flüstern wie eine Schar Dämonen, und selbst das Pferd scheute zurück. Der Weg zum Kloster St. Emilien führte über die Fahrstraße nach Rouen, dann ein Stück weit in nördlicher Richtung am Fluss entlang. Selbst bei Tage war es gefährlich, als Frau allein zu reisen – jetzt, da die Wikinger sich noch in den Wäldern herumtrieben, schien es purer Wahnsinn. War es doch der gleiche Weg, auf dem jene wilden Nordmänner sie damals überfallen hatten.

Ratlos zügelte sie das Pferd und überlegte, ob sie nicht besser einen anderen Pfad suchen sollte, da löste sich eine dunkle Gestalt aus dem Gewirr der knorrigen Stämme und fasste das Zaumzeug ihres Pferdes.

»Ich führe Euch, Herrin. Seid ruhig.«

Die Gestalt sprach nur im Flüsterton, sie war unförmig, in ein weites Tuch gehüllt, doch an ihrem Gang erkannte Reina, dass es eine Frau sein musste. Wer war sie? Eine der Bäuerinnen, die sich aus Furcht vor den Wikingern im Wald verbargen? Wohin führte sie sie?

»Ich will … ich will nach St. Emilien«, sagte sie leise. »Wisst Ihr einen Weg jenseits der Fahrstraße?«

»Seid unbesorgt, Herrin.«

Das Blätterdach des Waldes ließ das Mondlicht nur an wenigen Stellen eindringen, doch die Frau ging eilig und schien den Pfad sogar bei Dunkelheit zu kennen. Mehrfach war das Gestrüpp so dicht, dass das Gefährt stecken zu bleiben drohte, dann stieg Reina ab, um den Karren anzuschieben, bis der Engpass überwunden war.

Reina hatte bald keine Ahnung mehr, wo sie sich befand, und es wurde ihr unheimlich. War es gut, sich der Führung dieser Unbekannten so bereitwillig anzuvertrauen? Sie kannte sie nicht, wusste nicht einmal, ob sie ein Mensch oder ein Dämon war. Hin und wieder schien es Reina, als huschten Gestalten an ihr vorüber, und sie erschauderte. Mehrfach blieb ihre Führerin stehen, und Reina hörte leises Flüstern, dann wurde das Pferd von einer anderen, dunkel vermummten Frau weitergezogen, immer tiefer in den Wald hinein. Der Karren schwankte über Steine und knorrige Wurzeln, der Wikinger wurde hin- und hergestoßen, und sie hörte sein leises, unterdrücktes Stöhnen. Er war bei Bewusstsein, bewegte sich und versuchte hin und wieder sogar, sich aufzurichten.

Sie kroch zu ihm, tastete nach seinem Körper und streckte sich neben ihm aus. Er hatte sich auf die Seite gedreht, und sie umschlang ihn, um die Erschütterungen von ihm abzuhalten. Sein warmer Atem berührte ihre Schulter, und sie wurde sich erst jetzt bewusst, dass der Mantel, in den Gisela sie gehüllt hatte, weit auseinandergeglitten war. Darunter trug sie nichts, nicht einmal mehr ihr Hemd. Ihr Busen rieb sich an dem krausen Haar auf seiner Brust, und als sie erschrocken spürte, wie die Spitzen ihrer Brüste davon hart wurden und ein sehnsüchtiges Feuer sie durchströmte, presste sie sich fest an ihn, um nicht von diesem süßen Kitzeln überwältigt zu werden. Sein Atem floss jetzt tiefer, und sie hörte ihn leise brummen wie einen schlummernden Bären, dann schloss sich sein Arm um ihren Rücken und hielt sie fest.

»Halt durch, Halvdan«, flüsterte sie und streichelte seinen Nacken. »Nur noch ein kleines Stück. Wir schaffen es.«

Plötzlich glänzten seine hellen Augen dicht vor ihrem Gesicht, und sie spürte, wie seine Lippen über ihre Wange glitten und dann ihren Mund fanden. Sie wehrte sich nicht, ließ zu, dass seine Zunge in ihren Mund eindrang, und erbebte unter dem Ansturm ihres eigenen Körpers, der plötzlich wie im Fieber erglühte. Und unwillkürlich umspielte ihre Zunge leidenschaftlich den Eindringling, umkreiste ihn, forderte ihn heraus und focht mit ihm einen zärtlichen Kampf.

»Reina«, hauchte er, als sie ihre Lippen voneinander lösten. »Leben fließt fort. Du gibst mir neues.«

Sein Knie schob sich sanft zwischen ihre bloßen Schenkel, bis es ihre Scham berührte, und verweilte dort, während die Stöße des Wagens sie erschütterten. Die warme Feuchte aus ihrem Schoß netzte sein Knie. Sie barg ihr Gesicht an seiner Schulter und legte ihre Arme wie schützend um ihn.

Erst als die Erschütterungen des Karrens ausblieben, wurde ihr bewusst, dass niemand mehr das Pferd führte. Erschrocken löste sie sich von ihm und setzte sich auf.

Pferd und Wagen standen verlassen auf einer Waldlichtung. Wie ein schwarzes Gespinst lagen die Mondschatten über dem silbrig schimmernden Gras, und die verstreut liegenden dunklen Gesteinsbrocken schienen zu atmen wie schlafende Tiere.

Ein Fels erhob sich zwischen den Bäumen – unförmig und schrundig zeichnete sich seine Form im blassen Licht ab. Zu seinen Füßen hockte ein grauer Schatten, ein Wesen, das weder Mensch noch Tier zu sein schien.

Reina spürte, wie die feinen Härchen in ihrem Nacken sich aufrichteten. Das war nicht das Kloster St. Emilien. Die Frauen hatten sie betrogen und in die Irre geführt, dieser Ort war heidnisch. Sie war verloren.

Das Schattenwesen rührte sich nicht, es war, als sei es mit dem Fels verwachsen und selbst ein Teil des grauen Granitgesteins. Reina starrte mit klopfendem Herzen hinüber und überlegte, ob sie das Pferd rasch wenden sollte, um diesem gottverfluchten Ort zu entfliehen. Dann vernahm sie weit in der Ferne das Rauschen eines Wasserfalls, und plötzlich begriff sie, wohin man sie geführt hatte.

Die Hexe hatte Zugang zum Reich der Dämonen, und wer sich mit ihr einließ, dem drohte ewige Verdammnis. Aber Roxana konnte auch Kranke heilen und Sterbende vor dem sicheren Tod bewahren.

Langsam rutschte Reina von dem Karren herunter; sie raffte den Mantel eng um den Körper und ging mutig quer über die schwarzen Schattenmuster auf die reglos dasitzende Frau zu.

Als sie nur noch wenige Schritte von ihr entfernt war, hob die Hexe ihr Gesicht, und Reina blickte in ihre steingrauen Augen, in denen sich die helle Mondsichel spiegelte. Der Blick war kalt, es lag Verachtung und Bosheit darin, und die schmalen Lippen öffneten sich nur einen Spalt, als sie sprach.

»Nicht deinetwegen werde ich ihm helfen, Äbtissin. Seinetwegen tue ich es. Und um der Frauen willen, die mich darum baten.«

Sie erhob sich mit erstaunlicher Gelenkigkeit, ging dicht an Reina vorbei zum Karren und kletterte darauf.

»Nimm dem Pferd das Geschirr ab!«

Reina beobachtete voller Misstrauen, wie die Hexe Halvdans Körper befühlte, seine Wunde besah, die Brust abtastete und die Finger seitlich an seinen Hals legte. Ärger regte sich in ihr – wie kam diese Heidin dazu, ihr Befehle zu erteilen?

Roxana stieg wieder vom Karren, ohne Reina auch nur einen einzigen Blick zu gönnen, und ging an ihr vorbei, um irgendwo im Fels zu verschwinden. Vermutlich gab es dort eine Höhle, in der sie hauste.

Würde sie versuchen, die Pfeilspitze aus Halvdans Wunde zu schneiden? Ja, vermutlich würde sie das tun. In diesem Fall war es besser, das Pferd auszuschirren, damit der Karren ruhig stand. Reina atmete tief ein und aus, denn der Entschluss fiel ihr nicht leicht, doch dann machte sie sich daran, das Gewirr der Riemen und Ösen zu lösen. Sie hatte noch nie zuvor ein Pferd ausgespannt, und es dauerte eine Weile, bis sie damit zurechtkam.

Als sie sich nach getaner Arbeit umsah, hockte Roxana schon wieder neben Halvdan auf dem Karren, stützte seinen Kopf mit dem Arm und flößte ihm einen Trank aus einer irdenen Schale ein. Sie hatte eine Fackel entzündet und dicht neben dem Karren in die Erde gesteckt. Der flackernde Schein ließ seltsam geformte Schatten über der Lichtung tanzen, und Reina dachte schaudernd daran, dass die Menschen von Roxana sagten, sie sei Priesterin der alten Heidengötter.

»Komm her und hilf mir!«

Der harte Ton war beleidigend. Priesterin oder nicht – Reina hätte die Alte am liebsten wütend zurechtgewiesen, doch dazu war jetzt nicht der richtige Augenblick. Sie stieg auf den Karren und sah, dass die Hexe sich bemühte, den schweren Körper des Wikingers in die Bauchlage zu drehen. Halvdans Kopf war in den Nacken gefallen, im Mondlicht sah seine Haut bleich und wie durchsichtig aus, und seine Augen waren geschlossen.

»Wirst du ihn retten?«, fragte Reina bang.

Roxana gab keine Antwort. Ein kleines Messer blitzte im Fackelschein auf, und ihre Hand betastete die Wunde in Halvdans Rücken, um die Lage der Pfeilspitze zu erforschen.

»Halt ihn fest!«

Krampfhaft umklammerte Reina die Schultern des Wikingers; sie spürte, wie sich seine Muskeln anspannten, und obgleich sie verzweifelt versuchte, ihn ruhig zu halten, war sie seinen Kräften doch nicht gewachsen.

»Still, Halvdan. Bitte halt still. Es ist gleich vorbei …«, flehte sie und wusste zugleich, dass er sie nicht hören würde.

Doch seine Anspannung löste sich, er fiel in sich zusammen, und Reina sah die Pfeilspitze in der Hand der Hexe. Nun musste sie Roxana trotz allem bewundern, denn sie hatte nur wenige Augenblicke gebraucht, um die tief in der Wunde sitzende Pfeilspitze herauszuschneiden.

Schweigend sah sie zu, wie Roxana Moos und Kräuter auf die Wunde legte und mit einem Tuch festband. Ihre Bewegungen waren rasch und geschickt, und sie versorgte ganz sicher nicht zum ersten Mal eine Pfeilwunde. Ohne sich um Reina zu kümmern, stieg sie dann wieder von dem Karren herab und brachte einen Krug Wasser und einen Becher.

»Gib ihm zu trinken, wenn er erwacht. Und sorge dafür, dass er sich nicht umwendet.«

Sie zog die niedergebrannte Fackel aus der Erde, löschte sie vollends aus, dann verschwand sie zwischen den Felsen und überließ Reina die Sorge um den Kranken.

Sie hätte uns wenigstens etwas zu essen bringen können, dachte Reina missgünstig. Gastfreundschaft scheint kein hohes Gut in ihrem heidnischen Waldversteck zu sein.

Halvdan lag jetzt still, doch sein Atem ging unruhig, und Reina glaubte zu sehen, dass er hin und wieder die Augen öffnete. Was mochte sie ihm eingeflößt haben? Irgendein Rauschmittel? Tollkirschen? Pilze? Es hatte ihm den Schmerz nicht ganz genommen, doch im Augenblick schien er nicht zu leiden, sondern eher anregende und schöne Träume zu haben.

Es gefiel ihr wenig. Ganz sicher hätte die Mutter Äbtissin in St. Emilien ihm die Pfeilspitze auch herausschneiden können, doch sie hätte ihm nicht solch heidnisches Zeug eingeflößt. Die Nonnen von St. Emilien hatten schon so manchen Kranken mit den Kräutern aus ihrem Garten kuriert. Würde er den Sud dieser Hexe überhaupt überleben? Sie konnte es nur hoffen.

Todmüde schmiegte sie sich an ihn und schlummerte für kurze Zeit ein. Doch immer, wenn er sich bewegte, erwachte sie, gab ihm zu trinken und sah nach seinem Verband. Erst in den Morgenstunden wurde sein Atem gleichmäßig, und sie schliefen beide, Wange an Wange, den Schlaf tiefster Erschöpfung.

* * *

Die Zeit hatte keine Bedeutung mehr. Licht und Dunkel lösten einander ab, ohne dass Reina die Tage zählte. Auf flirrende Hitze folgte erlösende Kühle, auf den Gesang der Tagvögel das lautlose Gleiten der Fledermäuse, die in den Höhlen der Hexe ihre Wohnung hatten.

Roxana zeigte sich selten und überließ Reina die Pflege des Kranken, der zu Anfang stark fieberte. Manchmal erwachte Reina aus kurzem Schlaf und erblickte die Hexe, die sich über den Wikinger beugte, seine Wunde untersuchte, neue Verbände anlegte und ihm zu trinken gab. Niemals sprach sie mit Reina, doch ab und zu standen Brot, Früchte und Honig für sie bereit, auch ein Gewand für den Wikinger lag eines Tages daneben, ohne dass sie wusste, woher die Gaben kamen. Erst nach einer Weile bemerkte sie, dass Roxana regelmäßig Besuch erhielt. Frauen huschten in den Nächten über die Lichtung, sprachen flüsternd mit der Hexe, stellten Körbe ab und empfingen kleine Stoffbeutel von ihr, die sie rasch unter den Gewändern verbargen, bevor sie wieder in der Dunkelheit verschwanden. Reina wurde klar, dass nicht nur die Bäuerinnen diesen Ort kannten – auch die Mägde in der Burg, die ja aus den Dörfern stammten, glaubten noch an die Zauberkraft der alten Götter. Ja, sogar ihre eigene Schwester hatte die Hexe aufgesucht. Es war schrecklich – nie hätte sie sich träumen lassen, dass diese Heidin eine solche Macht besitzen könnte. Vermutlich trug man ihr auch alle Neuigkeiten zu, so dass sie mehr wusste als der Bischof in Rouen oder die Äbte in den Klöstern.

Halvdan genas, bald war er wieder bei klarem Bewusstsein, und Reina zog es vor, nicht mehr an seiner Seite zu schlafen, sondern auf dem Boden neben dem Karren. Sie hatte eines der Kleider übergezogen und ihr Haar mit einem Tuch bedeckt – je weniger Sorge sie um sein Leben haben musste, desto mehr erinnerte sie sich daran, dass sie eine Nonne war.

Noch fiel es ihm schwer, die Arme zu bewegen, und Reina musste ihn energisch daran hindern, sich zu viel zuzumuten, denn er war voller Ungeduld.

»Halvdan hat gehandelt wie Dummkopf«, schalt er sich selbst. »Ich wusste, dass Robert Verräter. Aber Rache an Knut war stärker.«

»Warum denkst du immer nur an deine Rache?«, warf sie ihm vor.

»Knut lebt, und Halvdan wird ihm folgen und töten.«

Sie fand das hirnverbrannt. Er hatte seinen Bruder doch besiegt und verwundet – reichte das nicht aus?

»Du solltest ihm verzeihen und dich mit ihm versöhnen«, schlug sie vor.

Halvdan lachte kurz auf, dann verzog er das Gesicht, denn seine Wunde schmerzte bei der Erschütterung.

»Du Robert verzeihen?«, fragte er.

Reina schwieg einen Augenblick betroffen. Sie hasste ihren Schwager abgrundtief, nie hatte ein Mensch sie so schändlich behandelt – und doch war der Hass eine schlimme Sünde.

»Ich würde es zumindest versuchen«, sagte sie unsicher.

Seine Augen wurden schmal, und sein Blick war drohend.

»Wenn Reina Robert verzeiht – Halvdan sie verachtet!«

»Und wenn Halvdan sein Leben lang nur hinter seiner albernen Rache herlaufen will – dann tut er mir leid«, gab sie ärgerlich zurück.

»Was bedeutet: er tut mir leid?«

»Nichts, was ein Wikinger verstehen könnte«, meinte sie hochnäsig. »Es bedeutet, dass du traurig darüber bist, wenn jemand etwas Schlimmes widerfährt oder wenn er sich selbst im Weg steht.«

Er nickte und ließ den Blick missbilligend über sie gleiten.

»Halvdan ist traurig über Reina. Trägt Schleier und will mir nicht zeigen ihr Haar.«

Sie fuhr zusammen und zog das Tuch ein wenig weiter ins Gesicht hinein.

»Wie oft soll ich dir noch sagen, dass ich eine Nonne bin?«

»Was ist Nonne? Nur Unsinn. Du gehst mit Halvdan, Schicksal es so entschieden.«

»Was für ein Schicksal?«, rief sie ärgerlich. »Nur Gott allein entscheidet über das Leben der Menschen.«

»Er hat entschieden. Und Nornen unter großer Esche wissen. Auch Halvdan weiß«, entgegnete er ruhig.

»Und ich sage dir, dass ich mein Leben im Kloster verbringen werde, weil ich eine Nonne bin!«, beharrte sie dickköpfig.

»Reina tut mir leid …«

Er wandte sich ab und langte in den Korb mit frischem Brot und Äpfeln, den sie bei Tagesanbruch neben dem Karren gefunden hatten. Inzwischen hatte er schon wieder einen ordentlichen Appetit entwickelt, und Reina war klar, dass es ihn nicht mehr lange an diesem Ort halten würde.

Einerseits war sie froh, dem Bannkreis der Hexe zu entkommen – auf der anderen Seite spürte sie eine große Traurigkeit. Sie würde selbstverständlich auf dem schnellsten Weg nach St. Emilien reisen, um dort im Kloster Zuflucht zu finden. Nichts anderes kam für sie in Frage. Eines Tages würde sie Äbtissin von St. Emilien sein – auch ohne Roberts Unterstützung würde ihr das gelingen. Sie würde für Halvdan beten. Gewiss, das würde sie, auch wenn er ein Heide war. Mehr war nicht möglich.

Die kleine Lichtung schien die Mittagshitze in sich hineinzusaugen, matt summten ein paar Insekten zwischen den hohen Blüten, und die winzigen Kristalle im grauen Fels warfen im Sonnenlicht bunte Feuerfünkchen. Halvdan lag im Schatten des Karrens bäuchlings im Gras, den Kopf auf die zusammengelegten Hände gestützt, und brütete vor sich hin. Reina saß an einen Gesteinsbrocken gelehnt und blinzelte in das Ästegewirr der Baumwipfel. Doch das Licht war so gleißend, dass es ihr vor den Augen flimmerte, und so senkte sie den Blick auf den ausgestreckten Körper des Wikingers. Die Wunde war schon fast wieder geschlossen und nur noch als dunkelroter Strich in der Mitte des Rückens sichtbar. Noch glaubte sie, ihn nur aus Sorge um seine Genesung so genau zu betrachten. Sie ließ die Augen über die breiten Muskelstränge seines Rückens wandern und besah dann aufmerksam die beiden festen Wölbungen, die unter der lockeren Bruoche hervortraten. Doch bald spürte sie, wie ihr Herz zu klopfen begann, und sie erhob sich rasch, um ein paar Schritte zu gehen.

Sie hatte die Lichtung bisher nicht verlassen, schon gar nicht in Richtung zu dem grauen Fels hin, wo Roxanas Höhlenwohnung sein musste. Jetzt aber glaubte sie, in der flirrenden Hitze verbrennen zu müssen, und das leise Geräusch des Wassers, das irgendwo in der Ferne über einen Fels rauschte, erschien ihr unendlich verlockend. Langsam, wie eine Schlafwandlerin, näherte sie sich dem schrundigen Gestein, fand einen schmalen Pfad und stieg bergan.

Der aufgeheizte Fels strahlte die Sonnenwärme zurück, und ihr war, als ginge sie durch einen glühenden Ofen. Der dunkle, schwere Kleiderstoff klebte an ihrem schweißnassen Körper, und das Tuch auf ihrem Kopf schien eine solche Last, dass ihr schwindelig wurde. Der Pfad wand sich in engen Kehren den Fels hinauf und zwang sie, ihr Kleid hochzuraffen und über zerklüftetes Gestein zu klettern. Bald keuchte sie vor Anstrengung, es hämmerte in ihren Schläfen, und in ihren Ohren war ein seltsames Rauschen, in das sich leise, helle Töne mischten wie der Klang kleiner Glöckchen.

Als sie die Kuppe des Felshügels erreicht hatte, blieb sie schwer atmend stehen und spürte den Wind auf ihrem schweißnassen Gesicht. Sie streifte das Tuch ab und genoss die Kühle, dann schüttelte sie den Kopf, so dass ihr Haar sich löste und im Lufthauch flatterte. Tief unter sich sah sie den blaugrün schimmernden, kreisrunden Quelltopf, und die Klänge in ihren Ohren schwollen an zu einer betäubenden Musik, so als stießen Hunderte kleiner Glasscherben aufeinander.

Einen kurzen Augenblick kehrte das Bewusstsein zurück, und sie ahnte, dass sie in den Bann einer dämonischen Macht geraten war, doch es war zu spät zur Umkehr. Viel zu stark war die Sehnsucht nach diesem blaugrün schillernden Juwel, das dort unten am Fuß des Felsens auf sie wartete. Sie stieg den Pfad hinab und staunte darüber, wie leicht und rasch sie sich ihrem Ziel näherte, dann tauchte sie in den Schatten der hohen Buchen ein und spürte bald feine, kühlende Tröpfchen auf ihrer Haut.

Vor ihr stürzte das Gebirgswasser über einen breiten Felsvorsprung in den Quelltopf hinein, zerriss dabei in unzählige, vielfarbig glitzernde Wasserfäden, die wie feine Saiten einer Harfe zu klingen schienen. Langsam, wie im Traum, trat sie an den Rand des Teiches und erblickte auf der gekräuselten Wasserfläche ihr eigenes Spiegelbild. Sie sah ihre dunklen Augen groß und voller Sehnsucht, das lange Haar in wirren Locken um ihre Schultern, und es schien ihr, als sähe eine Fremde von dort unten zu ihr auf, eine jener schönen Quellnymphen, die in alten Zeiten die Gewässer hüteten.

Ich bin wahnsinnig, dachte sie, als sie begann, das schwere Kleid vom Körper zu streifen. Sie zog es über den Kopf und warf es neben sich auf den Felsboden. Ein Windhauch wehte den feuchten Dunst des Wasserfalls zu ihr herüber, zarte Kühle hüllte ihren nackten Körper ein wie ein feiner Schleier. Sie spürte, wie ein Prickeln ihre Haut überlief, wie die kleinen Härchen an Nacken und Armen sich aufstellten und die rosigen Spitzen ihrer Brüste sich zusammenzogen. Dann tauchte sie den Fuß in das kalte Quellwasser und stieg in den Teich.

Es nahm ihr zuerst fast den Atem, dann jedoch begann ihr Herz zu rasen, das Wasser netzte ihre Schenkel, drang kitzelnd zwischen ihre Beine und berührte ihre heiße Scham, stieg über den Po, die Hüften und erreichte dann in kleinen Wellen und liebkosend ihre Brüste. Da hatte sie den gleißenden, rauschenden Vorhang erreicht, fühlte den Strudel, den das fallende Wasser im Teich verursachte, und kämpfte sich vor, bis sie die glitzernden Fäden mit den Händen berühren konnte.

Sie jauchzte, als das Wasser mit kräftigem Pochen auf ihre Handflächen schlug und ihr entgegenspritzte, dann, als sie schon neugierig versuchte, zwischen den Wasserströmen hindurchzugleiten, um in die dunkelgrün schimmernde Grotte zu gelangen, hörte sie hinter sich einen tiefen, zornigen Ruf.

Am Rand des Quellteiches stand der Wikinger, nackt, wie seine Götter ihn erschaffen hatten, den breiten Oberkörper leicht nach vorn geneigt, als wolle er sich ins Wasser stürzen. Reina schrie auf vor Schrecken und versuchte, sich vor ihm in die Grotte hineinzuretten, doch die Wirbel des herabströmenden Wassers waren plötzlich unüberwindlich, drohten ihr die Beine unter dem Körper wegzureißen und drängten sie zum Ufer ab.

Sie spürte hilflos, wie sie sich ihm näherte, sah sein zornrotes Gesicht, die blitzenden Augen, die die blaugrüne Farbe des Quells angenommen hatten, und jeder Versuch, dem Sog des Wassers zu entkommen, verursachte nur ein weiteres Nähertreiben in seine Richtung.

Er verharrte unbeweglich, sah sie langsam aus dem Wasser auftauchen, und sein heißer, gieriger Blick brachte ihren Körper zum Glühen. Es war, als sei sie mit unsichtbaren Fäden an ihn gebunden, als zöge er sie auf magische Weise zu sich heran, genösse mit unendlichem

Verlangen den Anblick ihrer Nacktheit, und sie spürte nur allzu deutlich, dass auch er dabei wie im Fieber war. Als das Wasser das dunkle Dreieck ihrer Scham freigab, sah sie ihn langsam auf die Knie sinken, die Schenkel weit gespreizt, dazwischen erhob sich das harte, steil aufgerichtete Glied.

Er wartete. Bot sich ihr mit der ganzen Verlockung seines mächtigen Körpers, zeigte ihr sein heftiges Atmen, die harten Muskeln seiner gespreizten Schenkel, und ließ sie sehen, wie seine Männlichkeit vor Gier nach ihr zitterte. Der Rausch erfasste sie mit solch unwiderstehlicher Macht, dass sie die letzten Schritte zu ihm fast lief, taumelnd erreichte sie das Ufer, sank vor ihm nieder und fühlte, wie seine Arme sie auffingen.

Er küsste sie mit wilder Leidenschaft, wühlte in ihrem Haar und saugte an ihren Lippen. Sein heißer Mund glitt über ihre Stirn, ihre Wangen, sie spürte seine Zunge, die sich besitzergreifend in ihren Mund bohrte, seine Hände, die über ihre bloßen Schultern und ihren Rücken kreisten. Er murmelte leise Worte, die sie nicht verstehen konnte und die in ihren Ohren wie geheimnisvolle Beschwörungen klangen. Dann fühlte sie, wie seine harte Männlichkeit verlangend gegen ihren Bauch stieß, und sie schrie leise auf vor Schrecken und Sehnsucht.

»Nicht Angst«, sagte seine dunkle Stimme. »Du meine Herrin – Halvdan dir gehorcht.«

Er ließ sie sanft zurückgleiten, bis sie ausgestreckt auf dem warmen, felsigen Untergrund lag, kniete über ihr und strich zart über ihre Brüste, umschloss sie mit seinen großen Händen, ließ die schwellenden Nippel tanzen, berührte sie kitzelnd mit dem Finger und lachte dunkel auf, als sie dabei leise gurrte. Dann fassten seine Lippen gierig nach den harten Nippelchen, umschlossen sie so fest, dass sie aufstöhnte, und sie spürte seine heiße Zunge, die wollüstig darüberstrich.

Ihr Blut schien zu kochen, es rauschte in ihren Ohren, strömte mit Macht zwischen ihre Schenkel und ließ ihre Scham feucht werden. Er schien ihre Hitze zu spüren, und ihr leises Seufzen erregte ihn so sehr, dass er sich aufbäumte und heftig atmete, um nicht zu früh seine Lust zu stillen. Er hatte lange und geduldig auf diesen Augenblick gewartet, hatte oft geglaubt, vor Sehnsucht umkommen zu müssen, und sich dennoch beherrscht. Nun war sie es, die zu ihm gekommen war, die sich ihm endlich hingab, und er würde jeden Moment dieser süßen Erfüllung auskosten.

Er sah, wie sie vor Erregung zitterte, ihm ihren Leib entgegenhob, die weißen Schenkel leicht spreizte, um ihm verlockend ihre Scham zu zeigen, und er spürte, wie sein Glied sich spannte und die heiße Woge über ihm zusammenschlagen wollte. Er beugte sich verlangend über sie, massierte ihre Brüste, glitt hinab zu ihrem Bauch, küsste die kleine Vertiefung ihres Nabels und näherte seinen Mund dem dunklen Vlies, in dem die Umrisse ihrer weichen Schamlippen zu erkennen waren. Sie bäumte sich heftig auf, als seine heiße Zunge sich in ihren Spalt schob, dann fiel sie zitternd zurück und ließ geschehen, dass er gierig zwischen ihre Lippen drang, sie mit der Zunge erforschte, kitzelte und endlich die kleine, harte Perle fand und sein Spiel mit ihr trieb. Triumphierend hörte er sie wimmern vor Lust, fühlte, wie ihr Leib ihm in kleinen, sehnsuchtsvollen Stößen entgegenkam, und er war darauf bedacht, sie nur so weit zu erregen, wie er es wollte. Sie war heißblütig, seine süße Frau, und sie sollte lernen, den Gipfel aller Lüste mit ihm gemeinsam zu erleben. Als er bemerkte, dass ihre Scham zu zucken begann, ließ er von ihr ab, bedeckte ihre Blöße mit heißen Küssen, ließ die Hände weich über ihre Lenden gleiten, umfasste ihren Rücken und zog sie zum Sitzen auf. Sie atmete keuchend, ihre Augen glänzten wie dunkler Samt, die halbgeöffneten Lippen waren feucht, und er strich ihr zärtlich das nasse Haar aus dem erhitzten Gesicht.

»Reina mir befiehlt«, flüsterte er. »Halvdan ihr Sklave.«

Sie hob die Hand und berührte sacht seine Lippen, strich über seinen Nacken und grub die Finger in seine wulstigen Muskeln, dann, als er sie schon voller Verlangen dicht an sich ziehen wollte, senkte sich ihre Hand hinab und umfasste vorsichtig seine aufgerichtete Männlichkeit. Aufstöhnend warf er den Oberkörper zurück und fühlte, wie ihre neugierigen Finger über sein hartes Glied tasteten, die zarte Haut rieben, über die aufgewölbte Eichel strichen und sie liebkosend umkreisten.

»Halt ganz still«, befahl sie.

Ahnte sie, was sie auslöste? Er spürte, wie das Blut durch seine Adern schäumte und seine Begierde ins Unendliche wuchs, doch er gehorchte. Sie umschloss seinen Penis mit beiden Händen und rieb ihn zärtlich, entdeckte die helle Feuchtigkeit an seiner Spitze und verrieb sie mit dem Finger auf der erregten Eichel. Er stieß tiefe, brummende Töne aus und wand sich vor Wollust, doch sie war noch längst nicht zufrieden. Ihre Hände glitten an dem steifen Glied hinab bis in das krause Vlies und begannen, das geschwollene Säckchen zu reiben und zu kneten, bis er endlich glaubte, sich nicht mehr beherrschen zu können, und laut aufkeuchend nach vorn sank.

»Befiehl mir!«, stöhnte er verzweifelt. »Befiehl mir. Halvdan bittet dich …«

Sie lachte leise, dann fasste sie seinen harten, wollüstig zitternden Penis und lenkte ihn zwischen ihre Schenkel.

»Besiege mich, Wikinger«, flüsterte sie. »Besiege mich, ich will es so.«

Langsam schob sich sein Glied zwischen ihre feuchten Schamlippen, verweilte dort mit kurzen, aufgeregten Stößen, berührte immer wieder ihre harte, empfindliche Perle, und sie wand sich hin und her vor Sehnsucht. Endlich hielt er es nicht mehr aus, suchte voller Gier die Öffnung ihrer Weiblichkeit und bemühte sich, sie nicht gar zu heftig zu verletzen, als er sich in sie hineinschob. Sie hob sich ihm entgegen, stöhnte auf, als er jetzt ihr Hinterteil mit beiden Händen umfasste und ihr Becken fest gegen seinen Unterkörper presste, wobei sein Glied immer tiefer in sie eindrang. Er knirschte mit den Zähnen, um nicht wie ein Stier vor Lust zu brüllen, zog sich ein wenig zurück und stieß dann in wilder Erregung immer heftiger zu, hörte sie wimmern und keuchen, spürte, wie sie die Finger in seinen Rücken grub und den Rhythmus noch beschleunigte. Dann hörte er sie leise seinen Namen flüstern, und in diesem Augenblick war er mit seiner Beherrschung am Ende. Mit einem dunklen Aufstöhnen gab er sich seiner Lust vollends hin, glühende Feuerströme schienen sich über den Fels zu ergießen und sie beide mit sich fortzureißen.

Heftig atmend lag er über ihr, strich ihr das Haar aus der Stirn und sah forschend in ihre weit geöffneten Augen.

»Was haben wir getan?«, flüsterte sie.

»Schicksal ist mächtig«, sagte er. »Du meine Frau – für immer.«

* * *

Reina lag einen Moment wie betäubt da. In ihrem Körper tobte noch die Hitze der leidenschaftlichen Erregung, zugleich begann ihr Geist sich wieder zu klären, und sie begriff, dass etwas Unfassbares geschehen war.

»Ich – deine Frau«, stammelte sie. »Aber nein!«

»Reina hat es so gewollt.«

Er lächelte und wollte sie küssen, doch sie drehte den Kopf zur Seite und versuchte, sich unter seinem schweren Körper hervorzuwinden. Er machte einen leisen Versuch, sie festzuhalten, als sie jedoch in heller Verzweiflung um sich schlug, gab er sie frei.

»Ich hätte das gewollt?«, rief sie entsetzt und versuchte, ihre Brüste vor ihm mit den Händen zu verbergen. »Gar nichts habe ich gewollt. Es war die Hitze, diese verrückte Musik, dieses blaugrüne Wasser …«

Er sah sie entgeistert an, ungläubig wie ein Mensch, der sich nach langer Hoffnung endlich am Ziel wähnte und dem sein Glück nun plötzlich unter den Händen zerrinnt.

»Reina hat es gewollt«, beharrte er mit aufkommendem Zorn. »Reina hat gebeten, mir befohlen – Halvdan hat gehorcht.«

Sie raffte ihr Kleid an sich und wollte hineinschlüpfen, fand jedoch vor Aufregung den Halsausschnitt nicht gleich. Vor allem deshalb, weil er sie die ganze Zeit dabei anstarrte.

»Das ist eine infame Lüge!«, schimpfte sie und spürte, dass sie gleich in Tränen ausbrechen würde. »Du hast … du hast einfach … ich will nichts mehr wissen. Ich will sofort nach St. Emilien in mein Kloster.«

Wütend erhob er sich, mit schmalen Augen blitzte er sie so drohend an, dass sie fast Angst bekam.

»Kloster? Du meine Frau! Nicht Kloster! Reina gehört mir!«

»Nie im Leben!«

Sie wollte ihr Tuch vom Boden aufheben, doch er trat mit dem Fuß darauf, so dass sie den Versuch aufgeben musste. Zornig wollte er nach ihr greifen, doch sie entwischte ihm und flüchtete auf die andere Seite des Quelltopfes.

»Wage es ja nicht, mich anzufassen!«, kreischte sie, am ganzen Körper zitternd.

Sein höhnisches Lachen wurde von der Felswand zurückgeworfen und dröhnte in ihren Ohren.

»Ich Reina anfassen. Überall ich meine Hände auf ihr. Du meine Frau ganz und gar. Für immer.«

»Nein! Nein!«

Sie hielt sich die Ohren zu und schrie verzweifelt, doch sie konnte seine Worte nicht übertönen, denn sie klangen auch in ihrem Inneren. Sie hatte sich ihm hingegeben, sie war keine Jungfrau mehr. O wie boshaft er war, ihr das so deutlich zu sagen.

»Lieber sterbe ich, bevor ich die Frau eines Wikingers werde!«

Sie sah, wie tief diese Beleidigung ihn traf, fast besinnungslos vor Zorn sprang er vor, um sie an sich zu reißen, und sie flüchtete den Hang hinauf. Mehrfach war er dicht hinter ihr, hatte fast schon einen Zipfel ihres Kleides gefasst, doch die Angst schien ihr Flügel zu verleihen, und es gelang ihr immer wieder, sich durch eine rasche Wendung zu retten. Atemlos erreichte sie die Bergkuppe, sah ihn auftauchen, das Gesicht wutverzerrt, die hellen Augen weit geöffnet, und sie eilte in wilder Panik den Pfad hinab.

»Reina!«

Es klang gebieterisch, gerade so, wie er den Männern in der Burg seine Befehle erteilt hatte, und das machte sie wütend. Zu ihrer Überraschung schien er die Verfolgung aufgegeben zu haben, denn sie hörte seinen keuchenden Atem nicht mehr, auch rieselten keine Steinchen oder kleines Geröll von oben auf sie herab. Dafür kam sie mehrfach ins Straucheln auf ihrer eiligen Flucht, denn der Weg zur Lichtung hinunter war steil und die Kehren unübersichtlich. Einmal fiel sie sogar hin und wäre fast einige Meter den Berg hinuntergestürzt, nur die schlanken Zweige eines Buschs, an die sie sich klammerte, verhinderten, dass sie sich den Hals brach.

Als sie die Lichtung unter sich sah, war sie nahezu am Ende ihrer Kräfte und blieb keuchend stehen, denn ihr Verfolger schien endgültig von ihr abgelassen zu haben.

Ungläubig kniff sie die Augen zusammen und glaubte zuerst, das flimmernde Licht ließe sie Schatten sehen, doch es waren zwei menschliche Gestalten, die dort unten standen und zu ihr hinaufsahen. In Roxanas Gesicht spiegelte sich leiser Hohn. Neben ihr stand Odemar.

»Herrin! Gott sei gelobt!«, entfuhr es ihm, dann sah

er ängstlich zu Roxana hin, die jedoch keine Miene verzog.

Odemar war in einem fürchterlichen Zustand. Sein Gewand war zerrissen und blutbefleckt und sein Haar schwarz versengt.

Reina vergaß bei diesem Anblick alles andere und stieg hastig zur Lichtung hinunter.

»Odemar! Was ist geschehen? Wie siehst du aus?«

Er sank vor ihr auf die Knie und fasste ihr Kleid, um den Saum zu küssen. Sie ließ es geschehen, obgleich ihr voller Scham zum Bewusstsein kam, dass sie diese Huldigung, die der Äbtissin galt, nicht mehr verdient hatte.

»Sie sind über uns hergefallen, Herrin«, stammelte er, als er sich wieder aufrichtete. »Im Schutz der Morgendämmerung haben sie die Palisaden erklettert, die Wachen erschlagen und das Tor geöffnet. Es war furchtbar – sie haben gewütet wie die Teufel. Alles haben sie davongeschleppt und zuletzt noch die Burg in Brand gesetzt. Es ist uns nichts geblieben …«

Seine Worte gingen in ein haltloses Schluchzen über, der Schrecken saß noch tief in ihm, so dass er nicht weitersprechen konnte.

Reina fasste seinen Kittel und riss daran.

»Was ist mit Gisela? Was ist mit meiner Schwester?«, schrie sie ihn an.

»Sie haben … sie haben sie mitgenommen … Alle Frauen, die sich nicht verstecken konnten, haben sie gefesselt und davongeschleppt. Auch die jungen Männer und die Knaben … und alles Silber, das der Graf in den Truhen hatte …«

»Gisela! Gütiger Himmel!«, flüsterte sie und ihr wurde schwarz vor Augen.

Hinter ihnen war ruhig die große Gestalt des Wikingers herangetreten. Halvdan war immer noch vollkommen nackt, und Odemar starrte ihn mit gelinder Verblüffung an. Doch der Wikinger kümmerte sich nicht darum.

»Wo Graf Robert?«, wollte er wissen.

Odemar senkte den Kopf, so dass man nicht erkennen konnte, welche Gefühle ihn bewegten.

»Er starb«, sagte er dumpf. »Man sagt, die Feinde hätten ihn auf seinem eigenen Lager erschlagen, wo er mit einer der Mägde schlief. Ich habe es nicht gesehen, Herr. Aber ich weiß, dass er viel Wein getrunken hat in der Nacht.«

Halvdan zeigte keine Regung auf diese Nachricht hin.

»Wachen nichts bemerkt? Sie geschlafen?«, fragte er scharf.

»Niemand weiß es, Herr. Sie sind tot und können nichts mehr berichten. Doch mir scheint, dass niemand da war, sie einzuteilen …«

»Wer war Feind? Du sie erkannt?«

Odemars Blick glitt rasch über Reinas Gesicht, so als müsse er ihre Erlaubnis einholen. Doch sie war immer noch fassungslos und schwieg.

»Es waren die Gleichen, Herr. Ihr Anführer war der Mann, gegen den Ihr gekämpft habt.«

Halvdan nickte zufrieden, als habe er eine gute Nachricht gehört, dann wandte er sich ab und begann, seine Kleidung anzulegen.

»Was ist mit den Menschen, die den Überfall überlebt haben?«, frage Reina leise. »Wo sind sie?«

»In der Burg ist niemand mehr, Herrin. Wer sich retten konnte, der hat in den Dörfern Unterschlupf gefunden. Ich selbst bin auf dem Weg nach Rouen, um dort Hilfe zu finden …«

Er unterließ es zu erwähnen, dass er dort dem Erzbischof Bericht erstatten wollte, doch Reina wusste es.

»Ich habe ein Pferd, Herrin, und könnte Euch dorthin geleiten …«

Nach Rouen! In Reinas Kopf drehte sich alles. Ja, nach Rouen, zum Erzbischof, er würde Rat wissen. Ins Kloster St. Emilien, wo sie Zuflucht finden würde …

Roxana hatte kein Wort gesprochen, schweigend sah sie Reina ins Gesicht. In ihrem Blick war keine Freundlichkeit, doch auch kein Hohn mehr zu erkennen, wohl aber Neugier.

Halvdan hatte inzwischen einen knielangen Kittel angelegt und sich mit einem Lederriemen gegürtet, die Schuhe an die Füße gezogen und die langen Lederbänder um die Waden geknotet. Jetzt trat er gemächlich auf Roxana zu und tat etwas völlig Unerwartetes: Er ließ sich vor ihr auf die Knie nieder.

»Halvdan dankt dir«, sagte er und sah lächelnd zu ihr auf. »Du mir Leben neu gegeben. Halvdan bleibt dein Freund.«

Verblüfft sah Reina, wie die Hexe ihre Hände hob und über seinem Kopf seltsame Zeichen machte, was er ohne Scheu geschehen ließ. Heiden, dachte sie. Sie alle beide sind Heiden. Sie wechselte einen raschen Blick mit Odemar und nickte ihm zu.

»Ich bin bereit«, sagte sie. »Reiten wir.«

Doch bevor Odemar eine Antwort geben konnte, stand der Wikinger vor ihr, fasste sie hart um die Körpermitte und hob sie auf den Karren.

»Reina geht mit Halvdan!«

Erschrocken wich Odemar zurück, gegen den energischen Willen dieses Mannes wagte er nichts einzuwenden. Reina allerdings versuchte zornig, wieder aus dem Karren zu steigen, doch Halvdan verstellte ihr den Weg.

»Ich denke gar nicht daran, mit dir zu gehen!«, fauchte sie. »Ich reite nach Rouen.«

»Nein«, sagte er schlicht. »Reina folgt mir in meine Heimat.«

Sie wagte nicht, vom Karren zu steigen, aus Angst, er könne sie packen und wieder hinaufheben. Was er ohne Zweifel getan hätte.

»Einem Wikinger?«, schimpfte sie. »Einem dieser Kerle, die unsere Burg beraubt und zerstört haben? Die uns Franken in die Sklaverei führen? Lieber sterbe ich!«

»Du willst Gisela finden?«

Sie schwieg hilflos und starrte ihn an. Gab es wirklich eine Hoffnung, ihre Schwester wiederzufinden? Würden die Wikinger sie nicht töten oder gleich bei der nächsten Gelegenheit als Sklavin verkaufen?

»Halvdan wird finden Knut. Dort auch deine Schwester. Du gehst mit mir!«

Es ist Wahnsinn, dachte sie. Er lügt mich an. Wie will er Knut dazu bringen, Gisela freizugeben? Wenn er sie überhaupt noch bei sich hat.

Und doch war es eine winzige Hoffnung, ihre Schwester lebend wiederzusehen.

Reina blieb reglos auf dem Karren stehen und sah zu, wie Halvdan das Pferd einspannte und einige Dinge auflud, während Odemar aufstieg und davonritt. Schließlich setzte sie sich, vergrub das Gesicht in den Händen und versuchte zu beten. Doch es gelang nicht, zu viel ging ihr im Kopf herum, zu schlimm waren die Dinge, die geschehen waren.

Er hat recht, dachte sie bitter. Ich bin keine Nonne – ich habe mich ihm hingegeben, tiefe, sündige Lust dabei empfunden, und zur Strafe wurde mir meine Schwester Gisela genommen. Ich tauge nicht zu einer Braut des Herrn, ich habe versagt, für mich selbst ist nichts mehr zu erhoffen. Aber vielleicht kann ich wenigstens Giselas Los erleichtern …

Als das Pferd sich ins Geschirr legte und der Karren über die Lichtung rumpelte, sah sie noch einmal zurück zu jenem verhängnisvollen Ort, der ihr so viel Unheil gebracht hatte. Die Hexe hatte sich wieder an ihren gewohnten Platz dicht vor dem Fels gesetzt, ihr Gesicht war von dem Tuch halb verhüllt, und doch schien es Reina, als lächle sie. Ganz sicher war es ein hämisches Lächeln, denn sie hatte mit ihrer verfluchten Zauberkraft bewirkt, dass eine Nonne sich der Unzucht ergab. Der Zauber war so stark, dass Reina erzitterte, als oben auf der Kuppe des Hügels das Sonnenlicht auf einen Bergkristall traf und sich in einem Feuerwerk bunter Fünkchen widerspiegelte.

Der Wikinger ging dicht neben dem Karren her, trieb das Pferd an und riss Zweige von den Bäumen, um den Weg frei zu machen. Sein Gesicht war verschlossen. Hin und wieder sah sie, wie sich seine Kaumuskeln anspannten, dann wurden seine hellen Augen schmal und sie bekam fast Angst vor ihm.

Ganz sicher dachte er über die Rache nach, die er zu vollenden hatte.

* * *

Wieder staunte sie, wie sicher er sich zurechtfand. Schon bald erreichten sie den Fahrweg, der nach Rouen führte, und einige Stunden später erschienen die Umrisse der Bischofskirche im rötlichen Abendlicht. Um das steinerne Gebäude herum drängten sich strohgedeckte Häuser, von Zäunen und Palisaden geschützt, und weiter unten zum Hafen hin sah man kleine Hütten und Lagerhallen. Breite Handelsschiffe, mit Waren beladen, lagen vor Anker und schaukelten in der sanften Strömung, die Ruder eingezogen, die viereckigen Segel gerefft.

Halvdan hatte kein einziges Wort an Reina gerichtet, und auch sie hatte wenig Lust, mit ihm zu sprechen. Doch das Schweigen lastete auf ihr. Mit beklommenem Herzen sah sie hinüber zum Flussufer – dort, ganz in der Nähe des Hafens, war damals der Sklavenmarkt gewesen. Sie erinnerte sich daran, wie hartnäckig sie darum gekämpft hatte, unbedingt diesen Sklaven zu kaufen. Hatte sie ihr eigenes Unglück damit heraufbeschworen? Was wäre geschehen, wenn sie Halvdan nicht erworben hätte?

Wenn sie ehrlich war, dann musste sie sich klarmachen, dass sie in diesem Fall entweder in die Netze ihres Schwagers gegangen oder von den Wikingern als Sklavin verschleppt worden wäre. Wahrscheinlich sogar beides.

Halvdan hielt den Wagen am Waldrand an, suchte einen bequemen Platz zum Lagern und verstaute dort das Bündel.

»Steig aus!«, sagte er kurz angebunden.

»Was hast du vor?«

»Du wartest. Halvdan kommt!«

Der Ton war kalt, dagegen hatten seine Befehle an die Krieger der Burg noch freundlich geklungen. Beleidigt hockte sich Reina unter den Baum, umschlang die angewinkelten Knie mit den Armen und sah zu, wie er mit Pferd und Karren davonzog.

Er blieb lange fort. Als es dunkel wurde, band sie das Bündel auf, nahm einen kleinen Apfel und ein Stück Brot heraus und begann langsam zu essen. Warum wartete sie eigentlich auf diesen herrischen Kerl? Wäre es nicht viel klüger, nach Rouen hinunterzulaufen und dort um den Schutz des Erzbischofs zu bitten?

Doch sie blieb. Es ging um ihre Schwester, die sie mehr als jeden anderen Menschen auf der Welt liebte. Nur um Giselas Los zu erleichtern, würde sie diesem Wikinger folgen. Aus keinem anderen Grund. Aus gar keinem.

Sie brauchte eine Weile, um die hinterhältige Stimme tief in ihrem Inneren zum Schweigen zu bringen. Es wäre beschämend und geradezu lächerlich, sich einzugestehen, dass sie diesem Mann folgte, weil sie an ihm hing.

Halvdan kehrte erst spät in der Nacht zurück, legte sich in einiger Entfernung von ihr auf den Boden, und gleich darauf hörte sie seine regelmäßigen Atemzüge. Erst jetzt konnte auch Reina endlich einschlafen.

Früh am Morgen weckte er sie, indem er sie unsanft an der Schulter rüttelte.

»Iss!«

Er wies auf das geöffnete Bündel, in dem sich noch etwas Obst und Brot befanden. Dann wandte er sich ab, um hinüber zur Stadt zu spähen, scheinbar war es ihm gleich, ob sie nun aß oder nicht. Pferd und Karren waren verschwunden – also hatte er gestern Abend beides in der Stadt verkauft. Reina blinzelte zu ihm hinüber, verletzt von seinem ruppigen Ton und seiner Kälte. Trotzig schnürte sie das Bündel zu, ohne auch nur einen Krümel Brot daraus genommen zu haben, dann stand sie auf und klopfte ihr Kleid ab.

»Ich bin bereit.«

Er drehte sich nicht einmal um, sondern marschierte los, sicher, dass sie ihm folgen würde. Ärgerlich bemühte sie sich, mit ihm Schritt zu halten, und verkniff sich die Frage, was er denn nun vorhabe, denn er hätte ihr vermutlich doch keine Antwort gegeben. Es war auch nicht schwer zu erraten – er würde jetzt ein Schiff aussuchen, das sie nach Norden bringen sollte.

Auf der Fahrstraße war trotz der frühen Stunden schon allerlei Volks unterwegs. Bäuerinnen schleppten Körbe mit Früchten und Gemüse, Trödler zogen ihre Karren hinter sich her, und hin und wieder überholte sie ein Ochsengespann, das einen knarrenden Wagen, beladen mit schweren Fässern, zog. Zum Hafen hin wurde das Gewimmel immer dichter, Träger schleppten die Waren von den Schiffen hinüber zum Markt, Händler und bewaffnete Diener begleiteten sie, und so mancher Kerl bedachte Reina mit begehrlichen Blicken.

»Nicht schlafen! Wir eilig!«

Halvdan war stehen geblieben, um sich nach ihr umzusehen. Seine Miene war ärgerlich, und sie begriff, dass ihn die Blicke der Männer störten.

»Ich kann nicht so schnell laufen wie du!«, beschwerte sie sich.

»Aber Fels klettern geschwind wie Ziege!«, knurrte er.

Sie grinste frech, und sein Blick wurde noch düsterer. Er streckte den Arm aus und wies auf eines der breit gebauten, flachen Handelsboote, das gerade mit Kisten und Fässern beladen wurde. Es besaß eine stattliche Menge an Rudern und ein großes, viereckiges Segel, das bereits munter im aufkommenden Wind flatterte. In der Mitte des Bootes wurden die Waren gestapelt und mit Riemen festgezurrt, und zwei Männer waren beschäftigt, über dem Warenlager Häute zu spannen, um sie vor Nässe zu schützen.

»Das unser Schiff«, sagte er und winkte ihr, ihm zu folgen.

»Aber … aber das ist doch voller Waren. Wo sollen wir da noch Platz finden …?«

Er hörte gar nicht zu, sondern hatte ein Gespräch mit einem dickleibigen blonden Kerl begonnen, der am Ufer stand und das Beladen des Schiffes überwachte. Als Reina zögernd näher trat, bedachte der Mann sie mit einem langen Blick, worauf sich ein breites Grinsen über sein Gesicht zog, und er sagte etwas zu Halvdan, das sie nicht verstehen konnte. Doch die Laute kamen ihr bekannt vor, sie klangen genauso rau wie die Sprache der Nordmänner. Konnte es sein, dass dieser friedlich aussehende Händler ebenfalls ein Wikinger war?

Halvdan ließ ihr keine Zeit, sich lange zu wundern, sondern er hob sie auf die Arme und trug sie durch das seichte Uferwasser bis hinüber zum Boot, wo er sie über die Reling stemmte. Er vermied es, sie dabei anzusehen, gab sich auch keine Mühe, sorgsam mit ihr umzugehen, sondern kippte sie auf die Schiffsplanken, als sei sie ein Ballen Wolle oder ein Sack Hafer. Dann zog er sich selbst am Schiffsrand hoch und hob eine der Häute, die über die Waren gespannt waren, ein wenig an. Zwischen zwei Kisten befand sich der Mast, dadurch war in der Ladung eine Lücke entstanden, in die gerade ein Mensch hineinpasste, wenn er sich nicht allzu breit machte.

»Da Platz für dich«, sagte er. »Kein Regen, kein Wasser von Meer. Du ruhig schlafen.«

Sie verkniff sich eine Antwort, denn sie war viel zu stolz, um sich zu beklagen, doch sie dachte mit Wehmut an das Schiff, das sie einmal auf dem Fluss gesehen hatte. Dort hatten die Frauen auf weichen Polstern unter einem Baldachin aus rotem Tuch gesessen. Aber diese Nordmänner hausten vermutlich in Höhlen und hielten ihre Frauen in Weidenkäfigen.

Die Überfahrt war das Schrecklichste, was sie bisher erlebt hatte. Bis zur Flussmündung quälte sie nur die Hitze und der scheußliche Gestank nach getrocknetem Fleisch, der aus einigen der Kisten drang. Auch das Wasser, das man aus einem großen Fass schöpfte, war warm und schmeckte schal. Sie blieb die meiste Zeit in ihrem engen Verschlag und döste vor sich hin, denn an Deck liefen die Männer hin und her, wechselten sich an den Rudern ab, richteten das Segel aus oder angelten nach Fischen. Halvdan sah kein einziges Mal nach ihr, er lachte und schwatzte mit den Männern, deren Sprache er offensichtlich gut verstand, und legte hin und wieder Hand an, wenn es galt, das Segel zu richten. Und natürlich war er es, der einen riesigen Flussbarsch aus dem Wasser zog. Er schien sich großartig mit der Mannschaft zu verstehen, was ihn nicht daran hinderte, die Nächte vor ihrem Verschlag liegend zu verbringen.

Dann aber erreichten sie das offene Meer, und Reina begriff, dass es einen Unterschied zwischen den sachten Wellen des Flusses und den Wogen des Meeres gab. Zuerst glaubte sie noch, dass ihr von dem ständigen Auf-

und Niedersteigen des Bootes nur schwindelig wurde, als dann aber kleine Brecher über den Bootsrand schlugen und die Kommandostimmen der Männer lauter und schroffer wurden, drehte sich ihr der Magen um. Kurze Zeit später war ihr so schlecht, dass sie glaubte, sterben zu müssen. Alles war ihr jetzt gleichgültig, die Reise in den Norden, ihre zerstörten Hoffnungen, die quälende Erinnerung an den blaugrünen Quelltopf, ja sogar ihre Schwester Gisela. Es gab nur noch das beständige Heben und Senken des Schiffes, das Schlingern und Rütteln, das Rauschen der Wogen und das leise Knarren und Ächzen der Kisten neben ihr.

Zu allem Unglück war das Wetter umgeschlagen; ein kräftiger Wind riss an dem Segel über ihr und ließ es knattern, kühler Regen klatschte auf die aufgespannten Häute, mischte sich mit der Gischt und den aufspritzenden Wellen und durchnässte sie sogar noch in ihrem engen Verschlag. Lange versuchte sie, sich zu beherrschen, doch dann begann sie zu würgen und kroch ohne Rücksicht auf die hin- und herlaufenden Männer aus ihrem Versteck, hielt den Kopf über den Bootsrand und erbrach sich.

Jemand packte sie von hinten am Kleid und riss sie hoch, brüllte ihr etwas ins Ohr und stieß sie zurück in das enge Loch. Sie würgte noch immer, denn ihr Magen wollte keine Ruhe geben, und als man sie mit festen Riemen an den Mast band, versuchte sie sich zu wehren, doch sie war so schwach, dass sie kaum die Arme heben konnte. Die Welt schien über ihr zusammenzubrechen, der Himmel war auf das Meer gestürzt und begrub es unter sich. Nur das widerwärtige Auf- und Niedersteigen des Schiffes wollte nicht enden, es riss an ihr, schüttelte sie, die Riemen schnitten sich in ihren Bauch und in die Arme, und dazu brausten die Meereswogen so gewaltig, dass sie nicht einmal mehr die Stimmen der Männer vernahm.

Sie litt Höllenqualen, glaubte zeitweise, bereits gestorben und der Verdammnis anheimgefallen zu sein, doch endlich, nach einer ganzen Ewigkeit, wurde das Schaukeln sanfter, und sie begann langsam, die Dinge um sich herum wieder wahrzunehmen.

Sie lag auf dem Rücken, den Kopf höher gebettet, und ein bärtiges Gesicht war über sie gebeugt. Dunkelblaue Augen, in der Farbe des Meeres, blickten besorgt auf sie herab.

»Trink.«

Halvdan hielt ihren Kopf auf seinem Schoß und bemühte sich, ihr ein wenig Wasser einzuflößen, doch kaum hatte sie es geschluckt, begann sie wieder zu würgen. Er strich ihr sanft über die Stirn, wischte ihr das Gesicht ab und murmelte mit seiner tiefen Stimme leise Worte, die sie nicht verstand, die sie aber beruhigten.

Kurze Zeit später ging es von neuem los. Sie hörte die Männer fluchen, den Mast ächzen, ein Ruder brach und schoss dicht an ihrem Verschlag vorbei, schäumende Brecher zerrten an der Ladung, trieben ihr grausames Spiel mit dem Boot und schienen nichts anderes vorzuhaben, als es zu zerschmettern und zum Meeresgrund hinabzureißen.

Als sie nach mehreren Tagen und Nächten endlich in eine breite, ruhige Bucht einfuhren, stand sie auf wackligen Beinen auf dem Schiffsdeck, klammerte sich mit beiden Händen an den Riemen fest, die die Häute spannten, und starrte mit sehnsüchtigen Augen zu den

Ufern hin. Sie waren dicht bewachsen mit Büschen und kleinen Bäumen, dahinter erstreckte sich Ackerland, und weit in der Ferne sah sie auf Berge, die ihr bald grau, bald bläulich erschienen.

Halvdan war neben sie getreten, sah hinüber zu dem Gebirge und lächelte.

»Das mein Heimat«, sagte er mit Stolz.

Reina nickte nur. Sie fühlte sich grauenhaft. Ihr Kopf schmerzte, die Augen brannten wegen des Salzwassers, dazu hing ihr das Haar in einem Wust verfilzter Locken über den Rücken. Wie auch immer dieses Land sein mochte, es war auf jeden Fall besser, als auf dem schwankenden Schiff zu stehen.

Die Männer ruderten das Boot bis zu einem Ort, den Halvdan »Skiringsal« nannte und der ein wenig dem Hafen von Rouen ähnelte. Nur dass die Hütten gröber und ärmlicher, die Männer und die herumlaufenden Kinder schmutziger aussahen, und zwischen den Hütten lagen hölzerne Bohlen, damit man nicht im Schlamm versank.

Dieses Mal trug Halvdan sie behutsam ans Ufer und ließ sie erst aus seinen Armen, als er mit ihr einen kleinen Hügel erstiegen hatte. Dort setzte er sie langsam ab und hielt sie fest, bis sie wieder sicher auf den Füßen stand.

»Du meine Heimat lieben«, sagte er. »Du sehen, wie schön Berge und Wasser, Täler und Wald … Groß alles hier und wild, viel anders, als du kennst.«

Sie sah die Hoffnung in seinen Augen und brachte es nicht übers Herz, ihn zu enttäuschen.

»Ja«, sagte sie. »Es wird mir sicher gefallen.«

Es klang nicht sehr überzeugend, doch er begriff, dass

sie sich noch ziemlich schwach auf den Beinen fühlte und außerdem fröstelte, denn der Wind war kühl.

»Du jetzt essen und Bier trinken«, entschied er. »Dann Leben kommt zurück.«

»Ich habe keinen Hunger.«

Kurz darauf saß sie in einer der Hütten am wärmenden Feuer, eine Decke um die Schultern und eine Schale Gerstenbrei mit Honig in den Händen. Lautes Stimmengewirr herrschte um sie herum, zwei Frauen, eine jüngere und eine weißhaarige Alte, rieben ihr den Rücken, kämmten ihr Haar und schwatzten auf sie ein. Ein grauhaariger Kerl mit buschigen Augenbrauen schenkte ihr Bier ein. Halvdan hatte Bekannte getroffen, die ihn zuerst voller Bestürzung, dann jedoch mit überschäumender Freude begrüßten.

Reina kuschelte sich wohlig in die Decke, löffelte süßen Brei und lächelte ihre Gastgeberinnen dankbar an. Wie war es nur möglich, dass diese wilden Nordmänner so fürsorgliche und liebe Frauen hatten?

* * *

Sie wusste später nicht mehr, wer sie auf das Lager gehoben hatte, irgendwann noch während des Abends war sie eingeschlafen. Ihr Schlaf war tief, nur hin und wieder unterbrochen von unruhigen Träumen, in denen sie wieder auf dem Schiff zu sein glaubte und das Brüllen und Toben des entfesselten Meeres spürte. Als sie erwachte, fand sie sich auf Fellen gebettet dicht neben einer erloschenen Feuerstelle, und durch eine weit geöffnete Tür drang Sonnenlicht ein, so dass sie blinzeln musste.

»Reina schläft wie Stein«, sagte die tiefe Stimme des Wikingers. »Ganze Nacht und halben Tag.«

Er saß auf einem Schemel am anderen Ende des langen Raumes, und sie konnte sehen, dass er zufrieden grinste. Sie streckte sich wohlig und gähnte.

»Ich habe Hunger«, vermeldete sie.

»Gut!«

Er ging nach draußen, und gleich darauf erschienen die beiden Frauen, um sie mit gekochtem Fleisch, Gemüse und Brot zu bewirten. Reina aß ungeahnte Mengen und überlegte dabei, ob diese Frauen wohl Verwandte von Halvdan waren. Oder wurde jeder Gast hier so bereitwillig und freundlich versorgt?

Nicht lange danach standen zwei kräftige Pferde samt Sätteln und Gepäck für sie bereit, und Reina staunte noch mehr. Man hatte Halvdan mit neuer Kleidung ausgestattet, auch hatte er sich Haar und Bart gestutzt, und in seinem Gürtel steckte ein Dolch mit schön gearbeitetem Silbergriff.

»Wohin reiten wir?«, fragte sie, als er ihr auf eines der Pferde half.

»Nach Norden.«

Das Land war hügelig und mit spärlichem Gras bedeckt, an einigen Stellen trat Felsgestein zutage, von Moosen bunt überwachsen. Allerorten durchschnitten schmale und breitere Wasserläufe das Land, und ausgewaschenes Gestein an ihren Ufern bewies, dass sie im Frühling zu reißenden Bächen wurden. Reina genoss den Ritt. Es war ein wundervolles Gefühl, sich auf festem Boden zu befinden, und sie betrachtete die karge Landschaft mit großer Neugier. Dies also war seine Heimat, auf die er so stolz war – nun, es war nicht gerade ein fruchtbares Land, aber es atmete Freiheit, und das gefiel ihr.

Erst nach einer Weile brach er das Schweigen.

»Wir reiten zu Erek. Vater von Solveig Ereksdottir. Das meine Braut.«

Sie verspürte einen Stich im Herzen, so als habe jemand sie verletzt, und sie rang um Fassung.

»Ich wusste gar nicht, dass du eine Braut hast«, gab sie mit gespielter Gleichgültigkeit zurück.

Er hatte die Wirkung seiner Worte aus den Augenwinkeln beobachtet und lächelte nun vor sich hin.

»Solveig mir versprochen, als Ragnar, mein Vater, lebt. Dann Halvdan verkauft. Jetzt Solveig Frau von Knut.«

Man hatte dieses Mädchen mit ihm verlobt, doch dann hatte sein Bruder ihn heimtückisch überfallen und die Braut selbst geheiratet.

»Das tut mir leid für dich«, sagte sie beklommen. »Sicher hast du sie geliebt.«

»Solveig schöne Frau. Groß und stark, helles Haar wie Sonne, arbeitet ganze Tag, kocht Essen und spinnt Wolle …«

»Die richtige Frau für einen Wikinger«, bemerkte sie spitz.

Er schien sie gar nicht zu beachten, sondern sah weit in die Ferne, wo sich in dunklem Grau eine Bergkette abzeichnete.

»Halvdan liebt Solveig. Aber Solveig glaubt falsche Zungen. Heiratet Knut. Halvdan kalt für Solveig.«

Sie sah schräg zu ihm hinüber und überlegte, ob er die Wahrheit sagte. Er hatte diese Frau geliebt, verdammt, warum tat ihr das so weh?

»Sie hat vermutlich geglaubt, dass du tot bist …«, wandte sie vorsichtig ein.

»Dann sie gewusst, dass Knut ein Mörder. Halvdan kalt für Solveig. Keine Liebe, kein Zorn – nur Eis.«

Seine Entschiedenheit erleichterte sie, aber zugleich kam sie sich dabei auch lächerlich vor. Ging es sie etwas an, ob er eine Braut hatte oder nicht?

»Nun – die Liebe ist eine schwierige Sache«, meinte sie verlegen.

»Sie ist!«, gab er düster zurück. »Halvdan hat Herz an andere Frau gegeben. Kleine Frau mit dunklem Haar und Augen wie braune Nuss. Kann nicht kochen, nicht spinnen, kein Stoff weben. Aber fauchen wie Katze und zischen wie Gans …«

Sie riss die Augen auf und setzte sich im Sattel aufrecht, zornig und glücklich zugleich.

»Soll das ein Scherz sein?«

»Nicht Wikinger – Fränkin. Nicht Frau – Nonne. Aber das alles nicht schlimm.«

»Nicht schlimm?«, rief sie empört, während ihr Herz heftig klopfte.

»Schlimm nur eines: Sie nicht liebt Halvdan.«

Er sah ihr jetzt gerade ins Gesicht, und sie spürte, wie sie erglühte. Ihre Lippen zitterten, doch sie war unfähig zu sprechen und wandte den Blick ab. Schweigend ritten sie weiter.

Schroffe Felsen erhoben sich jetzt vor ihnen, ragten grau und zerklüftet aus den Nadelwäldern heraus, und schmale Wasserfälle zogen sich wie weiße Fäden senkrecht an ihnen entlang. In den Wäldern hatten Bachläufe tiefe Rinnen in das bemooste Gestein gegraben, Farnkraut streckte ihnen die vielgliedrigen Blättchen entgegen, dazwischen lagen helle runde Kieselsteine. Hin und wieder schimmerte ein hellblauer Bergsee zwischen den Fichten, und wenn sie näher ritten, sahen sie Bäume und Ufergebüsch auf der glatten Oberfläche gespiegelt, so als läge unter dem stillen Wasser einc zweite Welt, die der ersten vollkommen glich. Von Zeit zu Zeit machten sie Rast, um die Pferde grasen und trinken zu lassen, teilten die Vorräte, und Reina entdeckte am Seeufer eine Unmenge roter und dunkelvioletter Beeren, die sie vergnügt sammelte und die Lippen und Zungen blau färbten.

Das Land war einsam, die Täler weit und von breiten mäandernden Flussläufen durchzogen, und über ihnen zogen Adler und Bussarde ihre Kreise in den hoch gewölbten Himmel hinauf. Nur selten sahen sie eine schmale Rauchsäule, die auf ein Gehöft hindeutete, doch Halvdan schien wenig Lust zu haben, die Gastfreundschaft der Bewohner in Anspruch zu nehmen.

Er erschien ihr jetzt verändert, ruhiger, von einer erstaunlichen Zuversicht erfüllt, und sie spürte, dass er in seinem Wesen ein Teil dieses einsamen und wilden Landes war.

Sie ritten fast drei Tage, übernachteten in den Wäldern, wo sie ohne Scheu ein Lagerfeuer entfachten, um die Mücken fernzuhalten. Halvdan berührte sie niemals, legte sich einige Schritte von ihr entfernt nieder und war stets als Erster wieder auf den Beinen.

Am Abend des dritten Reisetages erreichten sie ein Dorf, unweit eines Sees gelegen, eine Ansammlung langgezogener, strohgedeckter Holzhäuser, deren Dächer mit einer Reihe schrägstehender Pfosten von außen abgestützt wurden. Zwischen den Gebäuden waren Pferche für das Vieh errichtet, und Wege, mit hölzernen Bohlen bedeckt, führten von einem Haus zum anderen.

»Hier lebt Erek«, sagte Halvdan. »Er guter Freund von mein Vater – auch Halvdan guter Freund.«

Sie betrachtete das lebhafte Treiben zwischen den Häusern, wo Schafe, Ziegen, Hühner und Kinder munter durcheinanderturnten und einige Frauen sich jetzt zusammenscharten, um die Ankömmlinge ins Auge zu fassen. Erek war immerhin inzwischen der Schwiegervater seines Bruders. Wieso war Halvdan sich so sicher, dass dieser Mann noch sein Freund war?

Halvdans Erscheinen löste große Unruhe aus. Man sah die Frauen sich umwenden und andere herbeirufen, junge Kerle und graubärtige Männer tauchten auf, und die Kinder ließen ihre Spiele sein, um ihre Köpfe voller Neugier über die Zäune zu strecken. Als sie in das Dorf einritten, sah Reina sowohl lachende als auch staunende Gesichter. Von dem, was man Halvdan zurief, und seinen Antworten verstand sie kein einziges Wort. Nur seinen Namen. Halvdan Ragnarsson. Und das Wort Jarl. Das bedeutete so viel wie Graf.

Vor dem Eingang des größten Gebäudes, das sogar über einen Vorbau verfügte, stand ein breit gebauter grauhaariger Mann, in einen hellblauen, wadenlangen Kittel gekleidet, mit einem Gürtel aus silberbeschlagenem Leder, den Reina auf den ersten Blick als fränkisch erkannte. Der Mann war nicht schön anzusehen, seine Gestalt zu gedrungen und das Gesicht zu grob, doch unter den buschigen Augenbrauen glänzten helle blaue Augen, die mit unverkennbarer Freude auf Halvdan gerichtet waren.

Halvdan genoss die Überraschung, die er auslöste.

Erst nach einem kurzen, scheinbar heiteren Wortwechsel stieg er vom Pferd, und Reina sah erstaunt, wie die beiden Männer sich in den Armen lagen. Dann erst musterte Erek Halvdans Begleiterin, und Reina ärgerte sich über seinen abschätzenden Blick. Freund oder nicht – dieser Dieb trug einen fränkischen Gürtel, also war auch er in fränkischen Landen auf Raubzügen unterwegs gewesen.

Halvdan war ihren Augen gefolgt; jetzt streckte er die Hand aus, um ihr vom Pferd zu helfen, und sagte: »Erek mein Freund und auch dein Freund. Wir seine Gäste.«

Sie hatte sich zu fügen, obgleich es ihr wenig gefiel, Gast im Hause dieses Räubers zu sein. Immerhin kam man ihr freundlich entgegen, die Frauen und Kinder umringten sie, schoben vor dem Haus einen Hocker für sie zurecht, deckten einen bunten Teppich darüber – war der vielleicht ebenfalls ein Beutestück aus ihrer Heimat? – und brachten ihr eine Schale mit süßlich-bitter riechendem Bier. Sie zwang sich, einige Schlucke von dem Zeug zu trinken, und fand es gar nicht so übel.

Halvdan hatte inzwischen neben Erek Platz genommen, andere Männer gesellten sich dazu, und Reina hörte ihre aufgeregten Reden. Vermutlich berichtete Halvdan jetzt über den Anschlag seines Bruders, und allem Anschein nach löste sein Bericht Aufregung und Zorn aus. Besonders Erek schien außer sich zu sein. Er führte immer wieder laut das Wort, ballte die Fäuste, und seine Augen blitzten kampflustig. Hin und wieder schien es Reina fast, als müsse Halvdan den Aufbrausenden beruhigen, denn Erek griff ein ums andere Mal an seinen Gürtel, um den Dolch zu ziehen.

Die Gastfreundschaft war überwältigend. Lange Tischplatten wurden ins Haus getragen und eine Tafel errichtet, Kinder und Frauen brachten Teller und Schüsseln herbei, Becher und Trinkhörner wurden bereitgestellt und die Festtafel mit grünen Zweigen geschmückt. Über dem Feuer in der Mitte des langen, fensterlosen Raumes hing ein eiserner Kessel, in dem das Fleisch brodelte, dazu gab es Suppe aus Ziegenmilch, Fisch, der in steinernen Töpfen in die Glut gestellt wurde, um zu garen, dazu Zwiebeln und rote Karotten. Die Tafel schien sich unter der Last der Speisen zu biegen, Beeren mit Honig und wilde Kirschen wurden aufgetischt, und die Mengen an Bier und Met schienen unerschöpflich zu sein.

Am Kopfende der langen Tafel saß Erek und gleich zu seiner Rechten Halvdan. Reina wurde ein Platz an seiner Seite angewiesen, und er bemühte sich redlich, ihr dieses und jenes zu erklären, das ihr unverständlich erschien. Zwischen den Erklärungen verdrückte er erstaunliche Mengen an Speisen, beriet sich mit Erek und seinen Männern, und Reina schien es, als habe sie ihn noch nie zuvor so ausgelassen und zufrieden erlebt.

Ihr selbst drehte sich bald der Kopf, nicht nur wegen des Bieres, das sie getrunken hatte, sondern auch wegen des Lärms, denn das gesamte Dorf, Jung und Alt, nahm an der Feier teil. Vor allem der vierschrötige Erek wurde immer lebhafter, grölte mit kräftiger Stimme irgendwelche Lieder und zog schließlich eine schmale weiße Flöte hervor.

Die Melodie, die er zustande brachte, war einfach, aber sehr flott und in einem wirbelnden Rhythmus gespielt, den die anderen bald begeistert mitklatschten. Das Gelächter wurde lauter, Reina sah singende und lachende Münder und blitzende Augen, einige der Männer stießen die Schemel mit den Füßen fort und begannen zu tanzen, warfen die Köpfe zurück, breiteten die Arme aus und drehten sich um sich selbst.

Plötzlich war auch Halvdan unter den Tanzenden; er hüpfte zu der Musik auf und nieder, sprang sogar über das noch glimmende Feuer, und sofort taten andere es ihm nach. Auch einige der jungen Frauen und Kinder nahmen jetzt an dem Spaß teil, und Reina war einen Moment lang versucht, auch mitzutun, doch dann erinnerte sie sich daran, dass sie schließlich keine Heidin war.

Als man sich müde getanzt hatte und keuchend innehielt, um zu trinken, packte Erek Halvdan am Arm, und beide rannten mit wildem Gebrüll hinaus. Aus dem Gekreisch der Frauen und dem Gelächter der Männer wurde Reina nicht schlau, doch dann hörte sie, wie zwei Körper ins Wasser klatschten. Halvdan und sein Freund hatten das Gelage mit einem kühlen Bad im See abgerundet.

* * *

Man bereitete ihr ein weiches Lager aus Fellen gleich neben der Feuerstelle, dennoch wurde sie in der Nacht wach, weil sie fröstelte. Es war dunkel im Raum, denn man hatte die Tür geschlossen, und nur das glimmende Feuer verbreitete einen schwachen rötlichen Schein. Um sie herum lagen andere Schläfer, sie vernahm leises Husten und ein kräftiges Schnarchgeräusch, das ohne Zweifel von Erek herrührte. Plötzlich erinnerte sie sich an ihre Kindheit, als sie noch mit den Eltern und der großen Schwester gemeinsam im Turmzimmer schlief.

Wie sicher und geborgen hatte sie sich damals gefühlt. Später, als die Eltern gestorben waren und man sie ins Kloster gab, hatte sie die erste Zeit bitteres Heimweh empfunden.

Sie zog eines der Felle über ihren Körper und suchte noch die rechte Schlafposition, da spürte sie, wie jemand an ihrem Lager zupfte. Ein blondes Mädchen, wohl kaum drei Jahre alt, stand im langen weißen Hemd vor ihr. Das strähnige Haar klebte an ihren tränenfeuchten Wangen, denn sie hatte geweint und schniefte noch leise.

»Hast du schlecht geträumt?«

Reina fiel auf einmal wieder ein, dass sie selbst als Kind immer schreckliche Alpträume gehabt hatte. Meist hatte sie sich dann zu den Eltern aufs Lager geflüchtet, manchmal aber auch zur großen Schwester.

Die Kleine verstand nichts, aber sie nickte, denn Reinas Stimme klang mitfühlend.

»Na komm«, flüsterte Reina schmunzelnd und hob das Fell an einer Seite an. Das kleine Mädchen zögerte keinen Augenblick; sie krabbelte zu Reina unter die Felldecke, kuschelte sich dicht an ihren warmen Körper, schnaufte ein paarmal tief auf und schlief dann ruhig ein. Reina wischte sich die kitzelnden Haarsträhnen der Kleinen aus dem Gesicht, zugleich vernahm sie ein dunkles, gedämpftes Lachen aus dem Hintergrund, und sie hätte schwören können, dass es Halvdans Kehle entstammte. Wieso schlief er noch nicht? Genug gezecht hatte er allemal.

Am Morgen war die Kleine verschwunden. Man hatte die Tür des Hauses weit geöffnet, und die Frauen waren damit beschäftigt, die Reste des gestrigen Festgelages aufzuräumen. Der Raum wurde gekehrt, frisches Stroh auf die Holzdielen gestreut, und von draußen erklang Kinderlachen und das helle Klingen eines Hammers, der auf den Amboss schlug. Neugierig lief Reina nach draußen und stellte fest, dass am Ende des kleinen Dorfes ein Schmiedefeuer loderte. Daneben kniete ein älterer Mann, um die Flammen anzufachen, während ein anderer munter mit dem Schmiedehammer zugange war. Halvdan hatte seinen Kittel abgelegt und einen ledernen Schurz umgebunden, sein Oberkörper war rußbeschmiert, und das glühende Eisenstück auf dem Amboss verformte sich rasch unter seinen wuchtigen Schlägen.

Reina war sofort von Kindern umringt, die auf sie einplapperten, bewundernd in ihr lockiges braunes Haar fassten, und schon bald hatte sie eine Reihe holzgeschnitzter, buntbemalter Puppen im Arm. Reina bekam erklärt, welche Puppe welchem Kind gehörte, und musste deren Namen lernen. Bald kreischten die Kleinen vor Vergnügen, weil die fremde Frau die Namen der Kinder und Puppen ständig durcheinanderwarf, und Reina bemühte sich redlich, das Spiel mitzumachen. Erst als Halvdan erschien, schwarz wie ein Köhler und breit grinsend, löste sich die Kindergruppe auf, und alles rannte auf ihn zu. Er hob einen der kleinen Buben in die Höhe und knurrte ihn an, als wolle er ihn ungebraten verspeisen. Als der blonde Winzling jedoch keinerlei Respekt zeigte, setzte er ihn sich auf den schmutzigen Rücken und galoppierte mit ihm eine Strecke über den Bohlenweg. Laut jubelnd folgte ihnen die Kindermeute, doch zu ihrem großen Verdruss war Halvdan unter keinen Umständen bereit, auch allen anderen als Reitpferd zu dienen. Stattdessen kehrte er zu Reina zurück, die es sich zwischen den Hühnern auf dem Boden bequem gemacht hatte und ihr Gesicht in die Morgensonne hielt.

»Erek reitet Skärgart zu treffen Knut«, verkündete er.

Sie begriff nicht gleich.

»Skärgart ist große Hof von Jarl Ragnar, mein Vater. Oben an Fjord.«

Knut war also zurückgekehrt und befand sich auf dem Stammsitz des Jarl. Und Erek war aufgebrochen, um ihn dort zu treffen.

»Wird Erek deinem Bruder berichten, dass du hier bist?«, fragte sie besorgt.

Halvdan lächelte grimmig.

»Erek schweigt. Aber Knut bald weiß, dass Halvdan hier und will Rache. Leute von Skiringsal es überall erzählt.«

Reina wurde es unbehaglich zumute. Das Leben hier im Dorf war ihr so beschaulich erschienen, man arbeitete, feierte, die Kinder spielten fröhlich. Fast hätte sie darüber vergessen, dass Halvdan gekommen war, um blutige Rache an seinem Bruder zu üben.

»Was will Erek dort?«

»Knut bringt große Beute. Er gibt Waffen und Silber an Vater von Solveig.«

Na großartig! Dieser Erek nannte sich Halvdans Freund, aber er nahm von dessen Todfeind Geschenke an. Sie würde diese Wikinger wohl niemals verstehen.

»Waffen und Silber, das er im Land der Franken geraubt hat«, sagte sie bitter. »Hat Erek nicht schon genug Diebesgut in seinem Haus? Woher stammt sein Gürtel, die Teppiche, das versilberte Trinkhorn? Ganz sicher ist er auch auf Raub ausgezogen, als er noch jung war.«

Halvdan sah zu Boden, und sie spürte deutlich, dass dieses Thema ihm unangenehm war.

»Wir nicht streiten darum, Reina«, bat er. »Erek fünf Sohn und ein Tochter, Solveig. Können nicht leben fünf Sohn von einem Hof. Vier gefahren über das Meer nach Westen und nach Süden. Erster Sohn, Ole, ist geblieben, ihm Erek wollte geben Hof. Aber Ole starb jung. Kein Sohn kommt zurück übers Meer. Erek allein.«

Sie zog die Mundwinkel schief und verkniff sich die Bemerkung, dass die vier Abenteurer und Räuber ihre gerechte Strafe gefunden hatten. Natürlich war es traurig, dass der älteste Sohn gestorben war und Erek nun ohne Nachfolger dastand. Aber gierig, wie der Alte war, ritt er schon wieder los, um ja nicht seinen Anteil an der Beute einzubüßen.

»Du solltest dich waschen«, meinte sie ablenkend. »Du schaust aus, als hättest du dich in der Herdasche gewälzt.«

»Reina auch im See baden. Kleid schmutzig und Haar wie Nest von Vogel.«

Er lachte fröhlich auf und zupfte sie an einer ihrer wilden Locken. Als er dabei leise ihre Wange berührte, zuckte sie erschrocken zurück, und er wurde plötzlich sehr ernst.

»Nicht Angst«, sagte er leise und sah ihr in die Augen. »Bade mit Frauen – Halvdan reitet fort.«

Ihre Gefühle verwirrten sich noch mehr. Eben hatte sie noch innerlich zitternd an jenes beschämende und zugleich so süße Geschehen am Quellteich der Hexe gedacht. Jetzt beherrschte sie die Angst, er könne davonreiten und niemals zurückkehren.

»Wohin willst du?«

Seine Augen blickten zärtlich, denn er hatte ihre Besorgnis bemerkt.

»Halvdan reitet zu Freunde. Braucht viel Freunde, um zu führen Rache.«

Sie seufzte. Wenn alle seine Freunde von der Art dieses Erek waren, dann sollte er sich besser nicht auf sie verlassen. War nicht zu vermuten, dass Knut seinen Schwiegervater mit reichen Gaben aus seinem Beutesatz bestach und ihn damit auf seine Seite zog? Ach, der eigene Bruder hatte Halvdan in die Sklaverei verkauft – was war von Freundschaft und Familiensinn hierzulande überhaupt zu erwarten? Doch dann fiel ihr ein, dass auch ihr eigener Schwager sie schamlos betrogen und sogar zu seiner Geliebten hatte machen wollen, und sie schwieg. Sie hatte keinen Grund, den Stab über diese Menschen zu brechen. Betrüger und Verräter gab es überall auf der Welt.

Ihr Herz zog sich zusammen, als sie Halvdan davonreiten sah. Er wandte sich im Sattel noch einmal um, winkte ihr frohgemut zu, dann trieb er sein Tier an und verschwand zwischen den Fichten.

Sie wollte nicht in Kummer versinken, darum versuchte sie, sich nützlich zu machen. Die Frauen nahmen das Angebot gern an, denn man hatte vor einigen Tagen die wenigen Kornfelder, die hinter dem Dorf lagen, abgeerntet, und die Gerste wurde zwischen zwei runden Mühlsteinen zu Mehl zermahlen, um daraus flache Brote zu backen. Später ging sie einer weißhaarigen Alten zur Hand, die vor ihrem Haus einen Webstuhl aufgestellt hatte, und Reina war stolz darauf, das Handwerk gründlich zu beherrschen, denn auch im Kloster St. Emilien hatten die Nonnen ihre Wollstoffe selbst gewirkt. Halvdan sollte ja nicht glauben, sie könnte nichts als singen und beten.

Immer wieder sah sie mit klopfendem Herzen zum Wald hinüber, doch weder Erek noch Halvdan zeigten sich. Dafür schienen die Frauen ihre häufigen Blicke zu bemerken, denn sie flüsterten miteinander, lachten leise, und schließlich näherten sich ihr drei junge Frauen, zupften an ihrem Gewand und wiesen auf den See.

Gut, dachte sie. Wenn er so lange fortbleibt, will ich wenigstens mein Bad nehmen.

Am Seeufer kleidete sie sich aus, ebenso wie die anderen, und sie verspürte keine Scheu, obgleich die Männer im Dorf zu ihnen hinübersehen konnten. Lachend und kreischend stiegen sie zu viert in den See hinein, bespritzten sich mit dem kalten Wasser, keuchten, jauchzten, planschten herum und wuschen sich gegenseitig das Haar. Reina hatte nicht mehr nackt gebadet, seit sie ein kleines Mädchen war – im Kloster waren solche Dinge streng verboten. Heimlich betrachtete sie ihren eigenen Körper, fühlte mit den Händen über ihre Hüften, strich über ihre Brüste und verglich sich mit den anderen Frauen. Sie waren größer als sie, ihre Haut war blasser, doch schien es Reina, als seien die Linien ihres eigenen Körpers weicher und ihre Brüste zwar kleiner, aber fester. Als sie aus dem Wasser stieg, lagen ein langes weißes Hemd und ein rotes Kleid mit breiten Trägern für sie bereit, ebenso zwei runde silberne Fibeln und ein weißes Kopftuch mit roter Stickerei. Stolz bedeuteten ihre drei Gefährtinnen, wer ihr welches Geschenk machte: Das Kleid hatte Estrith gegeben, Beret die beiden Fibeln, um die Träger des Überkleids zu befestigen, und von Hallgerd stammten Hemd und Tuch.

Sie halfen ihr, die neue Kleidung anzulegen, und waren kaum damit fertig, als Reina leise aufschrie und zum Waldrand deutete.

Dort war eine Gruppe von Reitern erschienen, in deren Mitte sich eine Frau befand. Reina starrte hinüber und glaubte für einen Moment, die schrägen Strahlen der Abendsonne spielten ihren Augen einen Streich.

»Gisela!«, flüsterte sie ungläubig.

Dann raffte sie Kleid und Hemd und rannte wie eine Besessene zum Dorf hinüber. Außer Atem und in Tränen aufgelöst fiel sie ihrer Schwester in die Arme, küsste sie, streichelte ihre Wangen und hielt sie dann wieder fest an sich gepresst, als wollte sie sie nie wieder loslassen.

»Meine kleine Schwester«, sagte Gisela zärtlich. »Dass wir uns wiederhaben …«

Sie bemerkte erst nach einer Weile, dass das ganze Dorf sie umringte, man wischte sich die Augen, lächelte und war tief gerührt.

»Gut Überraschung?«, sagte Halvdans tiefe, warme Stimme.

Sie löste sich von Gisela und sah in seine hellen blauen Augen, die vor Stolz strahlten. Da warf sie sich im Überschwang ihres Glücks an seine Brust und spürte, wie seine Arme sie sanft und vorsichtig umschlangen.

»Du kleingläubig«, murmelte er. »Erek gute Freund.«

Sie schmiegte sich an ihn und begriff, dass er Erek nur allein aus diesem Grund zu seinem Bruder geschickt hatte. Gisela war die Beute, die Erek von Knut zu fordern hatte – und er hatte sie bekommen.

»Ach, Halvdan – warum hast du mir nicht gesagt, was ihr vorhabt?«

Er lachte. Sie spürte, wie seine Brust und sein Bauch

dabei bebten, und sie ließ ihn rasch wieder los, denn sie wurde sich bewusst, dass er diese Umarmung freudiger Dankbarkeit ganz falsch verstehen könnte.

»Wir nicht sicher. Reina nicht enttäuscht sein. Jetzt alles gut.«

»Du hinterhältiger Schwindler, du!«

Sie lachte unter Tränen und fasste Giselas Hand, um die Schwester dicht in ihrer Nähe zu wissen.

»Du nie wieder Angst«, sagte Halvdan. »Erek wird nehmen Gisela zur Frau!«

* * *

Reina glaubte, nicht recht verstanden zu haben.

»Zu … zu seiner Frau?«, rief sie entsetzt. »Aber – sie ist doch meine Schwester. Sie ist …«

Halvdan schien wenig Lust zu haben, mit ihr über diese Angelegenheit zu streiten, denn er ließ die beiden Frauen stehen und begab sich zu Erek und seinen Männern. Man hatte Hocker vors Haus gestellt und Felle darauf gebreitet, und zwei kleine Mädchen brachten Becher mit Met und Bier, während die Frauen schon das Feuer anzündeten, um das Abendessen zuzubereiten.

»Es ist, wie er sagt, Reina«, meinte Gisela leise zu Reina. »Erek will mich zur Frau nehmen.«

Reina sah sie verzweifelt an. Warum war es immer die arme Gisela, die solch ein Unglück haben musste? War es nicht schlimm genug, was sie schon durchgemacht hatte?

»Sei ganz ruhig«, flüsterte sie ihr zu. »Ich helfe dir, Gisela. Wir stehlen in der Nacht zwei Pferde und fliehen von hier. Wir schlagen uns nach Westen bis zur Küste durch, dann werden wir ein Schiff finden ...«

Zu ihrer größten Verblüffung schüttelte Gisela lächelnd den Kopf.

»Aber nein, Reina. Ich bin ja vollkommen zufrieden.«

Reina sah der Schwester prüfend ins Gesicht. War sie etwa aufgrund der schrecklichen Erlebnisse bereits irrsinnig geworden?

»Setz dich hin und trink einen Schluck von diesem Met«, schlug sie vor und geleitete Gisela zu einem Hocker. »Er ist zwar nicht so gut wie unser Wein, aber er beruhigt.«

Gisela ließ sich ihre Fürsorge gern gefallen.

»Versteh mich, Reina«, sagte sie leise. »Die Gefangenschaft bei den Wikingern war schrecklich, ich kann und will dir nicht schildern, was mir dort alles widerfahren ist. Zuerst hatte ich große Angst vor Erek, der mich unbedingt für sich haben wollte. Und doch hatte ich die schwache Hoffnung, dass es bei ihm besser sein würde als bei jedem anderen dieser Männer. Er hat um mich gekämpft, kannst du dir das vorstellen? Er hat sein Leben dafür eingesetzt, mich zu gewinnen!«

Sie berichtete, dass es in Knuts Haus einen Streit gegeben hatte, denn auch ein anderer Mann, ein junger Kerl, hatte Anspruch auf sie erhoben. Erek hatte sich ihm gestellt, und sie hatten miteinander gerungen.

Reina blickte entgeistert in das erhitzte Gesicht ihrer Schwester, ihre strahlenden Augen, und brauchte nun selbst einen guten Schluck Met.

»Noch nie hat ein Mann um mich gekämpft, Reina«, schwatzte Gisela aufgeregt. »Sein Gegner war kräftig, aber Erek hat ihn besiegt. Oh, er ist stark, auch wenn er nicht mehr jung ist. Ein wenig aufbrausend vielleicht. Aber er hat ehrliche Augen, und auf dem Ritt hierher hat er mich mit Respekt behandelt.«

Reina nippte von dem Met und überlegte, ob sie der Schwester von dem Abkommen zwischen Erek und Halvdan erzählen sollte. Doch sie zögerte. Erek hatte um Gisela gekämpft. Vielleicht weil er durch sein Versprechen Halvdan gegenüber gebunden war. Sicher auch, weil er ein Hitzkopf war und sich gegen den jungen Kerl behaupten wollte. Aber warum hatte er beschlossen, Gisela zur Frau zu nehmen?

»Ich bin ganz sicher, dass er auch ein großartiger Liebhaber ist«, sagte Gisela mit Begeisterung und hielt sich dann erschrocken die Hand vor den Mund.

»Verzeih mir, Reina. Das ist mir so herausgerutscht. Ich weiß ja, dass ich dir solche Dinge nicht sagen sollte ...«

Reina lächelte bitter.

»Weil ich eine Nonne bin? Ach Gisela – ich weiß längst, dass ich nicht dazu tauge. Vielleicht war es immer nur mein sündiger Ehrgeiz, der mich dazu trieb, ein Kloster zu bauen und Äbtissin zu sein.«

Gisela schwieg eine Weile, dann seufzte sie und trank einen langen Zug aus ihrem Becher. Sie verzog das Gesicht.

»Brrr – an das Zeug muss ich mich erst gewöhnen. Weißt du was, Reina? Ich habe dich immer maßlos beneidet, weil du in deinem Kloster so sicher vor den Unbilden des Lebens warst. Aber du hast recht: Du bist nicht für das Klosterleben gemacht, Schwesterlein. Du bist schön, und du wirst eines Tages sehr glücklich sein. Genauso glücklich, wie ich es jetzt bin.«

Sie küsste Reina auf beide Wangen und erhob sich, um das Innere des Hauses neugierig in Augenschein zu nehmen. Im Nu war sie umringt von hilfreichen Frauen, die sie zur Seite zogen und sie bedienten. Man reichte ihr ein neues Gewand, kämmte ihr das Haar, und – Reina glaubte zu träumen – die Frauen umrandeten Gisela sogar die Augen mit dunkler Schminke.

Man schmückt sie wohl schon für das Brautlager, dachte Reina verbittert und ging rasch beiseite, um nicht etwa auch in die Fänge der schminkwütigen Frauen zu geraten.

Vor dem Haus saßen die Männer beisammen, und an Ereks wilden Gesten erriet sie, dass er von seinem Kampf berichtete. Die Zuhörer verfolgten seine Erzählung mit anerkennendem Beifall. Auch Halvdan hockte bei ihnen, steuerte hin und wieder eine scherzhafte Bemerkung bei und erntete Gelächter. Als Reina merkte, dass er sie aus den Augenwinkeln betrachtete, flüchtete sie sich hinter das Haus und hockte sich ins Gras, den Rücken gegen die hölzernen Bretter gelehnt.

Sie hatte wenig Lust auf die große Feier, die nun zu Ehren des Hochzeitspaares gegeben wurde. Überhaupt – was verstanden diese Heiden wohl unter »zur Frau nehmen«? Hatte man ihr nicht einmal erzählt, dass ein Heide mehrere Frauen hatte?

Der Geruch des gekochten Fleisches verursachte ihr Ekel. Als im Haus lärmende Stimmen zu hören waren, weil alle sich ihren Platz an der Tafel suchten, blieb sie stur im Gras sitzen und starrte auf die Felsen, die sich grau und schrundig aus den Fichtenwäldern erhoben. Nein, auch wenn Erek es als Beleidigung auffassen würde – sie würde sich weigern, an diesem Fest teilzunehmen. Sie würde ihnen deutlich machen, dass ihr Magen nicht in Ordnung war.

Sie wartete eine Weile, doch niemand kam, um sie an die Tafel zu bitten, und das ärgerte sie nun auch wieder. Seltsame Gastfreundschaft, wenn niemand bemerkte, dass ein Gast fehlte. Langsam begann ihr Magen zu knurren, denn sie hatte außer einer Schale Beeren und einigen Nüssen noch nichts gegessen. Drinnen herrschte lautes Treiben; Holzlöffel klapperten, Becher wurden geräuschvoll auf die Tafel gesetzt, und laute Männerstimmen redeten durcheinander. Deutlich erkannte sie Ereks und Halvdans Stimmen, die beiden führten das große Wort. Ab und zu brandete Gelächter auf, einige verschluckten sich sogar und husteten, was neues Gelächter hervorrief.

Man schien sie vollkommen vergessen zu haben. Wahrscheinlich thronte Gisela am Kopfende des Tisches, gleich neben Erek, und Halvdan saß zu ihrer anderen Seite, um ihr das Nötigste zu übersetzen. Nun, sie konnte es nicht erwarten, mit ihrem Erek auf das Ehelager zu kommen. Wie sollte sie da an ihre kleine Schwester denken?

Beleidigt zog Reina die Knie hoch und umschlang sie mit den Armen. Was fand Gisela nur an diesem Wikinger? Nun ja – Robert hätte gewiss niemals um sie gekämpft. Er war ein Feigling und hatte sie damals nur geheiratet, weil er damit Burg und Besitz an sich brachte. War ihr ein wenig Liebesglück mit Erek nicht zu gönnen? Robert hatte sie jahrelang vernachlässigt, gedemütigt, gequält …

Jetzt wurde gesungen, jemand spielte die Flöte, und sie hörte das Getrappel der Tanzenden. Sie hielt sich die Ohren zu, doch es nutzte nicht viel. Gelächter und Händeklatschen erreichten einen neuen Höhepunkt, dann sah sie plötzlich zwei Gestalten, einen Mann und eine Frau, die Hand in Hand zum See hinüberliefen. Sie stiegen in das seichte Uferwasser, und Reina konnte sehen, wie Gisela das Gewand schürzte, damit es nicht nass wurde. Dann bückte sich Erek, schöpfte mit seinen großen Pranken wahre Wasserschwaden und durchnässte sie von oben bis unten. Dabei lachte er wie ein Faun und begann, ihr die Kleider abzustreifen. Reina wandte den Blick ab, denn ihr Herz klopfte wild und sie spürte, wie eine heiße Woge in ihrer Brust emporstieg. Sie begann zu schluchzen und wischte sich – zornig über sich selbst – das Gesicht mit dem Ärmel ab. Doch es nutzte nicht viel, die Tränen liefen unaufhörlich über ihre Wangen und tropften auf ihr Kleid.

»Du nicht Hunger?«, fragte eine tiefe Stimme.

Sie hatte Halvdan nicht kommen hören und erschrak fürchterlich, als er sie anredete. Es war müßig, ihm verbergen zu wollen, dass sie geweint hatte, schließlich hatte er Augen im Kopf.

»Nein«, gab sie heiser zurück und musste sich räuspern.

Er hockte sich neben sie und schien nichts bemerkt zu haben.

»Halvdan schon gedacht. Er sagt allen: Reina nicht mag essen. Nicht Sorge haben – Ruhe lassen.«

»Vielen Dank«, gab sie unfreundlich zurück und schniefte verstohlen.

Da er nichts mehr sagte, wagte sie einen raschen Blick zum See hinüber. Die Sonne ließ die Berggipfel aufglühen und färbte den See rosig. Am Seeufer, zwischen

Gräsern und Binsen, lagen zwei Menschen. Was sie dort taten, konnte sie nicht erkennen, aber beide trugen nicht den Fetzen eines Gewandes. Als sie bemerkte, dass er ihrem Blick gefolgt war, errötete sie und runzelte die Stirn.

»Wo ist Ereks Frau? Die Mutter seiner Kinder?«

»Gudrid starb, als erster Sohn, Ole, gestorben.«

»Und Erek hat sonst keine Frau?«

»Nein.«

»Aber er hat Sklavinnen? Er geht zu den jungen Frauen?«

»Wenn ein Mann liebt seine Frau – er geht nicht zu Sklavin.«

Sie verzog den Mund. Das war leicht gesagt.

Er wandte ihr lächelnd das Gesicht zu.

»Wenn Mond rund wird, Erek wird haben Hochzeit mit Gisela.«

»So – Hochzeit«, meinte sie spitz. »Und was tun sie jetzt?«

»Baden.«

»In meiner Heimat heiratet man erst und badet danach!«

Er lachte tief und kehlig und fasste einen Zipfel ihres Kopftuches.

»Reina schön in diese Gewand. Halvdan immer träumt, dich zu sehen wie Frau von Wikinger.«

Sie rutschte zur Seite und entzog sich ihm.

»Ich bin keine Wikingerfrau. Diese Sachen trage ich nur, weil mein Nonnenkleid schmutzig und zerrissen ist.«

Er zog die Augenbrauen hoch und sah sie spöttisch an.

»Ich habe vergessen. Du bist Nonne. Gut. Wenn Halvdan hat geübt Rache und er ist Jarl – er wird bauen Kloster für Reina. Dort sie kann wohnen mit andere Frauen.«

Sie ärgerte sich über seine Bosheit und rutschte noch ein Stück weiter von ihm fort.

»Sehr schön«, sagte sie. »Endlich siehst du es ein. Ich werde Äbtissin sein und euch Heiden das Christentum lehren.«

»Gut. Morgen ist Tag von Entscheidung. Tag von Rache.«

Sie erschrak und sah ängstlich zu ihm hinüber. So bald schon? Es schien ihr plötzlich unsinnig, mit ihm zu streiten. Morgen würde er fortreiten, und vielleicht sah sie ihn nie wieder. Niemals würde er erfahren, was sie in Wirklichkeit fühlte und so ängstlich vor ihm verbarg.

»Du wirst ... mit deinem Bruder kämpfen, um ihn zu töten?«, fragte sie beklommen.

»Nein«, gab er ruhig zurück. »Halvdan hat anders beschlossen. Morgen wird sein Thing, das ist große Versammlung von alle Männer. Dort Halvdan wird sagen, was geschah, und auch Knut wird reden.«

Sie starrte ihn verständnislos an. Es gab offensichtlich eine Art von Gericht bei den Wikingern. Eine Versammlung, die Thing genannt wurde.

»Aber was wird dann sein? Werden sie deinen Bruder zum Tod verurteilen?«

»Thing nicht gibt Tod. Thing wird sagen: Verräter muss verlassen Heimat und kehren niemals zurück.«

Sie brauchte einen Moment, um zu begreifen. Dieses Thing würde Knut mit Verbannung bestrafen. Halvdan hatte beschlossen, seinen Bruder am Leben zu lassen.

»Aber … aber du hast doch gesagt, dass du deine Ehre verlierst, wenn du Knut nicht tötest …«, stammelte sie verwirrt.

Da sah er ihr voll ins Gesicht, verschlang sie fast mit dem Blick aus seinen tiefblauen Augen, und sie erzitterte.

»Reina will nicht, dass Halvdan tötet«, sagte er. »Also Halvdan findet andere Weg für Rache. Nicht alle Männer verstehen – aber Halvdan tut, was er muss tun.«

Sie hing an seinem Blick, bewegte die Lippen und brachte doch kein einziges Wort hervor.

Er setzte seine Ehre aufs Spiel! Für sie allein tat er das. Konnte es einen größeren Beweis seiner Liebe geben?

»Halvdan muss kluge Rede führen, kämpfen mit Wort«, sagte er leise. »Wird Reina ihm geben Kraft?«

Sie schluchzte auf, kroch zu ihm hinüber und umschlang ihn.

»Ich liebe dich, Halvdan«, stieß sie heiser hervor. »Ich liebe dich so sehr wie niemanden auf der Welt.«

Er bewegte sich nicht, genoss ihre Umarmung mit geschlossenen Augen, spürte, wie ihre Hände sich in seine Schultern gruben, seinen Nacken massierten und sich in sein Haar wühlten. Sie zog seinen Kopf zu sich herab und küsste ihn mit glühenden Lippen.

»Reina ist stark. Gibt Halvdan Leben«, murmelte er und umschlang sie.

Sie spürte, wie das Leben in ihm emporwuchs, und ihre Hand berührte jetzt ohne Scheu die harte Erhebung, die sie unter seinem Gewand fühlte. Er stöhnte leise auf, bog das Knie und hob sie auf seine Arme.

Er trug sie zum Waldrand hinüber, wo die Kiefern sich in der untergehenden Sonne rötlich färbten, lehnte sich mit dem Rücken gegen einen Stamm und ließ sie langsam aus seinen Armen gleiten. Lächelnd stand sie vor ihm, zog das Tuch von ihren Haaren und löste die Fibeln an ihrer Brust. Das rote Gewand glitt sacht zu Boden, sie stieg hinaus und stieß es mit dem Fuß beiseite.

»Du hast eine Fränkin zur Frau genommen«, flüsterte sie, beugte sich vor und löste seinen Gürtel. »Du wirst sehen, was du davon hast.«

Er lachte wohlig und dunkel und ließ geschehen, dass sie ihm den Kittel abstreifte. Sein Atem beschleunigte sich, als ihre Hände begierig über die breiten Muskelstränge seiner Schultern strichen, jeder einzelnen dieser köstlichen Wölbungen folgten und sie zärtlich kneteten. Dann plötzlich verlor sie alle Scheu und umschlang ihn fest, krallte die Finger in seinen Rücken, und er spürte ihre Zunge auf seiner Haut. In kleinen Kreisen leckte sie über seine Brust, fand seine festen Brustwarzen und reizte sie mit ihren Zähnen, so dass er aufstöhnte.

Mit gespreizten Fingern griff er in ihr Haar, hob ihr Gesicht zu sich empor und küsste ihren vollen, weichen Mund, nach dem er sich seit Wochen sehnte. Sie gab sich dem Kuss vollkommen hin, begegnete seiner Zunge mit Leidenschaft, und er spürte, wie ihr ganzer Körper dabei erbebte.

»Lass Halvdan sehen Fränkin«, murmelte er, seine Lippen von ihr lösend, und hob das lange Hemd auf, um es ihr über den Kopf zu ziehen. Sie half ihm dabei, indem sie ihren Körper hin und her bog, reizte ihn in dieser Bewegung, die etwas Herausforderndes hatte, und er fühlte, wie die Hitze in ihm ins Grenzenlose stieg. Nackt stand sie vor ihm, das Abendlicht ließ ihre Haut rosig erscheinen, dunkel glänzten die harten Spitzen ihrer kleinen, runden Brüste und das verlockende Vlies ihrer Scham.

Er wollte sie begierig an sich ziehen, doch sie ließ sich auf die Knie nieder und begann frech, die Bänder seiner Bruoche zu lösen, befreite sein heftig hervorstrebendes Glied von der störenden Hülle, und er wölbte sich ihr wollüstig entgegen, als ihre Hände seinen harten Penis umfassten. Sie war wie im Rausch, konnte endlich das tun, was sie in ihren Träumen so oft ersehnt und wofür sie sich beim Erwachen so unendlich geschämt hatte. Ihre Hände glitten gierig über die zarte Haut, spürten die Festigkeit, streichelten die angeschwollene Spitze, und sie hörte ihn wollüstig brummen. Aber sie wollte mehr, viel mehr. Die Wünsche, die in ihr aufstiegen, waren so schamlos, sie übertrafen ihre schlimmsten, süßesten Träume, und sie konnte sich nicht erklären, woher diese Phantasien kamen. In unstillbarer Begierde griff sie zwischen seine Beine, umfasste seine prallen Hoden, drückte sanft die Finger hinein, fühlte voll Entzücken die beiden weichen Kugeln in ihrem Inneren, spielte hemmungslos damit wie ein Kind mit der feuchten Tonerde, bis sie spürte, wie die Muskeln seiner Oberschenkel zuckten. Unbekümmert näherte sie jetzt ihren Mund seinem aufstrebenden Lustszepter, hörte, wie er tief die Luft einsog, als ihre Lippen seinen Penis berührten und ihn mit kleinen Küssen betupften. Sie wurde mutiger, ihre Zunge leckte über seine empfindliche Haut, kreiste über der prall gewölbten Eichel und reizte sie mit kleinen, harten Stößen, bis er sich vor ihr mit den Händen schützen musste, denn er konnte sich kaum mehr beherrschen.

»Warte, Reina«, flehte er. »Gib Liebe Zeit …«

Er hatte geahnt, dass sie ihm diesen Wunschtraum erfüllen würde, hatte sich immer wieder vorgestellt, wie er sie dazu bringen könnte, doch nie hätte er zu hoffen gewagt, dass sie es ganz aus eigenem Antrieb tun würde.

Aufkeuchend sank er zu ihr nieder, umfasste ihre Schultern und drückte sie rücklings ins weiche Moos.

»Jetzt du spürst Liebe von Wikinger«, murmelte er und beugte sich über sie.

Er hatte sie langsam und zärtlich erregen wollen, doch als er sie völlig nackt unter sich spürte und der warme Duft ihrer Weiblichkeit zu ihm aufstieg, überwältigte ihn die Leidenschaft. Wie ein Unwetter brach er über sie herein, wühlte in ihren Brüsten, knetete mit harten Händen ihre Hüften, setzte sein Knie zwischen ihre Schenkel und drängte sie auseinander. Sie schrie vor Lust, als er ihre Brustspitzen zwischen Daumen und Zeigefinger rieb und dann gierig mit dem Mund danach schnappte wie ein hungriges Wolfsjunges. Dann bog er den Oberkörper hoch, kniete über ihr, den Blick auf ihren nackten, erregten Körper gerichtet, und sie sah, wie sein dunkles Glied vor Gier nach ihr zitterte. Voll Sehnsucht wölbte sie sich ihm entgegen, spreizte die Schenkel und strich mit den Händen über das weiche Vlies zwischen ihren Beinen, zog dann die vor Lust angeschwollenen Schamlippen auseinander, um sich ihm ganz und gar zu zeigen.

Sie spürte seinen Blick wie eine heiße Berührung, ein tiefer, kehliger Laut drang aus seiner Kehle, und er warf den Kopf zurück, halb wahnsinnig vor Begierde. Dann beugte er sich über sie, berührte mit der festen Spitze seines Gliedes die verlockende, rosige Muschel, die sie ihm darbot, rieb über die heißen, prallen Lippen ihrer Scham, drängte seinen Penis dazwischen und reizte sie mit immer heftiger werdenden Stößen. Reina stöhnte lustvoll und schob sich ihm ungeduldig entgegen, so dass er unwillkürlich ganz und gar in sie eindrang. Er spürte, wie ihr Körper den Rhythmus ihrer Sehnsucht zu tanzen begann.

Fast besinnungslos vor Gier musste er alle Willenskraft aufwenden, um den Gipfel der Lust so lange wie möglich hinauszuzögern. Sie war entfesselt, seine süße Fränkin; sie gab sich ganz und gar ihren Sinnen hin und tat Dinge, die ihm nahezu den Verstand raubten. Vorsichtig schob er die Arme unter ihren Körper, hielt sie dicht an sich gepresst und blieb tief in ihr, während er sich auf den Rücken drehte.

»Reite«, flüsterte er und umfasste ihre Pobacken mit festen Händen. »Halvdan mit dir reitet bis Ende von Welt!«

Sie begriff, was er wollte, setzte sich auf, stützte die Knie auf den Boden und wiegte sich sanft auf ihm vor und zurück. Lockend beugte sie sich vor, so dass ihre Brüste vor ihm tanzten und er in wütender Lust nach den harten, auf- und niederhüpfenden Spitzen schnappte. Er packte ihren Po fester an, machte den Ritt schneller, hob ihr seinen Unterkörper entgegen, so dass er mit jedem Stoß tief und hart in sie eindrang. Sie schloss die Augen und keuchte leise, folgte willig der Führung seiner Arme, spürte, wie ihre Brüste auf- und niederwogten, wie seine Hände sich in ihren Po gruben und sein steifes Glied ihre Scham so erregte, dass die Feuchte zwischen seine Schenkel lief. Ja, so hatte sie es sich immer gewünscht; sie wollte ihn ganz und gar in sich aufnehmen, seine Stärke tief in sich spüren und sie mit ihrer weichen Öffnung umschließen. Er sollte sie beherrschen und mit ihrem Körper spielen, wie es ihm beliebte, jede, auch die verborgenste, schamloseste Stelle ihrer Haut berühren und sie zum Glühen bringen.

Sie wimmerte, wand den Körper hin und her, das süße Brennen in ihrer Scham wurde immer gewaltiger und füllte sie ganz und gar aus, ließ sie bei jedem Stoß hemmungslos schreien und ihren Körper immer heftiger auf- und niederwiegen.

Als er fühlte, wie es in ihr zu zucken begann, packte er sie um die Taille und zwang sie zu sich herab, um sie ganz und gar zu umschlingen, während er sie besiegte. Der Wald schien in Flammen zu stehen, als sich die lang zurückgehaltene Flut endlich ihren Weg brach. Er hörte seinen eigenen wilden Triumphschrei, spürte, wie sie sich stöhnend an ihm festklammerte, und goss den heißen Strom des Lebens in sie hinein.

Als die Wellen langsam verebbten und Erschöpfung über sie kam, blieben sie lange Zeit dicht aneinandergeschmiegt. Keiner wollte sich vom anderen lösen, so als hätten sie Furcht, einander wieder zu verlieren. Die Sonne war längst untergegangen, das letzte Licht des Tages ließ Bäume, Felsen und See in dunklem Blau erscheinen, am Himmel herrschte schon Nacht, und über den Bergen stand ein durchsichtiger, fast voller Mond. Reinas Kopf lag an der Schulter des Wikingers, und ihr langes Haar hatte sich über seine Brust ausgebreitet; er spielte damit, wickelte sich die Locken um seine Finger und drehte sie zu Spiralen.

»Was war Grund?«, fragte er leise und kitzelte ihr Ohrläppchen mit dem Zeigefinger. »Heiße Sonne? Wasser im See? Mond am Himmel?«

Sie wusste, was er meinte, und kicherte.

»Es muss der Met gewesen sein, den ich gestern getrunken habe.«

Er lachte, und sie spürte die Erschütterung am ganzen Körper.

»Frauen von Wikinger machen guten Met. Zu stark für fränkische Nonne.«

Wohlig seufzend schlang sie die Arme um seinen Nacken und streckte sich auf seinem kräftigen Körper aus. Er brummte tief wie ein Bär, spürte die Berührung ihrer rosigen, harten Brustspitzen und ließ die Hände auf ihrem Körper abwärtsgleiten. Sie hatte hübsche, rundliche Pobacken, die gerade in seine großen Hände passten, und während er sie umfasste und streichelte, stieg schon wieder die Lust in ihm auf.

»Es ist vorbei mit der Nonne«, flüsterte sie und schob die gespreizten Finger durch den hellen Flaum auf seiner Brust.

»Wie schade«, stichelte er. »Halvdan dir wollte Kloster bauen. Große Kloster aus Holz auf Spitze von hohem Berg mit Kopf in Nebel und Wolken …«

Blitzschnell hob sie den Kopf und biss ihn ins Ohrläppchen.

»Hör auf zu spotten!«

Er lachte fröhlich, umschlang sie fester und presste sie an sich.

»Gut«, murmelte er in ihr Haar hinein. »Dann Halvdan baut für Reina große Haus mit Palisade wie Burg von Reinas Vater.«

»Schon besser …«

»Er dir schenkt viel Schmuck von Silber und Bernstein, er gibt dir Gewand von Seide und goldene Kette. Reina wird schön sein, wenn ist Hochzeit.«

Er wartete auf ihre Antwort, und als sie eine Weile schwieg, bog er ungeduldig ihren Kopf zu sich herauf und sah ihr fragend in die Augen.

»Ja«, sagte sie leise. »Ich will deine Frau sein. Aber ich brauche keinen Schmuck und keine kostbaren Dinge.«

»Warum nicht? Halvdan will stolz sein auf schöne Braut.«

»Aber ich bin nicht stolz auf geraubte Schätze. Noch dazu, wenn sie aus meiner Heimat stammen. Solchen Schmuck will ich nicht tragen, verstehst du das nicht?«

Nun war es an ihm zu schweigen. Sie war hartnäckig, seine zarte, süße Frau, und er wollte sie unter keinen Umständen kränken, denn er liebte sie. Aber gewisse Dinge sollte sie einsehen.

»Männer mir gesagt, dass Knut hat gebracht viele Truhen mit Gold und Silber. Er sie gefunden in Burg von Robert. Woher hat Robert Schätze?«

Sie ahnte, worauf er hinauswollte, doch sie sträubte sich, es zuzugeben.

»Die Sachen gehörten meinem Vater.«

»Und woher sie hat dein Vater?«, bohrte er weiter.

»Er hat sie erworben …«

»Wie hat er Schätze erworben?«

Ärgerlich fasste sie ihr Haar und drehte es im Nacken zusammen, denn er konnte es nicht lassen, damit zu spielen.

»Mein Vater war ein treuer Gefährte des Königs Karl, den man den Kahlen nannte. Er hat an seiner Seite gekämpft und sich dabei diese Schätze … ach, lass mich doch in Ruhe mit deinen Spitzfindigkeiten!«

»Mann kämpft und macht Beute«, stellte er ruhig fest.

»Das immer so gewesen. Franke oder Wikinger – alle gleich.«

Sie hätte gern widersprochen, doch sie musste einsehen, dass er nicht so ganz unrecht hatte. Ihr Vater hatte oft von seinen Erlebnissen an der Seite des Königs erzählt und sich seiner Taten gerühmt. Aber natürlich, er war ihr Vater, und sie war damals sehr stolz auf ihn gewesen.

»Hör zu, Halvdan: Wenn ich deine Frau werden soll, dann musst du mir versprechen, dass du niemals wieder auf Raub in das Land der Franken ausziehen wirst …«

Er brummte unzufrieden, doch als sie seinen Mund suchte, küsste er sie voller Leidenschaft.

»So ist Reina«, knurrte er. »Ich nicht will töten Knut – aber Reina noch nicht zufrieden. Ich ihr gebe Finger – sie will ganze Hand.«

»Beide Hände will ich«, flüsterte sie zärtlich. »Und auch alles andere. Ganz und gar will ich dich haben, Liebster. Niemals will ich erleben, dass du von mir gehst, um in fremdem Land zu sterben.«

Sein Blick wurde weich, als sie das sagte.

»Das der Grund?«, wollte er wissen.

»Ich liebe dich, Halvdan. Ich habe Angst, dich zu verlieren.«

Er fiel mit wilden Küssen über sie her, bedeckte ihren ganzen Körper mit Zärtlichkeiten, und sie spürte entzückt, dass seine Männlichkeit schon wieder auf neue Liebesspiele drängte.

* * *

Sie schliefen dicht aneinandergeschmiegt in den Tag hinein, und erst als Halvdan sich ein wenig aufrichtete, erwachte auch Reina. Er schnüffelte und grinste dabei zufrieden.

»Frauen haben Essen gekocht – du riechst?«

Sie lachte und wischte sich den Schlaf aus den Augen. Vermutlich würde sie das Kochen erlernen müssen, denn dieser große Kerl schaufelte mit unsagbarem Vergnügen riesige Mengen in sich hinein.

Sie schlüpften in ihre Kleider und begaben sich mit harmloser Miene zu Ereks Haus hinüber, aus dem schon der Rauch der Feuerstelle drang. Tatsächlich, es roch lecker nach Fleisch, Brei und Gemüse, auch Reina verspürte jetzt kräftigen Hunger.

Gisela saß bei den Frauen an der Feuerstelle und half ganz selbstverständlich bei der Zubereitung der Mahlzeit, während Erek, umringt von einer Gruppe erwachsener Männer, vor dem Haus hockte. Reina sah, dass sie ihre Waffen polierten, und es wurde ihr unbehaglich. Hatte Halvdan nicht erzählt, dass dieses Thing so eine Art Gericht sei? Wozu schleppten sie dann diese Menge von Schwertern, Streitäxten und Speeren mit sich? War es vielleicht doch keine friedliche Versammlung, auf der nur geredet wurde?

Gisela erhob sich, um auf sie zuzulaufen und sie zu umarmen. Ihr Gesicht leuchtete.

»Du siehst glücklich aus«, bemerkte Reina.

»Das bin ich auch«, gestand sie. »Ich habe mich nicht getäuscht – Erek wird mir geben, was ich mein Leben lang vermisst habe.«

Sie zog Reina beiseite und berichtete aufgeregt, dass sie schon einige Worte der fremden Sprache erlernt habe und dass Erek allen erklärt hatte, wer die künftige Herrin in seinem Haus sein würde.

»Er hat mich beschenkt wie eine Königin. Schau den Silberschmuck und die Armreifen. Und den roten Stoff aus feinster Wolle …«

Sie öffnete eine kleine Truhe, die an der Schmalseite des Hauses dicht an der Wand stand, und ließ Reina hineinsehen.

»Du musst nicht glauben, dass diese Sachen Beute aus unserer Heimat sind, Reina. Soweit ich verstanden habe, tauscht Erek Felle und Honig gegen diese Sachen ein …«

Reina schwieg dazu, sie wollte Gisela die Freude nicht verderben. Vielleicht stimmte es ja – Ereks Söhne waren nicht zurückgekehrt, woher sollte er Beutegut besitzen? Als Gisela sich stolz eine Kette aus goldfarbigem Bernstein umhängte, nickte sie und meinte, sie stünde prachtvoll zu ihrem blonden Haar.

»Weißt du, weshalb sie draußen ihre Waffen herrichten?«, erkundigte sich Gisela beiläufig. »Ich dachte erst, sie wollten auf die Jagd reiten, aber dazu brauchen sie keine Schwerter.«

»Sie reiten zu einer Versammlung, die Thing genannt wird«, gab Reina zurück und spürte, wie die Unruhe in ihrer Brust sich verstärkte. Mit wenigen Worten erklärte sie Gisela, was Halvdan vorhatte, und war verblüfft, als diese sie bedenklich ansah und den Kopf schüttelte.

»Es ist nicht klug von ihm, Reina«, meinte Gisela leise. »Knut ist nicht wie Halvdan. Er hat ihn einmal betrogen, und er wird es wieder tun. Ich habe ihn kennengelernt, diesen schrecklichen Mann …«

Reina dachte daran, dass Knut und seine Männer ihre Schwester gefangen und verschleppt hatten, und sie wagte nicht zu fragen, was auf der Reise nach Norden mit ihr geschehen war.

»Fändest du es etwa besser, wenn Halvdan blutige Rache an seinem eigenen Bruder vollziehen würde? Und dabei vielleicht selbst stürbe?«

Gisela seufzte und sah ihre Schwester kummervoll an.

»Ich weiß es nicht, Reina. Knut hat von dem Kampf eine tiefe Wunde in der Schulter zurückbehalten und kann den rechten Arm nicht mehr heben. Er ist voller Hass auf seinen Bruder und sinnt auf Vergeltung. Ich kann mir nicht vorstellen, dass ein Gericht ihn dazu zwingen könnte, das Land zu verlassen.«

Reina sah hinüber zu den Männern, die jetzt ihre Waffen beiseitegelegt hatten und die Morgenmahlzeit von hölzernen Tellern aßen. Jeder hockte auf dem Boden und hielt den Teller auf dem Schoß. Die Stimmung war ungewohnt ruhig, alle kauten nachdenklich vor sich hin, und immer wieder wanderten die Blicke zu Halvdan hinüber, der ungerührt seinen Gerstenbrei löffelte. Nicht alle Gesichter schienen zufrieden; es gab auch kritische Mienen, Unverständnis, hin und wieder Kopfschütteln. Halvdans Vorhaben war nicht bei allen Männern auf Zustimmung gestoßen, nur Erek, der neben Halvdan auf einem Hocker saß, wirkte entschlossen.

Wenn schon Ereks Männer nicht überzeugt sind – wie werden erst die anderen denken, fuhr es Reina durch den Kopf. Jetzt verspürte sie plötzlich keinen Appetit mehr, und als Beret ihr schweigend einen Teller mit Fleisch und Gemüse reichte, stellte sie die Mahlzeit unberührt neben sich auf den Boden. Was wusste sie von den Gebräuchen der Wikinger? War Halvdan ein zu großes Wagnis eingegangen?

»Mach dir nicht solche Sorgen«, schwatzte Gisela, der ihre offene Rede jetzt schon wieder leidtat. »Es wird schon alles gut. Ich weiß, dass ihr beide sehr glücklich sein werdet. Ich habe es von Anfang an gesagt.«

»Du hast gesagt, ich solle mich vor Halvdan in Acht nehmen«, murmelte Reina, aber Gisela hörte schon nicht mehr zu, denn in diesem Augenblick war Erek aufgestanden und kam zu ihr hinüber. Er fasste Gisela sanft bei den Schultern, strich mit der Hand über ihre Wange und zog sie dann an sich. Reina wandte die Augen ab, um nicht als neugierig zu erscheinen, doch sie war gerührt, dass dieser vierschrötige, wilde Kerl mit solcher Zärtlichkeit eine Frau küssen konnte. Ja, jetzt begriff sie sehr wohl, dass ihre Schwester glücklich sein konnte, und jäh schoss die Angst in ihr hoch, dass dieses Glück vielleicht durch ihre Schuld sehr rasch wieder zerstört werden könnte. Erek stand treu an Halvdans Seite – er würde mit ihm kämpfen und auch mit ihm sterben …

Die Männer rüsteten sich, legten die kurzen Mäntel über die Schultern und nahmen ihre Waffen an sich. Reina schloss einen Moment die Augen, als ein Sonnenstrahl eines der Schwerter aufblitzen ließ, dann stand plötzlich Halvdan vor ihr.

»Lass mich mit dir gehen«, flehte sie. »Ich will bei dir sein, was auch immer geschieht.«

Er lächelte und legte die Arme um sie. Er hatte dies bisher noch nie vor allen anderen getan, es war das Zeichen, dass Reina seine Frau sein würde, und sie vernahm ringsum zustimmendes Gemurmel.

»Thing nicht für Frau«, sagte er grinsend und küsste ihre Wangen zum Abschied. »Thing nur für Männer in Waffen. Reina wartet auf mich. Halvdan kommt zurück.«

Das kannte sie schon. Sie hasste seine Gewohnheit, einfach davonzugehen und sie im Ungewissen zu lassen.

»Sag mir wenigstens, wo ihr hingeht. Wo wird diese Versammlung abgehalten?«

»Große Lichtung in Wald. Steine dort haben gesehen viele Thing von Anfang der Zeit bis heute. Alle im Dorf kennen Ort, keiner wird dir zeigen. Reina muss haben Geduld, zu warten.«

Geduld war ihre Stärke nicht. Doch sie wollte hier vor allen anderen nicht streiten und auch nicht jammern. Sie wusste, was sie ihm und sich selbst schuldig war.

»Ich bin bei dir«, sagte sie leise. »Ich weiß, dass du klug bist und richtig handeln wirst. Und du weißt, dass ich dich liebe.«

Er küsste ihren Mund mit heißen Lippen, zog sie noch einmal fest an seine Brust und wandte sich dann rasch ab.

Seine Stimme schallte laut und energisch durch das kleine Dorf, und plötzlich war der Zauber, den er auf die Krieger ausüben konnte, wieder da. Zuversicht erschien auf ihren Gesichtern, die Zweifel schwanden, hie und da lachte einer, und seine Augen blitzten. Nicht alle hatten Pferde, so dass einige von ihnen zu Fuß gehen mussten, doch man schritt munter aus, kaum jemand drehte sich nach den Frauen, Greisen und Kindern um, die im Dorf zurückblieben und den Davonziehenden nachblickten.

»Es wird schon gutgehen«, flüsterte Gisela. »Ganz sicher wird alles gut werden.«

Es klang in Reinas Ohren, als müsse sie sich selbst Zuversicht einreden.

Die Stimmung im Dorf war gedämpft. Zwar spielten die Kinder unbefangen wie immer, doch die Frauen hatten sich in ihre Häuser verteilt, Reina sah sie das Vieh füttern und die Ziegen melken, eine weißhaarige Alte stand am Webstuhl und ging schweigend ihrer Arbeit nach. In Ereks großem Langhaus war es leer geworden, die Feuerstelle brannte nieder, und Gisela war damit beschäftigt, die Reste der Mahlzeit in einen kleineren Topf zu schütten, den sie in einer Erdgrube im hinteren Teil des Hauses kühl verwahrte. Reina sah ihr dabei zu und beneidete die Schwester, die ihre Unruhe durch Tätigkeit besiegen konnte. Sie selbst saß zusammengekauert in einer Ecke, starrte auf das verglimmende Feuer und wusste nichts mit sich anzufangen.

»Iss wenigstens«, ermunterte Gisela sie und schob ihr den unberührten Teller zu. »Wir können nichts tun außer warten, aber deshalb musst du ja nicht verhungern.«

Ein Windstoß bewegte die Eingangstür, fegte die Asche der Feuerstelle über die Holzdielen und fachte die Glut wieder an. Seufzend lief Gisela zur Tür und sah hinaus.

»Der Himmel hat sich zugezogen«, meldete sie. »Vielleicht gibt es Regen.«

»Dann wird die Versammlung im Wald wohl ins Wasser fallen«, scherzte Reina mit Galgenhumor.

Sie nahm den Teller und rührte mit dem Holzlöffel lustlos darin herum, aß ein wenig Brei und Gemüse und stellte die Mahlzeit wieder beiseite. Gisela hatte sich einen Eimer mit Wasser geholt und wusch die Teller und Schüsseln sauber. Dabei redete sie unaufhörlich, wie es ihre Art war, und schmiedete Pläne, welche Neuerungen sie in Ereks Haushalt einführen würde: dass man Wände aus Flechtwerk einziehen könnte, ein hölzernes Bettgestell herstellen und bunte Wandteppiche sticken. Nach einer Weile begann es draußen zu donnern, und Reina hielt es nicht mehr aus.

»Wohin willst du? Es gibt ein Gewitter!«

»Ich brauche etwas frische Luft, Schwesterlein.«

»Du wirst nass werden!«

»Meine Güte – spar dir deine Fürsorge für eure Kinder auf!«

Ärgerlich knallte sie Gisela den halbvollen Teller vor die Nase und lief an ihr vorbei nach draußen. An der Tür herrschte Gedränge, denn Hühner und Ziegen hatten nicht viel für Gewitter übrig und strebten ins sichere Haus, so dass Reina über die Tiere hinwegsteigen musste. Aufseufzend setzte sie sich schließlich dicht neben der Hauswand ins Gras und starrte in die dunklen Wolken, die von jenseits des Sees herüberzogen. Es sah aus, als stiege dort ein gewaltiges Gebirge aus dem Horizont, dessen zackige Gipfel immer wieder zerflossen, um an anderer Stelle größer und bedrohlicher hervorzuwachsen. Gemächlich, aber unaufhaltsam schob sich die schwarze Wand in die Höhe, wie ein immenses Heer dunkler Krieger, das sich über die ganze Himmelskuppel ausbreiten wollte, um Licht und Sonne zu besiegen.

Als der erste Blitz wie eine gleißende Ader über die Schwärze des Himmels zuckte, schloss Reina unwillkürlich die Augen, und ihr Herz hämmerte. Gleich darauf krachte ein Donnerschlag über ihr, als sei ein großer Fels zerborsten, eine Windbö warf einen leeren Eimer um, erfasste ihr Kleid und bauschte ihren Rock. Ringsum war jetzt Bewegung, Frauen und Kinder brachten Schemel, Geschirr und Felle in Sicherheit, die alte Frau schob den Webstuhl mühsam durch die Haustür, Hühner flatterten, und Hunde flüchteten mit eingezogenen Schwänzen in die Häuser.

»Komm jetzt endlich rein! Ich muss die Tür schließen.«

»Mach, was du willst!«, knurrte Reina bockbeinig und blieb hocken. Es war ihr immer noch lieber, draußen vor dem Haus nass zu werden, als drinnen in der Dunkelheit zu sitzen, wo sie Giselas Redseligkeit ausgeliefert war.

Das schwarze Heer hatte jetzt den ganzen Himmel erobert, und die Kämpfe dort oben tobten mit blitzenden Waffen und grollenden Donnerschlägen. Das Wasser des Sees war dunkel, schwere Wellen schlugen gegen die Ufer, Windböen fegten darüber hinweg und bogen die Halme der Binsen. Dann begann es zu regnen, zuerst nur in wenigen, dicken Tropfen, bald jedoch strömten dichte, schräge Regenbänder herab, und Reina drückte sich eng an die Hauswand, um wenigstens durch das überhängende Strohdach ein wenig geschützt zu sein. Es nutzte nur wenig, denn der Regen rann in dichtem Schleier vom Dach herab, spritzte am Boden auf und durchnässte ihr Kleid und ihre Schuhe.

Das Gewitter kam Halvdans Vorhaben nicht gerade entgegen. Wie sollte man überhaupt bei diesem Unwetter eine Versammlung abhalten? Allein der Donner übertönte ja jedes Wort. Vermutlich würden die Männer jetzt Schutz unter den Bäumen suchen und das Ende des Unwetters abwarten. Vielleicht würden sie aber das Gewitter auch als ein böses Zeichen werten, als einen Zornesausbruch ihres Gottes Thor, der ganz sicher der

Herr von Blitz und Donner war? Reina überlegte, ob man unter diesen Umständen das Thing sogar auflösen und nach Hause zurückkehren würde.

Es wäre ihr nur recht gewesen. Nach allem, was Gisela über Knut erzählt hatte, war ihre Sorge um Halvdan riesengroß. Wenn er nicht bald wieder zurückkehrte, würde sie losziehen, um ihn zu suchen. Sie würde schon herausbekommen, wo dieser Versammlungsort war – und wenn sie einen der unternehmungslustigen, halbwüchsigen Burschen überreden müsste, sie dorthin zu führen.

Das Gewitter hatte seine Kraft verloren, und der Donner entfernte sich. Die feurigen Linien der Blitze wurden kürzer und zuckten nur noch winzige Augenblicke am Himmel. Nur der Regen rauschte in dichten Fäden hernieder und verwandelte die Wege zwischen den Häusern in reißende Schlammbäche. Plötzlich sah Reina Bewegung zwischen den Fichten; eine Schar Reiter näherte sich, die Gewänder dunkel vor Nässe und die Kappen tief in die Gesichter hineingezogen. Ein freudiger Schreck durchfuhr sie – sie hatte recht gehabt, die Männer kehrten zurück.

Aufgeregt suchte sie mit den Augen Halvdans hohe Gestalt, doch sie entdeckte keinen Reiter, der ihm glich, und Angst erfasste sie. Er war nicht bei ihnen – also war er zurückgeblieben. Warum?

Doch als die Gruppe rasch näher ritt, begriff sie, dass es nicht die Männer aus dem Dorf waren. Keines der Gesichter kam ihr bekannt vor, auch Erek war nicht unter ihnen – sie waren Fremde.

Niemand im Dorf hatte die Ankömmlinge bemerkt, Frauen und Kinder saßen in den fensterlosen Häusern, um vor dem Regen geschützt zu sein. Unruhig erhob sie sich und lief zur Tür, die Gisela von innen verriegelt hatte, damit der Wind sie nicht aufriss.

»Mach auf!«, rief sie aufgeregt und rüttelte an der Tür. »Es kommen Reiter ins Dorf. Wir müssen vorsichtig sein, es sind nicht …«

In diesem Augenblick übertönte das laute Getrappel der Pferdehufe auf den hölzernen Bohlen ihre Stimme. Die Männer ritten in wildem Galopp durch das Dorf, schlammiges Wasser spritzte empor, dann hörte sie einen lauten Ruf aus männlicher Kehle.

Sie verstand kein einziges Wort. Berittene Krieger umringten sie, die Körper der Pferde drängten sie gegen die Hauswand, dann hörte sie Giselas lautes Schreien, und jemand riss sie empor.

Sie hatte nicht die leiseste Chance, sich zu wehren. Bäuchlings über dem Pferderücken liegend, wurde sie davongetragen, dunkles Wasser spritzte zu ihr hinauf, und die Hufe donnerten über die hölzernen Bohlen. Die Krieger jagten zum Wald hinüber und trugen ihre Beute mit sich fort.

* * *

Erst als der Ritt langsamer wurde, begann sie zu zappeln, griff in die Mähne des Tieres und versuchte, sich daran hochzuziehen. Doch ein fester Schlag auf den Arm ließ sie vor Schmerz aufschreien und ihre Absicht aufgeben.

Die Männer ritten auf schmalem Pfad zwischen den Fichten hindurch, und nasse Zweige streiften ihren Körper. Längst war ihr das Kopftuch herabgeglitten, und ihr langes Haar verfing sich im Geäst. Sie war schon einmal auf diese Weise entführt worden, doch damals war es Halvdan gewesen, der sie vor sich auf dem Pferd hielt, und er hatte sich bemüht, ihr keinen Schaden zuzufügen. Diesem Mann jedoch schien völlig gleichgültig zu sein, ob die unbequeme Lage ihr Schmerzen bereitete, er sorgte nur hin und wieder dafür, dass sie nicht vom Pferd rutschte, indem er sie am Arm oder an einem Bein packte und ihren Körper wieder zurechtschob.

Nach einer Weile wurde ihr schlecht. Das Blut stieg ihr in den Kopf, zudem presste sich die Kante des Sattels in ihren Bauch, und der stetig unter ihr vorüberziehende, nasse Waldboden verursachte ihr Schwindel. Doch sie wagte nicht mehr, sich aufzurichten, aus Furcht, ihr Entführer würde ihr Schlimmeres antun als nur einen Schlag auf ihren Arm.

Verzweifelt grübelte sie darüber nach, wer diese Männer sein konnten und weshalb sie ein friedliches Dorf überfielen. Nach allem, was sie gesehen hatte, waren es Wikinger. War es ein feindlicher Stamm? Aber weshalb war man dann nicht in die Häuser eingedrungen, um sie auszurauben? Hatte man überhaupt noch andere Menschen entführt? Ihr war schwarz vor Augen, und der Schwindel plagte sie, dennoch mühte sie sich, die übrigen Reiter zu betrachten. Sie sah keine weiteren Gefangenen, auch waren weder Klagen noch Wehgeschrei zu hören. Schweigend ritten die Männer durch den Fichtenwald, erklommen immer größere Höhen, bis der Wald endete und sie unter sich nur noch spärliches Gras und graues Felsgestein sah.

Da endlich begriff sie. Man hatte es ganz allein auf sie abgesehen. Diese Männer hatten den Auftrag gehabt, sie, Reina, in ihre Gewalt zu bringen. Und es gab nur einen einzigen Menschen, der solch einen Plan ausgeheckt haben konnte.

Der Schwindel wurde plötzlich so heftig, dass es ihr in den Ohren dröhnte. Ihr Kopf schlug immer wieder an den Pferdekörper, sie spürte die arbeitenden Muskeln des Tiers unter dem glatten Fell, sah die Vorderbeine unablässig vor- und zurückschnellen, und sie glaubte, das Geräusch der Hufschläge auf dem Felsboden nicht mehr ertragen zu können. Dann fiel sie in eine erlösende Bewusstlosigkeit.

Sie erwachte langsam. Der grauenhafte Druck auf ihrem Bauch war nicht mehr da, und sie lag auf dem Boden, dafür hallten Stimmen in ihren Ohren, Wortfetzen, die ihr wohlbekannt waren und die sie doch nicht deuten konnte. Die Sprache der Wikinger. Jemand riss an ihren Armen, zog ihren Oberkörper ein Stück hoch, und sie spürte, wie ihr Kopf kraftlos ins Genick fiel und Dunkelheit sie wieder umhüllte. Eine tiefe, zornige Männerstimme dröhnte über ihr, und andere antworteten. Ihre Worte klangen trotzig, doch sie wurden leiser und verstummten schließlich. Sie wagte es, die Augen einen winzigen Spalt zu öffnen.

Der unstete Schein eines Feuers beleuchtete ein Gesicht, das über sie gebeugt war. Ein bärtiger rothaariger Mann starrte sie mit hellen Augen an, bohrte seine Blicke in sie hinein und murmelte dabei leise Worte. Sie sah eine breite violette Narbe, die quer über seine Stirn lief, und schloss erschrocken die Lider.

Die tiefe Stimme warf einen kurzen Befehl in den Raum, und gleich darauf fasste man sie an Armen und Beinen, sie schwebte über dem Boden, fiel auf ein Lager und blieb ohne Bewegung liegen. Die Stimme hallte noch in ihren Ohren; sie glich Halvdans Stimme, und doch war die Art, in der der Mann redete, eine völlig andere. Die Worte zischten in seinem Mund, waren wie abgehackt, und man hatte das Gefühl, dass er sich ihrer nur unwillig bediente.

Dieser Kerl musste Knut sein, Halvdans Bruder. Der Mann, der Halvdan heimtückisch überfallen und in die Sklaverei verkauft hatte, um selbst Jarl zu werden. Reina ertappte sich bei der Frage, weshalb Knut sich eigentlich so viel Mühe gemacht hatte. Wäre es nicht einfacher und sicherer gewesen, den Bruder zu erschlagen? Oder hatte Knut seinem Bruder ein Schicksal bereiten wollen, das schlimmer war als der Tod? Dann musste er einen abgrundtiefen Hass in sich tragen.

Sie begriff nicht, weshalb ihr jetzt solche Gedanken durch den Kopf schossen. Viel eher sollte sie sich um sich selbst Sorgen machen. Was hatte Knut wohl mit ihr vor? Würde er über sie herfallen und ihr Gewalt antun, um sich für die Niederlage, die sein Bruder ihm zugefügt hatte, zu rächen? Ja, vermutlich würde er das tun.

Ihr war eisig kalt. Sie spürte ihre nassen Kleider, die auf der Haut klebten, und hörte, wie ihre Zähne aufeinanderschlugen. Vorsichtig wagte sie wieder, die Lider ein winziges Stückchen zu öffnen. Der Raum, in dem sie sich befand, war so groß, dass das flackernde Licht des Feuers weder Wände noch Ecken erreichte. Beißender Rauch stieg von der Feuerstelle auf; er durchzog den Raum in dichten Schwaden, reizte die Augen und machte das Atmen schwer. Um das Feuer saßen Männer und Frauen, die hölzerne Schüsseln in den Händen hielten und aßen, während Kinder auf dem Boden herumkrabbelten. Ein Hund näherte sich ihrem Lager, beschnüffelte sie und ging wieder fort, um sich am Feuer einen Happen zu erbetteln.

Sie kämpfte gegen den Hustenreiz an und versuchte, die Gesichter der Menschen zu erkennen. Sie waren nicht heiter wie die Leute in Ereks Dorf; die meisten blickten ohne Regung vor sich hin, auch die Frauen waren ernst, nur eine der jüngeren, die ein Kind auf dem Schoß hielt und es mit Brei fütterte, hatte einen zärtlichen Ausdruck in den Augen.

Ich muss versuchen zu fliehen, dachte sie. Aber wie? Ich müsste ja an allen vorbeilaufen, wenn ich die Tür erreichen wollte. Außerdem war die Tür verschlossen.

Warum war Knut nicht gleich über sie hergefallen? Warum dieses Gebrüll, auf das der andere Mann zuerst trotzig und dann kleinlaut geantwortet hatte? War er zornig gewesen, weil die Gefangene schmutzig und von Ästen zerkratzt zu ihm gebracht wurde? Wollte er seine Rache vielleicht auf ganz besondere Art genießen? Nicht eine ohnmächtige Gefangene unter sich haben, sondern den Widerstand einer schönen jungen Frau brechen, die einem anderen gehörte?

Sie verwarf diese Gedanken. Dieser widerliche Kerl hatte einfach erst seine Mahlzeit einnehmen wollen, später würde er Met und Bier in sich hineinlaufen lassen und danach über sie herfallen.

Sie beobachtete ihn. Knut saß leicht vornübergebeugt auf einem Schemel, eine Holzschale auf dem Schoß, aus der er sich mit den linken Hand Fleischbrocken nahm, um sie in den Mund zu stopfen. Der rechte Arm hing schlaff an ihm herunter, als gehöre er nicht zu seinem Körper.

Sie lag still und spürte, wie ihr Herz aufgeregt klopfte. Sie musste handeln, und das bald. Solange man sie ohnmächtig glaubte, würde niemand auf sie achten. Wenn das Feuer nur ein wenig weiter niedergebrannt war, würde sie sich leise erheben und in eine Ecke des Raums schleichen. In dem Getümmel, das entstand, wenn man ihr Verschwinden entdeckte, hatte sie eine Chance, durch die Tür zu entwischen.

Während sie noch den Riegel der Haustür musterte, erhob sich eine junge Frau und näherte sich ihrem Lager. Sie kniete neben ihr nieder, und während Reina noch glaubte, sie wollte ihr ein Getränk geben, fasste die Frau ihre Hände und band sie mit einem Riemen fest zusammen. Das Gleiche tat sie mit ihren Füßen. Dann hob sie den Kopf der Gefangenen an, setzte einen Becher mit Wasser an ihre Lippen und ließ sie trinken. Das Wasser schmeckte schal, es war Schlamm darin, und Reina blickte der Frau in die Augen. Sie glaubte Feindseligkeit darin zu erkennen.

Wieso hatte sie einmal geglaubt, die Frauen der Wikinger seien lieb und freundlich? Teufelinnen waren sie.

* * *

Jetzt gab es keine Hoffnung mehr – mit diesen Fesseln, die ihr in die Gelenke einschnitten, würden Füße und Hände bald gefühllos werden. Sie hatte die vielleicht einzige, wenn auch sehr kleine Chance auf Rettung verpasst.

Die Frau gab sich wenig Mühe, das Los ihrer Gefangenen zu erleichtern. Kaum hatte Reina einige Schlucke getrunken, da zog sie den Becher schon wieder fort und erhob sich. Reina folgte ihr mit den Blicken. Sie war groß gewachsen, ging aufrecht und wiegte sich beim Gehen ein wenig in den Hüften. Jetzt erkannte Reina auch, dass sie nicht das übliche Gewand der Wikingerfrauen trug, sondern ein dunkelblaues Überkleid aus weichem, dünnem Wollstoff, das mit Borten aus hellblauer Seide gefasst war und das ihr nur bis an die Knöchel ging. Auch das violette Tuch, unter dem sie ihr Haar verbarg, war aus Seide.

Zornig grub Reina die Zähne in die Unterlippe. Sie kannte Gewand und Tuch nur allzu gut, denn sie hatten einst ihrer Schwester Gisela gehört. Nun also schmückte sich diese Wikingerfrau damit. War es Solveig, Ereks Tochter, die von ihrem Mann schöne Gewänder aus der fränkischen Beute erhalten hatte? Wahrscheinlich war sie es, das würde auch ihre Feindseligkeit erklären. Sie musste die Fränkin doch hassen, mit der ihr Mann die Nacht verbringen wollte.

Unbefangen hob sie jetzt den Kopf, um die Menschen am Feuer zu beobachten. War es schon vorhin recht leise zugegangen, so herrschte jetzt vollkommenes Schweigen. Einige der Männer hatten sich erhoben, um das Haus zu verlassen, ihre Frauen und die Kinder folgten ihnen. Andere saßen noch beieinander, tranken Met, ohne zu reden, und starrten dabei ins Feuer. Es schien ihr, als hätten alle Grund, über etwas nachzudenken oder eine wichtige Entscheidung zu treffen.

Solveig näherte sich ihrem Mann, beugte sich zu ihm nieder und sprach einige leise Sätze. Als sie ihre Hand sanft auf seine linke Schulter legte, wehrte er unwirsch ab. Darauf verschwand sie im Dunkel des Raumes ohne ein weiteres Wort.

Reina starrte auf diesen Mann. Knut Ragnarsson, Halvdans Bruder. Er saß noch immer in der gleichen Haltung, regte kein Glied, nur seine hellen Augen glänzten im schwachen Feuerschein. Reina erschauerte. Es waren die gleichen Augen, die sie an Halvdan so liebte. Die Brüder ähnelten sich nicht nur in ihrem Wuchs, auch die Gesichter zeigten deutlich, dass beide den gleichen Vater hatten. Und doch war Knuts Blick stier, fast ohne Leben, und seine Lippen waren schmal, weil er sie fest zusammenpresste. Saß er so seltsam verkrümmt, weil er Schmerzen hatte? Sie sah auf den rechten Arm, der an seinem Körper herabhing, und sie begriff, dass es ein grauenhaftes Schicksal für ihn sein musste, nicht mehr Herr seines Körpers zu sein. Er war zum Krüppel geworden – das Schlimmste, das einem Krieger geschehen konnte, schlimmer noch als der Tod.

Sie schob das aufkommende Mitgefühl beiseite. Dieser Mann hatte Halvdan in die Sklaverei verkauft – er hatte sein Schicksal mehr als verdient. Wie hatte Halvdan nur glauben können, Knut würde sich an die Gesetze der Wikinger halten? Wahrscheinlich war Knut zum Thing gar nicht erst erschienen, sondern hatte stattdessen sie, Reina, in seine Gewalt gebracht.

Was mochte in seinem Kopf vorgehen? Hatte er tatsächlich die Absicht, sie zu vergewaltigen, um sich an Halvdan zu rächen? Oder plante er anderes, viel Ärgeres?

Die Fesseln schmerzten, ihre Hände und Füße begannen, taub zu werden, und sie fühlte, wie ihr ganzer Körper sich vor Angst versteifte. Sie konnte nichts tun und musste völlig hilflos abwarten, was dieser schreckliche Mensch über sie beschlossen hatte. Warum hockte er dort am Feuer, glotzte vor sich hin und unternahm nichts? Worauf wartete er?

Eine Ewigkeit lang geschah nichts. Ihre Anspannung erlahmte, und die Erschöpfung forderte ihren Preis – die Augen fielen ihr zu. Dann, plötzlich, hörte sie Stimmen, und der Schreck durchfuhr sie heiß. Undeutlich erkannte sie die Umrisse eines Mannes neben den glimmenden Resten des Feuers; er war schmal, trug den Mantel um die Schultern und eine Kappe auf dem Kopf. Knut erteilte ihm mit gedämpfter Stimme Befehle, der Mann nickte, öffnete die Tür und ging hinaus. Einen Moment lang fiel das blasse Mondlicht in den Raum, und Reina konnte Knuts Gesicht erkennen. Seine Züge waren verzerrt, doch das Vorgefühl eines kommenden Triumphes lag darin.

Undeutlich hörte sie, wie draußen jemand davonritt.

Er hat einen Boten ausgeschickt, dachte sie, und Verzweiflung überkam sie. Natürlich, das war es, was er plante. Er wollte Halvdan herbeilocken, um ihn zu töten.

Dann sah sie, wie Knut sich mühsam von seinem Hocker erhob und im Dunkel des Raumes verschwand. Starr vor Angst lauschte sie auf jedes Geräusch, das Rascheln der Mäuse, das Tropfen des feuchten Strohdaches, das Husten und Schnarchen der Schläfer.

Doch Knut schien sie völlig vergessen zu haben.

Sie schlief kaum in dieser Nacht, sondern grübelte verzweifelt darüber nach, wie sie das Verhängnis abwenden könnte. Erfolglos versuchte sie, die Fesseln zu lösen, und nur hin und wieder sank sie in einen unruhigen, kurzen Schlummer.

Ein Hahnenschrei weckte sie am Morgen, und durch

ein rundes Loch hoch oben an der Giebelseite des Hauses fiel schwaches bläuliches Licht. Die Männer, die sich neben der Feuerstelle niedergelegt hatten, bewegten sich jetzt, setzten sich auf und streckten die Glieder. Dann löste sich die Gestalt einer Frau aus dem Dämmerlicht des Raumes und schritt auf sie zu. Sie war klein und alt, das Gesicht voller Runzeln und der Mund ohne Lippen. In den Händen trug sie eine Schale mit Wasser.

Schweigend kniete sie neben Reina nieder, besah ihre Fesseln, tauchte dann ein Tuch ins Wasser und begann, ihr das Gesicht zu waschen. Als Reina den Kopf drehte, um dem stinkenden Lappen zu entgehen, zischte sie sie wütend an und riss an ihrem Haar. Gleich darauf zog sie einen Kamm aus ihrem Ärmel, zog Reina zum Sitzen auf und machte sich über die dunkelbraune Haarpracht der Gefangenen her. Sie hatte lange damit zu tun, denn das Haar war dicht und an einigen Stellen fast unentwirrbar.

Reina blieb nichts anderes übrig, als sie gewähren zu lassen. Erst als ein kurzer, harter Befehl zu ihnen hinüberschallte, ließ die Alte von ihr ab und humpelte davon. Ein langer, hagerer Kerl mit blassem Gesicht und schütterem, hellem Bart trat auf sie zu, starrte sie einige Augenblicke lang voll Begehrlichkeit an, dann zückte er den Dolch und durchschnitt die Fesseln an ihren Fußgelenken.

Was er sagte, verstand sie nicht, doch seine Gebärde machte deutlich, dass sie aufstehen sollte. Langsam zog sie die Beine an den Körper und spürte, wie das Blut schmerzhaft in die tauben Füße schoss. Und als sie versuchte, sich aufzustellen, knickten ihr die Beine weg.

Ungerührt fasste sie der Mann an den gefesselten Armen, zog sie hoch und stieß sie vor sich her. Taumelnd erreichte sie die offene Tür und wollte sich an den Türrahmen lehnen, doch ein harter Stoß belehrte sie darüber, dass man ihr keine Ruhe lassen wollte. In der noch grauen Morgendämmerung erblickte sie zum ersten Mal das Dorf, in dem sie sich befand. Skärgart, der Wohnsitz des Jarl. Es war viel ausgedehnter als Ereks Besitz, die Häuser waren breiter, auch schien es Werkstätten zu geben, die Schiffe bauten, denn sie erkannte den schwarzen Umriss eines Drachenbootes.

Eine große Anzahl von Männern hatte die Pferde bestiegen; unter ihnen erkannte sie Knut, der jetzt aufrecht im Sattel saß, die Zügel mit der linken Hand haltend. Auch seine Streitaxt hing an der linken Körperseite an einem breiten, mit silbernen Beschlägen verzierten Gürtel.

Man hob sie auf eines der Pferde und bedeutete ihr, wie ein Mann zu Pferd zu sitzen, dann zog man einen Riemen unter dem Bauch des Pferdes durch, der ihre Füße miteinander verband. Die Hände löste man ihr nicht, und einer der Männer zog das Pferd am Zügel hinter sich her.

Man hatte es eilig, selbst als das Gelände felsig wurde und es bergan ging, trieb man die Tiere unbarmherzig zu rascher Gangart an. Reina hatte alle Mühe, sich auf den steilen Wegen im Sattel zu halten, aus den Schluchten seitlich der schmalen Pfade stieg bläulicher Nebel, hüllte die Reiter hin und wieder ein und gab sie dann unvermittelt wieder frei. Noch war die Sonne nicht aufgegangen, und die schroffe Berglandschaft war nur schemenhaft zu erkennen, doch sie erschien Reina schroff und wild wie das Reich eines menschenverschlingenden Bergungeheuers.

Wohin brachte man sie? Angstvolle Phantasien schossen ihr durch den Kopf. Hatte man nicht erzählt, dass die Wikinger Menschenopfer vollzogen? Wollte man sie vielleicht dort oben auf dem Berg ermorden, um ihr Blut dem Donnergott zu opfern?

Sie fröstelte in den noch feuchten Kleidern, an denen der kalte Morgenwind riss. Also deshalb hatte die Alte sie gewaschen und ihr Haar gekämmt. Deshalb war Knut gestern zornig gewesen, dass sie so schmutzig und zerkratzt vor ihn gebracht wurde. Die Götter forderten ihr Opfer heil und unversehrt.

Sie versuchte sich mit fast tauben Fingern an die Mähne des Pferdes zu klammern, denn der Weg wurde immer steiler. Die Pferde hatten jetzt Mühe, auf dem noch regenfeuchten, schrundigen Fels nicht auszugleiten. Vorsichtig setzten sie die Hufe, und Panik erfasste die Tiere, wenn sie nahe am Abgrund ins Rutschen gerieten, und Reina hörte die entsetzten Warnrufe der Männer.

Auf einem schmalen Plateau gab Knut endlich den Befehl abzusteigen. Man ließ einige Männer bei den Pferden, die anderen folgten ihrem Anführer, der zwischen den moosbewachsenen Felsen weiter bergan stieg. Auch Reina wurde vom Pferd gezogen; man stieß sie voran und zwang sie, über das Gestein zu klettern, riss sie wieder hoch, wenn sie strauchelte, und trieb sie mit Schlägen und Stößen den Pfad hinauf.

Das Licht nahm zu, und die Nebelschwaden, die aus der Tiefe stiegen, färbten sich rötlich, doch immer, wenn sie einen Blick nach oben warf, um zu erkennen, wie weit der Weg noch sein mochte, verhüllte dichter Dunst den Fels.

Sie war bald so erschöpft, dass sie nur noch das graue, regenfeuchte Gestein vor sich sah – die wenigen Grasbüschel und die kleinen Birken, die im kargen Fels gewurzelt hatten. Sie dachte an Halvdan und hoffte inständig, dass er kommen und sie retten möge, und zugleich betete sie jedoch auch dafür, dass er es nicht täte, denn er würde in die Falle laufen, die sein Bruder ihm heimtückisch gestellt hatte.

Erst nach einer Weile bemerkte sie, dass die Schar der Männer kleiner geworden war. Die Krieger waren in Gruppen seitlich ausgeschwärmt und hatten sich im Gewirr der Felsen verborgen, um auf den Feind zu warten. Als sie endlich den Berggipfel erklommen hatten, war Knut nur noch von fünf seiner Männer umgeben.

Reina war so erschöpft, dass sie keuchend zu Boden sank, und zu ihrer Überraschung gönnte man ihr eine kurze Ruhezeit. Verstohlen sah sie sich um. Sie befand sich auf einem weiten flachen Felsplateau – eine graue Fläche, wie mit einem riesigen Hobel blankgeschliffen, kein Grashalm, kein Moos war zu sehen, nur der rötliche Nebel wallte hin und her und verbarg die wahren Ausmaße des Felsens.

Noch starrte sie in die dahinziehenden Nebelschleier, da vernahm sie plötzlich heisere Kampfrufe, Waffen klirrten, Felsgestein bröckelte und rollte den Berg hinab. Hoffnung und Verzweiflung stürzten gleichermaßen über sie herein. Es konnte nur Halvdan sein, der sich mit seinen Kriegern zum Berggipfel hinaufkämpfte, um sie zu retten. Man riss sie hoch, und als sie sich weigerte, voranzulaufen, packte sie einer der Männer am Kleid und schleifte sie über den Boden, bis der Fels plötzlich dicht vor ihr senkrecht abbrach.

Kalte, feuchte Luft umwehte sie und ließ ihr Kleid flattern, und ein Zittern durchlief ihren Körper wie eine Warnung vor tödlicher Gefahr. Dann teilten sich die Nebel, die den Abgrund verhüllten, und sie hatte freie Sicht auf die schroffen, steil abfallenden Wände und auf eine eisblaue, scheinbar bewegungslose Fläche von lauernder Schönheit, die sich tief, unendlich tief unter ihr erstreckte.

Sie schrie entsetzt auf und stolperte rückwärts, da hörte sie dicht neben sich das wilde Lachen eines Mannes. Knuts Züge waren zu einer Grimasse verzerrt, seine Augen weit aufgerissen, und er schien wahnsinnig oder im Rausch zu sein.

Er rief ihr mit heiserer Stimme einige Worte zu, dann fasste er mit der Linken seinen rechten, schlaff herabhängenden Arm und hielt ihn in die Höhe. Ein geflochtener Lederriemen war um sein Handgelenk gebunden und bewegte sich vor Reinas Augen sacht im Wind. Eine schreckliche Ahnung durchzuckte sie, und sie machte einen hilflosen Versuch, sich den Männern entgegenzuwerfen, die ihr den Fluchtweg verstellten. Es war umsonst; man packte sie, hielt die Zappelnde fest und band den Riemen an Knuts Arm um ihre gefesselten Hände.

Furchtlos trat Halvdans Bruder dicht an den tödlichen Abgrund heran und zog sie unerbittlich mit sich. Sie warf sich auf den Boden, bäumte sich auf und spürte doch, dass sie seiner Kraft nicht gewachsen war; ihre Knie schleiften über den harten Fels, als er sie zu sich heranriss.

Sie hörte sich in verzweifelter Todesangst Halvdans

Namen rufen und wusste doch zugleich, dass es genau das war, was Knut sich erhofft hatte. Wenn es Halvdan gelänge, die von allen Seiten auf ihn und seine Männer eindringenden Krieger zu bezwingen, so würde er dennoch nicht bekommen, wofür er kämpfte. Knut war ein Krüppel, er konnte seinen Bruder nicht mehr besiegen, doch im Todessprung würde er Reina mit sich in die Tiefe reißen und damit einen letzten, grausamen Triumph feiern.

Ein wilder Schrei schallte über den Fels, wurde aus der Tiefe zurückgeworfen, und sie sah, wie Knut die Streitaxt mit der linken Hand aus dem Gürtel zog. Eine kleine Schar Männer erklomm den Fels, und Knuts Gefährten warfen sich ihnen mit aller Kraft entgegen. Reina erkannte Halvdan mitten unter den Kämpfenden, sah, dass er aus mehreren Wunden blutete und dennoch wie ein Besessener um sich schlug. Die Gegner fielen einer nach dem anderen, stürzten rücklings auf den harten Felsboden, und er wollte schon voranstürmen, doch dann hielt er mitten im Lauf inne und erkannte die boshafte Falle, die sein Bruder ihm gestellt hatte.

»Halvdan! Sieh dich vor!«

Knuts Streitaxt sauste durch die Luft, schoss aber an Halvdans Kopf vorüber, der nur eine leichte Bewegung zur Seite machte. Doch fast gleichzeitig warf auch Halvdan seine Axt, die schwirrend die Luft zerteilte und Knut nur um ein winziges Stück verfehlte. Doch nicht Knut war das Ziel dieses Wurfes gewesen – die Klinge zerschnitt das geflochtene Band, das Reina an Knut fesselte.

Aufbrüllend vor Wut bückte sich Knut, um Reina zu fassen und sie mit sich zu reißen, doch da war Halvdan mit wenigen, weiten Sprüngen herangekommen und warf sich über sie.

Sie spürte den heftigen Aufprall seines schweren Körpers, presste die Wange an den Felsboden und vernahm dennoch voller Entsetzen den lauten Aufschrei, mit dem sich Knut seinen Göttern entgegenstürzte.

Bewegungslos verharrten sie – der Abgrund war so tief, dass kein Laut zu ihnen heraufdrang. Stumm verschluckte der eisige Fjord sein Opfer, nahm Halvdans Bruder auf in das kühle Reich des Meergottes.

Dann spürte sie, wie Halvdans Arme sie umschlangen und sein Mund sich ihrem Ohr näherte.

»Reina«, murmelte er. »Reina. Halvdan nicht leben ohne dich.«

* * *

Er durchtrennte ihre Fesseln und trug sie auf seinen Armen den Berg hinab wie eine kostbare Beute. Sie saß vor ihm auf dem Pferd, als sie in Skärgart einritten, und die Menschen, die vorher so still und bedrückt gewesen waren, strömten jetzt zusammen, um den rechtmäßigen Jarl willkommen zu heißen. Halvdan nahm die Huldigungen ernst entgegen; er hatte nicht vergessen, dass die gleichen Männer und Frauen noch vor kurzer Zeit Knut gehorcht hatten. Zwar hatten sie es nur widerwillig getan, und viele der Krieger, die Halvdan im Gebirge auflauerten, hatten sich gleich zu Anfang der Kämpfe auf seine Seite geschlagen. Die Nachricht von Knuts Verrat hatte die Runde gemacht, und die meisten waren trotz vieler Geschenke unsicher geworden.

Die Entscheidung des Thing war auch in Abwesenheit von Knut und dessen Anhängern klar und deutlich gewesen: Halvdan war der ältere Sohn, und ihm gebührte der Besitz des Vaters und die Nachfolge. Knuts Bestrafung wurde jedoch Halvdan überlassen.

Noch am gleichen Tag versammelten sich alle Männer und Frauen im großen Langhaus des Jarl, und Halvdan redete zu ihnen. Reina verstand nur wenige Worte, doch sie sah die Begeisterung und Freude in den Gesichtern der Menschen, und sie begriff, dass Halvdan den rechten Ton getroffen hatte. Als er den Arm um ihre Schultern legte und sie an sich zog, wusste sie, auch ohne die Sätze zu verstehen, genau, was er sagte. Er stellte ihnen seine Braut vor, die Frau, die er liebte und die Herrin in diesem Haus sein würde.

Es gab verwunderte Mienen, denn so mancher konnte nicht verstehen, dass der Jarl sich eine Fränkin zur Frau nahm. Auch zeigte sich Enttäuschung im Gesicht so mancher jungen Frau, die vielleicht gehofft hatte, Halvdan möge sie erwählen. Doch niemand sprach dagegen – der Jarl hatte es so beschlossen, und er war nicht der Mann, der sich so leicht umstimmen ließ.

»In zwei Tagen wird sein Hochzeit«, sagte Halvdan zu ihr. »Viele Gäste. Wird sein zwei Hochzeiten.«

Gegen Abend kam Gisela an. Erek hatte keine Ruhe gehabt und war sofort aufgebrochen, um sie nach Skärgart zu holen. Er hatte Solveig mit sich genommen, die schweigend und ohne eine Regung zu zeigen vom Tod ihres Mannes gehört hatte. Sie kehrte zu ihrem Vater zurück, da in Skärgart kein Ort mehr für sie war.

Gisela zeigte sich von ihrer tatkräftigen Seite. Sie sah sich in der großen Halle um, und die beiden Schwestern beschlossen, die Truhen zu öffnen, um zu sehen, was von den Schätzen des Vaters übriggeblieben war. Es war nicht wenig, und unter den bewundernden Augen der Wikingerfrauen holte Reina die schönen Stoffe und Gewänder hervor. Sie breitete die gestickten Wandbehänge aus, stellte die silbernen Geräte auf und zeigte stolz die Fibeln, Ketten und goldenen Ringe herum.

»Das ist unsere Mitgift«, sagte Gisela stolz. »Die Hälfte davon gehört dir, Reina, die andere Hälfte mir.«

»Nein, Gisela«, widersprach sie. »Eigentlich gehört alles dir, weil ich ja …«

»Hör endlich auf mit dem Unsinn. Du bist keine Nonne mehr, sondern die Braut eines Wikingers.«

»Ja schon, aber …«

Ihr Blick traf Halvdan, der mit verschränkten Armen am Eingang des Hauses stand und stirnrunzelnd auf das Getümmel der Frauen sah. Als ihre Augen sich trafen, lächelte er zufrieden und streckte den Arm nach ihr aus.

»Komm«, sagte er. »Halvdan dir zeigt große Schatz.«

Langsam führte er sie durch das Dorf und zeigte ihr im Vorübergehen die Werkstätten, wo Körbe geflochten, Kessel geschmiedet und Häute gegerbt wurden. Er wies auf die Felder, die das Dorf nach Süden hin umgaben, und vergaß auch nicht, ihr zu zeigen, dass seine Männer die schmalen Drachenboote zu bauen wussten, die das Meer besser als jedes andere Boot bezwingen konnten. Dann nahm er den Weg zum Fjord hinab, der unweit des Dorfes seine Wellen gegen felsiges Gestein warf.

Sie stiegen auf einen niedrigen Felsblock, spürten den salzigen Wind auf ihren Gesichtern und sahen auf das blaugrüne, bewegte Wasser. Schmale Schaumkronen trieben zum Ufer hin und zerstäubten zischend und rauschend am dunkeln Gestein zu weißer Gischt. Unzählige Vögel kreisten über dem Wasser oder schossen pfeilgleich über die Wellen und trieben ihr Spiel mit der Kraft des Windes.

»Das mein Schatz«, sagte er und zog sie an sich. »Berg und Wasser, Wald und Äcker, Dorf und Mensch. Kommt der Tag, und du wirst lieben mein Land.«

Sie schmiegte sich an ihn und betrachtete das schäumende Wasser mit schmalen Augen, denn die Überfahrt war ihr in keiner guten Erinnerung. Dennoch spürte sie die unzähmbare Kraft dieses mächtigen Gewässers und die wilde Schönheit der schroffen Felsen, gegen die das Meer seit Jahrhunderten tobte.

»Ich liebe dich«, sagte sie leise. »Und daher werde ich auch dein Land lieben, denn du bist ein Teil von ihm.«

Er küsste sie sanft, und sie spürte, wie glücklich ihr Versprechen ihn machte.

»Nornen es so gewollt, nicht Feind, nicht Gott kommt dagegen an«, murmelte er. »Schicksal gibt mir Frau, die ich liebe.«

Hilke Sellnick

Die Sklavin des Wikingers

Roman

Originalausgabe

ISBN 978-3-548-26782-1
www.ullstein-buchverlage.de

Um 850 in der Normandie: Das Kloster, in das sie sich geflüchtet hat, bietet der jungen Grafentochter Mechthild keinen Schutz vor den kriegerischen Horden der Wikinger. Doch Ragnar, ihr Anführer, erkennt in Mechthild die schöne Frau, die ihm einst mit ihrer Heilkunst das Leben gerettet hat. Er nimmt sie als Geisel – in der Hoffnung, ihr Herz zu gewinnen …